훌륭한 군인

부클래식

027

훌륭한 군인

포드 매독스 포드

홍덕선 · 김현수 옮김

부북스

차례

제1부

Ⅰ • 9 / Ⅱ • 20 / Ⅲ • 31 / Ⅳ • 46 / Ⅴ • 61 / Ⅵ • 85

제2부

Ⅰ • 97 / Ⅱ • 121

제3부

Ⅰ • 129 / Ⅱ • 150 / Ⅲ • 163 / Ⅳ • 181 / Ⅴ • 196

제4부

Ⅰ • 219 / Ⅱ • 234 / Ⅲ • 257 / Ⅳ • 270 / Ⅴ • 276 / Ⅵ • 288

옮긴이 후기 • 303

제1부

I

이보다 더 슬픈 이야기를 또 들어본 적이 있을까? 우리는 나우하임[1]의 계절이 9번 바뀌는 동안 애시번햄 부부와 절친하게 지냈다. 아니, 그보다는 손에 잘 맞는 장갑처럼 어느 정도 여유 있고 편안한 사이로 지냈다는 편이 더 맞겠다. 나와 내 아내는 애시번햄 부부를 그 누구 못지않게 잘 알았지만, 또 어떻게 보면, 그들을 전혀 알지 못했다. 그럴 수밖에 없었던 이유는 그들이 내가 잘 모르는 영국인들이었기 때문이라는 게, 오늘까지도 이 슬픈 사건에 대해 내가 아는 조각들을 맞춰보려고 애쓸 때마다 드는 생각이다. 6개월 전만 해도 나는 영국에 한 번도 가 본 적이 없었기에 당연히 영국인들의 깊은 속마음까지 가 닿지는 못 했다. 그저 피상적으로 알 뿐이었다.

우리가 영국인들을 많이 알고 지내지 않았다는 얘기는 아니다. 부득이하게 유럽에 사는 한가한 미국인이라는 사실은 결국 우리가 미국인답지 않다는 것을 의미했고, 우리는 한가로이 지내면서 좀 더 친절한 영국인들의 사회 속으로 자꾸만 섞여 들어가게 됐다. 우리 집은 파리에 있었다. 니스와 보디게라 중간 지점쯤에 매년 겨울을 보내

1. 독일 중부의 프랑크푸르트암마인에서 24마일 정도 떨어진 곳에 위치한 온천. 신경, 심장계통 질환을 치유하는 데 쓰이는 염천으로 유명하다.

는 집이 있었고, 7월부터 9월까지는 늘 나우하임에서 지냈다. 이 사실로 당신은 우리 둘 중 하나가 심장병을 앓았다는 사실을 짐작할 수 있을 테고, 내 아내가 죽었다는 점으로 미루어 심장병을 앓은 사람은 아내였다는 것도 알 수 있으리라.

애시번햄 대령도 심장병을 앓았다. 하지만 애시번햄 대령이 매년 나우하임에서 딱 한 달 정도 지내는 것만으로 1년의 나머지 기간을 최상의 상태로 건강히 잘 지낼 수 있던 것에 반해, 가엾은 플로렌스는 꼬박 두 달 정도를 요양해야 겨우 한 해 한 해 근근이 버텨낼 수 있었을 뿐이었다. 애시번햄 대령의 경우는 거의 폴로 때문이거나 혹은 젊은 시절 과도하게 즐긴 운동들이 원인이었던 것 같다. 그런가하면 가엾은 플로렌스는 유럽으로 처음 건너가던 항해에서 폭풍을 만난 뒤 병을 얻었고, 의사의 지시로 우리는 유럽이라는 대륙에 갇혀 살게 됐다. 짧은 영국 해협을 건너는 정도만으로도 그 가엾은 여자가 죽을 수도 있다고 했다.

우리가 애시번햄 대령을 처음 만났을 때, 서른세 살 나이의 그는 인도에서 병가를 받아 귀환한 후 두 번 다시 돌아가지 못하게 되고 말았다. 애시번햄 부인 레오노라는 서른하나, 나는 서른여섯, 그리고 가엾은 플로렌스는 서른이었다. 그러니까 이제 나는 마흔다섯, 레오노라는 마흔이 됐고, 살아있었다면 플로렌스는 서른아홉, 애시번햄 대령은 마흔둘이 됐을 것이다. 우리 모두는 꽤 조용한 편이었고, 특히 애시번햄 부부는 영국에서 '아주 좋은 사람들'이라 불리는 부류였기에 우리의 우정은 30대 초반부터 계속 이어졌다는 것도 쉽게 짐작할 수 있는 사실이다. 이미 예상했을지 모르겠지만, 그들은 찰스 1세를 처형대까지 따라갔던 존 애시번햄의 후손이었고, 이런 신분의 영국 사람들이 보통 그렇듯 다른 사람들이 절대 그 사실을 눈치 채지 못하게 했다. 애시번햄 부인은 포이스 가문 출신이었고, 플로렌스는 코네티컷 주 스탬포드의 헐버드 가문 출신이었는데, 당신도 알겠지만, 헐버드 가문 사람들은 영국, 크랜포드[2] 주민들보다도 더 옛날식으로 사는 사람들이었다. 나는 펜실베이니아 주 필라델피아의 다웰 가문 출신인데, 필라델피아에 유서 깊은 영국 가문의 수는 영국의 아무 자치주 여섯 곳을 합친다고 해도 그곳보다 많았다. 한때는 지금의 체스넛과 월넛 스트리트 사이의 몇 블록에 걸쳐 있었던 내 농장의 부동산 권리 증명서를 나는 지금도 늘 지니고 다닌다. 그것만이 이 세상 어느 곳에라도 보이지 않게 나를 정박시켜 주는 유일한 닻이기라도 한 것처럼. 조가비 구슬로 만들어진 이 권리 증명서는 윌리엄 펜[3]을 따라 서레이 판햄을 떠났던 다웰의 시조에게 인디언 추장이 준 것이다. 코네티컷 사람들이 대부분 그렇듯 플로렌스 가문 사람들은 애시번햄 가문이 살던 포딩브리지[4] 근처에서 건너왔다. 바로 그곳에서 지금 이 순간, 나는 이 글을 쓰고 있다.

　내가 왜 이글을 쓰는지 당신은 궁금할 수도 있을 텐데, 그 이유는 정말 많다. 도시가 약탈당하거나 인간들이 몰락하는 모습을 목격한 뒤, 이름 없는 후손이나 한참 뒤의 세대를 위해 그 사실을 기록하

---

2. 영국 소설가 엘리자베스 개스켈(1810-65)의 작품 크랜포드는 영국 시골 삶의 전형적인 초상을 잘 표현한 작품으로 알려져 있다.
3. 영국의 신대륙 개척자, 펜실베이니아 창시자로 필라델피아를 건설한 퀘이커 교도
4. 영국 햄프셔의 작은 도시

고 싶은 건 인간의 자연스러운 욕망이기 때문이기도 하고, 혹은, 그저 그 광경을 머리에서 떨쳐내기 위해서 일 수도 있다.

로마가 고트족에 침략 당한 것은 쥐가 암에 걸려 죽은 것만큼이나 상상하기 힘든 일이었다고 말한 이도 있었지만, 우리 네 사람의 끈끈한 관계가 깨진 것이야말로 정말로 예측할 수 없는 사건이었다. 홈버그에 있는 클럽 앞의 작은 테이블에 우리가 함께 앉아 오후에 차를 마시거나, 미니 골프를 구경하는 모습을 우연히 봤다면, 당신은 우리 관계를 보기 드문 견고한 성이라고 했을 것이다. 우리는 하얀 돛을 달고 푸른 바다를 항해하는 커다란 범선으로, 인간이 상상할 수 있도록 신이 허락한 아름답고 안전한 것들 중에서도 가장 위풍당당하고 안전한 배였다. 이보다 더 편히 쉴 만한 곳이 또 어디 있을까? 이보다 더 나은 곳이 있을까?

영속성? 안정감? 이런 것들이 사라졌다는 것을 나는 믿을 수 없다. 미뉴에트[5]를 추는 것 같던, 그 길고 평온했던 9년 하고도 6주간의 시간이 단 나흘 만에 와장창 허물어져 사라졌다는 것을 믿을 수 없었다. 맹세코 우리의 우정은 정녕 미뉴에트와 같았다. 어떠한 때나, 어떠한 상황에서나 우리는 어디로 가야할지, 어디에 앉아야 할지, 모두가 원하는 테이블이 어느 것인지 알고 있었기 때문이다. 누가 신호를 주지 않아도, 오케스트라의 음악 소리에 맞춰 언제나 넷이 함께 일어나 따뜻한 햇살 속을 걸었고, 비오는 날이면 우리들만의 은밀한 은신처로 향했다. 정말, 어떻게 그 모든 게 사라질 수 있는 것인지! 미

---

5. 17-18세기에 유행한 우아하고 느린 춤곡

뉴에트를 멈추게 할 수는 없다. 차라리 악보집을 덮어버리고, 하프시코드 뚜껑을 닫을 수는 있겠지. 벽장 안의 쥐들이 하얀 비단을 망가뜨릴 수도 있다. 베르사유가 약탈당할 수도 있고, 트라이농 성이 무너져 내릴 수는 있지만, 미뉴에트는…… 아무리 헤시안 온천에서 우리가 추던 미뉴에트가 서서히 멈춰 가고 있다고 해도, 미뉴에트는 가장 머나먼 별까지 홀로 외로이 계속 그 춤을 이어가고 있을 것이다. 그 옛날의 아름다운 춤들과 그 옛날의 아름다웠던 우정이 지속되는 천국이 어딘가에는 있지 않을까? 퇴락하여 먼지가 될지언정 여전히 떨리는 연약한 불멸의 영혼을 지닌 악기가 있어, 그 희미하게 떨리는 소리가 가득 울려 퍼지는 열반의 세계도 어딘가에는 있지 않을까?

아니, 신께 맹세컨대, 그건 거짓이었다! 우리가 발을 들인 건 미뉴에트가 아니었다. 그건 감옥이었다. 비명을 질러대는 정신병자들로 가득 찬 감옥. 그렇지만 묶여있는 그들이 내지른 비명 소리는 우리가 타우누스 숲의 그늘진 길을 지날 때 마차 바퀴 구르는 소리에 묻혀 들리지 않을 뿐이다.

하지만 내 창조주의 신성한 이름을 걸고 맹세하건데 모든 건 진짜였다. 햇빛도 진짜였고, 음악도 진짜였고, 돌로 만든 돌고래 입에서 뿜어져 나오던 분수 줄기도 모두 진짜였다. 나는 우리 넷의 취향이 같다고 생각했다. 일치된 욕망, 일치된 행동, 아니, 행동은 아니더라도, 모두 한뜻으로 여기저기 함께 앉아 있던 것, 그런 것들도 다 진짜가 아니었던가? 만약 내가 알맹이만 썩은 싱싱한 사과를 9년 동안 갖고 있다가, 9년 6개월보다 나흘 모자란 시점이 돼서야 썩었다는 사실을 알게 됐다면, 9년 동안 내가 갖고 있던 건 싱싱한 사과였다고 말할 수 있지 않을까? 그러니 내가 에드워드 애시번햄과 그의 아내 레오노라, 그리고 가엾은 플로렌스와 마음이 맞아 지낸 건 너무도 당연했다. 잘 생각해보면 정사각형 집에서 기둥이 두 개나 썩어가는 데도 그 집이 흔들린다는 걸 전혀 자각하지 못했다는 게 좀 이상하지 않은가? 사실, 그중 두 사람이 죽어버린 지금도 자각할 수 없는 건 마찬가지다. 난 정말 모르겠다……

　나는 사람의 마음에 대해서는 그 무엇도, 전혀 모르겠다. 내가 외롭다는 것만 알 뿐이다. 끔찍하게 외롭다는 걸. 이제 그 어떤 벽난로의 돌도 내가 누군가와 친하게 교제하는 것을 다시는 목격하지 못할 것이다. 이제 그 어떤 흡연실도 내게는 담배 연기의 소용돌이 속에 무수한 환영들이 들어찬 장소, 그 이상이 되지 못 할 것이다. 하지만 내 평생을 그런 곳에서만 보내놓고 내가 벽난로와 흡연실에 대해 모른다 하면 내가 대체 뭘 안다고 할 수 있을까? 따뜻한 벽난로! 아, 그곳에는 플로렌스가 있었다. 폭풍우가 그녀의 심장을 돌이킬 수 없는 지경으로 망가뜨린 후 이어진 12년 동안 나는 내내 그렇다고 믿었다. 플로렌스가 침대 속에 안전하게 잠들어 있고, 나는 아래층에서 좋은 친구들과 이야기 나누거나 라운지나 흡연실에서, 취침 전 마지막 시가를 피울 때를 제외하고는 그녀가 단 1분도 내 시야에서 벗어난 적이 없다고 생각한다. 나는 플로렌스를 탓하지 않는다. 하지만 그녀는 어떻게 그 모든 것을 알게 됐을까? 어떻게 알게 된 걸까? 그렇게 속속들이. 오, 하나님! 그만한 시간이 있었던 것 같지는 않았는데. 아마도 내가 목욕을 하거나, 스웨덴 식 체조를 하거나 손톱 손질을 받고 있었을 때였으리라. 환자를 정성껏 돌보는 긴장된 생활을 하려면 나

스스로도 건강관리를 해야 했다. 틀림없이, 그때였던 거다! 하지만 두 사람이 죽은 후 레오노라가 내게 알려준 대로, 그 정도 시간으로는 세상의 지혜가 가득 담긴 기나긴 대화를 나누기엔 부족한 시간이었다. 의사의 처방에 따라 나우하임과 그 주변을 산책하는 동안, 애시번햄 부부와 길고긴 상담을 이어나갈 시간을 찾았다는 건 상상하기도 힘든 일이다. 그리고 그 시간 내내 에드워드와 레오노라는 둘이서 사적인 대화는 한마디도 나누지 않았다는 것 역시 믿기 힘들다. 인간의 성향을 대체 어떻게 생각해야 하는 것인지.

맹세하건데 그 둘은 정말 다른 이들의 모범이 될 만한 한 쌍이었다. 에드워드는 아내에게 할 수 있는 한 최대로 헌신적이었지만 얼빠져 보이는 남자는 아니었다. 건장한 체격에, 정직해 보이는 푸른 두 눈, 뭔가 약간 어리석음을 풍기는 느낌, 너무나 따뜻하고 착한 마음씨! 그리고 레오노라는 큰 키에 말안장에 앉은 모습이 너무나 눈부셨고, 진정 아름다웠다! 그랬다, 레오노라의 미모는 특별했고, 존재감도 너무나 특별해서 현실감이 없어 보일 정도였다. 대체로 모든 걸 최상으로 갖추는 불가능한 일이 아닌가. 지방 명문가 출신이면서, 외모로도 명문가 출신답게 보이고, 아주 적절하면서도 완벽한 부, 완벽한 몸가짐, 심지어 꼭 필요한 듯 느껴지는 약간의 거만함까지. 그 모든 것을 갖춘, 완벽함 그 자체였다니! 아니, 너무 완벽해서 믿을 수 없는 존재였다. 그랬는데 공교롭게도 이날 오후에 사건의 전말을 이야기하며 레오노라가 내게 이렇게 얘기했던 서다. "한빈은 에인을 만들려고 했지만, 저는 연정이란 것에 너무 질렸어요. 정말 완전히 질려버려서, 그를 떠나보내야만 했죠." 이보다 더 충격적인 얘기는 들어본 일이 없다. "나는 진짜로 남자의 품에 안겼어요. 정말 좋은 남자였는데! 정말 다정한 사람이었어요! 저는 이를 악물고 나 자신에게 격렬하게 말했죠. 소설에 나오는 것처럼 정말로 이를 꽉 물고. 나는 혼잣말을 했어요. '그래, 해보는 거야. 내 평생에 한 번이라도 행복해봤으면 좋겠어. 평생에 단 한 번만이라도 좋아!' 어느 날, 여우사냥에서 돌아오는 어두운 마차 안이었어요. 11마일이나 달려야 했지요. 그런데 그때, 갑자기 끝날 줄 모르는 가난에 대한 비통함이, 끝없이 연기를 해야 한다는 사실이 어두운 그림자처럼 나를 덮쳤고, 그게 모든 걸 망쳐버렸어요. 그래요, 나는 이미 너무 망가져버려서 마침내 좋은 시간이 왔어도 그 시간을 즐길 수 없게 됐음을 깨닫고 말았어요. 울음이 터져 나왔어요. 11마일을 달리는 내내 울고 또 울었어요. 내가 우는 걸 상상해보세요! 그리고 내가, 그 불쌍한 착한 남자를 그런 바보로 만들었다니. 정말 옳지 못한 처신이었죠, 그렇죠?"

모르겠다. 나는 모르겠다. 레오노라의 저 마지막 말은 창녀의 말일까, 아니면 품위 있는 여자들이라면 누구나, 명문가 출신이든 아니든 간에, 마음속 깊숙이 간직한 생각일까? 아니면 그런 문제에 대해선 다들 으레 그렇게 생각하는 걸까? 그 누가 알겠는가?

하지만, 오늘 지금 이 순간 그걸 알지 못한다면, 우리가 이루어 놓은 문명의 절정에 살며, 모든 도덕군자들의 설교란 설교는 다 듣고도, 그 모든 어머니들이 딸들을 끝도 없이 교육시켰음에도 불구하고…… 하지만 어쩌면 이런 건 엄마들이 딸들에게 입술이 아닌 눈, 혹은 가슴으로 속삭여 가르치는 것이겠지. 그런데 세상사의 가장 기본적인 그 정도도 알지 못한다면 도대체 우리가 아는 게 무엇이며, 여기 존재할 이유는 뭔가?

나는 레오노라에게 그 사실을 플로렌스에게도 말했는지, 그랬다면 그녀의 반응은 어땠는지 물었다. "플로렌스는 아무 말도 안 했어요. 무슨 말을 하겠어요? 뭐라고 딱히 할 말도 없는데. 내 말 뜻을 잘 아시겠지만, 체면 유지를 위해 내가 견뎌내야 했던 가혹한 가난과, 그걸 겪어야만 했던 이유를 안다면, 애인이나 선물을 받아들인 걸 손가락질할 순 없는 법이죠. 플로렌스는 제 경우와 아주 비슷한 다른 예를 얘기했어요. 가정교육도 아주 잘 받은 뼛속까지 미국인인 플로렌스 입장에서는 제 경우를 직접적으로 얘기하기가 편치 않았던 모양이에요. 자유롭게 사는 여자들은 그냥 그때그때 충동적으로 행동할 수 있다는 거였죠. 물론 미국식 표현으로 얘기하긴 했지만 의미는 그런 뜻이었어요. 플로렌스가 한 말을 그대로 옮기면 이래요. '계속하느냐 그만두느냐는 그 여자 본인한테 달린 일이 아니겠어요?'"

내가 테디 애시번햄을 짐승 같은 인간으로 폄하한다고 생각하진 않기를 바란다. 난 그렇게 생각하지 않으니까. 또 모르지, 어쩌면 남자들이란 다 그런 족속일지도. 내가 흡연실에 대해 뭘 알겠냐고 했던 말을 기억할 것이다. 남자들은 그곳에서 심히 역겨운 이야기들을 하곤 한다. 정말 듣기 고통스러울 정도로 역겨운 이야기들을. 그러면서도 막상 그 남자들에게 '당신들은 내 아내와 단 둘이만 있게 되면 절대 못 믿을 사람들'이란 암시를 주면 그들은 화를 낼 인간들이다. 누가 누구와 단둘이 있건 잘 믿는 사람이라면 더더욱 화를 낼 것이다. 하지만 그런 남자들은 이 세상 그 어떤 것보다도, 역겨운 이야기들을 주고받는 걸 즐긴다. 그런 부류는 사냥도, 옷 입는 것도, 저녁식사도 무기력하게 하고, 일도 아무 열의 없이 하며, 무슨 주제로든 3분 이상 대화하는 것을 지루하다고 생각할거다. 그러면서도 또 다른 이야기가 시작되면 졸다가 깨어나 웃음을 짓다가도, 다시 의자에 아무렇게나 털썩 앉겠지. 만약 그런 이야기를 즐긴다면 당신 아내의 명예를 의심하는 발언에 화가 날게 뭐란 말인가? 또 한 가지, 에드워드 애시번햄만큼 깨끗해 보이는 남자도 없었다. 영국, 햄프셔에서는 그를 훌륭한 치안 판사, 일급 군인, 최고의 지주라고 했다. 내 눈으로 직접 보기도 했지만, 불쌍한 사람들에게 그리고 절망적인 술꾼들에게 그는 정성을 다하는 후견인이었고, 《필드》잡지[6] 칼럼에 실리지 못할 이야기는, 내가 그를 알고 지낸 9년간 거의 한 번도 하지 않았다. 그는 그런 얘기를 듣는 것조차 싫어해서 그런 얘기가 들리면 안절부절못하다가 시가나 뭐 그런 것들을 사러 나가버렸다. 그는 당신 아내와 단둘이 있어도 의심할 일이 없을 그런 사람이었다. 그래서 나는 내 아내를 믿었건만, 그건 미친 짓이었다.

그런가 하면 나 같은 남자도 있다. 만약 불쌍한 에드워드가 그 순결해 보이는 모습으로 인해 더 위험한 남자였다면, 그러면 나는? 하긴 세상 사람들은 순결해 보이는 게 난봉꾼의 특징이라고 말하긴 한다. 나는 평생 부적절한 말을 입에 올린 적이 한 번도 없음을 엄숙하게 공언할 수 있을 뿐만 아니라, 더러운 생각을 품어본 적도 없고, 내평생 정조를 깨끗이 지켰음을 단언할 수 있다. 그렇다면, 대체 그걸 어떻게 이해해야 하는 걸까? 그 모든 게 다 어리석은 짓이고 웃음거

---

6. 1853년에 창간된 스포츠 애호가를 위한 잡지.

리란 말인가? 내가 거세된 남자인걸까? 아니면, 이 세상에서 존재의 권리가 있는 제대로 된 남자들이란 자기 이웃의 아내나 탐하며 끝없이 울어대는 종마란 말인가?

　모르겠다. 나를 이끌어줄 것은 아무것도 없다. 성의 도덕관념만큼이나 기본적인 문제도 이렇게 흐릿하다면, 사적인 만남이나 교제, 사교 활동처럼 그보다 더 도덕규범이 미묘한 것들은 무엇을 기준삼아야 한단 말인가? 아니면, 우린 그저 각자의 충동에만 의지해야 한단 말인가? 모든 게 암흑일 뿐이다.

II

이 글을 어떻게 쓰는 것이 가장 좋을지 모르겠다. 마치 한 편의 이야기인 것처럼 처음부터 차례대로 적는 것이 나은지, 아니면 시간이 얼마만큼 흐른 뒤, 레오노라의 입에서, 혹은 에드워드의 입에서, 막 전해들은 얘기처럼 하는 편이 더 나은지.

그래서 한 2주 동안, 시골 오두막집의 벽난로 가에 앉아, 내 마음과 잘 통하는 사람이 맞은편에 앉아 있다고 상상하려고 한다. 저 멀리서 바다 소리가 들려오고, 하늘에서는 바람의 거대한 검은색 물결이 밝은 별들을 빛나게 닦아주는 동안, 나는 낮은 목소리로 이야기를 할 것이다. 때때로 우리는 일어나 문가로 다가가 커다란 달을 내다보고 말하겠지. "이런, 프로방스에서 봤던 달만큼이나 밝잖아!" 하지만 가볍게 한숨을 쉬며 다시 난롯가로 돌아오겠지. 우리는 가장 슬픈 이야기마저 즐거울 수 있는 프로방스에 있는 게 아니기에. 예를 들어, 뻬르 비달[7]의 애절한 삶 같은 슬픈 이야기도. 2년 전에 플로렌스와 나는 비아리츠에서 블랙 마운틴에 위치한 라투르까지 자동차 여

───────────────

7. 뻬르 비달: 중세 프랑스 남부에서 활약한 음유시인으로 주로 사랑을 노래했고, 매우 무모한 성격이었다고 함. 그의 전기를 쓴 작가는 그를 '세상에서 가장 미친 사람'이라고 표현했다.

행을 했다. 구불구불한 골짜기들 사이에 거대한 봉우리가 솟아 있었고, 그 봉우리 위에 네 개의 성, 라투르가 있었다. 프랑스에서 프로방스로 가는 길목인 그 골짜기를 따라 엄청난 북풍이 불어 은회색 올리브 나뭇잎들이 마치 바람에 흩날리는 머리카락처럼 보였고, 로즈메리 다발들은 행여 뿌리 채 뽑혀 나가기라도 할까봐 철암벽 속으로 바삐 기어들었다.

물론 라투르에 가길 원했던 건 가엾은 플로렌스였다. 아무리 코네티컷의 스탬포드에서 자라 성격이 밝았다고 해도, 그녀는 포킵시에서 대학을 졸업한 여자였다. 플로렌스 같은 특이하고 수다스러운 여성이 어떻게 그렇게 해냈는지는 나도 상상이 잘 안 된다. 낭만적인 구석이라고는 없이, 먼 곳을 응시하는 듯 보이는 그녀의 두 눈. 사실 플로렌스는 시적인 꿈을 꾸고 있다거나, 사람을 꿰뚫어 보는 것처럼 보이질 않았다. 왜냐하면 한 번도 누군가를 제대로 쳐다보지 않았으니까! 아무튼 그런 눈으로, 자기가 하는 말에 대한 언급이나 반박은 다 듣기 싫다는 듯, 손을 들어 남의 말을 막은 채 플로렌스는 얘기를 하곤 했다. 네덜란드인 침묵의 윌리엄 1세에 대해, 수다스러운 구스타프에 대해, 파리의 드레스와 1337년의 가난한 사람들 복장에 대해, 프랑스 화가 판텡라투르에 대해, 파리와 리옹을 오고가는 지중해 고급 열차에 대해 얘기했고, 보케르를 다시 보려면 타라스콩에서 내려 론 강 위에 놓인 현수교를 건너는 편이 좋을 거라는 얘기, 뭐 그런 것들을 얘기했다.

물론, 우리는 그 뒤로 보케르를 다시 보러 가지 않았다. 아름다운 보케르, 뾰족한 삼각형의 하얀 탑 때문에 바늘처럼 가늘어 보이고 5번 가와 브로드웨이 사이에 있는 플랫아이언 빌딩처럼 높아 보이던 보케르, 산봉우리의 회색 담 안에 키 큰 소나무 밑으로 푸른 붓꽃들이 1.5에이커나 펼쳐 있던 그곳. 우산 모양의 소나무가 얼마나 아름다웠던지!……

아니, 우리는 두 번 다시 그곳에 가지 않았다. 하이델베르크에도, 하멜린에도, 베로나에도, 몽마쥬르에도, 카르카손느에도 다시 한 번 가지 않았던 것처럼. 물론 그곳에 대해 이야기는 나눴지만, 플로렌스는 아마도 어떤 곳을 한 번 보는 것만으로 원하는 걸 모두 얻을 수 있었나보다. 그녀에겐 그런 눈이 있었다.

불행히도 나는 그렇지 못했기에, 세상은 내가 다시 가고 싶은 곳으로 가득했다. 눈이 멀어버릴 만큼 하얀 햇살이 쏟아지던 마을, 파란 하늘 밑의 소나무들, 박공지붕의 귀퉁이, 사슴과 주황색 꽃들이 온통 새겨져 있거나 그려진, 꼭대기에 작은 성자 조각이 달린 계단형 삼각지붕, 지중해에서 1마일쯤 떨어진, 레그혼[8]과 나폴리 중간쯤에 위치한 담이 둘러진 마을과, 회색, 분홍색의 주택들. 우리는 그중에 단 한 곳도 다시 가보지 않았기에, 내게 세상이란 색색으로 점을 찍어놓은 거대한 캔버스와 같았다. 한 번쯤 다시 가보았더라면 내가 지금 붙들고 의지할만한 것이 있었을 텐데.

이런 얘기가 주제를 벗어난 것일까 아닐까, 아니면 관련된 사항일까? 그 역시 모르겠다. 내 얘기를 듣고 있는 당신은 내 앞에 앉아 있다. 하지만 너무나 조용하다. 당신은 내게 아무 말도 하지 않으니

---

8. 중앙 이탈리아의 항구

까. 어쨌든 나는 당신에게 나와 플로렌스가 어떻게 살았고, 플로렌스는 어떤 여자였는지, 말해주려고 애쓰는 중이다. 그녀는 참 밝았다. 그리고 춤을 추었다. 플로렌스는 성(城)의 바닥에서, 바다에서, 모자 상점에서, 리비에라⁹의 해변에서건 어디서나 춤을 마다하지 않는 것 같았다. 마치 물에 반사된 화사한 빛이 천장에서 너울거리는 것처럼. 그 밝은 빛을 살아있게 하는 게 내가 살며 할 일이었다. 그 일은 춤추는 반영을 손에 잡는 것만큼이나 어려웠다. 나는 몇 년간이나 그 일을 계속해야 했다.

플로렌스의 이모들은 분명히 내가 필라델피아에서 제일 게으른 사람일 거라고 말하곤 했다. 그들은 필라델피아에 가 본 적도 없기에 뉴잉글랜드 사람들의 도덕 잣대로 생각했다. 앙상한 느릅나무 아래 자리한 작고 오래된, 식민지풍 목재로 지은 집에 갔을 때, 나한테 던진 첫 질문이 내가 어떻게 사느냐가 아니라 뭘 하고 사느냐라는 것만 봐도 알 수 있다. 하지만 나는 하는 일이 없었다. 아마도 내가 무슨 일이라도 해야만 했던 모양인데, 나는 그래야만 할 이유가 없었다. 왜 꼭 뭘 해야 하는 걸까? 난 그냥 어쩌다보니 그 집에 나타나 플로렌스를 원했을 뿐이다. 그때까지는 주택가였던 14번 가의 브라우닝 티 파티인지 아니면 그 비슷한 모임에서 나는 플로렌스와 처음 알게 되었다. 내가 왜 뉴욕에 갔는지는 잘 모르겠고, 왜 티 파티에 갔는지도 모른다. 플로렌스가 왜 '철자 맞히기 모임' 따위에 가야 했는지도 이해가 안 된다. 아무리 그 시절이라고 해도 그런 자리는 포킵시에서

---

9. 이탈리아와 프랑스의 칸느 사이에 있는 해안가

대학을 졸업한 사람이 갈 만한 자리가 아니었다. 아마도 플로렌스는 스타이브슨트[10] 가문의 문화 수준을 끌어올리고 싶어서 마치 빈민가를 찾듯이 갔을 것이다. 그러니까 지적인 면에서의 빈민가였다는 뜻이다. 플로렌스는 세상이 자기가 처음 발견했을 때보다 조금 더 나아지길 늘 바랐다. 가엾은 것. 나는 플로렌스가 테디 애시번햄에게 화가 프란스 할스와 부버만의 차이라든가, 미케네 시대 이전의 조각이 왜 정육면체이고 꼭대기에 왜 둥근 꼭지가 달려있는지에 대해 가르치는 것을 들은 적이 있다. 그가 그걸 듣고 무슨 생각을 했을까? 고마워했을지도 모르겠다.

나는 고마웠다. 저 가엾은 플로렌스가 크노소스의 유물이나 월터 페이터[11]의 정신적 영혼 같은 주제에 집중할 수 있도록 내 모든 관심과 노력을 전부 기울여야 했기 때문이다. 당신도 알겠지만, 나는 플로렌스가 그런 것에 몰두하게 해야만 했다. 안 그러면 그녀는 죽을지도 몰랐다. 만약 플로렌스가 무언가에 흥분하거나, 감정이 심하게 동요되면 그녀의 작은 심장이 멈출지도 모른다는 진지한 충고를 들었기 때문이기도 하다. 12년간 모든 대화의 말 한마디 한마디에 신경을 곤두 세워야했고, 영국인들이 '그것'이라 지칭하는 사랑, 빈곤, 범죄, 종교 같은 주제는 적극적으로 차단해야했다. 그랬다. 프랑스의 항구 아브르에 배가 도착한 뒤 플로렌스를 데리고 찾아간 첫 번째 의사

---

10. 뉴 네덜란드가 1664년 영국군에게 항복할 때까지의 식민 총통 이름이 피터 스타이브슨트로, 현재 맨해튼에 스타이브슨트 광장이 있다.

11. 월터 페이터(1839~94): 영국 비평가, 《르네상스사 연구》(Studies in the History of Renaissance)라는 저서는 영국 미학 발전에 지대한 영향을 주었다.

가 꼭 그렇게 해야만 한다고 주의를 줬다. 원 세상에, 그 사람들은 모두가 어처구니없는 바보들이었던 걸까. 아니면 이 세상 모든 의사들 사이에는 이해관계가 같은 사람들끼리의 공감대 같은 게 있었던 걸까?…… 그래서 나는 뻬르 비달을 떠올리게 된다.

나는 플로렌스를 늘 문화 쪽 주제로 이끌어야 했는데 그 이야기에는 문화적인 요소가 강했기 때문이다. 하지만 그와 동시에 그 이야기는 너무나 웃긴 얘기였는데 플로렌스는 웃으면 안 됐고, 또한 그녀는 사랑에 대해 생각도 하면 안 됐는데 그 이야기에는 사랑이 가득했다. 당신은 그 이야기를 들어본 적 있는가? 네 개의 성이 있는 라투르에는 블랑쉐라는 성주 부인이 있었는데, 사람들은 찬사의 의미로 그녀를 라루브, 즉 여자 늑대라고 불렀다. 음유시인 뻬르 비달은 라루브에게 구애했지만 그녀는 그를 본척만척 했다. 그래서 시인은 그녀에게 경의를 표하기 위해, 당시에 사랑에 빠진 사람들이 하던 일을 벌였다. 늑대 가죽을 뒤집어쓰고 블랙 마운틴[12]에 오른 것이다. 목동들과 개들이 그를 진짜 늑대로 착각하여 그를 칼끝으로 찌르고 몽둥이찜질을 해댔다. 그들은 뻬르 비달을 라투르의 라루브에게 데려다 줬지만, 라루브는 전혀 감동하지 않았다. 사람들이 뻬르 비달의 몸을 닦아줬고, 라루브의 남편은 라루브를 심각하게 나무랐다. 왜냐하면 뻬르 비달은 위대한 시인이었고, 위대한 시인을 무심히 대하는 것은 예의가 아니었기 때문이다.

뻬르 비달이 자신을 예루살렘인지 어딘지의 황제라고 선언하자,

---

12. 프랑스 중남부의 산맥.

라루브의 남편은 무릎을 꿇고 그의 발등에 입 맞췄지만 라루브는 하려들지 않았다. 뻬르 비달은 노 젓는 배를 타고 네 명의 동료와 함께 그리스도의 성묘를 되찾으러 다시 떠났다. 그리고 어느 암벽에 좌초했고 라루브의 남편은 막대한 비용을 들여 뻬르 비달을 찾아 왔다. 그러자 뻬르 비달은 라루브의 침대에 완전히 널브러졌고, 최고로 사나운 전사인 라루브의 남편은 위대한 시인에게 합당한 예의를 갖추라고 다시 아내를 타일렀다. 하지만 두 사람 중에 더 사나운 사람은 라루브였던 모양이다. 어쨌든, 얘기는 거기까지이다. 정말 대단한 이야기 아닌가?

플로렌스의 이모들인 헐버드 부인들이 얼마나 괴상하리만치 구식인지는 아마 짐작도 못 할 것이다. 물론 삼촌도 마찬가지이다. 정말 사랑스러운 남자, 존 삼촌 말이다. 마르고, 점잖은, 심장병을 앓느라 플로렌스의 발병 후와 비슷한 삶을 사셨던 분. 그는 스탬포드에 살지 않았다. 그의 집은 시계가 많이 생산되는 워터베리에 있었다. 플로렌스의 삼촌은 그곳에서 공장을 운영했는데, 미국인들의 이상한 습성에 따라 그도 거의 매년 생산품목을 바꿨다. 한 9개월간은 뼈로 단추를 생산하더니 갑자기 마부의 제복에 다는 황동 단추를 제작했다. 그러다가 또 다시 캔디 깡통의 양철 뚜껑으로 생산품을 바꿨다. 사실 심장 박동이 약하고 불규칙한 그 가엾은 노인은 자기 공장에서 아무것도 생산하지 않는 게 싫었을 뿐이다. 하지만 그도 은퇴하고 싶은 마음이 있었다. 그리고 일흔이 되자 은퇴를 했다. 하지만 마을의 모든 아이들이 그를 손가락질하며, "저기 워터베리에서 제일 게으른 남자가 온다!" 하고 놀려댈까봐 너무나 걱정이 된 나머지, 세계 여행을 떠나기로 했다. 플로렌스와 지미라는 젊은 남자가 동행했다. 플로렌스 말에 따르면 지미라는 남자는 헐버드 씨가 흥분할만한 주제를 차단하는 임무를 맡았다고 했다. 예를 들어, 정치적 논쟁을 피하게 하는 것이었다. 그 가엾은 노인은 세계 여행을 떠나 만날 사람이라곤 공화당원밖에 없던 시절에 홀로 골수 민주당원이었기 때문이다.[13] 어쨌든, 그들은 그렇게 세상 구경을 나섰다.

이 일화를 소개하는 것이야말로 그 나이 지긋한 신사를 가장 잘 알게 되는 길이라고 나는 생각한 다. 그는 내 가엾은 아내의 성격 형성에 지대한 영향을 준 사람이기 때문에, 이 노인에 대해 아는 것이 중요할 수도 있다는 생각이다.

샌프란시스코에서 남태평양을 향해 출항하기 직전, 헐버드 씨는 여행에서 만나게 될 사람들에게 나누어 줄 선물을 챙겨가야겠다고 했다. 그리고 편리한 접이식 의자와 오렌지가 제격이라는 생각을 했다. 왜냐하면 캘리포니아는 오렌지의 고장이었기 때문이다. 몇 상자를 구입했는지는 알 수 없으나 그는 싱싱한 캘리포니아 산 오렌지와 접이식 의자 여섯 개를 자기 선실의 특별한 상자 안에 구비해 놓았다. 과일이 짐의 반 이상을 차지했던 것은 분명했다.

그는 그들이 타고 다닌 몇 대의 증기선에 동승한 승객들 모두에게, 고갯짓으로 인사를 주고받는 정도의 안면이 있는 사람들이라면, 전부 매일 아침 오렌지를 건넸다. 그러고도 이 드넓은 우리의 지구를

---

13. 1869년 제 18대 대통령 율리시스 그랜트 때부터 1913년 제 28대 대통령인 우드로우 윌슨 때까지 계속 공화당 대통령이 집권했다. (1885-9, 1893-7년 만 제외.)

한 바퀴 다 돌 때까지도 오렌지가 남아 있었다. 그들이 노르 곶[14]을 향해 할 때는 이 가엾게 바싹 마른 노인이 수평선 위의 등대를 보게 됐다. 그리고 혼잣말을 했다. '안녕, 이 친구들은 아주 외롭게 지내겠군. 이 사람들에게도 오렌지를 좀 갖다 줘야겠어.' 그래서 그는 작은 보트에 오렌지를 가득 싣고 손수 노를 저어 수평선의 등대로 가기도 했다. 접이식 의자는 배에서 마주치는 숙녀들 중에 자기 마음에 들거나, 피곤해 보이거나, 병약해 보이는 사람들에게 나누어 주었다. 그렇게 심장병을 조심해가며 조카와 함께 그는 세상을 돌아다녔던 것이다.

그는 자기 심장에 대해 특별히 유난하게 굴지 않았다. 그에게 심장병이 있다는 것을 눈치 채기도 힘들었을 것이다. 그는 자기 심장을 꽤나 특별하다고 생각했기 때문에 의학 발전을 위해서 워터베리의 신체 연구소에 기증했다. 진짜 어이없는 사실은, 그가 여든넷의 나이로 플로렌스보다 딱 닷새 먼저 세상을 떠난 사인은 기관지염이었던 것이다. 심장에는 전혀 문제가 없던 것으로 밝혀졌다. 뛰는 모양이나 끽끽거리는 소리 때문에 의사들이 착각할 수밖에 없었지만, 나중에 알고 보니 그 모든 게 폐의 괴상한 형태 때문이었던 것으로 드러났다. 사실 나는 이런 문제에 대해선 잘 모른다.

이 분이 돌아가시고 닷새 후에 플로렌스가 죽었기 때문에 내가 그의 유산을 상속했다. 나는 그러고 싶지 않았다. 유산은 그저 큰 걱정거리일 뿐이었다. 그 노인이 자선단체에 많은 유산을 남겼기 때문에 수탁자를 지정하기 위해 나는 플로렌스의 죽음 직후 워터베리로

---

14. 북 노르웨이의 한 섬에 있는 곳으로 여행선박들은 으레 이곳에 정차한다.

가야 했다. 유산을 제대로 관리하지 못 할 거라는 생각은 하기 싫었다.

그랬다. 그건 큰 걱정거리일 뿐이었다. 대충 일을 마무리할 때쯤 애시번햄으로부터 빨리 돌아와 얘기를 하자고 간청하는 급한 전보를 받게 됐다. 그리고 곧바로 레오노라로부터 '그래요, 제발 돌아오세요. 당신 도움이 필요해요.'라는 전보를 받았다. 아마도 애시번햄이 상의 없이 전보를 보낸 뒤에 얘기를 한 모양이었다. 직접 얘기한 게 아니고, 애시번햄이 그 소녀에게 이야기를 하고, 그 소녀가 애시번햄의 아내에게 얘기를 전했다는 부분만 다를 뿐이지 나중에 알고 보니 정말 그랬다. 내가 어떤 도움이 될 수 있었을지도 모르겠으나, 내가 도착했을 땐 이미 늦었다. 그때 나는 처음으로 영국 삶의 맛을 보았다. 정말 대단한 경험이었다. 나는 그 느낌에 압도됐다. 에드워드가 내 옆에서 몰았던 튼튼한 승마용 말의 느낌은 잊을 수 없으리라. 발을 높이 들며 나아가던 그 동물의 움직임, 그의 가죽은 마치 비단 같았다. 그리고 그 평화! 붉은 우리의 뺨! 그리고 그 아름답고도 아름다운 오래 된 집.

그 집은 브램셔 텔레라에 가까이 있었고, 우리는 강한 바람에 노출돼 있는 뉴 포레스트의 높고, 맑은 불모지에서부터 그쪽으로 내려갔다. 워터베리에서 그곳까지 가는 길은 정말 굉장했다. 테디 애시번햄이 내게 할 이야기가 있다고 전보를 쳤다는 사실 때문에 '이런 장소에서 이런 사람들에게 재앙 비슷한 일이 일어나는 것'은 말도 되지 않는다는 생각이 들었다. 정말이지 그곳은 진정한 평화 그 자체였다. 그리고 아름다운 레오노라는 미소를 띤 채 구불구불한 금발을 늘어뜨리고, 집사와 하인, 하녀들을 뒤에 거느린 채 문간에 서 있었다. 그리고 내가 긴급한 전보 두 통을 받고 지구 반 바퀴를 돌아온 것이 아니라 마치 10마일 쯤 떨어진 읍내에 나갔다가 점심을 먹으러 들린 것 마냥, 이렇게 말했다. '당신이 와서 정말 기뻐요.'

'그 소녀'는 사냥개들과 밖에 나갔나보다고 나는 생각했다.

그리고 그 가엾은 사람은 내 옆에서 고뇌에 빠져 있었다. 인간이 상상할 수 있는 범위를 넘어선, 절대적인, 희망 없는, 말 못할 고뇌.

III

1904년 8월의 어느 무더운 여름날이었다. 플로렌스는 이미 한 달째 목욕을 해오고 있었다. 그런 곳에서 환자로 지내는 것이 어떤 느낌인지 나는 알지 못한다. 나는 그 어디에서도 환자였던 적이 없다. 아마도 환자들은 그런 곳을 집처럼 느끼게 되고, 닻을 내리고 정박할 만한 곳으로 느끼지 않을까. 환자들이 간병인을 좋아하는 이유는, 활기찬 얼굴에, 권위 있는 태도, 그리고 그 하얀 리넨 복장 때문인 것 같다. 하지만 나로서는 나우하임에 있는 동안, 뭐랄까 벌거벗고 있는 느낌이었다. 해변이나 다른 확 트인 곳이면 어디에서나 느끼게 되는 벌거벗고 있는 느낌. 나는 그곳에 애착도, 미련이 쌓인 것도 없었다.

자기 집에서도 자기를 꼭 품어줄 것 같은 어느 의자 하나로만 자꾸 가 앉게 되는 것이나, 다른 곳은 다 적대적으로 느껴질 때 유독 어느 거리만 친근하게 느껴져 자꾸 걷게 되는 것은 대단할 것 없는 본능적인 이끌림 때문이다. 그리고 그런 감정은 인생에서 정말 무시힐 수 없는 부분이다. 나는 휴양지들을 겉도는 방랑자로 너무나 오래 살았기 때문에 이 사실을 잘 안다. 그런 휴양지들은 너무나 괴하게 정돈돼 있었다. 하늘에 맹세코 나는 절대로 단정치 못한 사람이아니다. 하지만 가엾은 플로렌스가 아침 목욕을 하는 동안, 정성들여 비질을 해 놓은 잉글리시 호텔에 서서 그곳 풍경을 보고 있는 느낌이란! 정성껏 정리해 둔 자갈밭 위에 정성껏 손질한 나무를 심은 화분이 놓여있고, 사람들은 조심스럽게 계산된 시간 동안, 조심스럽게 계산한 유쾌함을 나누며, 공원의 키 큰 나무들을 지나 오른쪽으로 올라가 붉은 돌로 된 목욕탕으로 올라간다. 아니, 반쯤은 하얀색 통나무가 섞인 오두막 목욕탕이었던가? 그곳에 그렇게 자주 갔으면서도 정말 기억이 안 난다. 이렇게만 말해도 내가 얼마나 자주 그 풍경 속에 서 있었는지 당신은 짐작할 수 있으리라. 나는 두 눈을 가리고도 사우나로, 세척실로, 그리고 네모난 안뜰 중앙의, 녹물을 뿜어내는 분수대까지 찾아 갈 수 있다. 그렇다. 두 눈을 가리고도 어디든 찾아갈 수 있다. 나는 정확한 거리까지 알고 있다. 호텔 레지나에서는 187걸음을 걸은 후, 왼쪽으로 확 돌아서 다시 420걸음을 걸으면 바로 분수에 도착한다. 잉글리시 호텔에서는 보도에서 시작해서 97걸음을 걷고, 이번에는 왼쪽으로 돌아 똑같이 420걸음 걸으면 된다.

세상에 할 일이 아무것도, 정말 아무것도 없다는 게 어떤 것인지 이제 좀 감이 오는가? 그래서 나는 걸음을 세는 습관이 생겼다. 나는 목욕탕까지 플로렌스를 데려다줬다. 물론 플로렌스는 이런 저런 얘기로 나를 즐겁게 했다. 전에도 말했지만, 플로렌스에게는 어떤 소재로든 대화를 이끌어내는 놀라운 재주가 있었다. 그녀는 발걸음이 아주 가벼웠고, 머리도 잘 매만진 상태였고, 옷도 아주 아름답게 정말 비싼 것으로만 입었다. 물론 플로렌스에게는 자기 돈이 있어서, 나는 신경 쓰지 않았다. 플로렌스의 드레스 중에는 기억나는 게 하나도 없다. 아니, 딱 하나 생각이 나는 것도 같다. 파란색 실크로 만든 아주 단순한, 치마 쪽은 풍성하고 어깨 쪽으로 가면서 넓어지는 중국풍의 드레스. 플로렌스의 머리는 구릿빛이었고, 구두 굽은 아찔하게 높아 발가락 쪽에서 중심을 잃고 넘어지기도 했다. 목욕하는 곳에 도착한 뒤, 그녀를 맞아들이려고 문이 열리면, 플로렌스는 살짝 요염한 미소를 내게 지어 보였다. 그 모습은 마치 뺨으로 자기 어깨를 어루만지는 것처럼 보였다.

플로렌스는 그 드레스와 함께 엄청나게 넓은 밀짚모자를 썼던 것 같다. 루벤스의 작품 '밀짚모자'와 비슷하지만 색만 하얀 그런 모자. 드레스와 같은 재질의 천으로 가볍게 그 모자에 묶은 스카프. 플로렌스는 자기의 푸른 눈을 돋보이게 하는 방법을 알고 있었다. 목에는 요란하지 않은 분홍빛 산호구슬 목걸이를 걸었을 것이다. 그녀의 피부는 티 없이 깨끗했고, 더할 수 없이 부드러웠……

그렇다, 그것이 내가 기억하는 그녀의 모습이다. 그 드레스를 입고, 그 모자를 쓰고, 자기의 어깨 너머 나를 보던 두 눈은 정말 파랗게 빛났다. 짙은 조약돌의 푸른 빛……

도대체 왜! 플로렌스의 그 미소는 대체 누구를 위한 것이었을까? 목욕탕의 간병인? 지나가는 사람? 모르겠다. 어쨌든 나를 위한 것은 절대로 아니었다. 그녀의 삶을 통틀어 어떤 상황에서도, 그 어디에서도 그렇게 조소하듯, 유혹하듯 내게 그런 미소를 지어준 적은 없었다. 아, 그녀는 수수께끼였다. 하지만 사실, 여자들은 다들 수수께끼가 아니던가. 그런데 문득 내가 아까 시작했던 얘기의 끝을 맺지 못한 것이 생각나는군…… 매일 아침 목욕탕에 있는 플로렌스를 데리러 가기 전, 호텔 계단에 서 있을 때 느꼈던 감정에 대한 말이다. 머리를 단

정히 빗어 세련되고 말쑥한 나는, 큰 키의 영국인들, 호리호리한 미국인들, 땅딸막한 독일인들, 그리고 비만인 러시아계 유태인들에 비해 내가 왜소하다 생각하고는, 담배를 담배 케이스에 두드리면서, 햇살 속의 세상을 둘러보며 그곳에 그렇게 서 있곤 했다. 하지만 혼자 그렇게 있어야 하는 날도 실은 하루밖에 남지 않았었다. 그러니까 애시번햄 부부의 등장이 내게 어떤 의미였을지 당신은 짐작할 수 있으리라.

나는 참 많은 것들의 면면을 망각했지만, 호텔 엑셀시어 레스토랑의 그날 저녁을 비롯해서 수없이 여러 번 저녁식사를 한 그곳의 모습은 절대로 잊지 못할 것이다. 두 번 다시 가보지 못했던 도시들과 성들의 모습은 내 기억에서 깨끗이 지워졌지만, 종이 모형 과일들과 꽃들로 장식한 그 하얀 방과 높은 창문, 여러 개의 테이블, 양쪽 면에 하늘 위로 날아오르는 금빛 학 세 마리가 새겨진 문 옆 검정색 칸막이, 방 한가운데에 놓여 있던 야자나무, 웨이터의 구두 스치는 소리, 냉정하고 값비싸 보이는 우아한 분위기, 그리고 매일 저녁, 저녁식사를 위해 찾아들던 고객들의 모습. 처방받은 식사를 꼭 해야만 한다는 듯한 성실한 태도, 그리고 어떤 경우를 막론하고 식사를 즐겼다가는 큰일이라도 날 것 같이 엄숙한 태도. 그런 것들은 정말로 쉽게 잊을 수가 없다. 그러던 어느 날 해질녘쯤 됐을 때, 에드워드 애시번햄이 칸막이를 돌아서 한가롭게 식당 안으로 들어오는 모습을 나는 봤다. 안색이 창백한 수석 웨이터는 (대체 지하의 어느 구석에 들어가 있어야 저렇게 창백한 얼굴이 되는 걸까?) 수석 웨이터들 특유의, 조심스러우면서도 약간 거만한 태도로 애시번햄에게 다가가 손님이 속삭일 수 있도록 그의 창백한 귀를 갖다 댔다. 당연히 새로 온 손님에게는 썩 유쾌하지 않은 절차였지만 에드워드 애시번햄은 영국인답게, 신사답게 잘 참았다. 나는 그의 입술이 세 음절짜리 단어를 말하고 있다는 것을 알 수 있었다. 그런 미세한 것들을 감지하는 것 말고는 할 일이 전혀 없었기 때문이다. 그리고 그 즉시, 그가 브램셔 텔레라, 브램셔 대저택 출신의, 14대 영국 왕의 기병대, 에드워드 애시번햄 대령임을 알 수 있었다. 매일 저녁 식사 전에 복도에서 기다릴 때 나는 경영자인 숀츠 씨의 호의 덕에 손님들이 객실을 잡기 위해서 서명해야 하는 경찰 보고용 문서를 들여다 볼 수 있었기 때문이었다.

수석 웨이터가 즉시 그를 안내한 곳은, 뉴저지 폴스 리버에서 온 그렌펄스 부부가 앉아 있다가 막 일어선, 내가 앉은 곳에서 세 테이블 떨어진 자리였다. 처음 온 손님에게 그 테이블은 별로 좋은 테이블이 아니라는 생각이 들었다. 조금 낮게 들어오긴 했지만 어쨌든 햇볕이 직접 드는 자리였기 때문이었다. 그리고 애시번햄 대령도 나와 같은 생각을 하는 것 같았다. 하지만 그는 영국인다운 훌륭한 태도로 그때까지 아무 내색도 하지 않았다. 전혀. 그의 표정에는 기쁨도 절망도 없었다. 희망도 두려움도, 지루함도 만족도 없었다. 그는 그 사람 많은 식당에서 단 하나의 영혼도 감지하지 못하는 것처럼 보였다. 마치 정글 속을 걷고 있는 사람 같았다. 나는 그 전에도 그렇게 완벽한 표정을 보지 못했고, 앞으로도 보지 못할 것이다. 표정은 거만하면서도 거만하지 않았고, 겸손하면서도 겸손하지 않았다. 그의 금발 머리는 완벽하게 정돈된 채로 구불거리며 왼쪽 관자놀이에서 오른쪽 관자놀이까지 내려왔다. 그의 얼굴은 옅게 붉은 벽돌색이었고, 머리카락 뿌리가 있는 곳까지, 얼굴 전체가 더할 나위 없이 고르게 밝았다.

금빛 콧수염은 칫솔처럼 빳빳했고 검정색 재킷은 등이 살짝 굽은 것처럼 보이라고 어깨뼈 있는 곳을 두껍게 재단한 것이 틀림없어 보였다. 정말 그 사람다운 일이었다. 애시번햄은 그런 것들에 신경을 썼다. 말의 가슴걸이, 고삐에 다는 마우스피스나 부츠, 최상품의 비누, 최고의 브랜디는 어디서 살 수 있는지, 카이버 절벽에서 2등말을 탄 젊은 이의 이름이 무엇인지, 4번 탄약을 장전하기 전까지 3번 탄약의 화력은 어느 정도인지…… 맹세코, 그가 다른 얘기를 하는 것은 들어보지 못 했다. 내가 그를 알고 지낸 수년 간 이런 주제를 벗어난 얘기를 하는 것을 들어본 적이 없다. 아, 그래, 한 번은 특이한 빛깔의 내 파란색 넥타이들을 벌링턴 아케이드에 있는 회사 것으로 사면 뉴욕의 내 단골 가게보다 더 싸게 살 수 있을 것이라고 말해 주기도 했다. 그 이후로 줄곧 나는 그곳 넥타이를 샀다. 그러지 않았으면 나는 벌링턴 아케이드라는 이름을 기억하지 못 했을 거다. 어떻게 생긴 곳일까? 나는 한 번도 본 적이 없다. 마치 고대 로마 대광장을 떠받치는 기둥들이 버티고 있는 그곳에서, 에드워드 애시번햄이 그 사이로 걸어 내려오는 모습을 상상해본다. 어쩌면 전혀 다른 모습일 수도 있다. 또한 번은 스코틀랜드의 배당주 값이 곧 오를 테니 구입하라고 조언해 준 적이 있다. 나는 조언대로 했고, 값은 정말 올라갔다. 하지만 그가 어떻게 그 정보를 입수했는지는 전혀 알지 못한다. 아마도 파란 하늘에서 뚝 떨어진 게 아니었을까.

한 달 전까지만 해도 그에 대해서 나는 이 정도밖에 몰랐다. 그 외에 아는 것이라곤 그의 이니셜 E.F.A.가 찍힌 돼지가죽으로 만든 상자들이 얼마나 많았는지 정도? 총기함, 옷깃을 넣어두는 상자, 셔츠 보관 상자, 서류함, 그리고 약병이 네 개씩 들어있던 상자들, 모자 상자, 헬멧 상자들. 그의 의복과 장비를 한 벌 장만하기 위해서는 가다라의 돼지[15]에 등장하는 돼지들이 전부 다 필요할 정도였다. 내가 어느 날 그의 방에 불쑥 들어갔다면, 코트와 조끼를 벗은 채 허리에서부터 부츠 뒤축까지 내려오는 엄청나게 긴, 완벽하게 우아한 바지를 입고 서 있는 그를 봤을지도 모른다. 그는 언뜻 생각에 잠긴 모습으로 어떤 상자 하나를 닫고, 다른 상자의 뚜껑을 열고 있었겠지.

세상에, 사람들은 그의 어떤 면을 본 것인지. 안팎을 통틀어 그 정도가 그의 전부였는데도 사람들은 그를 그저 훌륭한 군인이라고 불렀다. 하지만 레오노라는 고통에 가까운 열정으로 그를 사랑했고, 바다의 깊이만큼 사무치는 고통으로 그를 증오했다. 상대가 누구이든 간에, 그는 대체 어떻게 사람이 그런 감정을 품게 만든 걸까?

네 개의 눈동자만 있는 자리에서, 그는 대체 그들에게 무슨 말을 했던 걸까? 아, 갑자기, 문득 갑자기 알 것 같다. 훌륭한 군인들은 모두 지나칠 정도로 감상적이기 때문이다. 훌륭한 군인들은 다 그런 부류이다. 첫째로, 그들은 걸핏하면 용맹, 충성, 명예, 절개 같이 거창한 말을 쓴다. 만약에 에드워드 애시번햄이 나와 친하게 지낸 9년간 '무거운 주제'라고 할 만한 것들에 대해 한 번도 논하지 않았을 거라는 인상을 받았다면, 그건 내가 그를 잘못 묘사한 탓이다. 그가 내 앞에서 마지막으로 감정을 쏟아내기 전에도, 가끔 아주 늦은 밤이면 우주에 대한 그의 감상적인 견해를 꿰뚫어볼 수 있게 하는 뭔가를 내

---

15. 마태복음 8:28-32에 고대 팔레스타인, 가다라 지방의 돼지 떼가 미친 듯이 언덕을 달려 내려가 바다로 뛰어들었다는 내용이 나온다.

게 불쑥 말해주곤 했다. 그는 좋은 여자와의 교제가 나를 얼마나 보완할 수 있는지에 대해 말하기도 했고, 절개가 바로 최고의 덕목이라고 말하기도 했다. 그는 자기 말이 아무 의심 없이 받아들여질 거라 생각하며 아주 강하게 말했다.

절개라니! 정말 특이한 생각 아닌가? 그러고 보니 가엾은 에드워드가 독서광이었다는 얘기도 꼭 해야 할 것 같다. 그는 경리 아가씨가 후작과 결혼하고, 가정교사가 백작과 결혼하는 내용의 감상적인 책들을 몇 시간씩 읽곤 했다. 그가 읽는 책 속에서 진정한 사랑은 버터를 섞은 꿀처럼 부드럽게 흘러갔다. 애시번햄은 특정한 부류의 시도 좋아했고, 더없이 슬픈 사랑 이야기를 읽기도 했다. 절망적인 이별의 대목을 읽으며 그의 두 눈에 눈물이 차오르는 것을 본 적도 있다. 그리고 그는 아이들이나 강아지, 그리고 일반적으로 연약한 모든 것들에 감상적인 애정을 쏟으며 사랑했다.

이런 사람이니 여자들에게 할 말도 참 많았을 것이다. 책 얘기 말고도 말의 장비들에 대한 건전한 상식과, 역사나 감상적인 주 치안판사로 있을 때의 경험들을, 바로 그 순간 사랑을 나누고 있는 여자가 자기의 운명이며 영원한 사랑이라고 열정적이고 낙관적으로 믿으며 말했다.

주위에 남자가 하나도 없어서 부끄러움을 느끼지 않을 때, 그는 정말 말을 많이 했던 것 같다. 그가 마지막으로 내 앞에서 한바탕 속 얘기를 쏟아냈을 때 나는 소스라치게 놀랐다. 모든 것이 끝장나고, 그 불쌍한 소녀가 운명의 브린디시 항구로 가는 중이었을 때, 그가 자기는 한 번도 그 소녀를 좋아한 적이 없었다고 나와 자신을 설득시키려고 애쓰던 그때, 나는 그의 딱딱하고 똑 부러지는 말투에 크게 놀랐다. 그의 말씨는 싸구려 감수성이라고는 한 치도 허용하지 않는 좋은 책과 흡사했다. 정말이지, 그는 나를 남자로 조금도 생각하지 않았던 걸까. 나를 여자나 변호사쯤으로 생각한 게 틀림없다. 어쨌든 그 끔찍한 밤에 그는 모든 걸 분출했다. 그리고 다음 날 아침, 재판소로 나를 데려갔고, 나는 그가 매우 침착하게, 마치 사업을 하듯, 자기 아기를 죽인 혐의를 받은 소작인 딸의 무죄를 확인해주는 과정을 지켜봤다. 그는 소작인의 딸을 변호하는 데 200파운드를 썼다…… 그게 바로 에드워드 애시번햄이라는 사람이다.

그의 눈에 대해서는 생각나지 않는다. 그의 눈은 어떤 성냥갑의 양면처럼 파랬다. 가만히 들여다보면, 그의 두 눈은 더 할 수 없이 정직했고, 더 할 나위 없이 곧바른 시선이었으면서도 정말이지 그보다 더 바보 같을 수가 없었다. 하지만 속 눈꺼풀까지 일정한 그의 분홍 벽돌 빛 피부는 불길하고 별난 인상을 주었다. 마치 분홍 자기(磁器)에 파란색 모자이크 무늬가 들어간 것처럼. 그리고 그가 방에 들어섰다하면, 마치 당구공들이 요술 주머니로 빨려 들어가듯, 모든 여자들의 시선은 한순간에 그에게로 쏠렸다. 정말 놀라운 일이었다. 무대에서 공 열여섯 개를 한 번에 던졌다가, 전혀 움직이지도 않고 가만히 서서, 어깨, 뒤꿈치, 소매 안쪽 등등 자기 온몸에 있는 주머니들 속으로 한 번에 받아내는 사람을 본 적이 있는가? 말하자면, 그런 식의 사람이었다. 다른 점이라면 그 사람 목소리가 애시번햄보다 투박하고 거칠었다는 것뿐.

그리고, 거기, 테이블 옆에 그가 서 있었다. 나는 칸막이 쪽으로 등을 대고 앉아 그를 보고 있었다. 그때 갑자기, 나는 그의 정지된 두 눈에서 순식간이었지만 두 번의 뚜렷한 감정 변화를 읽어냈다. 어떻게 그게 가능했을까? 먼 곳을 응시하는 듯한, 미동도 없는 그의 푸른 눈이 어떻게 그럴 수 있었을까? 왜냐하면 내 어깨 너머의 칸막이를 응시한 채 그의 두 눈은 꼼짝도 하지 않았기 때문이다. 그의 시선은 조금도 흔들리지 않았고, 매우 노골적이었으며 전혀 변함이 없었다. 하지만 눈꺼풀이 살짝 올라갔고, 아마 입술도 언뜻 움직였던 것 같다. 마치 '여기 있었군, 당신?'이라고 말하듯. 어느 모로 보나 그것은 소유자의 긍지와 만족을 보여주는 표정이었다. 그 뒤로도 한 번, 그가 브램셔의 햇살 가득한 들판을 바라보며 '이게 다 내 땅이라네.'라고 할 때도 나는 그런 모습을 보았다.

하지만 이 시선은 뭐랄까 조금 더 노골적이고, 딱딱했으며, 더 대담했던 것 같다. 그것은 가늠해보고 도전해보는 표정이었다. 예전에 비스바덴[16]에서 보너 기병대를 상대로 그가 폴로 경기 하는 모습을 지켜봤을 때도 경기장을 바라보며 가능성을 저울질하던 그의 눈에 이와 같은 감정이 실리는 것을 나는 봤다. 독일 팀의 주장 바론 이디곤 폰 렐로펠 백작은 예측하기 어려운 독일식의 느린 구보로 공을 몰아서 골대 바로 옆까지 와 있었다. 나머지 선수들은 다른 곳에 흩어져 있었다. 바로 경기를 끝내버릴 수 있는 상황이었다. 애시번햄은 우리로부터 5야드도 채 안 되는 거리의 난간 가까이에 서 있어서, 나는 그가 혼잣말하는 소리를 들을 수 있었다. '한 번 해볼 만한데.' 그리고 해내버렸다. 세상에! 마치 지붕에서 낙하하는 고양이처럼, 그는 조

---

16. 독일 중부지방의 온천 도시.

랑말의 네 발이 쫙 벌어지게 방향을 휙 틀었던 거다……

그래, 내가 그의 눈에서 읽어낸 것은 바로 그때의 표정이었다. 지금도 그가 혼잣말하는 소리가 들리는 것 같다. '한 번 해볼 만한데.'

나는 등 뒤로 고개를 돌려 쾌활하고 환하게 미소 짓는 늘씬한, 레오노라를 봤다. 그리고 작지만 아름다운, 바닷물을 따라 출렁이는 햇살 같은 나의 아내를 봤다.

참으로 딱한 사람! 그 순간 그는 철저히 곤경의 상황에 처해있다고 생각하면서도, 속으로는 '한 번 해볼 만한데.'라고 말하고 있었다니. 그건 마치 폭발한 화산의 한복판에 서 있으면서, 그 혼란 속으로 뛰어들어 건초 더미에 불을 지를 수도 있겠다고 말하는 것과 같았다. 광기였을까? 숙명이었을까? 도대체 그 누가 알겠는가.

애시번햄 부인 레오노라는 그때만큼 자기가 유쾌하다는 표현을 맘껏 한 적이 없었다. 영국인들 중에 어느 특정 계층의 사람들은 온천에 많이 다녀 본 사람들일수록 더 괜찮은 사람들이다. 이들은 내 친구들을 소개받았을 때 평소보다 훨씬 더 활기찬 모습을 보이려고 하는 것 같았다. 그들의 이런 모습을 종종 목격했다. 물론, 이들도 일단은 미국인들을 반갑게 맞이한다. 하지만 일단 그러고 난 뒤에는 속으로 이렇게 얘기하는 것 같다. '이것 봐, 이 여자들 너무 밝아 보이잖아. 우리도 절대 지지 말자고.' 그리고 그 순간부터 절대로 지지 않는다. 물론 그런 모습은 차츰 사라지게 되지만. 그래서 적어도 내 존재를 알아차리기 전까지 레오노라도 그랬다. 레오노라가 약간 기만하다는 인상을 내가 갖게 된 것도 아마 바로 그때쯤이었다. 왜냐하면 그 뒤로는 그런 비슷한 모습을 전혀 내비치지 않았기 때문이다. 레오노라는 꽤 멀리서 제법 큰 목소리로 말하기 시작했다.

"테디, 그 답답한 테이블로 가지 말아요. 여기 와서 이 좋은 분들하고 같이 앉아요!"

그건 정말 쉽게 할 수 있는 말은 아니었다. 흔히 들을 수 없는. 나는 절대로 처음 보는 사람들을 좋은 사람들이라고 말하지 못 했다. 물론, 레오노라가 말하는 좋은 사람들이란 자기가 함께 온 사람들을 얘기하는 것이었다. 왜냐하면 그녀 자신도 고객 명부를 읽는 수고를 했고, 그 방에 그렇게 부를 만한 사람들이 없다는 것은 그녀도 잘 알고 있었을 테니. 나는 그런 그녀의 모습이 꼭 깔끔한 불테리어[17] 같다고 생각했다.

그러더니 레오노라는 구겐하이머 부부를 위해 비워둔 우리 옆 테이블에 와서 꽤 당당하게 앉았다. 그리고 양처럼 우중충한 얼굴의 수석 웨이터가 항의하는 소리는 아예 못 들은 척 했다. 그 딱한 웨이터도 묵묵히 자기 할 일을 하는 것뿐이었다. 이곳에 온 지 한 달 정도 된 시카고의 구겐하이머 부부는 자기에게 2.5불을 주며 늘 팁 제도에 대해 불평을 해대는 사람들이었기 때문에 너무나 걱정이 됐던 것이다. 그리고 테디 애시번햄과 그의 부인 레오노라는 그를 곤란하게 할 사람들이 아니라는 걸 잘 알고 있었다. 레오노라의 미소가 웨이터의 무감각한 가슴에 파란을 일으킬지는 모르지만 말이다. 사실 티 없이 깨끗한 셔츠 아래 숨겨진 가슴에서 무슨 일이 일어날지는 아무도 모르는 일 아닌가! 에드워드 애시번햄은 매주 온전한 1파운드

---

17. 잉글리시 불테리어라고도 불리며, 계란형 머리와 의기양양하고 경쾌한 걸음걸이로 잘 알려져 있다. 적극적이고 놀기 좋아하는 기질을 지녔다.

짜리 금화를 확실히 쥐어줄 사람인데도, 수석 웨이터는 물러서지 않고 시카고의 구겐하이머 부부를 위해 테이블을 남겨놓아야 한다고 고집을 부렸다. 결국 플로렌스가 이렇게 말해서 이 상황을 수습했다.

"우리 모두 한 구유에서 먹는 게 어떻겠어요? 이건 좀 저급한 뉴욕 속담이긴 한데요, 제 생각에는 우리 모두 조용하고 양식 있는 사람들이니 우리 테이블에 네 자리는 만들 수 있을 것 같아요. 테이블이 원형이니까요."

그러자 애시번햄 대령은 그 말에 감탄을 표하듯 컬컬거리며 소리 내어 웃었다. 그러나 애시번햄 부인은 마치 자기 말이 가다가 급히 멈추기라도 한 것처럼 아주 잠깐 멈칫하며 살짝 망설이는 것을 나는 확실히 느꼈다. 하지만 그녀는 말에 박차를 가해 장애물을 가뿐히 뛰어 넘듯, 물 흐르듯 자연스럽게 먼저 차지했던 자리에서 일어나 내 맞은편으로 와 앉았다.

레오노라의 가장 아름다운 모습은 이브닝드레스를 입었을 때가 아니었다. 그녀의 드레스는 재단이 너무 단순했고 주름 장식이 전혀 없었다. 레오노라는 늘 검은색을 입었는데 그녀의 어깨는 너무 고전적이었다. 검정색 웨지우드 자기에서 하얀 대리석 장식이 도드라져 나오듯, 그녀는 자신이 입은 옷보다 훨씬 두드러져 보였다. 잘은 모르겠지만.

나는 늘 레오노라를 사랑했고, 지금도, 그녀를 위해서라면 남아 있는 내 수명도 기꺼이 내놓을 수 있다. 하지만 그녀에게 조금이라도 성적 본능을 느낀 적은 한 번도 없었다. 그리고 그녀 역시 내게 그런 감정을 느끼지 못 했을 거라 생각한다. 아니, 느끼지 못했던 게 확실하다. 내 경우에는 그녀의 새하얀 어깨 때문에 그랬던 것 같다. 내 입

술을 그녀의 어깨에 대면 너무 차가울 것 같은 느낌이 들었다. 얼음처럼 찬 것은 아니고, 인간의 체온이 조금은 느껴지지만, 그래도 냉기만 살짝 가신 찬 목욕물 같다고 할까. 그녀를 바라볼 때면 내 입술 끝이 차가워지는 느낌을 받았다……

내 눈에는 레오노라가 양장점에서 맞춰 입은 파란색 옷을 입었을 때가 가장 멋져보였다. 그 옷을 입으면 그녀의 아름다운 머리카락이 하얀 어깨 때문에 죽어 보이지 않았다. 어떤 여인들은 목이나, 속눈썹, 입술, 또는 가슴의 윤곽으로 당신의 시선을 끌어당긴다. 하지만 레오노라는 남들의 시선을 늘 자신의 손목으로 불러들이는 것 같았다. 검은색 장갑이나 가죽장갑을 끼고 있을 때 가장 돋보이던 그 손목에는 아주 조그만 금빛 서류가방 열쇠가 달린 작은 금팔찌가 늘 채워져 있었다. 아마도 레오노라는 그 열쇠로 자기 심장과 감정을 잠가놓고 있었던 건지도 모르겠다.

아무튼, 그녀는 내 맞은편에 앉더니 처음으로 나란 존재를 주목했다. 그러고는 갑자기, 하지만 찬찬히 오래도록 나를 응시했다. 그녀의 눈동자 역시 짙은 파란색이었고 눈썹은 너무나 완벽한 아치를 그려서 홍채만큼이나 둥근 느낌이었다. 나를 응시하던 그녀의 시선이 어찌나 놀랍고 어찌나 감동적이던지, 잠깐이었지만 마치 등대 불빛이 나를 쳐다보는 것 같았다. 그 시선 뒤, 그녀의 머릿속에서 수많은 질문들이 빠르게 꼬리를 물고 지나가고 있음을 나는 알 것 같았다. 말의 품질을 한 눈에 알아 볼 줄 아는 여자가, 간단하게 머리로 묻고 눈동자로 답하는 소리가 들리는 것 같았다. '서 있는 자세는 좋고, 사료를 충분히 먹여도 될 만큼 뱃대끈 뒤의 공간도 넉넉하고. 어깨라고 할 만한 것은 별로 없네.'와 같은 것들. 그리고 이렇게 그녀의 눈동자가 물었다. '돈 문제에 관해서 이 남자를 믿을 만할까, 바람을 피우려고 하지는 않을까, 자기 여자가 문제를 일으켜도 가만 놔둘까? 무엇보다도 내 일에 대해 떠들고 다니지는 않을까?'

그러더니 그 차갑고, 약간의 저항기도 감돌던, 꽤나 방어적이던 그 밝은 녹청색 눈동자에 일순 온기와 정다움, 그리고 상냥함이 실렸다…… 아, 그건 너무나 매력적이고 너무나 감동적이면서도 내겐 굴욕이었다. 그건 마치 엄마가 아들을, 누나가 남동생을 보는 것 같은 시선이었다. 믿음이 담겨있고, 경계의 필요성이 별로 없음을 암시했다. 목욕 의자에 앉아있는 불쌍한 남자를 쳐다보는 마음 착한 여자처럼, 그녀는 나를 병약자 보듯 쳐다봤다. 그리고 그날부터 레오노라는, 플로렌스가 아니라 나를 환자 대하듯 했다. 쌀쌀한 날에는 담요를 들고 나를 쫓아다니기라도 할 기세였다. 그러니까 여러 가지 질문에 그녀의 눈동자가 호의적인 대답을 했던 모양이다. 아니, 어쩌면 호의적인 대답이 아니었을지도 모른다. 그리고 그때 플로렌스가 말했다. '이렇게 해서 원탁의 시대가 시작되는군요.'[18] 또다시 에드워드 애시번햄은 목구멍을 꾸르륵 울리며 웃었지만 레오노라는 마치 소름이 돋기라도 하듯 살짝 몸을 떨었다. 그리고 나는 빵이 담긴 은제 바구니를 그녀에게 건네고 있었다. 아반티![19]……

---

18. 아서왕의 전설에서 아서왕이 귀니비에와 결혼할 때, 귀니비에의 아버지 카멜리아의 레오드게란스 왕으로부터 원탁을 선물을 받는다. 귀니비에와 랜슬롯의 간통으로 원탁은 깨지고 아서왕은 죽음을 맞이하게 된다.

19. 이탈리아어로 '앞으로'의 뜻.

IV

아무에게도 방해받지 않은 9년의 평온함은 그렇게 시작됐다. 그 시간의 특징이라면 애시번햄 부부가 말을 매우 아꼈다는 점이었고, 우리 부부는 개인적인 얘기를 대화에서 거의 완벽하게 배제하는 것으로 응수했다. 우리들 관계의 특징은 모든 것을 그냥 당연하게 받아들이는 분위기였다고 여겨도 괜찮겠다. 우리는 모두 '좋은 사람들'이라는 게 주어진 명제였다. 소고기를 먹을 때 네 사람 모두 완전히 익히지 않은, 하지만 너무 덜 익히지는 않은 상태를 좋아하는 것이나, 두 남자가 점심 식사 후에 리큐어 브랜디를 선호한다는 것, 두 여자가 파킹엔 물[20]로 만든 아주 도수 약한 라인 산 와인을 마신다는 것, 뭐 그런 것들을 그냥 당연히 여겼다. 그 외에도 우리가 그곳에 머물면서 당연히 즐길만한 것들을 지불할 능력이 충분히 된다는 것도 우리는 당연시 했다. 낮에는 마차나 자동차를 탈 수 있고, 서로에게 저녁을 내거나 친구들에게 저녁을 대접할 수 있으며, 또 원하기만 한다면 조금 아껴가며 즐길 수 있다는 것까지도. 플로렌스는 매일 런던에서부터 〈데일리 텔레그래프〉를 받아보는 습관이 있었다. 플로렌스는 잉글

---

20. 파킹엔 지역의 광천수.

랜드 숭배자였다. 나는 〈뉴욕 헤럴드〉 파리 판이면 충분했다. 하지만 애시번햄 부부도 영국에서부터 런던 신문을 받아보고 있다는 사실을 알게 된 후에는 한 해씩 번갈아가며 한 가지만 구독하기로 레오노라와 플로렌스가 함께 결정했다. 열여덟 가족쯤 되는 치료소의 단골들과 돌아가며 저녁식사를 하는 것은 1년에 한 번씩 온천을 찾는 나소 슈베린 대공의 습관이기도 했다. 이에 대한 보답으로 대공은 열여덟 가족을 모두 한꺼번에 초대했다. 그리고 이런 자리는 돈이 제법 많이 들었으므로 (대공의 수많은 수행원들과 외교부 사람들까지 합해야 하니까) 플로렌스와 레오노라가 대공과 함께 저녁을 내지 말라는 법은 없지 않겠냐고 뜻을 모았다. 그래서 우리가 함께 냈다. 대공 전하께서 그 정도의 절약을 신경 썼을 것 같지는 않다. 아니 어쩌면 알아차리지도 못 했을 것이다. 어쨌든 간에 왕실 인사와 공동으로 주최한 저녁식사는 점점 연례행사가 되어갔다. 그리고 규모는 매년 점점 더 커져서 그 시즌을 마무리 짓는 의식이 됐다.

우리가 왕실 인사와 섞이기를 열망하는 그런 부류의 사람들이라는 뜻은 절대 아니다. 우리는 그런 사람들이 아니었고, 원하는 것도 없었다. 그저 '좋은 사람들'이었을 뿐. 그리고 대공은 고(古) 에드워드 7세처럼 유쾌하고 사귀기 쉬운 그런 왕족이었다. 그가 들려주는 경마 이야기나, 아주 가끔씩 재미삼아 하던 자기 조카 황제의 이야기를 듣는 게 즐거웠고, 우리의 치료가 진전이 있는지 묻기 위해, 혹은 프랑크푸르트 벨터 경마 상금을 위해 렐로펠 말에 돈을 얼마나 걸었는지 묻기 위해 잠시 산책을 멈춰서는 것도 보기 좋았다.

하지만 맹세컨대, 나는 우리가 어떻게 시간을 보냈는지 모르겠다.

사람들은 시간을 대체 어떻게 쓰는 걸까? 9년이나 함께 보내고 그 시간에 대해 이렇다 할 만한 성과가 없는 게 가능한 일일까? 정말 아무 것도 없었다. 윗부분에 있는 구멍을 통해 나우하임의 네 가지 경관을 볼 수 있게 만들어진, 체스의 말 모양의 상아 펜꽂이만한 성과조차 없다. 지식이건 경험이건 그 어느 것도. 기차역으로 가는 길 끝에서 제비꽃을 팔던 여자가 나를 속이는지 그렇지 않은지를, 맹세컨대, 나는 바로 알 수가 없었다. 레그혼 역에서 우리 짐 가방을 들어준 짐꾼이 가방 하나 당 1리라를 요구했을 때 그 사람이 도둑인지 아닌지도 알 수 없었다. 이 세상을 살면서 정직한 순간을 만나기란, 정직하지 않은 순간을 만나는 것만큼이나 힘들고 놀라운 것이다. 45년 동안이나 사람들과 섞여 살았으면, 사람들을 이해할 수 있게 됐어야 하는 것 아닌가. 하지만 사람들은 알지 못한다.

이 모든 게 현대인의 교양 있는 습성, 즉, 당연히 모든 이들이 다 비슷비슷하려니 하는 영국인의 습성 탓이라고 나는 생각한다. 그것이 얼마나 괴상하고 묘한지 알 수 있을 만큼, 그리고 그것의 가치를 감지할 능력이 결코 기대를 저버리지 않으리란 걸 알 수 있을 만큼, 충분히 오랫동안 나는 그 습성을 관찰했다.

주의해야 할 것은, 이런 삶이 세상에서 가장 바람직한 삶이 아니라는 얘기가 아니라, 맞추기 꽤나 어려운 기준이라는 것이다. 왜냐하면 매일 너무나 싫어하는, 미지근한 분홍색 인디아 고무나무를 얇게 저민 것을 먹어야 하는 것도 고역이고, 따뜻하고 달콤한 퀴멜주를 마시고 싶은데도 브랜디를 마셔야 하는 것도 기분 좋은 일은 아니며, 밤에 더운 물로 목욕을 하고 싶은데 아침에 찬 물 목욕을 해야 하는 것은 끔찍한 일이기 때문이다. 그리고 사실은 전통적인 필라델피아 퀘이커 교도임에도 당연히 영국 성공회 교도로 여겨지는 것은 마음 저 깊은 곳에 계신 조상들에 대한 신의까지 휘저어놓는 일이다.

하지만 그렇게 하는 수밖에 없다. 그것은 이 사회 전체가 아이스 쿨라피우스에게 바쳐야 하는 수탉과 같은 것이니까.[21]

더 이상하고 괴상한 것은 이 모든 규칙들이 누구에게나 적용된다는 점이다. 호텔에서, 기차에서, 정도의 차이는 있겠지만, 증기선에서 만난 사람들 누구에게나. 남자를 만나건 여자를 만나건, 아주 작은 마음속의 소리나 겨우 보일 듯 말 듯한 행동 하나만으로도 이 사람들이 좋은 사람들인지 아니면 모두의 습성을 따르지 않을 사람인지 단번에 알아차릴 수 있다. 말하자면, 덜 익힌 소고기에서부터 영국교회 교리까지 이어지는 과정 전체를 엄격하게 따라올 만한 사람인지 아닌지를 알게 되는 것이다. 그 사람들의 키가 작든 크든, 목소리가 꼭두각시처럼 끽끽대든 황소처럼 우르릉 거리든 상관없고, 독일 사람이건 오스트리아 사람이건 프랑스 사람이건 스페인 사람이건, 아니면 심지어 브라질 사람이건 상관없다. 그들은 매일 아침 찬물 목욕을 하고, 간단히 말해 사교계 안에서 움직일 수만 있다면 독일인이건 브라질인이건 상관없다는 얘기다.

하지만 그 불편함, 빌어먹을, 그냥 말해버려야겠다. 그 모든 걸 당연히 여기는 망할 놈의 그 모든 생활이 얼마나 지긋지긋하고 성가신 일인지, 내가 나열한 그 이상은 절대로 상상노 못 힐 것이다.

---

21. 아이스쿨라피우스는 그리스 신화에 나오는 의술의 신으로, 병이 나은 환자는 으레 이 신에게 수탉을 공물로 바쳤다.

그런, 꽤나 보기 드문 예를 하나 말해 줄 수 있다. 그때 이미 플로렌스와 나는 그곳에서 4년째 있었기 때문에 그 일이 우리가 함께 한 첫해, 우리 네 사람이 나우하임에서 보낸 첫해에 일어난 일인지는 확실히 기억이 나지 않는다. 아마 첫해 아니면 두 번째 해였을 것이다. 그리고 이 일은 우리가 나눈 대화가 얼마나 평범치 않았는지, 우리가 얼마나 급속도로 친밀해졌는지도 짐작케 해준다. 우리는 아무런 준비도 없이 그 짧은 여행에 너무나 자연스럽게 나섰기 때문에 마치 그 전에도 나들이를 많이 했던 것만 같았고, 우리 사이는 상당히 깊어진 것 같았다……

그런데 우리가 갔던 곳은 플로렌스가 진작부터 우리를 데려가고 싶어 한 곳이었기에, 우리가 친해지던 무렵에 함께 간 게 맞는 것 같다. 특이하게도 플로렌스는 고고학 관련 답사를 인솔하는데 일가견이 있었고, 그녀가 무엇보다 좋아했던 것은 사람들을 고적지로 데려가 누군가 살해되는 장면을 다른 누군가가 목격했다는 창문을 보여주는 일이었다. 플로렌스는 딱 한 번 우릴 데려갔지만 아주 훌륭하게 해냈다. 베데커 책[22] 하나에만 의지해서 길도 잘 찾아냈다. 어떤 오래된 유적지도, 블록이 모두 네모반듯하고 거리마다 번호가 붙어 있어 24번가에서 30번가까지 너무나 쉽게 찾을 수 있는 미국의 도시에서 길을 찾듯 쉽게 찾아냈다.

구불구불한 세 갈래 길이 마치 머플러처럼 산의 어깨를 두르고

22. 세계적인 여행안내 책자 시리즈.

있는, 현무암 산 정상에 자리한 고대의 M[23]이라는 도시는 나우하임에서부터 우등열차로 50분 정도 거리에 있었다. 그리고 그 정상에는 성이 있었다. 윈저 성처럼 네모난 성은 아니었지만, 석판으로 된 박공 지붕과 높고 뾰족한 탑 위로 금색 풍향계가 반짝이며 늠름하게 돌아가는, 헝가리의 세인트 엘리자베스[24] 성이었다. 프로이센에 위치했다는 점이 흠이었던 이유는 그 나라에 가는 게 늘 불쾌했기 때문이다.[25] 하지만 주위에 첨탑이 두 개씩 있는 교회들도 많았고 정말 오래된 그 성은 란 강의 초록 골짜기에 피라미드처럼 서 있었다. 애시번햄 부부가 그곳에 특별히 가고 싶어 한 것은 아닌 것 같았고, 나 역시 아니었다. 하지만 반대하는 사람은 아무도 없었다. 일주일에 나들이를 서너 번 나가는 것도 치료의 과정이었다. 따라서 우리는 플로렌스가 동기를 마련해준 것에 모두 하나같이 고마워했다. 플로렌스는 물론, 자기만의 동기가 있었다. 당시에 그녀는 애시번햄 대령을 가르치고 있었다. 아, 물론 불순한 의도는 아니었고! 플로렌스는 종종 레오노라에게 말했다. "어떻게 대령님을 당신 곁에 살게 하면서 저렇게 무지하게 내버려두는지 이해할 수가 없어요!" 놀라울 정도로 아는 게 많고 교양

---

23. 마르부르크(Marburg): 독일 북부 헤센주, 란강에 면해 있는 도시로, 11세기 고딕 성이 있으며, 1527년 설립된 신교도 대학으로 잘 알려졌다. 1529년 유명한 마르부르크 담화가 이곳에서 개최됐다.

24. 헝가리의 세인트 엘리자베스(1207-31): 마르부르크에서 프란체스코 수도회의 수녀로 살았다.

25. 1870-71년의 프랑코 프로이센 전쟁 이후, 독일 제국이 프로이센의 지배 아래 종속됐고, 영국과의 대립이 시작됐다. 프로이센 사회는 엄격한 군국주의 체제였고 전체주의로 널리 인식됐다.

있는 레오노라의 모습에 나는 놀라곤 했다. 레오노라는 플로렌스가 그녀에게 말해주는 모든 것들을 이미 다 알고 있었다. 어쩌면 플로렌스가 아침에 일어나기 전에 베데커 책에서 먼저 찾아봤는지도 모를 일이다. 레오노라가 무엇이든 다 안다고 말하려는 건 아니지만, 아내를 한명씩 차례로 맞이해서 큰 문제를 일으킨 헨리 8세와는 달리, 용맹한 군주 루드비히는 한꺼번에 세 명의 아내를 원했다는 사실을 플로렌스가 말하기 시작하면, 레오노라는 그저 고개만 끄덕였고 내 가없은 아내는 깜짝 놀라곤 했다.

플로렌스는 이렇게 말하곤 했다. "저런, 알고 계셨으면 왜 진작 애시번햄 대령님께도 좀 알려드리지 않았어요? 분명히 흥미로워하셨을 텐데!" 그러면 레오노라는 생각에 잠긴 듯 자기 남편을 바라보며 이렇게 말했다. "그러면 손이 둔해지지 않을까 하는 생각이 들었어요. 말의 주둥이를 다뤄야 하는 손 말이죠……" 그러면 딱한 애시번햄 대령은 얼굴을 붉히고 중얼거렸다. "괜찮아요. 나한테 그렇게 신경 쓸 필요 없소."

어느 날 저녁에 흡연실에서 그가 진지하게, 머릿속에 든 게 너무 많으면 정말로 폴로를 할 때 영향을 받을 것 같으냐고 묻는 것을 보고, 자기 아내가 비꼬듯 한 말에 딱한 애시번햄 대령이 꽤나 놀랐음을 알 수 있었다. 아주 똑똑한 멋쟁이들이 보통은 말에 올라타면 바보가 된다는 생각이 불현듯 들었다는 것이었다. 나는 최선을 다해서 애시번햄을 안심시켰다. 나는 그가 균형감각을 해칠 만큼 지식을 많이 받아들일 일은 없을 것 같다고 말해줬다. 그때는 대령도 플로렌스로부터 배우는 것을 즐기고 있다는 표시가 분명히 나던 때였다. 플로렌스는 나와 레오노라가 동조해주는 가운데, 일주일에 서너 번 정도 가르치곤 했지만, 알다시피 체계적이지는 않았다. 오히려 즉흥적이라고 할까. 플로렌스는 이 땅의 어두운 곳들을 환하게 만드는 사람이었다. 그래서 이 세상을 자기가 처음에 발견했을 때보다 좀 더 밝게 만들고 싶어 했다. 플로렌스는 햄릿의 줄거리를 이야기해주었고, 첫 번째, 두 번째 주제를 흥얼거려가며 심포니의 형식을 가르쳐주었다. 아르미니우스 신자와 에라스투스설 신봉자의 차이를 설명했고, 미국 초창기 역사에 대한 간단한 강의를 해주기도 했다. 그런 것들은 젊은 사람의 관심을 끌 수 있게끔 치밀하게 계산된 채 진행됐다. 마켐 부인[26]에 대해서 읽어본 적 있으세요? 뭐 그런 식으로……

하지만 M으로 떠난 우리의 나들이는 제법 큰 본격적인 행사였다. 그 도시의 성에 있는 공식문서 보관함 속에는 플로렌스가 우리 모두를 모아놓고 가르칠 기회를 안겨줄 어떤 문서가 들어 있었다. 플로렌스는 문화면에서 레오노라를 이기지 못할까봐 전전긍긍이었다. 나는 레오노라가 알고 있는 바가 뭐고, 모르는 게 뭔지 알 수 없었으나, 플로렌스가 어떤 정보를 입에 올리건 간에 레오노라는 이미 모든 걸 다 알고 있었다. 그리고 가엾은 플로렌스가 겨우 막 알게 된 것도 레오노라는 완전히 제대로 파악하고 있다는 인상을 풍겼다. 꼭 집어 어떻게 정의해야 할지는 모르겠다. 거의 신체적인 것에 가깝다고 할 수밖에. 리트리버가 그레이하운드를 쫓아 뛰어가는 모습을 본 적이

---

26. 건전한 역사 관련 책을 집필한 영국 작가, 엘리자베스 펜로스(Elizabeth Penrose, 1780-1837)의 필명, 《마켐 부인의 영국 역사》(1823), 《마켐 부인의 프랑스 역사》(1828) 같은 어린이들을 위한 책이 유명하다.

있는가? 그 둘이 초록색 들판을 거의 엇비슷하게 달리고 있는데, 갑자기 리트리버가 그레이하운드에게 친한 척 주둥이를 갖다 댄다. 그러면 그 순간 이미 그레이하운드는 그곳에 없다. 그레이하운드가 갑자기 속도를 더 내거나 다리로 안간힘을 쓰는 모습은 전혀 볼 수 없었지만, 그레이하운드는 어느새 리트리버의 쭉 내민 주둥이보다 2야드쯤 더 앞서 나가 있다. 말하자면, 문화 방면의 플로렌스와 레오노라의 지식이 딱 그랬다.

하지만 이번에는 뭔가 심상치 않음을 나는 깨달았다. 플로렌스가 며칠 전부터 랑케의 《교황의 역사》, 존 시먼즈의 《이탈리아의 르네상스》, 모틀리의 《네덜란드 공화국의 발흥》, 그리고 루터의 《탁상담화》 같은 책들을 읽는 모습을 보았기 때문이다.

그 깜짝 놀랄 사건이 일어나기 전까지 나는 그저 그 단출한 외유가 그저 즐겁기만 했다. 나는 오후 2시 40분차 기차를 좋아한다. 게다가 그 기차들은 세계 최고이다! 나는 초록색 시골로 빨려 들어가며 커다랗고 깨끗한 유리창을 통해 시골 광경을 내다보는 것이 좋다. 물론 시골이 진짜로 초록색은 아니지만. 햇빛이 빛나면 땅은 핏빛의 붉은색, 보라색, 붉은색, 초록, 그리고 다시 붉은색을 띤다. 경작지의 소는 광택이 나는 밝은 갈색, 그리고 검정색, 또는 검정에 가까운 보랏빛이고, 소작농들은 까치처럼 검정색과 흰색 옷을 입고 있으며, 그곳에는 진짜 까치들도 많다. 작은 건초더미가 쌓인 다른 들판의 소작농들 중에 볕이 드는 쪽에 있는 자들은 잿빛의 녹색으로 보일 테고, 그늘에 있는 자들은 보라색으로 보일 것이다. 선명한 진녹색 리본에 보라색 치마, 그리고 하얀 셔츠와 검정색 벨벳 상의로 이루어진 소작농들의 드레스는 다홍색이다. 그런데도, 양쪽에 어두운 보랏빛 전나무 숲과, 현무암 바위들, 거대한 숲 사이로 펼쳐진 선명한 초록빛 초원으로 빨려드는 느낌이 드는 건 무슨 이유인지. 시냇가에는 조팝나무와 소들이 서 있다. 그날 오후, 갈색 소가 뿔로 얼룩소의 배를 들이받아 좁은 개천의 한가운데로 날려버린 것을 본 기억이 난다. 나는 웃음을 터뜨렸다. 하지만 플로렌스는 자기 지식을 떠벌이느라 여념이 없었고 레오노라는 너무나 골똘히 듣고 있었기에 아무도 눈치 채지 못했다. 나로서는 내 의무에서 놓여나 있는 것이 좋았고, 그 순간에 플로렌스가 피해를 입지 않은 것이 확실하다고 생각하니 그것도 좋았다. 플로렌스는 용맹한 루드비히(용맹한 루드비히였던 것 같긴 한데, 내가 뭐 역사학자는 아니니까.), 세 명의 아내를 한꺼번에 얻고 싶어 했으며 루터를 후원했던 헤센의 용맹한 루드비히에 대해 이야기하고 있었으니까! 내가 의무에서 벗어나 있던 게 정말 다행이라 생각한 이유는 플로렌스는 스스로를 흥분시키거나 그 가엾은 심장을 펄떡거리게 할 일은 아무것도 하면 안 되었기 때문이다. 그 소에 관한 사건이 나를 정말로 웃겼다. 그날 그 사건을 생각하며 두고두고 혼자 낄낄거렸다. 얼룩소가 개천 한가운데 등을 대고 벌렁 자빠진 광경은 정말로 너무나 우스웠기 때문이다. 정말 소의 그런 모습을 보리라곤 상상도 못해봤으니까.

어쩌면 그 가엾은 동물을 불쌍히 여겨야 했는지도 모르지만, 나는 그러지 않았다. 난 즐거움을 얻으려고 애쓰는 중이었다. 그리고 혼자 즐겼다. 높은 성들과 첨탑이 두 개씩 있는 교회가 줄줄이 서 있는 멋진 도시 앞까지 이끌려오니 너무나 즐거웠다. 햇빛에 도시가 반짝거렸다. 유리에 반사되어 반짝이는 빛에서 시작하여, 약제사의 금빛 간판, 높은 산에 있는 학군단의 기장, 하얀 리넨 바지를 입고 뻣뻣하게 다리를 움직이는 익살스러운 작은 병사들의 철모에 이르기까지 눈이 부셨다. 망치로 두드려 만든 황동 장식, 소작농이나 꽃과 소의 그림들로 장식된 커다랗고 장엄한 프로이센 기차역으로 들어설 때도, 또는 야윈 말 두 마리가 끄는 옛날식 마차의 마부와 플로렌스가 열정적으로 흥정하는 소리를 들을 때도 나는 즐거웠다. 물론 내가 플로렌스보다 독일어를 더 정확하게 구사했지만, 나는 어떻게 해도 어릴 적에 쓰던 펜실베이니아식 독일어 억양을 고칠 수가 없었다. 어쨌든, 웃돈 없이 5마르크로 결정을 본 후에, 성 바로 앞까지 우리는 의기양양하게 마차를 타고 갔다. 그리고 박물관으로 안내를 받아 벽난로의 뒷벽과 옛날 유리그릇, 옛날 검들과 괴상한 골동품 기구들을 구경했다. 그리고 나사모양의 구불구불한 계단을 올라가, 여섯 명의 아내를 차례로 맞아들인 신사가 한꺼번에 세 명의 아내를 맞아들인 신사와 동맹을 맺어 비호해주는 가운데, 개혁가가 처음으로 친구들을 만난 기사의 방도 지나갔다.[27] (나는 이런 사실에 별 관심이 없지만 내가 할 얘기와 연관이 있어서 하는 말이다.) 우리는 예배당과 높은 곳에 위치한 음악실을 지나 아주 높이 위치한 넓고 오래된 침실로 바로 올라갔다. 그 방은 책장과 묵직한 덧문이 달린 창문으로 둘러싸여 있었다. 플로렌스는 정말로 열광했다. 피곤하고 따분해 보이는 관리인에게 플로렌스가 어느 덧문을 열어야 하는지 알려주자, 어둡고 오래된

---

27. 여기서 '개혁가'는 마틴 루터를 가리킨다. 그는 교황의 면죄부 판매를 공격하며 1517년 비텐베르크 성당 문에 '95개조 논제'를 붙이며 종교 개혁을 촉발시켰다.

침실로 밝은 햇살이 손에 잡힐 듯한 빛줄기처럼 쏟아져 들어왔다. 플로렌스는 이 방이 루터의 침실이었으며 햇빛이 떨어지는 바로 그 자리가 그의 침대가 있던 자리라고 설명해줬다. 사실, 플로렌스의 말과는 달리, 루터는 점심을 먹기 위해서, 아니면 일거리를 피하려고, 이 방에 잠깐 들렀을 뿐이라고 나는 생각했다. 하지만, 만약 그가 밤에도 들리라는 청을 받았다면 침실이 될 수도 있겠지. 그리고 그때, 관리인의 항의에도 불구하고 플로렌스는 다른 덧문을 열어젖힌 다음 커다란 유리 진열함 쪽으로 발랄하게 걸어갔다.

"자, 여기를 보세요." 플로렌스는 명랑하고 의기양양하고 대담한 목소리로 외쳤다. 그리고 마치 그날 우리가 지출한 내역을 적어 놓은 듯, 연필로 휘갈겨 쓴 반쪽짜리 편지 같은 종이를 가리켰다. 나는 플로렌스의 명랑함, 의기양양함, 그리고 대담함에 마음이 정말 흐뭇했다. 애시번햄 대령은 유리 진열함 위에 손을 얹었다. "여기에, 그 〈항의 성명서〉가 있어요." 그리고 우리 모두 어리둥절 놀란 모습을 꽤 그럴듯하게 연기하자, 플로렌스가 말을 이어나갔다. "바로 이것 때문에 우리 모두가 프로테스탄트라고 불리게 된 사실을 정말 몰랐나요? 이게 그들이 연필로 쓴 항의 성명서이에요. 여기 마틴 루터, 마틴 부처, 츠빙글리, 그리고 용맹한 루드비히의 서명을 볼 수 있어요……"

몇몇 이름은 내가 틀리게 기억했는지도 모르지만, 루터와 부처 이름이 있었다는 건 확실하다. 플로렌스는 계속 활기가 넘쳤고 나도 기분이 좋았다. 그녀는 다른 때보다도 더 유난히 명랑해보였고, 장난을 칠 생각도 없는 것 같았다. 플로렌스는 애시번햄 대령의 눈을 바라보며 말을 이어갔다. "바로 저 종이 한 장 덕분에 대령님은 정직하고,

진지하며, 근면하고, 검소하면서도, 청렴하게 살 수 있는 거예요. 만약 저 한 장의 종이가 없었더라면, 대령님은 아일랜드 사람이나 이탈리아인, 아니면 폴란드인처럼 살았을지 몰라요, 그중에서도 특히 아일랜드 사람들 말이죠……"

그리고 플로렌스는 손가락 하나를 애시번햄 대령의 손목 위에 지긋이 갖다 댔다.

나는 그날, 배반적인, 공포 서린, 사악한 뭔가가 도사리고 있음을 알았다. 하지만 그것을 정의할 수가 없고 적절한 비유를 찾을 수도 없다. 뱀이 구멍에서 머리를 내미는 것 같다는 표현도 틀렸다. 그보다는, 마치 내 심장의 고동이 멎는 것 같은 느낌이었다. 마치 우리네 사람 모두 밖으로 뛰쳐나가, 제각기 다른 방향으로 얼굴을 돌려버린 채, 소리 지르는 느낌이었다. 애시번햄 대령의 얼굴에는 절대적인 공포가 서렸음을 알 수 있었다. 나도 끔찍한 두려움을 느끼고 있었는데, 그때 내 왼쪽 손목이 아픈 이유는 레오노라가 꽉 잡고 있기 때문임을 깨달았다.

"더 이상은 못 참겠어요." 레오노라는 격정에 차 말했다. "여기서 벗어나야겠어요."

나는 끔찍히 두려웠다. 잘 생각해볼 시간은 없었지만, 잠깐 동안 레오노라가 비정상적으로 질투가 심한 여자일거라는 생각이 들었다. 플로렌스와 애시번햄 대령에 대한, 그리고 이 세상 사람들 모두에 대한 질투! 그리고 돌연한 공포감 속에 우리는 달아났다! 우리는 구불구불 돌아가는 계단을 내려와, 거대한 기사의 방을 지나 작은 테라스로 갔다. 그 테라스에서는 란 강과, 거대한 평야로 뻗어 내려간 드넓은 골짜기가 내려다보였다.

"당신, 모르겠어요? 무슨 일이 벌어지고 있는지 모르겠어요?" 레오노라가 물었다. 공포감에 내 심장이 다시 멎는 것 같았다. 나는 우물거리며 더듬거렸다. 말을 어떻게 꺼내야 할지 알 수 없었다.

"모르겠어요! 뭐가 문젠데요? 대체 뭐가 문제란 말입니까?"

레오노라는 내 눈을 정면으로 들여다봤다. 그리고 얼마간, 나는 그 푸른 두 눈이 너무나 거대하고 강력하다고, 마치 나를 나머지 세상과 단절시켜버리는 파란 벽 같다고 느꼈다. 터무니없이 들리겠지만, 나는 꼭 그렇게 느꼈다.

"정말 모르겠어요?" 그녀는 지독히 비통하고 지독히 서글픈 목소리로 말했다. "그것이 이 참담한 일, 세상의 모든 슬픔의 원인이라는 걸 모르세요? 그리고 당신과 나와 그들을 영원히 지옥에 떨어뜨릴 거라는 걸……"

나는 너무 무섭고 놀랐던 터라 그녀가 어떻게 말을 이어나갔는지 기억이 나질 않는다. 도움을 구하기 위해 의사나, 어쩌면 애시번햄 대령을 부르러 뛰어가야겠다는 생각을 하고 있었던 것 같다. 어쩌면 플로렌스의 따뜻한 보살핌이 필요했는지도 모르겠으나, 그렇게 하면 플로렌스의 심장에 매우 무리가 갔을 것이다. 하지만 그 생각에서 벗어났을 때 레오노라는 이렇게 말하고 있었다.

"세상의 밝고, 행복하고, 순수한 사람들은 다 어디에 있는 걸까요? 행복은 어디에 있죠? 책에 나오는 그런 행복 말이에요!"

레오노라는 손을 자기 이마 위로 뻗어 뭔가를 움켜잡으려는 듯한 몸짓을 했다. 두 눈은 엄청나게 확대되었고, 얼굴은 마치 지옥의 구덩이를 들여다보며 그 속의 공포를 목격하는 사람 같았다. 그러더니 갑자기 그 모든 것이 중지되었다. 정말 놀랍게도 그녀는 다시 애시번햄 부인의 모습으로 돌아와 있었다. 얼굴은 맑고, 선명하고, 또렷해진 얼굴에 눈부시게 아름다운, 구불구불한 금발 머리카락은 눈부시게 아름다웠다. 무엇도 개의치 않는다는 듯 경멸의 의미를 담으며 그녀의 콧구멍이 씰룩였다. 저 멀리 아래편의 작은 다리 위로 달려오는 집시의 포장마차를 흥미롭게 지켜보는 것 같았다.

"모르셨어요?" 레오노라는 또렷하고 야무진 목소리로 말했다. "내가 아일랜드 가톨릭교도란 걸 모르셨나요?"

V

그보다 더 위안이 되는 말을 내 평생 들어본 적 있을까. 나 자신에 대
해서 한순간에 그렇게 많은 것을 깨달은 적은 없었던 것 같다. 그날
전까지는 플로렌스 외에 내가 뭔가를 간절히 원한다고 생각해 본 적
이 없었다. 물론, 식욕이나 조급함 같은 것은 내게도 있었지만…… 정
말이지, 레스토랑에서 정식을 먹을 때, 예를 들어 캐비아 접시가 테
이블을 돌아가게 되면, 접시가 다 돌고 내게 왔을 때 내가 만족할 만
한 양이 남아 있지 않을까봐 굉장히 조급해지기도 했다. 기차를 놓
칠까봐 엄청나게 조급하기도 했다. 벨기에 국가 철도는 프랑스 기차
를 타고 온 사람들이 브뤼셀에서 환승할 때 꼭 기차를 놓치게 만드
는 재주가 있었다. 그것에 나는 항상 화가 났다. 나는 그 문제에 대해
〈타임지〉에도 편지를 보냈지만 한 번도 내 편지가 실린 적이 없었고,
〈뉴욕 헤럴드〉의 파리 판에는 보낼 때마다 기사화 됐지만 기사가 만
족스러운 적은 한 번도 없었다. 아무튼, 나는 그 일로 광분하곤 했다.

　지금으로서는 실감하기조차 힘든 광분이었다. 이성적으로는 그
걸 이해할 수 있다. 하지만 그 당시에 나는 심장병을 앓는 사람들에
게 관심을 쏟고 있었다. 플로렌스가 있었고, 에드워드 애시번햄이 있
었고, 아니, 어쩌면 나는 레오노라에게 가장 관심이 있었는지도 모르

겠다. 사랑이었다는 뜻은 아니다. 하지만, 어쨌거나 내가 보기엔, 그녀 나 나나 같은 일을 하고 있었다. 그리고 그 일이란 건 심장병을 앓는 사람들의 목숨을 지키는 일이었다.

그 일이 얼마나 사람을 골몰하게 하는지 당신은 전혀 알 리가 없 다. "손과 망치를 사용해야 모든 예술이 존재한다."라고 대장장이가 말 하는 것이나, 태양계 전체가 아침 빵 배달을 기준으로 돌아간다고 빵 집 주인이 생각하는 것처럼. 또는 우정사업본부 장관은 오로지 자기 만이 이 사회의 파수꾼이라고 생각하는 것처럼 말이다. 그래, 그래. 이 세상이 돌아가려면 이런 착각이 꼭 필요하다. 나 역시 그랬다. 그리고 내가 추측컨대, 레오노라도 생각에 빠져들었던 것도 이 때문이었다. 심장병 환자들이 생명을 이어나갈 수 있게끔 세상이 정리돼 있어야 한다는 그런 생각에 얼마나 몰두하게 되는지 당신은 상상도 못하겠 지. 그렇게 몰두하게 되면, 군주나 공화국, 지방 자치 당국이 일 하는 방식이 얼마나 답답해 보이는지 상상도 하지 못하리라. 자동차 바퀴 가 달리는 길이 조금만 울퉁불퉁하거나, 갑작스럽게 덜컹거리는 바람 에 '감사합니다.' 인사하듯 고개를 연방 끄덕거리게 되면 나는 레오노 라에게 우리가 지나고 있는 지방의 군주나 통치자, 자유도시[28]에 대해 투덜거릴 수밖에 없었다. 나는 시내 교회의 종소리 때문에 전화 통화 를 방해받은 증권 중개인처럼 투덜거렸다. 중세 유물에 대해서도 이야 기했고, 세금이 너무 높다는 얘기도 했다. 아무튼 칼레의 보트 열차[29]

---

28. 종교개혁 이후 독립 국가를 이룬 도시가 독일에 생김. 브레멘, 함부르크 같은 도시들.
29. 칼레: 도버 해협에 면해 있는 프랑스의 항구 도시, 보트 열차: 배로 환승할 수 있도 록 연결되는 기차.

를 타고 온 사람들이 브뤼셀 역에서 환승 열차를 놓치는 얘기를 꺼
낸 이유는, 심장병 환자들에게는 바다로 최단거리를 여행하는 것이
아주 중요하다는 얘기를 하기 위해서다. 유럽에 특별히 심장병을 치
료하는 곳은 나우하임과 스파 두 곳이다. 영국에서 최단 바닷길을 통
해 이 두 곳으로 가기 위해서는 칼레로 가야하고, 브뤼셀에서 환승해
야 한다. 하지만 벨기에 기차들은 칼레나 파리에서 들어오는 열차들
을 위해 아주 잠시도 기다려주지 않는다. 프랑스 기차들이 정시에 도
착한 때도 뛰어야만 탈 수 있다. 심장병 환자들이 뛴다고 상상해 보
라! 그 낯선 브뤼셀 역을 따라 뛰고, 이미 움직이기 시작한 열차의 높
은 계단을 기어오르는 모습을. 만약 환승 열차를 놓치면 대여섯 시간
을 기다려야 한다. 나는 밤새 깨어 욕을 해대곤 했다.

　내 아내도 달리곤 했다. 다른 건 내가 잘못 알았을지 몰라도, 플
로렌스는 절대 용감하지 않은 사람으로 보이고 싶어 하지 않았던 건
분명하다. 하지만 한 번은, 독일 급행열차에 탔을 때 한 손은 옆구리
에 대고 눈을 감은 채 뒤로 기대고 있었다. 아, 얼마나 뛰어난 배우였
던가. 그러면 나는 죽을 것 같았다. 지옥이 따로 없었다. 플로렌스는
내게 아내이기도 했고, 손에 잡히지 않는 여자이기도 했으니까. 정말
그런 생각이 들었다. 그리고 그녀를 이 세상에 살려두는 일이 내가
할 일이었고, 직업이었고, 야망이었다. 이런 것들이 한 사람에게 다
달려 있는 게 흔한 일은 아닐 것이다. 레오노라 역시 뛰어난 배우였
다. 정말 연기를 잘했으니까! 레오노라는 충격 받지 않고 세상을 살
아내기 위한 나의 계획들을 부추기며 내 이야기를 몇 시간이고 들어
줬다. 이따금 그녀는 자식을 무릎에 앉히고 이야기를 들어주는 엄마

처럼 약간 무심해 보이기도 했고, 때로는 마치 내가 환자 본인인 것처럼 들어주기도 했다.

에드워드 애시번햄의 심장에는 아무 이상이 없었다는 것을, 그는 그저 진짜 심장병을 앓는 어떤 여인을 따라오기 위해 장교 직을 내던지고 인도를 떠나 지구를 반 바퀴나 돌아 나우하임으로 왔다는 것을 당신도 알 것이다. 그는 그렇게 정에 약한 멍청이였다. 그들은 브램셔 텔레라의 집을 세주고, 가게를 절약하며, 반드시 인도에서 살아야 했는데도.

물론, 그때까지만 해도 나는 킬사이트 사건에 대해서는 전혀 듣지 못했다. 애시번햄이 기차에서 어떤 하녀에게 입을 맞추자, 열차 내 비상 정지 신호줄이 즉각 작동했지만, 다행히도 하나님의 은혜로 햄프셔 판사가 그를 동정한 덕에 그는 윈체스터 감옥에 몇 년씩 갇히는 것을 모면할 수 있었다. 나는 레오노라가 마지막에 모든 것을 말해줄 때까지 그 사건에 대해서는 알지 못했다.

하지만 그 가엾은 인간에 대해…… 내겐 분명히 그럴 권리가 있으니, 그 가엾은 인간에 대해 생각해보라고 이렇게 당신에게 사정해본다. 그렇게 운 나쁜 인간이 불가사의한, 눈먼 운명에 더 고통을 받아야만 했던 걸까? 도저히 다르게는 생각할 수가 없기 때문이다. 도저히. 그는 바로 내 아내의 정부였고, 내 아내를 죽였으며, 내 삶의 모든 즐거움을 다 망가뜨린 사람이었기에 나는 말할 권리가 있다. 그 어떤 성직자라도 날더러 그를 위한 동정을 구하지 말라고 말할 자격은 없다. 벽난로 가에 앉아 조용히 듣고 있는 당신이나 세상에서, 그리고 그의 욕망과 광기를 창조한 신에게서,

물론 나는 킬사이트 사건을 알지 말았어야 했다. 나는 그들의 친구들을 전혀 모르고 지냈다. 그들은 그저 내게 좋은 사람들, 남부 지역에 넓고 볕이 잘 드는 땅을 가진 운 좋은 사람들이었다. 그냥 좋은 사람들! 차라리 그 사건에 대한 소문이 쫙 퍼져, 나도 필연코 그 소문을 듣게 마련이었다면, 그 딱한 사람에게 더 나았을 것이라는 생각을 때때로 한다. 그건 하녀들과 시중꾼들, 그리고 치료소의 다른 손님들이 수군거릴 만큼 수군거린 후, 여기저기 떠도는 세상의 동정 속에서 점차 잦아드는 경우가 될 것이다. 그 딱한 사람에게 더 나았을 것이라는 생각을 나는 때때로 한다. 윈체스터 감옥에서 7년간 형을 살거나, 적절치 않은 순간에 자연스러운 충동을 쫓은 죄로 불가사의하고 눈먼 정의가 그 무엇을 운명지어주든 간에 그것을 치렀더라면, 남의 얘기를 좋아하는 사람들이 치료소의 테라스에 서서 "딱한 친구"라고 말하며 훼손된 그의 이력에 대해 생각할 때가 왔을 텐데. 그러면 그는 지금쯤 등은 굽었으나 훌륭한 군인으로 남을 수 있었을 텐데…… 그의 등이 일찌감치 꼬부라지는 편이 그에게는 더 나았을 텐데.

정말, 그 편이 천 배쯤 나았을 텐데…… 레오노라가 차갑고 매정하다는 사실을 막 깨닫기 시작할 무렵에 터진 킬사이트 사건으로, 애시번햄 대령은 엄청난 충격을 받았다. 그는 그 사건 뒤로 하녀들을 건드리지 않았다.

그 사건으로 그는 자연히, 자기와 비슷한 신분의 여자들과의 관계가 더 문란해졌다. 그가 기차에서 하녀에게 키스한 깃은 어찌할 수 없는 이끌림 때문이었다고 맹세하여, 자신의 관심이 그에게 이끌렸다는 것을 메이던 부인이 레오노라에게 털어놨다. 애시번햄은 버마에서 나우하임까지 메이던 부인의 뒤를 따라갔던 것이다. 짐작컨대, 그는 지극히 만족을 주는 여자를 찾기 위한 미친 열정에 의해 이끌렸겠지. 분명 그는 진심이었을 것이다. 메이던을 향한 그의 사랑은 진심이었을 거라는 얘기다. 메이던은 긴 속눈썹에 약간 가무잡잡한 피부를 가진 착하고 사랑스러운 어린 여자였다. 플로렌스도 점점 그녀를 좋아하게 됐다. 그녀는 혀 짧은 소리를 냈고, 행복한 미소를 지었다. 처음 알게 된 후 한 달간 우리도 그녀와 꽤 많이 만났지만, 그녀는 곧 심장에 문제가 생겨 조용히 죽었다.

하지만, 가엾은 메이던 부인은 너무나 온순하고 너무나 어렸다. 그녀는 많아야 스물 셋이었고, 많아봤자 스물넷이나 먹었을 어린 남편은 치트랄[30]에 있었던 것 같다. 그 어린 부부가 떨어져 살아야만 했던 것이다. 물론 애시번햄 대령은 그녀를 혼자 놔둘 수가 없었다. 그럴 수 없었을 거라 믿는다. 하긴, 나조차도, 이렇게 많은 시간이 흐른 뒤에도 그녀와의 추억을 소중히 여기고 있으니까. 갑자기 그녀 생각이 나면 저절로 미소가 지어진다. 마치 오랫동안 떠나온 옛집의 어느 서랍 속에 라벤더 꽃으로 곱게 싸놓은 무언가를 떠올릴 때처럼. 그녀는 너무나, 너무나 순종적이었다. 정말, 심지어 나에게까지 아주 어린 아이도 절대 보이지 않을 순종적인 태도를 보였다. 그렇다, 이렇게 슬프고도 슬픈 이야기는 또 없으리……

플로렌스가 그녀를 가만 내버려뒀더라면 얼마나 좋았을까. 그냥 불륜을 즐기도록. 남들 눈에는 메이던 부인이 이 단어의 철자도 모를

---

30. 치트랄: 아프가니스탄과 접해 있던 영인도제국의 서북부 군사기지.

만큼 어린 애로 보였겠지만, 내 생각에는 그냥 불륜을 즐겼던 것 같았다. 아니, 그것은 순종이었다. 집요한 요구, 그리고 그 딱한 친구를 파멸의 나락으로 밀어내린 격렬함에 대한 순종. 그리고 나는 그 일에 플로렌스가 그렇게 큰 영향을 줬다고 생각하지는 않는다. 플로렌스가 아니었어도 애시번햄은 다른 여자 때문에 메이던 부인에게 쏟던 헌신을 저버렸을 것이다. 그래도 여전히 모르겠다. 그 가여운 어린 것은 어차피 죽었을지도 모른다. 어차피 곧 죽을 운명이었으니까. 그래도 플로렌스가 창 아래에서 애시번햄 대령과 미국의 헌법에 대해 떠들던 한낮에 베갯잇을 눈물로 흠뻑 적시며 죽을 필요는 없었겠지. 그래, 플로렌스가 그녀를 마음 편하게 죽게만 했어도 입맛이 이렇게 쓰지는 않을 텐데……

레오노라는 플로렌스보다 제대로 처신했다. 레오노라는 메이던 부인의 귓불을 후려쳐버렸다. 그랬다. 에드워드의 방 밖, 호텔의 복도에서 레오노라는 주체할 수 없는 분노로 메이던의 볼을 세게 때렸다. 바로 그 일이 플로렌스와 레오노라 사이에 갑작스럽고, 이상한 친밀감을 싹트게 한 사건이었다.

사실, 그 둘이 친한 것은 정말 이상했다. 속사정을 모르고 보면, 레오노라처럼 이 땅에서 고고하기로 이름난 존재가 평소에는 자기 발밑에 깔린 카펫 정도로나 생각할, 별 특별할 것도 없는 양키 부부와 친해지려고 했다는 게 너무나 이상한 일이었다. 레오노라가 뭐가 그리 잘났냐고 당신이 물을 수도 있겠다. 그녀는 애시번햄가와 결혼한 포우이가 여자였다. 눈에 띄게 그러지는 않았지만, 아마도 그 점이 보통 미국인들을 경멸할 권리를 그녀에게 주었는지도 모르겠다. 무엇이 사람들을 잘났다고 생각하게 하는지 나는 잘 모른다. 레오노라는 아마도 자기의 인내심에 대해, 또 남편을 파산 법정에 서게 하지 않은 것에 대해 자부심이 있는 것 같았다. 그랬을지도 모른다.

아무튼 플로렌스는 레오노라를 그렇게 알게 됐다. 저녁식사 직전 플로렌스가 호텔 복도 모퉁이를 지나가다가 레오노라의 손목에 있던 금빛 열쇠가 메이던 부인의 머리카락에 엉켜있는 것을 보게 됐다. 아무 말도 오가지 않았다. 왼쪽 볼에 빨간 자국이 난 어린 메이던 부인은 매우 창백했고, 열쇠는 그녀의 검은 머리카락에서 빠지지 않고 있었다. 메이던 부인에게 손을 대면 레오노라는 속이 언짢아지려고 했기 때문에, 플로렌스가 엉킨 머리를 풀어야만 했다.

아무도 한마디 말이 없었다. 두 사람 외에 아무도 없을 때, 레오노라는 메이던 부인의 귓불을 잡아채는 짓도 저질렀다. 하지만 낯선 사람이 나타나자 레오노라는 놀라울 정도로 스스로를 추슬렀다. 처음에는 조용히 있었지만, 플로렌스가 머리에 엉켜있던 열쇠를 빼내자 이렇게 말할 수 있는 정도가 됐다. "내가 서투르다 보니…… 그냥 메이던의 머리를 빗으로 빗겨주려다가……"

그러나 메이던 부인은 시골 목사 출신의 어린 남편을 둔, 그저 가엾고 어린 오플라히티 출신이었을 뿐, 애시번햄가에 시집 간 포우이 가문 사람이 아니었다. 그래서 그녀는 흐느끼며 외로이 복도를 걸어 갔다. 하지만 레오노라는 계속 연극을 할 작정이었다. 그녀는 애시번햄의 문을 여보란 듯 열고, 애정을 담아 에드워드를 부르는 소리를 플로렌스가 들을 수 있게 했다. "에드워드" 하고 레오노라가 불렀지만 에드워드는 거기 없었다.

그곳엔 에드워드가 없었다. 그때, 평생에 단 한 번, 레오노라는 스스로 무너져 내렸다. 그리고 이렇게 외쳤다…… "정말 끔찍한 짓을 했어…… 가엾은 메이지!……"

그 말까지만 하고 입을 닫아버렸지만, 때는 이미 늦었다. 정말 이상한 일이었다……

나는 레오노라에게는 공평하고 싶다. 그리고 그녀를 정말로 사랑하지만, 결국 내 조그만 가정을 파괴한 원인이 된 이 일만큼은 그녀의 잘못이라고 생각한다. 나도 그렇지만, 레오노라 역시도 가엾은 메이지 메이던이 에드워드의 정부였다고 생각하지 않는다. 메이지의 심장은 너무나 약했기 때문에 열정적인 포옹 같은 것을 했다면 곧 쓰러져 죽었을 것이다. 이 말은 그야말로 평범한 표현이지만, 평범한 표현만큼 좋은 것은 없으니까. 그녀의 실체는 다른 두 사람이 자기들 생각대로 주장한 것과 일치했다. 정말 묘한 일 아닌가? 마치 우리를 좌지우지 하는 신의 불길한 장난처럼. 게다가 메이지가 자기 남편의 정부였다고 해도 레오노라는 개의치 않았으리라는 게 내 생각이다. 오히려 감상적인 에드워드가 다른 여자들을 보고 침을 꿀꺽 삼키는 소리를 듣거나 그 소리에 다소곳이 호응하는 여자들을 봐도 레오노라는 불안하지 않았을 것이기 때문이다. 정말, 레오노라는 메이지 일에 괘념하지 않았을 것이다.

메이지의 귓불을 후려치면서 사실 레오노라는 참을 수 없는 이 세상의 면상에 주먹을 날린 셈이었다. 실은, 그날 오후에 레오노라와 에드워드 사이에는 끔찍할 정도로 고통스러운 일이 있었기 때문이다.

레오노라는 에드워드에게 오는 편지를 자기가 원할 때는 언제든지 뜯어 볼 수 있는 권리를 요구했다. 에드워드의 불륜 행각이 그만큼 끔찍한 지경이었던 데다 그는 거짓말까지 했기 때문에 레오노라는 그의 비밀을 마음대로 볼 수 있는 특권을 요구했던 것이다. 그 딱한 바보가 자기의 일탈적 행위를 너무나 부끄러워한 나머지 절대로 깨끗이 털어놓는 일이 없었기 때문에 다른 방법이 없었다. 레오노라는 그에게서 이런 사실들을 끄집어내야만 했다.

그 일은 레오노라를 꽤나 흥분시키는 일이었을 것이다. 그날 오후, 에드워드가 치료소에서 처방 받은 대로 한 시간 반 정도 누워 있을 때, 레오노라는 허비 대령에게서 온 것으로 보이는 편지를 뜯어보았다. 레오노라와 에드워드는 린리스고샤이어에서 그와 함께 9월 한 달을 같이 보내기로 했었는데, 날짜가 11일과 18일 중 언제로 확정됐는지는 아직 모르고 있었다. 편지 봉투에 손으로 쓴 주소는 허비 대령의 글씨체와 같았다. 그래서 정말 그 순간만큼은 남편의 뒤를 캔다는 생각이 전혀 없었다.

하지만 뒤를 제대로 캐버린 셈이 돼버렸다. 에드워드 애시번햄이 1년에 3백 파운드나 되는 돈을 레오노라가 전혀 알지 못하는 협박범에게 지불하고 있었다는 사실을 발견했기 때문에…… 청천벽력이었다. 죽을 것만 같았다. 왜냐하면 바로 그 순간, 남편이 빚을 지게 된 진짜 이유를 알아냈기 때문이었다. 정말 꽤 막중한 부채였다. 그들 부부를 무너뜨린 것은 몬테카를로에서의 너무나 흔해빠진 정사, 러시아 황태자의 정부로 알려진 국제적인 요부와의 정사였다. 일주일간 자신과 잠자리를 같이 하는 대가로 그녀는 2만 파운드에 달하는 진주 티아라를 요구했다. 그렇게 많은 돈을 끌어 쓰기 위해서 그는 재정적으로 꽤 어려워졌을 테고, 그렇다고 도박을 잘하는 것도 아니었다. 그는 진짜로 2만 파운드를, 그리고 아리따운 여자와 일주일간 호텔에 묵기 위한 숙박비를 고스란히 찾아 썼을 것이다. 그는 당시 50만 달러를 약간 웃도는 재산을 보유하고 있었다.

에드워드는 도박 테이블에 앉아 4만 파운드를 잃었다…… 사기꾼들에게 빌린 생때같은 4만 파운드를! 그러고 나서도, 열정을 주체하지 못하고 그 여자와의 밀애를 즐겼던 거다. 물론 처음에는 2만 파운드에 훨씬 못 미치는 괜찮은 가격에 그녀를 얻을 수 있었겠지. 만 파운드쯤으로 해결이 됐을 거라는 게 내 짐작이다.

어쨌든, 십만 파운드 정도의 재산에 제법 큰 구멍이 뚫려버리고 말았다. 애시번햄은 고리대금업자들을 전전하며 다녔을 테니 레오노라가 나서서 해결해야 했다. 그 일은 애시번햄의 불륜을 갓 알아낸 초창기의 일이었다. 그것을 불륜이라고 부르고 싶다면 말이다. 레오노라는 그 일을 공공의 소식통을 통해 알게 됐다. 그렇게 알아내지 않았으면 일이 대체 어떤 지경까지 갔을까. 아마도 그는 무일푼이될 때까지도 레오노라에게 말하지 않았겠지. 하지만 신의 보살핌으로, 그녀는 그 돈을 빌려준 사람이 누구인지, 그들에게 필요한 정확한 액수가 얼마인지 알아낼 능력이 있었다. 그리고 그녀는 곧장 영국으로 떠났다.

그랬다. 그가 여전히 앙티브에서 키르케[31]의 품에 안겨 있는 동안, 레오노라는 곧장 영국에 있는 변호사에게 갔다. 그는 그 여사에게서

---

31. 키르케: 호머의 《오디세이》에 등장하는 유혹의 여신, 오디세우스의 남자들을 돼지로 둔갑시켰음. 앙티브: 프랑스의 프로방스 알프 코트 다쥐르에 있는 유명한 휴양지.

도 금방 진력을 냈지만, 레오노라는 그보다도 빨리, 1870년 프로이센 군으로부터 파리를 지켜낸 트로추 장군의 지략에 버금가는 계획을 세웠다. 처음에는 계획이 그만큼 효과적인 것 같았다. 어쩌면 그렇게 보였던 것인지도 모른다.

그 일은 1895년의 일이었다. 그러니까 지금 내가 얘기하는 시점보다 9년 전 이야기로, 그때부터 플로렌스가 레오노라에게 영향을 미치기 시작하였다. (결국은 그렇게 됐으니까.) 레오노라 애시번햄은 에드워드에게 모든 재산을 그녀에게 양도하라고 압박했다. 어설프고, 사람만 마냥 좋은, 불분명한 성격의 에드워드는 그 당시 레오노라를 마귀보다 더 두려워했기 때문에 그녀가 원하는 것은 뭐든 할 수밖에 없었다. 게다가 그는 그녀를 정말 대단히 존경했고, 그 어떤 남자도 그 이상으로 한 여자에게 빠져들 수는 없었다. 레오노라는 그 점을 이용해서 그를 마치 파산 법원으로부터 부동산을 관리 당하는 사람처럼 취급했다. 그게 그를 위해서도 최선이었으리라.

어쨌든, 첫 3년간은 레오노라가 할 일이 끝도 없었다. 생각도 못하고 있던 부채들이 여기저기서 불쑥 불쑥 튀어나오는데, 그 고뇌에 찬 멍청이는 아무 도움도 되지 않았다. 여자들을 쫓는 열정과 함께 에드워드에게는 자신을 지극히 부끄럽게 생각하는 마음도 늘 있었다. 믿기 어렵겠지만, 그는 레오노라의 순결한 사고를 존중했기에 자신이 이 세상에 한 짓을 레오노라가 알게 된다는 게 끔찍이 싫었다. 그래서 마음이 흔들리면서도 자기 짓에 대한 혐의를 모두 부인하는 입장을 고수했다. 그는 자기 아내 생각의 처녀성을 지켜주고 싶었다. '그 소녀'가 브린디시로 가는 동안, 나와 마지막으로 긴 산책을 하며 그가 직접 한 얘기다.

물론, 그로부터 3년쯤 레오노라는 불안한 시절을 보냈다. 그리고 바로 그 즈음 그들은 정말 많이 싸웠다.

그랬다. 그들은 격렬히 싸웠다. 어쩌면 내가 과장하는 것처럼 들릴지도 모른다. 레오노라는 그저 말없이 그를 혐오하고 그는 절절히 죄를 뉘우쳤을 거라 생각할 테니까. 하지만 전혀 그렇지 않았다……
에드워드의 열정과 그 열정에 대한 수치심과 함께 그는 자기 지위에 따른 책무를 다 하겠다는 신념이 대단했다. 그 신념을 실천하는 데에는 정말 돈이 많이 들었다. 그의 부채에 대해 이야기하면서 혹시라도 가엾은 에드워드가 문란한 난봉꾼이라는 인상을 주지는 않았을 것이라 믿는다. 그렇지는 않았다. 다만 그는 감상주의자였을 뿐이다. 킬사이트 사건은 겉으로는 꽤 보기 좋은, 애절한 사건이었다. 그가 하녀에게 입을 맞춘 것은 그녀를 안심시키고 싶은 마음 때문이었다고 나는 생각한다. 그리고 만약 그녀가 그의 감언이설에 넘어갔다면 아마도 그는 포츠머스에 작은 집을 마련해주고 4,5년간은 그녀에게 충실했을 것이다. 그는 충분히 그럴 능력이 있었다.

그랬다. 그의 재산을 탕진하게 한 외도는 황태자의 정부, 그리고 레오노라가 열어본 협박 편지와 관련된 외도, 그렇게 두 번 뿐이었다. 그 외도는 꽤 괜찮은 여자와의 열정적인 정사였고, 황태자의 여자와의 관계 직후에 시작됐다. 그 여자는 동료 장교의 아내였고, 레오노라는 그 여자를 향한 에드워드의 열정이 진심이었으며 몇 년 동안 이어졌다는 사실도 알고 있었다. 가엾은 에드워드의 열정 대상은 당연히 갈수록 격이 높아졌다. 처음에는 하녀와 시작해서 다음은 부자들을 상대하는 창부, 그리고 그 다음에는 결혼 운이 없었던 꽤 괜찮은 여자로 이어졌으니까. 그 여자의 남편은 편지 등으로 1년에 3백 혹은 4백이라는 큰 액수를 요구하며 불쌍한 에드워드를 이혼 법정에 세우겠다고 계속해서 협박했다. 그 여자 다음에는 메이지 메이던이 등장했고, 가엾은 메이지 다음에 다른 여자를 딱 한 명 더 만났다. 그리고 그 다음에 그의 일생일대의 사랑이 찾아왔다. 레오노라와의 결혼은 그의 부모가 주선한 것이었다. 비록 그는 그녀를 너무나도 숭배했으며 그녀의 정신적인 지지를 절실하게 원했지만, 거짓으로라도 다정함 이상의 감정을 그녀에게 보인 적은 거의 없었다.

그를 너무나도 고통스럽게 한 빚은 그의 사회적 지위에 걸 맞는 관대함 때문이기도 했다. 레오노라의 말에 따르면, 그는 늘 소작인들 집세를 경감해주었고, 법정에 선 술주정뱅이들을 늘 구제해주었으며, 창녀들을 부끄럽지 않은 자리로 보내주려고 노력했다. 그리고 아이들이라면 정신을 못차릴 정도였다. 학대당한 사람들 중에 그가 구원해주고 일자리를 마련해주지 않은 사람이 몇이나 되는지는 모르겠다. 레오노라가 내게 얘기해주었지만, 그 숫자가 너무나 터무니없어서 아무래도 레오노라가 과장했다는 생각이 들어, 여기에는 적지 않을 생각이다. 이 모든 것들을 계속해나가는 것이 자기 책임이라고 그는 생각했다. 거기에다 병원과 보이스카우트에 거의 비현실적인 액수의 기부금을 보냈고 가축 품평회나 생체해부반대 단체에 상품도 제공했다……

레오노라는 이것들 대부분을 중지하도록 조치했다. 황태자의 정부에게 돈을 다 쏟아 부은 후, 그렇게 해서는 브램셔 저택을 도저히 유지할 수가 없었다. 레오노라는 집세를 원래대로 올렸고, 술주정뱅이들을 그들이 있는 곳에서 내보냈으며, 더 이상 기부금을 보낼 수 없다는 단체 통지를 발송했다. 아이들에게만큼은, 레오노라가 더하면 더했지 덜하진 않았기에 거의 모든 아이들이 견습직으로 나가거나 가정부 일을 할 수 있는 나이가 될 때까지 지원해줬다. 그도 그럴 것이, 레오노라는 자기 자식이 없었다.

그녀에게는 아이가 없었고, 레오노라는 이를 자기 탓이라고 생각했다. 레오노라는 가난한 포우이 가문 출신이었고, 그들은 가엾은 에드워드에게 아이들은 가톨릭교도로 키워야 한다고 말만 하고 계약서를 작성하지 않았다. 물론, 그것은 레오노라에게 신앙적 사형선고였다. 레오노라가 다른 모든 영국 가톨릭교도들처럼 강하고 냉정한 도덕적 양심을 지닌 사람이라는 인상을 주지 못했다면 그건 내 실수다. (나는 그 종교가 너무 싫다. 레오노라를 좋아하면서도, 필라델피아 아치 가(街)에 있는 평온한 퀘이커교 예배당 시절부터 내 안에 스며든 '붉은색을 걸친 여인'[32]에 대한 혐오감이 내 마음 깊은 곳에 자리하고 있었다.) 그래서 나는 레오노라가 자기 종교의 영향으로 에드워드의 문제를 괴상한 영국 방식으로 처리한 것이 잘못이라고 나무라는 것이다. 왜냐하면 그가 명색만 신사인 부랑자가 되어, 길거리에서 불륜을 저지를 지경까지 추락하게 놔두는 것이 에드워드를 살리는 유일한 길이었기 때문이다. 그러면 그는 훨씬 문제를 덜 일으켰을 것이고, 고통도 훨씬 덜 했을 것이다. 어쨌든 간에 망가지기니 후회할 일

---

32. 요한계시록 17:1-18에 등장하는 바빌론의 창녀를 묘사함. 로마 가톨릭 교회에 반대하는 사람들이 그들을 '자주색과 붉은색 옷을 입은' 바빌론의 창녀라고 지칭했다.

은 줄어들었을 테니까. 에드워드는 정말 쉽게 후회하는 사람이었다.

　레오노라의 영국식 가톨릭 양심, 그녀의 엄격한 원칙들, 그리고 그녀의 차가운 성격, 심지어 인내심조차도 이 경우에는 전혀 맞지 않았다는 생각이 자꾸만 든다. 로마 교회가 이혼을 용인하지 않는다는 게 레오노라의 진지하고 순진한 생각이었다. 에드워드 애시번햄을 충실한 남편으로 만드는 그런 불가능한 일을 해낼 것이라고 자기에게 기대를 걸 만큼 자기 종교가 야만스럽고 어리석은 제도라고 레오노라는 철썩 같이 믿었다. 그녀는, 영국인들이 흔히 말하는 신교도의 기질을 지닌 여자였다. 우리 미국에서는 그런 기질을 뉴잉글랜드 정신이라고 부른다. 그리고 그런 기질은 영국 가톨릭 신자들에게도 심어졌다. 영국 가톨릭 신자들이 종교 때문에 몇 세기에 걸쳐 겪어야 했던 일들, 악의에 찬 억압을 무차별적으로 당하고, 고용에서 배척당하고, 영국 성공회가 절대 다수인 곳에서 불리한 소수로 살아가며, 그래서 전통적 규칙을 철저히 지키며 살아야 했던 그 모든 것들이 합해져 그들의 기질에 마법을 부리게 된 것이다. 비국교도인 영국의 로마 가톨릭 교도들은 그렇게 국교도가 아닌 면에서는 신교도나 다름없었다는 것이 내 생각이다.

　유럽 대륙의 로마 가톨릭 교도들은 쾌활하나, 더럽고, 부도덕한 집단이다. 하지만 적어도 그런 성향이 그들을 기회주의자로 만들었다. 그들은 가엾은 에드워드를 그럭저럭 일으켜 세웠을 것이다. (이렇게 중대한 것들을 이렇게 경솔한 태도로 적는 나를 용서해주시길. 내가 이러지도 않았다면 무너져 내려 울어버렸을 것이니.) 밀란이나 파리에서 이런 일이 일어났더라면 레오노라는 분기별로 2백 달러씩 받는 것으로, 6개월 만에 결혼생활을 끝내 버렸을 것이다. 그리고 에드워드는 내가 얘기한 그런 부랑자가 될 때까지 떠돌아다녔겠지. 아니 어쩌면 술집 여자와 결혼했을지도 모른다. 다른 사람들 다 보는 앞에서 엄청난 광경을 연출하며, 그의 콧수염을 뽑아내고 얼굴에 눈에 확 띄는 상처를 내버려서 남은 일생 동안 그녀에게만 충실하도록 만들어 버릴 수 있는 그런 여자와. 그도 그런 것을 원했으리라……

그에게는 열정과 수치심뿐 아니라 공공장소에서의 망신이나, 고함, 육체적 폭력에 대한 두려움이 늘 있었다. 그랬다, 술집 여자가 그를 치유할 수 있었을 것이다. 그리고 그녀가 술을 마셔댔다면 더할 나위 없이 좋았을 것이다. 그럼 그는 그녀를 돌보느라 바빴을 테니까.

이 점에 대해선 내가 옳다는 것을 안다. 킬사이트 사건 때문에 난 그걸 알게 됐다. 애시번햄 대령이 입 맞췄던 하녀는, 그 지역 신교도 대표 (그 관직을 뭐라고 부르는지는 알 수 없지만) 가족의 보모였다. 그리고 토리 단체인지 뭔지의 의장이었던 그 남자는 에드워드를 파멸시키려고 작정을 했기 때문에, 불쌍한 에드워드는 꽤나 힘겨운 시간을 보내야했다. 그들은 하원에 그 일에 대해 질의를 했고, 햄프셔 판사들을 강등시키려고 했으며, 에드워드가 왕의 명령을 수행하기에 합당한 인물이 아니라고 국가에 건의했다. 그랬다, 에드워드는 정말 호되게 당했다.

그 결과는 당신도 이미 들었다. 그는 낮은 신분의 여자를 희롱하는 버릇을 말끔히 고쳤다. 그리고 그것은 레오노라에게 정말 축복처럼 보였다. 그 일을 겪은 뒤로는 보모대신 메이던 부인과 같은 사람과 연결되는 것도 그다지 속상해하지 않았다.

분명치는 않았지만, 그날 저녁 나우하임에 도착했을 때 레오노라
는 제법 만족스러운 상태였다……

 한 지역 유지의 생활에 비해 생활비가 적게 드는 치트랄과 버마
의 작은 주둔지에 몇 년간 머무는 동안 레오노라는 거의 모든 걸 해
결해냈다. 그리고 무엇보다도 그곳에서는 지역 어떤 사람과 불륜을
저질러도 요란하지 않았고 돈도 별로 들지 않았다. 그래서 메이던 부
인이 나타난 후, 메이던 부인의 어린 남편 때문에 문제가 일어날 수
있겠다는 생각이 들자, 레오노라는 모든 것을 접고 집으로 돌아오기
로 마음먹었다. 이렇게 저렇게 아끼고 긁어 모아가며, 브램셔 텔레라
를 세놓고, 그림과 찰스 1세의 유물과 같은 것들을 처분하고, 가엾게
도 몇 년 동안 제대로 된 드레스 한 벌 장만하지 못하며 애쓴 끝에
레오노라는 자기가 작정한대로 남편을 황태자의 정부와 만나기 전
의 재정적 상태로 회복시켜 놓았다. 그리고 에드워드도 물론, 재정적
인 면에서는 그녀를 조금 도왔다. 그는 모든 남자들이 좋아할만한 사
람이었다. 그는 곁에 두기 참 즐거운 사람이었고, 언제라도 시가 편처
나 뭐 그런 물건을 선뜻 빌려줄 사람이었다. 그래서 오다가다 만나게
되는 금융업계 사람들은 그에게 수익을 보장할만한 좋은 정보를 귀
띔해줬다. 레오노라는 절대로 도박을 겁내지 않았다. 이유는 모르겠
으나 영국 가톨릭교도들은 절대로 그런 법이 없다.

 그녀는 투자하는 족족 기대 이상의 성과를 거두었고 에드워드의
재정 상황은 브램셔 저택에 다시 들어갈 수 있을 정도로 회복됐다.
그랬기 때문에 레오노라는 안도의 한숨을 쉬며, 체념하는 마음으로
메이지 메이던을 받아들였다. 레오노라는 정말 그 아이를 좋아했다.

그녀에겐 애정을 쏟을 사람이 필요했다. 그리고 어쨌든 메이지는 믿어도 된다는 느낌이 들었다. 그 아이는 에드워드가 작은 반지 대신 그 정도의 액수를 주겠다는 것도 거절했기 때문에 에드워드에게 일주일에 몇 천 파운드를 뜯어낼 사람이 아니라는 믿음이 갔다. 에드워드가 그 아이에 대해서는 이제껏 한 번도 보지 못한 태도로 청산유수로 격찬을 해대긴 했다. 하지만 그것 역시 차라리 안심이 됐다. 만약 에드워드가 평생의 사랑을 만날 수 있다면 레오노라는 그것을 진심으로 환영했을 거라는 생각이 든다. 그러면 레오노라는 편히 쉴 수 있을 테니까.

사실 가엾은 메이지보다 나은 상대도 없었다. 그 아이는 너무 아파서 그 어떤 값비싼 나들이를 나가는 것조차 원하지 않았으니…… 나우하임으로 메이지를 데려갈 때 필요한 돈은 레오노라가 지불했다. 메이지는 거절할 것이 분명했기 때문에 레오노라는 그 돈을 메이지의 어린 남편에게 건넸다. 하지만 메이지의 남편은 두려움에 몸부림치고 있었다. 딱한 놈!

인도에서 돌아오는 항해 내내 레오노라는 평생 그 어느 때보다도 행복했을 거라 생각한다. 에드워드는 메이지에게 완전히 열중해 있었다. 담요와 약 같은 것들을 들고 갑판을 종종거리는 모습이 마치 아이를 챙기는 아버지 같았다. 그래도 다른 승객들에게 아무것도 새나가지 않도록 대단히 신중히 행동했다. 레오노라는 메이지를 거의 딸처럼 대했다. 자비롭고 부유한 마음 좋은 부부가, 짙은 눈빛이 죽어가는, 가난한 어린 것에게 구세주 노릇을 하는 모습, 그래서 그 모습은 아주 보기 좋았다. 메이지 메이던을 대하는 레오노라의 그런 태도는 그 아이의 얼굴을 때린 행위를 어느 정도 설명해주었다. 레오노라는 좋지 않은 타이밍에 초콜릿을 훔친 못된 아이를 때린 것이었으리라.

정말로 타이밍이 좋지 못했다. 화가 난 동료 장교에게서 온 협박 편지를 뜯어 본 순간, 예전의 묵은 공포가 한순간에 레오노라를 덮쳤다. 그녀가 가야 할 길이 다시금 끝도 없어 보였고, 에드워드가 자기한테만 숨기고 있는 그런 일들이 수백 가지는 될 거라는 생각이 들었다. 다시 저당 잡혀야 할 것이 더 많이 늘고, 전당포에 맡겨야 할 팔찌도 더 많아질 것이며, 더 심한 공포가 찾아들 것이었다. 레오노라는 너무나 괴로운 오후를 보냈다. 물론, 이혼할 만한 일이었지만, 그녀 역시 에드워드 못지않게 대중의 이목은 피하고 싶었고, 그래서 계속 돈을 보내줘야 할 수도 있겠다는 생각도 했다. 사실 그렇게 큰 문제도 아니었다. 1년에 3백 파운드는 충분히 댈 수 있었다. 정작 두려운 것은 그런 채무 관계가 더 있을지도 모른다는 것이었다.

레오노라는 몇 년 동안 에드워드와 대화를 하지 않았다. 기차표 예약이나 하인들과 관련된 일 말고는 대화가 전혀 없었다. 하지만 그날 오후, 레오노라는 대화를 나누어야만 했다. 그는 언제나처럼 똑같이 행동했다. 마치 십여 년이 흐른 뒤 책을 펼쳐도 똑같은 내용밖에 볼 수 없는 것과 같았다. 그가 그러는 이유도 여전했다. 그는 그런 동료 장교가 협박을 한다는 사실 따위로 레오노라의 마음에 때를 묻히고 싶지 않았기에 그녀에게 말하고 싶지 않았다. 그리고 옛사랑의 명예를 지키고 싶었다. 그 여자는 정말로 자기 남편이 한 일과는 전혀 상관이 없었다. 그리고 그는 이 하늘 아래 부끄러움이 없음을 맹세하고, 맹세하고, 또 맹세했다. 레오노라는 그를 믿지 않았다.

그가 그러는 것이 한두 번이 아니었으니까. 그러나 이번에는 처음으로 레오노라가 틀렸기에 그는 이번 일에는 꽤 훌륭하게 처신했다. 그는 곧장 우체국으로 달려가 자기 변호사에게 전보를 치는데 몇 시간을 보냈다. 그 빈틈없는 변호사에게 자기 뒤를 쫓는 그 남자에게 당장 영장을 발부하겠다고 협박을 하라고 지시했다. 가엾은 레오노라를 못 살게 구는 것은 더 이상 참을 수 없었다고 훗날 애시번햄은 얘기했다. 그것은 정말로 그가 해결해야 할 마지막 청구서였고, 만약 협박범이 뻐딱하게 나오면 이혼 법정에라도 설 각오가 돼 있었다. 그의 단순한 말을 빌리면, 그는 소문, 신문 기사, 끔찍한 웃음거리 등 그 어떤 것에도 당당히 맞서려고 하였다.

하지만 자기가 어디로 가는지 레오노라에게 말하지 않는 실수를 저지르고 말았기에, 그가 전보를 보내러 나가는 것을 본 후, 두 시간 뒤 메이지 메이던이 그의 방에서 나오는 모습을 본 레오노라는 자기가 조용히 괴로운 시간을 보내는 동안 에드워드는 메이지 메이던을 품고 있었다는 생각을 하게 했다. 레오노라에게는 너무 심한 짓이었다.

사실, 메이지가 에드워드 방에 있었던 것은 가난 때문이기도 했고, 자존심 때문이기도 했으며, 순수함 때문이기도 했다. 애초에 메이지는 하녀를 부릴 돈이 없었고, 한 푼이 소중한 처지인지라 호텔에서 나올 때 너무 많은 팁을 지불해야 할지도 모른다는 사실이 두려워 호텔 직원들에게 심부름 시키는 일은 최대한 자제하리고 노력했다. 에드워드는 메이지에게 열다섯 종류의 가위가 들어있는 아주 근사한 가위 상자를 빌려주었고, 자기 방 창에서 에드워드가 우체국으로 나가는 것을 본 메이지는 그 틈을 타 상자를 갖다 놓으려고 했다. 그러면 안 될 이유도 없었지만, 그의 침대에 놓인 베개에 입을 맞췄던 사실에 죄책감이 들었다. 그래서 그렇게 했던 것이다.

레오노라는 이 사건으로 플로렌스가 자기를 쥐락펴락할 것이 분명하다고 생각했다. 그 일로 플로렌스는 이런 저런 짐작을 하게 됐고, 애시번햄 부부가 뒤에 아무것도 숨기고 있지 않은 그저 좋은 사람들만은 아닐 거라는 생각을 하게 된 유일한 사람이었다. 레오노라는, 협박범에게 돈을 지불하는 일과 같이 자기들만의 자세한 사정을 플로렌스가 절대로 알지 못하게 하리라 결심했고, 자기가 가엾은 메이지를 조금도 질투하지 않는다는 사실을 플로렌스에게 확실히 보여 줄 때까지 플로렌스를 곁에 두고 감시해야겠다고 생각했다. 바로 그런 이유로 레오노라는 내 아내와 팔짱을 끼고 식당에 들어왔고, 우리 테이블에 당당히 자리를 잡은 것도 바로 그 때문이었다. 그날 밤 레오노라는 한시도 우리 곁을 떠나지 않았다. 메이지에게 다른 사람들 눈에 띄게 에드워드를 따라 정원으로 가달라고 사정하기 위해 잠깐 나갔다 온 때를 제외하고는 말이다. 메이지가 다소 걱정스러운 얼굴로 우리 모두가 앉아 있는 라운지에 내려왔을 때 레오노라가 말했다. "자, 에드워드, 얼른 일어나서 메이지를 카지노에 좀 데려가요. 저는 다웰 부인한테서 코네티컷에 산다는 포딩브리지 출신의 가족들 얘기를 듣고 싶어요." 애시번햄 가문이 브램셔 텔레라에 자리 잡기 이미 두 세기 전에 플로렌스의 가문이 그곳을 소유했었다는 사실을 알게 됐기 때문에 그런 이야기를 한 것이다. 플로렌스가 잠자리에 들고 나서도 한참 동안 레오노라는 나와 함께 그 자리에 앉아, 애시번햄과 메이지에 대해 자신이 전혀 개의치 않는다는 모습을 내가 똑똑히 알아챌 수 있도록 애썼다. 레오노라는 연기를 잘 했다.

그 덕에 나는 우리가 M이라는 도시를 다녀온 날짜를 정확히 기억할 수 있다. 바로 그날 가엾은 메이지가 죽었기 때문이다. 우리가 돌아왔을 때 그 젊은 애는 죽어 있었다. 그 죽음의 의미를 알게 되면 참으로 끔찍한 죽음이었음을 알게 되리라……

그건 그렇고, 레오노라가 자기는 아일랜드 가톨릭교도라고 말했을 때 내가 얼마나 안도했는지 알게 된다면, 그 부부에 대한 내 애정이 어느 정도인지 이해할 수 있을 것이다. 그 애정이 너무나 강렬했기에 지금도 나는 에드워드를 생각하면 깊은 한숨부터 나온다. 그들이 없었다면 내가 얼마나 더 버텨나갈 수 있었을지 모르겠다. 나는 너무나 지쳐가고 있었다. 만약 레오노라가 그렇게 폭발했던 이유는 내가 의심했던 것처럼 플로렌스에게 느꼈던 질투 때문이었다면, 나는 플로렌스에게 아주 격하게 화를 냈을 것이다. 질투는 치유되는 것이 아니다. 하지만 플로렌스가 단순하고, 그저 실없이 아일랜드 사람들과 가톨릭을 조롱한 것이라면 사과를 하면 될 일이었다. 그래서 나는 2분 정도 후에 마음을 추슬렀다.

내가 그러는 동안 레오노라는 흔들림 없이, 묘한 눈빛으로 나를 뚫어지도록 오래 바라봤다. 나는 마침내 이렇게 말할 수 있었다.

"상황을 받아들이셔야 합니다. 솔직히 저는 당신의 종교를 좋아하지 않습니다. 하지만 당신은 정말로 좋아하죠. 여태껏 이렇게 좋아해 본 사람이 없었다는 사실도 주저 없이 말할 수 있습니다. 그리고 당신이 나를 좋아하는 만큼 나를 좋아했던 사람도 없었다고 생각합니다."

"아, 저도 당신을 정말 좋아해요. 다른 남자들이 다 당신 같았으면 좋겠다고 생각할 정도로요. 하지만 다른 사람들도 배려할 줄 알아야겠지요."

사실, 레오노라는 불쌍한 메이지를 염두에 두고 말하는 것이었다. 레오노라는 자기 앞에 있는 가슴 높이의 담에서 작은 풀잎을 집어 들었다. 검지와 엄지로 오랫동안 비비더니 갓돌 위로 던졌다.

"저도 상황을 받아들일 수 있어요." 마침내 그녀가 말했다. "당신이 그럴 수만 있다면."

VI

'상황을 받아들이라'는 말을 레오노라가 너무나 엄숙하게 따라 말했을 때, 나는 그만 웃어버렸다. 그리고 이렇게 말했던 것 같다. "이게 그 정도로 심각한 일은 아니에요. 그렇잖아요, 나는 자유로운 미국 국민으로서 당신과 같은 종교를 믿는 사람들에 대해 내 뜻대로 말할 권리가 있다고 생각해요. 그리고 플로렌스도 무례하지 않은 범위 내에서 자기가 하고 싶은 말을 할 자유가 있다고 생각해요."

"플로렌스는 나 같은 사람들이나 내 신앙을 폄하하는 말은 단 한마디도 하지 말았어야 해요."

그때, 레오노라의 목소리에는 평범치 않은, 거의 협박에 가까운 강경함이 실려 있다는 느낌을 받았다. 만약 플로렌스가 선을 넘는 극단적인 행동을 하려고 들면 그녀를 결코 가만두지 않을 것임을 나를 통해 플로렌스에게 전달하는 것 같았다. 그랬다, 레오노라는 나를 통해 플로렌스에게 말하는 것이라는 생각이 들었다.

"나를 마음껏 모욕해도 되고, 내가 가진 모든 것을 빼앗아도 괜찮아요, 하지만 내 신앙을 모독해서 나를 당신 발밑의 깔게로 만드는 말은 단 한마디도 하지 않는 게 좋을 거예요."

하지만 레오노라가 정말 그런 뜻으로 한 말은 분명 아니었을 것이다. 좋은 사람들은 아무리 신앙이 달라도 서로를 협박하는 법이 없다. 그래서 나는 레오노라의 말을 그냥 이렇게 해석했다.

"나와 같은 종교를 믿는 사람들에 대해 플로렌스가 그런 말을 하지 않았더라면 좋았을 텐데요, 제가 그쪽으로는 좀 민감하거든요."

그래서, 얼마 안 있어 플로렌스가 에드워드와 탑에서 내려왔을 때, 나는 플로렌스에게 그 정도로 주의를 주었다. 그리고 그 순간부터 에드워드와, 그 소녀와 플로렌스가 모두 죽을 때까지 단 한 번도 무언가가 잘못돼가고 있다고, 아주 희미하게라도 눈치를 챈 적조차 없고, 일말의 의심을 품을 생각도 하지 않았다. 그때, 단 5분간 레오노라가 질투를 하는지도 모르겠다는 생각을 하긴 했어도, 그 불꽃같은 사람이 두 번 다시 흔들리는 것은 보지 못했다. 그러니 내가 어떻게 알 수가 있었겠는가?

나는 언제나 그저 남자 간병인에 지나지 않았기 때문이다. 비정한 세 명의 도박꾼이 모두 한 패가 되어 나에게 자기 패를 보여주지 않는데 내가 무슨 수로 알아낼 수가 있었을까? 도대체 어떻게? 대체 무슨 수로? 그들은 셋에 나는 혼자였고, 그들은 나를 너무나도 행복하게 해주었다. 아, 그들이 나를 어찌나 행복하게 해주었는지, 세속의 죄가 발붙일 곳 없는 천국조차 내게 그런 행복을 줄 수는 없을 것만 같았다. 그들이 달리 어떻게 더 잘 할 수 있었을지, 달리 상황을 어떻게 더 악화시킬 수 있었을지, 나는 모른다⋯⋯

그 시간 내내 나는 기만당한 남편이었고 레오노라는 에드워드에게 계속 여자를 대는 포주 역할을 했다. 그게 삶의 길고 긴 골고다 언덕으로 지고 올라야 할 그녀의 십자가였다⋯⋯

아내에게 기만당한 남편의 기분이 어떤 것인지 당신이 묻는다. 하늘에 맹세코 나는 모른다. 정말 아무 느낌도 없다. 지옥도 아니고, 천국은 더더욱 아니다. 그러니 그 중간 지점이라고 할 밖에. 그것을 뭐라고 부르지? 림보. 아니, 난 그저 그 일에 대해 아무 감정도 느끼지 않는다. 그들은 이제 죽었고, 바라건대 그들에게 연민이 충만한 샘을 열어 줄 심판자 하나님 앞에 그들은 섰을 것이다. 이런 생각을 내가 할 이유는 없다. 나는 그저 레오노라의 가톨릭 교인들이 그저 '그들에게 영원한 평화를, 오 하나님, 그리고 그들 위로 영원토록 빛이 빛나기를. 정의만이 영원토록 기억될 것이니.'라고 노래하면 그만이다. 그런데 그들의 정체는 무엇이었을까? 올바른 사람들? 부정한 사람들? 하나님만 아실뿐! 신의 노여움의 그림자가 끝없이 드리워진 이 땅을 조심조심 걸어가던 그 부부는 그저 불쌍한 사람들이었을 뿐이라고 나는 생각한다. 정말 끔찍한 일이다……

밤이면 때때로 떠오르던 하나님의 심판 장면은 너무나 끔찍하다. 어쩌면 내가 어디선가 본 그림이 연상되는 걸 수도 있다. 공중에 떠 있는 거대한 평원에 세 사람이 보이는 것 같다. 두 명은 열정적인 포옹을 한 채 꼭 붙어있고, 한 명은 처절하리만치 외따로 있다. 그 심판의 그림은 흑백이고 아마도 에칭화인 것 같다. 사진으로 복제한 것과 에칭을 구별해낼 능력은 내게 없지만. 그리고 위와 아래가 텅 빈, 끝도 없이 이어지는 그 거대한 평원은 하나님의 손바닥이다. 그들은 하나님의 판결을 앞두고 있고, 홀로 있는 사람은 플로렌스이다……

그 극심한 고독을 생각하니 정신없이 달려가 그녀를 위로해주고 싶다는 열망에 압도된다. 아무리 독사처럼 그 둘을 증오하고, 지금 그녀가 있는 곳이 하나님의 손바닥 위일지라도, 달려가 그녀를 돌보고 싶은 마음이 드는 걸 보면 그 심정 때문에, 12년간 그녀의 간병인 노릇을 할 수 있었던 것 아니겠는가. 하지만, 밤이면 내게 찾아오는 그런 환영 앞에서 나는 스스로를 자제시킨다. 플로렌스를 미워하기 때문이다. 나는 그녀를 영원한 고독에 내버려둘 만큼 그녀를 증오한다. 왜 플로렌스는 꼭 그래야만 했을까. 그녀는 미국인이었고, 뉴잉글랜드 사람이었다. 그녀에겐 이 유럽인들의 뜨거운 열정이 없었다. 그녀는 어리석은 에드워드를 가로챘다. 그가 그 가엾고도 가여운 소녀의 품속에 꼭 안긴 채 영면하길 신께 기도한다! 그리고, 메이지 메이던은 자기의 어린 남편을 다시 만날 테고, 레오노라는 맑고 잔잔한 마음으로 북극성과 대천사를 태우고 있을 것이다. 그리고 나는…… 글쎄, 아마도 그들이 내가 타고 도망갈 엘리베이터 정도는 마련해주겠지…… 하지만 플로렌스는……

그녀는 그러면 안 되는 거였다. 정말 그러지 말았어야 했다. 너무나 천박한 짓이었다. 순전히 자기 허영심 때문에 에드워드를 가로챘다. 그녀는 전도사가 자기 구역을 드나들듯, 어리석은 마음으로 에드워드와 레오노라 사이에 끼어들었다. 자기가 에드워드의 정부이면서 그와 그의 아내를 다시 합쳐주기 위해 부단히 노력했다는 사실을 이해할 수 있는가? 플로렌스는 밝은 미국인의 시각으로 그 일을 언급하며 레오노라에게 용서를 지껄였을 것이다. 그러면 레오노라는 플로렌스를 창녀 취급했다. 어느 이른 아침에 레오노라가 플로렌스에게 이렇게 말한 적도 있다.

"그이의 침대에서 막 나왔으면서, 지금 그 자리가 내 자리라고 말하는군요. 고맙지만 그 정도는 저도 알아요."

하지만 그 정도로 플로렌스를 멈추게 할 수는 없었다. 플로렌스는 자기의 짧은 생의 흔적으로 이 세상을 조금이나마 밝게 만드는 것이 자기의 꿈이라고, 이제 자기 덕에 에드워드의 상태가 좋아졌으니 레오노라가 그에게 기회를 주기만 한다면 자기는 감사한 마음으로 에드워드를 떠날 수 있다고 계속 떠들어댔다. 그 무엇보다도 그에게 필요한 것은 다정함이라고도 했다.

그러면 몇 년간 분노를 참아왔던 레오노라는 이렇게 대답했을 것이다.

"그래요, 당신은 그를 포기할 수 있겠죠. 그러고는 비밀리에 서로에게 편지를 써가며 다른 방을 잡아 불륜을 저지르겠죠. 나는 두 사람을 잘 알아요. 차라리 지금 이 상황이 더 낫겠네요."

레오노라가 그런 말들을 하면 플로렌스가 그냥 무시해 버리는 때가 태반이었다. 그런 말은 숙녀답지 못하다고 생각해버렸다. 아니면, 심장병 때문에라도 에드워드를 향한 자기의 사랑은 정신적인 것일 뿐이라고 설득하려 들었고 한 번은 이런 말도 했다.

"당신 말처럼 메이지 메이던을 믿을 수 있다면, 왜 내 말은 못 믿는 거죠?"

그때 레오노라는 자기 침실의 거울 앞에서 머리를 만지고 있었던 걸로 안다. 레오노라는, 평소엔 눈길조차 주지 않던 플로렌스를 향해 돌아서더니 차갑고 침착하게 말했다.

"한 번만 더 메이지 메이던의 이름을 입에 올리기만 해보세요. 당신이 그녀를 죽였어요. 당신과 내가 그녀를 살해했다고요. 나도 당신과 똑같이 나쁜 사람이에요. 그 일을 다시 떠올리지 않게 해주세요."

플로렌스는 선의만 있는 자기가, 제대로 알지도 못하는 사람을 어떻게 해칠 수 있겠냐고, 자기는 세상을 조금이라도 밝게 만들어보고 싶어 그녀를 에드워드로부터 구해내려고 했을 뿐이라고 지껄였을 것이다. 플로렌스는 그렇게 생각했다. 진짜로 그렇게 생각했다…… 그래서 레오노라는 참을성 있게 말했다.

"좋아요, 그냥 내가 그 애를 죽였고, 그건 가슴 아픈 일이라고만 해두죠. 사람을 죽여 놓고 그 일을 또 생각하고 싶은 사람이 있을까요? 당연히 없겠죠. 애초에 인도에서 그 애를 데려오지 말았어야 했는데."

레오노라는 정말로 그렇게 생각했다. 좀 직접적으로 얘기하긴 했지만, 레오노라는 원래 말을 대담하게 하곤 했다.

M-이라는 고대 도시로 소풍을 나갔던 날, 무슨 일이 일어났던 걸까.

가엾은 그 애에 대한 동정과 회환이 마음에 가득 차서 돌아온 레오노라는 호텔에 도착하자마자 메이지의 방으로 갔다. 그저 그 애를 어루만져주고 싶은 마음뿐이었다. 처음에는 그저 빨간 벨벳이 덮인 둥근 탁자 위에서 자기 앞으로 쓴 편지만 발견했다. 거기에는 이렇게 쓰여 있었다.

"아, 애시번햄 부인, 어떻게 그런 짓을 하셨나요? 저는 당신을 그렇게 믿었는데. 당신은 저와 에드워드에 대해서 아무 말도 하지 않았지만, 저는 당신을 믿었어요. 어떻게 제 남편에게 돈을 주고 저를 살수가 있어요? 에드워드와 그 미국 여자 분이 복도에서 그 일에 대해 이야기하는 걸 방금 들었어요. 제가 여기에 올 수 있도록 당신이 돈을 줬다고. 아, 어떻게 그럴 수가 있죠? 어떻게 그럴 수가 있어요? 저는 지금 당장 버니에게 돌아가겠어요……"

버니는 메이지 메이던의 남편이었다.

주위를 둘러 본 것도 아닌데, 그 편지를 읽으며 호텔 방이 텅 비어버린 게 느껴지더라고 레오노라는 말했다. 탁자에는 종이 한 장 없고, 옷걸이에는 옷 하나 걸려 있지 않는, 마치 그 방의 뭔가가 방안에 있던 소리들을 모두 빨아들인 것 같이 기묘한 적막만이 흘렀다고. 레오노라는 그 편지의 추신을 읽으며 그런 느낌에 맞서 싸워야 했다.

"나를 그의 정부로 원했다는 사실은 전혀 몰랐어요." 추신은 그렇게 시작됐다. 그 가엾은 애는 맞춤법을 잘 몰랐다. "그러시면 안 되는 거였어요. 저는 한 번도 그렇게 되고 싶은 생각은 없었어요. 에드워드가 그 미국 여자 분에게 저를 가엾은 작은 쥐라고 부르는 것도 들었어요. 둘만 있을 땐 그는 늘 그렇게 불렀고, 전 상관하지 않았어요. 그런데, 그 분에게 저를 그렇게 얘기했다는 것은 그가 저를 더 이상 사랑하지 않는다는 뜻인 것 같아요. 아, 애시번햄 부인, 당신은 세상을 알지만, 저는 전혀 알지 못해요. 세상이 그럴 수도 있는 거라고 당신이 생각한다면 저도 괜찮을 것 같아요. 하지만 당신도 세상이 어떤 건지 몰랐다면 저를 데려오지 말았어야 해요. 이러시면 안 되는 거였어요. 우리는 종교도 같은데……"

레오노라는 그 부분을 읽으며 비명을 질렀다고 했다.

그리고 메이지의 상자들이 모두 꾸려져 있는 걸 보고, 레오노라는 호텔을 샅샅이 뒤지며 직접 메이지를 찾아 나섰다. 지배인은 메이던 부인이 계산을 마쳤고 여행사에 물어 당장 치트랄로 돌아가는 일정을 잡기 위해 기차역으로 갔다고 했다. 돌아오는 것을 본 것 같기는 한데 확실치는 않다는 말도 했다. 그 넓은 호텔에서 그 애에게 신경을 쓴 사람은 한 사람도 없었다. 그 애는 외롭게 복도를 돌아다니다가 에드워드와 플로렌스가 앉아 있던 자리 반대편에 칸막이를 하나 사이에 두고 앉게 된 것이었다. 그때나 그 후로나 그 앙증맞은 한 쌍이 무슨 이야기를 주고받았는지는 전혀 듣지 못했다. 플로렌스가 에드워드에게 선의의 경고를 한답시고, 메이지의 마음을 다치게 하는 것은 아니냐고 말하며 에드워드를 가로채는 작업을 막 시작하려는 참이었으리라 짐작만 할 뿐이다. 그녀는 언제나 그런 식으로 시작했다. 그러자 에드워드는 메이지와의 관계는 아무것도 아니라고 감정적으로 단언했을 것이다. 메이지는 자기 아내가 손수 돈을 지불해서 나우하임까지 데려온, 그저 불쌍한 작은 쥐일 뿐이라고. 그 정도면 계략이 효과를 보기에 충분했다.

그 수법은 아주 효과적으로 맞아 떨어졌다. 레오노라는 속에서 후회와 공포가 걷잡을 수 없이 번져나감을 느끼며 호텔의 모든 곳을 일일이 다 찾아보았다. 식당, 라운지, 서재, 그리고 겨울 정원까지. 5월부터 10월까지만 개방하면서 호텔에 왜 겨울 정원이 있는지는 나도 모르겠다. 어쨌든 정원이 거기 있었다. 그리고 레오노라는 메이지가 방에 다시 돌아오지 않았는지 보려고 계단을 뛰어 올라갔다. 메이지를 당장 그 끔찍한 곳에서 빼내야겠다고 결심했다. 모든 게 정말 엉망진창이었다. 레오노라가 그 상황에 대해 냉정하지 못했다는 얘기는 아니다. 레오노라는 언제나 레오노라다웠다. 냉정한 정의로움이, 같은 종교를 믿는 그 애에게 엄마 역할을 해주어야 한다는 생각을 하게 했다. 레오노라는 엄마의 역할까지 고려하였다. 에드워드는 플로렌스와 나에게 맡겨두고, 레오노라는 그 아이가 그 불쌍한 어린 남편에게 돌아갈 때까지 모든 시간을 다 쏟아 사랑으로 감싸줄 생각이었다. 물론, 때는 이미 늦었다.

처음에는 메이지의 방을 둘러볼 생각을 하지도 않았다. 하지만 방에 들어가자마자 굽이 높은 구두가 신겨진 작은 발 두 짝이 침대 끝으로 튀어나와 있음을 알아차렸다. 메이지는 커다란 여행용 수트케이스를 닫아 묶으려고 애쓰다가 죽었다. 얼마나 괴기스럽게 죽었던지, 그녀의 작은 몸은 트렁크 안으로 엎어졌고, 그 위로 마치 거대한 악어의 입처럼 트렁크 문이 닫혀 있었다. 열쇠는 손에 쥐고 있었다. 일본 사람처럼 검은 머리카락은 아래로 흘러내려 몸과 얼굴을 덮고 있었다.

레오노라는 깃털처럼 가벼운 그녀의 몸을 들어 올려 머리카락을 가지런히 해주고 침대에 눕혔다. 메이지는 마치 하키 게임에서 막 골을 넣은 것처럼 미소를 짓고 있었다. 그녀가 자살한 것이 아님은 당신도 알리라. 그녀의 심장이 그냥 멈췄을 뿐이다. 그녀의 긴 속눈썹이 볼까지 내려오고, 입가에는 미소를 띤 채 꽃들이 그녀를 온통 에워싸고 있는 모습을 나는 보았다. 백합[33] 줄기가 손에 놓여 있었기에 꽃은 어깨에 와 닿았다. 그녀 주위를 두르고 있는 영안실의 촛불들 때문에 그녀는 햇살 속의 신부처럼 보였고, 그녀 발치에 꿇어 앉아 미

---

33. 백합: 기독교 예술에서 백합은 순결, 결백, 순수함을 상징한다.

사포를 쓰고 얼굴을 가리고 있던 두 명의 수녀는 어쩌면 그녀를 착하디착한 사람들의 땅으로 데려다 줄 백조 한 쌍이었는지도 모른다. 레오노라는 그녀를 내게 보여줬다. 하지만 나머지 두 사람에게는 보여주지 않을 작정이었다. 가엾은 에드워드의 심정을 다치게 하고 싶지 않았던 것이다. 그가 시체를 보면 견뎌내지 못했을 것이다. 그리고 레오노라가 메이지의 편지에 대해 에드워드에게 아무 말도 하지 않았기 때문에 그는 메이지의 죽음이 세상 그 무엇보다도 자연스러운 일이라 생각했다. 그는 곧 잊었다. 그녀와의 일은 그가 절대 회한을 느끼지 않았던 정사들 중 하나였을 뿐이었다.

제2부

I

메이던 부인이 죽은 날짜는 1904년 8월 4일이었다. 그리고 1913년 8월 4일까지는 아무 일도 일어나지 않았다. 날짜의 우연한 일치가 참으로 기이하긴 하나, 그것이 우리가 우연이라 일컫는, 신의 뜻이 반 농담처럼 너무나도 무자비하게 전개되는 과정인지는 솔직히 잘 모르겠다. 미신에 사로잡혀 사는 플로렌스가 최면에 걸린 듯, 어쩔 수 없이 그 날짜에 특정한 행동을 하게 됐던 건지도 모른다. 어찌됐든 8월 4일이 플로렌스에게 아주 중요한 날짜임은 확실하다. 우선, 플로렌스는 8월 4일에 태어났다. 그리고 1899년 바로 그 날짜에 지미라는 젊은 남자와 함께 외삼촌을 따라 세계 여행에 나섰다. 하지만 그것은 우연이 아니었다. 자신의 심장에 병이 있다고 생각한 마음씨 좋은 노년의 외삼촌이 세심하게도 그녀의 생일을 기념해서 여행을 제안했던 것이다. 그리고 1900년 8월 4일, 플로렌스는 자기 삶뿐만 아니라 나의 삶에까지 영향을 준 어떤 행위를 저지르고 만다. 그녀는 운이 나빴던 것이다. 그날 아침, 스스로에게 생일 선물을 주었던 것이었을까……

1901년 8월 4일, 플로렌스는 나와 결혼하고 유럽을 향해 강풍을 가르며 항해를 시작했다. 바로 그 강풍으로 그녀의 심장이 상했다.

그때도 틀림없이 플로렌스는 자신에게 생일 선물을 준 것이리라, 내 불행한 삶이라는 선물을. 그러고 보니 내 결혼에 대해서는 전혀 얘기를 하지 않았군. 이건 이미 얘기한 것 같은데, 나는 14번가의 스타이브슨트에서 플로렌스를 처음 만났다. 나의 천성은 약했을지 모르나, 바로 그 순간 그녀를 내 것으로 만들지 못한다면, 적어도 결혼이라도 하겠다고 아주 단단히 결심했다. 나는 직업이 없었으므로 사업에 관련된 일도 없었다. 나는 스탬포드의 싸구려 호텔에 진을 치고, 그녀의 집이나 플로렌스의 이모인 헐버드 부인들의 베란다를 들락거리며 시간을 보냈다. 헐버드 부인들은 이상하리만치 완강하게 나의 출현을 못마땅해 했다. 하지만 그 나라 법도 때문에 내놓고 반대하지는 못했다. 플로렌스는 자기만의 전용 거실이 따로 있었다. 그녀는 자기가 좋아하는 사람들을 그리로 불러들였고, 나는 그곳으로 그냥 들어갔다. 나는 당신이 생각하는 만큼 소심하긴 하지만, 그 문제에 관해서는 자동차가 달려오는데도 찻길을 건너겠다고 작정을 한 닭과 같았다. 나는 플로렌스의 작고 예쁜, 고풍스러운 방으로 들어가, 모자를 벗고 앉아 있곤 했다.

물론, 플로렌스 주위에는 다른 남자들도 여럿 있었다. 낮에는 뉴욕으로 가서 일하고 밤 시간은 자기가 태어난 마을에서 시간을 보내는 키 크고 건장한 뉴잉글랜드 청년들이었다. 그리고 저녁시간이면, 그들은 나만큼이나 결의에 찬 모습으로 플로렌스를 찾아오곤 했다. 그리고 플로렌스의 이모들은 역시 나만큼이나 그들을 탐탁찮게 여겼다……

두 노부인은 좀 별난 면이 있었다. 그들은 마치 저주에 걸린 고대 명문가 사람들 같았다. 너무나 숙녀답고 품위 있는 그들은 늘 한숨짓곤 했다. 나는 때로 그들 눈에 눈물이 어리는 것을 보기도 했다. 처음에는 플로렌스를 향한 나의 구애가 진전을 보이고 있는지 알 수가 없었다. 아마도 그건 늘 낮에만, 먼지가 마치 안개처럼 느릅나무 가지 위에 걸려 있는 더운 오후에, 주로 만났기 때문이었던 것 같다. 그 어떤 접근도 끔찍하게만 여겨지는 코네티컷의 7월 한낮보다는, 밤이야말로 사랑의 부드러운 속삭임이 먹힐만한 알맞은 때라고 나는 생각한다. 하지만 내가 플로렌스에게 키스를 한 번도 하지 않았음에도 불구하고 그녀는 자기가 원하는 것을 2주 동안에 아주 쉽게 알려줬다. 그리고 나는 그 바람을 들어줄 수 있었고……

플로렌스는 여유로운 신사와 결혼하길 원했고, 유럽에서 기반을 잡고 싶어 했다. 그녀는 영국 억양을 쓰는 남편을 원했고, 부동산으로 5만 달러의 연수입을 올리지만 그 재산을 늘리겠다는 야망은 없는 사람을 원했다. 그리고 부부 사이에 열정적인 육체적 관계는 별로 바라는 바가 아니라는 뜻도 어렴풋이 비쳤다. 미국인들이란, 눈 한 번 깜빡 안 하고도 그런 부부 관계를 상상할 수 있는 사람들이다.

플로렌스는 밝은 이야기들을 쏟아내는 가운데 이런 정보들을 던져줬다. 리알토나 베니스의 풍경에 대해 말하며 그런 자기 생각들을 조금씩 흘렸고, 발모럴 성[34]에 대해 묘사하다가 자기의 이상적인 남

---

34. 발모럴 성(Balmoral Castle): 영국 왕실 가족의 휴가 별장.

편감은 영국 법정에서 자기를 맞아 줄 수 있는 사람이라는 이야기를 했다. 플로렌스는 영국에서 두 달을 보냈던 것 같다. 7주 동안 스트랫포드에서 스트랫페퍼까지 관광을 했고, 나머지 1주간은 레드베리[35] 근처의 가난하지만 품위 있는 백셔라는 영국 집에 돈을 치르고 묵었다. 플로렌스 일행은 그 평온한 전원의 품속에서 두 달을 더 지낼 생각이었지만 플로렌스 외삼촌의 사업에 뜻하지 않은 사건이 생기는 바람에 서둘러 스탬포드로 돌아와야 했다. 지미라는 젊은이는 유럽을 더 제대로 알기 위해 그곳에 남았다. 정말 그랬다. 우리는 나중에 그의 덕을 정말 많이 봤다.

하지만 플로렌스는 자기를 유럽에 정착해서 살게 할 능력이 없는 남자는 거들떠보지도 않겠다는 결심을 냉정하고 침착하게 고수하고 있음을 알 수 있었다. 영국 가정의 삶을 맛 본 영향이었다. 결혼을 하면 파리에서 1년을 산 뒤, 남편에게 헐버드 가문이 1688년에 살았던 포딩브리지 근교의 부동산을 매입하게 할 생각이었다. 그것에 힘입어 영국 지방의 상류층 사회에 자리를 잡을 계획이었다. 그것만큼은 확고했다.

나는 이런 세부 계획을 생각하면 기분이 무척 좋아지곤 했다. 왜냐하면 스탬포드에서 플로렌스가 알고 지내는 사람들 중에는 그만한 돈을 지불할 수 있는 남자가 없었기 때문이다. 나만큼 돈이 많은

---

35. 스트랫포드 온에이번(Stratford-on Avon): 워윅셔 주의 남서부에 위치한 도시, 셰익스피어의 출생지로 유명.
스트랫퍼(Strathpeffer): 스코틀랜드 고원지대의 휴양도시로 유명한 약천이 있는 곳.
레드버리(Ledbury): 헤리퍼드셔의 시장 마을

사람은 거의 없었고, 그들은 플로렌스와의 관계를 지속시키기 위해서 월스트리트의 매력적인 생활을 포기할 수 있는 사람들이 아니었다. 하지만 7월은 별 일 없이 지나갔다. 8월 1일이 되자 플로렌스는 이모들에게 나와 결혼할 생각이라고 말했다고 했다.

플로렌스가 내게 말해주지는 않았지만, 플로렌스의 이모들의 모습을 보니 확신할 수 있었다. 왜냐하면 그날 오후, 내가 플로렌스의 거실로 들어가려는데, 플로렌스 헐버드 이모님이 흥분된 모습으로 나를 불러 세워 응접실로 데려갔기 때문이다. 가늘고 긴 다리의 가구들, 검은 윤곽, 작은 모형품들, 브래덕 장군[36]의 초상화, 그리고 라벤더 향이 나는 고풍스러운 식민지 시대 풍의 방에서 나는 이상한 면담을 하게 됐다. 미혼의 두 노부인은 무척 괴로워보였고 두 사람 다 한마디도 직접 하지 못했다. 두 분은 손을 거의 움켜쥐면서 결혼할 두 사람의 성격 차이 같은 것을 고려해본 거냐고 물었다. 두 분은 나처럼 진중하고 속이 꽉 찬 사람에게 플로렌스는 너무 발랄한 것이 아닌지 애정 어린 걱정까지 해주었다.

두 분은 내가 진중하고 속이 꽉 찬 사람이라는 것을 발견했기 때문이다. 아마도 예전에 내가 워싱턴 장군보다 브래덕 장군을 더 선호한다는 말을 흘렸기 때문인 것 같았다. 왜냐하면 헐버드 가문은 독립전쟁에서 패배했던 편을 지원했고, 그 일로 인해 매우 심하게 몰락했으며 철저하게 억압받았다. 헐버드 부인들은 그 일을 결코 잊을 수가 없었다.

---

36. 브래덕 장군: 에드워드 브래덕(1695-1755)은 프랑스 군대와 미국 원주민들에게 기습을 당해 전사한 영국 장군.

그럼에도 불구하고 나와 플로렌스가 유럽에 가서 산다는 생각에 그분들은 몸을 부르르 떨었다. 두 분 모두 내가 플로렌스에게 그런 삶을 선물하길 바란다는 얘기를 듣고 진심으로 슬퍼했다. 아마도 유럽을 이해할 수 없는, 방종이 넘치는 부정한 곳이라 생각했기 때문이었던 것 같다. 두 분은 자신들의 모국인 영국도 유럽의 다른 나라들처럼 에라스투스 주의[37]를 따른다고 생각했다. 그래서 그들이 정말 오랫동안 반대를 해댔던 거였다……

두 분은 결혼이 성례라고까지 말할 뻔도 했지만, 플로렌스 이모님이나 에밀리 이모님 둘 다 바로 그 단어를 차마 입 밖에 내지는 못했다. 그리고 플로렌스의 지난 삶이란 불장난에 가까운 연애의 연속이었다는 뭐 그런 류의 얘기도 했다.

나는 두 분과의 면담을 이렇게 말하며 끝냈다.

"저는 상관하지 않습니다. 플로렌스가 은행을 털었다고 해도 저는 그녀와 결혼해서 유럽으로 데려갈 겁니다."

그 말에 에밀리 이모님은 울고불고하다가 기절해버렸다. 플로렌스 이모님은 동생이 그러거나 말거나 내 목에 매달려 울부짖었다.

"존, 그러지 말게. 그러지 말아. 자네는 좋은 청년이잖나." 그리고 내가 이모들을 돌보아드리라고 플로렌스를 부르러 나가는데 이렇게 말했다.

"사실 할 말이 더 있다네. 하지만 플로렌스는 우리 소중한 동생의 아이이니."

---

37. 에라스투스 주의: 교회보다 국가 권력이 우선한다는 국가 권력 지상주의.

플로렌스는 새파랗게 질린 얼굴로 나를 맞으며 이렇게 소리쳤던 것으로 기억한다.

"저 앙큼한 두 노인네들이 내 험담을 하던가요?" 나는 그러지 않았다고 분명히 말해준 뒤에 이상할 정도로 괴로워하는 그녀의 이모들이 있는 방으로 플로렌스를 서둘러 데려갔다. 지금 이 순간까지도 나는 플로렌스가 그렇게 외쳤던 것은 정말 다 잊고 있었다. 그녀가 어찌나 요령 있게 나를 잘 다루었던지, 그 뒤로도 그 일을 떠올릴 때면 나에 대한 그녀의 깊은 애정 때문이었을 거라고 생각했다.

그리고 그날 저녁, 마차에 태워 주려 플로렌스를 데리러 가보니, 그녀는 사라지고 없었다. 나는 한시도 지체하지 않았다. 뉴욕으로 가서 그 달 4일 저녁에 출발하는 포카혼타스 호의 침대칸을 예약하고 스템포드로 돌아와 그날 플로렌스의 이동 경로를 추적했다. 그리고 그녀가 라이역으로 갔다는 것을 알아냈다. 그리고 그곳에서 워터베리로 가는 차편을 탔다는 것도 알아냈다. 그녀는 물론 자기 외삼촌 댁으로 갔던 것이다. 그 노인은 까칠하고 무표정한 얼굴로 나를 맞았다. 나는 플로렌스를 만나 볼 수 없었다. 그녀는 몸이 아파 방에서 나오지 않았다. 그리고 지금은 잊어버렸지만 그녀의 외삼촌이 알 수 없는 성경 구절을 인용해가며 흘린 말을 들어보니, 그녀의 가족들이 플로렌스를 평생 결혼시키지 않을 작정임을 알 수 있었다.

나는 당장 가장 가까운 곳에 사는 목사의 이름과 줄사다리를 입수했다. 그 당시 미국에서는 이런 일들이 얼마나 원시적으로 감행됐는지 정말 믿기 힘들 것이다. 아마 지금도 여전히 그럴 것이라 생각한다. 그리고 8월 4일 새벽 1시에 나는 플로렌스의 침실에 서 있었다.

나는 내 목적을 이루겠다는 생각만 하고 있었기에 새벽 1시에 플로렌스의 방에 들어와 있다는 게 부적절한 행동이라는 생각은 전혀 들지 않았다. 난 그저 그녀를 깨우고 싶었을 뿐이었다. 하지만 그녀는 이미 깨어있었다. 친척들은 그녀를 홀로 놔두고 나갔고, 그녀는 나를 기다리고 있었다. 그녀는 나를 맞아주었다. 따뜻한 포옹으로. 여자와의 포옹은 그것이 처음이었다. 그리고 내게 따뜻함이 담긴 포옹은 그것이 마지막이기도 했다……

그 뒤에 일어난 일들은 다 내 잘못이라고 생각한다. 어쨌든 그때 나는 결혼을 빨리 해버리려고 무척 서두르고 있었고, 그녀의 친척들에게 들킬까봐 너무나 두려워서 내게 다가오는 그녀를 꽤나 정신이 없는 상태로 받아들였던 게 확실하다. 나는 30초 안에 그 방에서 나와 사다리를 내려왔다. 우리가 목사의 집 문을 두드린 게 새벽 3시경이니까 그녀는 터무니없이 오랜 시간 동안 나를 밑에서 기다리게 했던 것이다. 그렇게 기다리게 한 것만이 플로렌스가 내게 한 일 중에 유일하게 양심이 있었음을 보여준 일이 아니었나 싶다. 만약 내 팔에 안겨 있던 잠깐의 순간이 양심의 흔적이 아니었다면 말이다. 만약 그때 내가 그녀를 따뜻하게 대했더라면 그녀가 제대로 된 아내 역할을 했거나, 나를 다시 내 자리로 되돌려 보내지 않았을까 하는 생각을 해본다. 하지만 내가 필라델피아 신사처럼 굴었기 때문에 플로렌스는 나를 남자 간호사로 살게 하지 않았나 싶다. 아마도 내가 별 상관하지 않을 거라 생각했는지도 모른다.

그 뒤로 그녀는 더 이상 후회하는 것 같지 않았다. 그저 자기 계획을 진행시키는데 급급할 뿐이었다. 플로렌스는 사다리를 내려오기 직전에 나를 다시 그 그로테스크한 장비 꼭대기로 불러 올렸다. 그 바람에 나는 그 사다리를 조용한 꼭두각시처럼 오르내려야했다. 나는 더없이 침착했다. 플로렌스는 내게 약간 매섭게 말했다.

"우리가 오늘 오후 4시에 배를 타는 게 확실한 건가요? 표를 끊은 게 거짓말은 아니겠죠?"

미친 게 분명한 자기 친척들로부터 도망치고 싶은 간절한 마음을 이해했기에, 내가 그런 일로 거짓말을 할 수 있는 사람이라 생각한 것도 나는 선뜻 용서할 수 있었다. 그래서 포카혼타스를 타고 항해하는 것이 완전히 결정된 사항임을 확실히 해줬다. 그러자, 달빛이 비추는 그 새벽에, 사다리에 서 있는 내 귀에다 대고 플로렌스가 속삭였다. 워터베리를 둘러싸고 있는, 유별날 정도로 평온한 산들이 그 저택 주위로 모습을 드러냈다. 그녀는 차가움마저 느껴지는 목소리로 말했다.

"알고 싶었어요, 그래야 짐을 쌀 테니까요." 그리고 이렇게 덧붙였다. "배에 타면 난 좀 아플지도 몰라요. 내 심장도 헐버드 삼촌이랑 좀 비슷한 것 같거든요. 가족 내력인가 봐요."

나는 포카혼타스는 아주 안전한 배라고 속삭여주었다……

나를 사다리 밑에 세워 둔 두 시간 동안 플로렌스의 머릿속에 무슨 생각이 오갔는지 이제 와 새삼 궁금하다. 그걸 알 수만 있다면 뭐든지 할 수 있다. 그때까지만 해도 계획을 짜 두지는 않았던 것 같다. 그때까지 그녀는 한 번도 심장에 대해 이야기 한 적이 없었다. 헐버드 삼촌을 오랜만에 만나고 나니 그런 묘안이 떠올랐던 걸 수도 있다. 워터베리까지 플로렌스를 따라간 에밀리 이모가, 격렬한 대화는 그 노신사를 죽게 할 수도 있을 것이라고 몇 시간에 걸쳐 훈계했을 게 틀림없었다. 그 덕에 그들이 세계 여행을 하는 동안, 어리석고 딱한 그 노신사를 둘러싸고 있던, 그가 흥분하지 않도록 막아주던 그 모든 보호 장치들이 떠올랐을 것이다. 바로 그 때문에 그런 생각을 하게 됐을 수도 있다. 그래도 나에게는 얼마간 미안하고 후회스러운 감정을 품었을 것이라 나는 믿는다. 플로렌스가 그랬다고 레오노라가 말해줬었다. 왜냐하면 레오노라는 모든 것을 다 알고 있었고, 한번은 어떻게 그렇게 부끄러운 짓을 할 수 있었냐고 플로렌스에게 묻기까지 했기 때문이다. 플로렌스는 억제하기 힘든 격정 때문이었다고 변명했다. 억제하기 힘든 격정은 그 어떤 태도에도 늘 좋은 변명거리가 되는 법이다. 도저히 어쩔 도리가 없으니까. 그리고 돌출 행동에도 그보다 좋은 변명은 없다. 나와의 결혼 전이든 후든, 플로렌스는 그 놈과 달아날 수도 있었다. 그리고 만약 살아갈 돈이 바닥나면 목숨을 끊어버리거나 플로렌스의 가족들에 얹혀 지낼 수도 있었을 것이다. 포목점 점원이나 하는 남자를 남편으로 맞는 것은 절대로 플로렌스가 평소 원하는 수준이 아니었는데도, 플로렌스는 그런 자리라도 원했고, 헐버드 씨는 그 놈에게 그 정도만 허락했을 것이다. 헐버드 씨는 그 놈을 싫어했다. 정말이지, 나는 플로렌스가 할 만한 변명은 별로 없다고 생각한다.

누가 알겠는가. 플로렌스는 겁먹은 바보였고, 기이한 데가 있는 여자였으며, 그때만 해도 그 바보 같은 놈을 정말로 좋아했던 모양이지. 그 놈은 플로렌스에게 별 생각이 없었던 게 틀림없다. 가엾은 여자…… 어쨌든, 포카혼타스 호가 안전한 배임을 확인해주자, 그녀는 그저 이렇게만 말했다.

"당신은 저를 헐버드 삼촌이 보살핌을 받은 식대로 돌봐줘야 할 거예요. 방법은 제가 알려드릴게요." 그러더니 마치 배에 승선하듯이 창턱에 올라섰다. 자기 배는 불태워버린 것처럼! 그날은 정말 깜짝 놀랄 일들을 겪을 만큼 겪은 날이었다. 우리가 8시에 헐버드 가문의 저택으로 다시 돌아왔을 때 그 집 사람들은 모두 지쳐 있었다. 플로렌스는 강경하고 의기양양한 태도를 보였다. 우리는 새벽 4시에 결혼을 한 후 마을 근처의 숲에서 앵무새가 수고양이 소리를 흉내 내는 것을 들으며 앉아 있었다. 그러니 플로렌스도 나와 결혼하는 절차가 그다지 고무적이라고는 느끼지 않았을 것 같다. 나는 기쁘다는 말보다 뭔가 더 감격적인 말이 떠오르지 않았다. 너무 얼떨떨했던 것 같다. 헐버드 가문 사람들도 이말 저말 하기에는 너무 얼떨떨한 상태였다. 함께 아침 식사를 한 뒤 플로렌스는 자기의 여행가방과 짐을 챙기러 갔다. 헐버드 씨는 그 틈을 타서, 어린 미국 소녀들이 유럽의 정글로 기어드는 게 얼마나 위험한지, 미국식 연설조로, 감정을 엄청 실어가며 훈계를 해댔다. 그리고 파리의 풀밭은 뱀들이 우글거리는 곳이고 그곳에서 뼈아픈 경험도 해보았노라고 얘기했다. 가엾은 양반. 그러더니 미국 여성들이 모두 언젠가는 성관계를 하지 말고 살았으면 좋겠다는 바람으로 결론을 지었다. 물론 꼭 그런 식으로 표현하지는 않았지만……

우리는 한시 반에 배에 잘 올랐고, 그때는 폭풍우가 불고 있었다.

그것이 플로렌스에겐 큰 도움이 됐다. 플로렌스가 선실로 들어간 뒤 그녀의 심장이 문제를 일으켰을 때, 우리는 샌디 훅[38]에서 10분도 채 벗어나지 못한 상태였기 때문이다. 당황한 승무원이 나에게 달려왔고, 나는 선실로 달려 내려갔다. 그리고 내 아내를 어떻게 돌봐야 하는지에 대한 지침을 받았다. 대부분은 플로렌스가 알려줬지만, 애정 표현을 자제하는 편이 좋을 거라고 나에게 조심스럽게 조언을 해준 사람은 그 배의 의사였다. 그 정도는 충분히 할 수 있었다.

물론, 나는 너무나 후회가 됐다. 헐버드 가문 사람들이 가장 아끼는 막내의 결혼을 반대한 이유를 이해할 수 없었는데, 바로 그녀의 심장 때문이었으리라는 생각이 들었다. 물론 너무 품위 있는 사람들이라 이유를 대놓고 말하지는 못했으리라. 그들은 구닥다리 뉴잉글랜드 사람들이었으니까. 남편이 자기 아내의 목에 키스하면 안 된다는 말을 하고 싶지는 않았겠지. 사실은, 남편이 그럴 수도 있음을 언급하기도 싫었을 것이다. 그런데 플로렌스가 자기의 음모에 의사를 어떻게 가담시켰는지 모르겠다. 한두 명도 아니고 그 여럿을.

물론 플로렌스의 심장에서 이상한 소리가 나기는 했다. 그녀의 폐도 헐버드 삼촌의 것과 형태가 비슷했다. 그리고 삼촌과 함께 지내며 전문가들로부터 심장에 대한 정보를 매우 많이 들었을 터였다. 어쨌든 플로렌스와 그 의사들은 내 발을 제대로 묶어놓는 데 성공했다. 물론, 지미라는 그 음산한 사내도 한 패가 되어. 플로렌스는 대체 그의 어떤 점을 좋아했던 걸까? 그는 우울하고, 말도 없고, 뚱했다. 그

---

38. 뉴저지 북동부에 위치한 모래로 된 반도로, 뉴욕 쪽을 향해 북쪽으로 5마일 돌출해 있다. 샌디 훅 등대는 대서양이 시작되기 전, 미국 영토의 제일 끝을 가리키는 지표이다.

는 그림에도 재능이 없었다. 혈색도 안 좋았고 피부색도 어두웠다. 그리고 면도를 말끔히 한 적은 한 번도 없었다. 르 아브르[39]에서 우리를 만나고 2년간, 그는 자신을 우리에게 꼭 필요한 사람으로 느끼게 만들었고, 우리가 그곳에 있든 없든 파리의 우리 집에서 지냈다. 그는 줄리엥인지 어딘가에서 그림 공부를 했다.

그는 어깨 부분에 각이 서고, 엉덩이 부분이 넓은 그 끔찍한 미국 코트 주머니 속에 늘 손을 찌르고 있었고, 짙은 눈에는 늘 불길한 징조가 가득 차 있었다. 게다가 그는 너무나 뚱뚱했다. 정말이지 그보다는 내가 백번 나은 남자였는데……

그리고 감히 말하지만 플로렌스도 나를 더 좋아했던 것 같다. 그런 표시를 냈으니까. 목욕하러 들어가기 전에 자기 어깨 너머 나를 돌아보며 그 수수께끼 같은 미소를 짓던 게, 유혹 같은 것이 아니었나 싶다. 이 얘기는 이미 했지만. 마치 이렇게 말 하는 것 같았다. "나는 지금 여기에 들어가요. 나는 옷을 모두 벗고 새하얗게, 똑바로 서 있을 거예요…… 그리고 당신도 어쩔 수 없는 남자 아닌가요." 그렇게 말하는 것 같았다……

그녀는 그 놈을 그렇게 오래 좋아할 수가 없었다. 그는 누르께하고 흐물흐물한 덩어리 같아 보였으니까. 플로렌스가 처음 그 불명예스런 짓을 시작했을 때만 해도 거무스름하고, 마르고, 꽤 괜찮았을 테지. 하지만, 플로렌스가 주는 용돈과 미국에 들어오지 못하게 하려고 헐버드 씨가 보내주던 돈으로 파리에서 빈둥거리다보니 그는 40

---

39. 프랑스 북부 센 강 어귀에 있는 항구도시

대 남자의 배와 소화불량을 얻게 됐다.

그 둘이 나를 어찌나 능란하게 갖고 놀았던지! 내게 규칙을 상세히 설명해 주었던 것도 그 둘이었다. 그 규칙들은 내가 이미 설명했을 것이다. 지난 11년간 사랑, 가난, 범죄 등의 주제를 피해가며 대화를 어떻게 주도해야하는지 등등. 하지만, 내가 쓴 글을 다시 읽어보니, 의도한 바는 아니지만, 플로렌스가 내 눈 밖을 벗어나지 않았다는 말은 잘못한 것 같다. 물론 지금까지도 나는 그런 줄 알고 있었었지만. 다시 생각해보니 그녀는 대부분의 시간을 내 시야에서 벗어나 있었다.

플로렌스에게 가장 필요한 것은 잠과 사생활 보호라는 것을 내게 인식시킨 것도 지미라는 그 녀석이었다. 내가 노크 없이 그녀의 방에 절대로 들어가서는 안 된다고 했다. 만약 그랬다가는 그녀의 심장이 파닥거리다가 운이 다해버릴 것이라는 거였다. 그가 검은 눈으로, 그 음울하게 쉰 목소리로 이런 말들을 하는 바람에, 나는 마치 가엾은 플로렌스가 하루에도 열 번씩은 죽는 모습을 보는 것만 같았다. 작고, 창백하고 가녀린 시체를. 그녀의 방에 허락 없이 들어가는 것은 교회를 터는 것 같다고 생각하게 됐다. 차라리 그런 죄를 곧 저질러야 했는데. 그녀 심장이 벌 받을 행위를 필요로 하는 줄 알았다면 분명 그렇게 했을 텐데. 그래서 밤 10시면 플로렌스의 방문은 가만히 닫혔다. 그녀는 가만히, 마지못해 그런다는 듯이, 그 녀석의 충고가 옳음을 보였다. 그리고 그녀는 마치 16세기 이탈리아의 귀부인이 애인에게 작별인사를 하듯 내게 잘 자라는 인사를 했다. 그리고 다음 날 아침 10시가 되면, 그리스 신화에 나오는 어느 긴 의자에서 막 깨어 나온 것처럼 그 문을 열고 나왔다.

도둑이 드는 게 걱정되어 그녀의 방문은 늘 잠가 두었지만, 그녀의 작은 손목에 전기 장치를 채우고 있는 것은 또 괜찮은 모양이었다. 온 집안을 깨우기 위해서는 그저 둥근 스위치를 살짝 누르기만 하면 됐다. 그리고 내게는 도끼가 제공됐다. 도끼라니! 원 세상에. 내가 진짜 크게 여러 번 노크를 해도 그녀가 방문을 열지 못할 경우에는 그 문을 부수기 위한 용도라고 했다. 꽤 치밀하게 짜여 진 각본이었다.

치밀하지 못 했던 부분은 우리가 유럽에 묶여버린 후의 일이었다. 플로렌스가 해협을 건너면 죽고 말거라는 인식을 그 젊은 녀석이 너무 강하게 준 나머지, 플로렌스가 포딩브리지로 가고 싶어 했을 때, 나는 그 제안을 단칼에 잘라버렸다. 정말로 퉁명스럽게 한마디로 거절했다. 나는 그녀를 꼼짝 못하게 했고, 그녀는 겁에 질렸다. 의사들도 모두 내 의견을 지지했다. 침착하고 조용한 의사들과 차례로 수없이 면담을 하는 과정에서 우리가 영국에 꼭 가야만 하는 특별한 이유가 있냐고 그들은 조리 있게 물었다. 내가 특별한 이유를 찾을 수 없었기에, 그들은 이렇게 결정을 내려줬다. "그럼 안 가는 게 좋겠네요." 그 정도면 그들도 정직하지 않은가. 증기선에 대한 생각만으로도 플로렌스의 신경이 자극될 것이라 생각했던 것 같다. 의사들에게 그 정도면 충분한 이유가 됐고, 더불어 유럽에 내 돈을 묶어 두고 싶다는 현실적인 바람도 있었던 것 같다.

그 때문에 가엾은 플로렌스는 상당히 당황스러웠을 것이다. 심장에 병이 있다고 한 가장 큰 이유가 바로 포딩브리지에 가서, 그녀의 조상들의 땅에서 귀부인 행세를 하는 것이었을 테니까. 하지만 지미가 그녀를 주저 앉혔다. 그는 해협을 건너는 문을 닫아 버렸다. 칼레

항구의 전경 속에서 영국의 절벽들이 진주처럼 빛나고, 하늘이 어느 때보다도 쾌청하게 파란 날에도, 나는 그녀의 목숨을 지키기 위해 증기선에 오르는 것을 허락하지 않을 작정이었다.

그렇게 플로렌스는 꼼짝할 수 없게 돼버렸다. 완치됐다고 선언할 수도 없었던 것이, 그러면 침실 문을 잠그는 설정을 끝내야 했기 때문이었다. 그리고 1903년, 지미에게 실증이 난 뒤에, 플로렌스는 에드워드 애시번햄에게로 옮겨갔다. 그렇게 꼼짝할 수 없는 생활이 그녀에겐 참으로 안된 일이었던 게, 에드워드는 그녀를 포딩브리지로 데려갈 수 있었기 때문이다. 플로렌스의 선조의 고향은 에드워드의 아내가 차지하고 있었으므로 브램셔의 저택에 들어앉을 수는 없었지만, 우리의 돈과 애시번햄 부부의 도움으로, 그곳이나 그 언저리에서 적어도 여왕 노릇은 족히 할 수 있었기 때문이었다. 나는 그녀의 정절과 장점을 적은 편지를 플로렌스 삼촌에게 열심히 써 보냈고, 플로렌스의 삼촌은 플로렌스와 내가 정말로 정착했다는 생각이 들게 되자, 그에게는 그다지 쓸 데도 없던 상당한 재산을 플로렌스 앞으로 돌려줬다. 1년에 8만 5천 달러 정도가 우리 수중에 들어왔던 것 같은데, 그녀의 돈 중에서 지미에게 얼마나 넘어갔는지는 모르겠다. 아무튼 우리는 포딩브리지에서 근사하게 살 능력이 됐다.

플로렌스와 에드워드가 지미를 어떻게 떼어냈는지는 잘 모르겠다. 내가 뤼 들라 뻬[40]에 꽃을 사려고 자리를 비워 플로렌스와 그들만 남게 된 어느 날 아침, 그 뚱뚱하고 기분 나쁜 까마귀 녀석이 에드워

---

40. 뤼 들라 뻬(Rue de la Paix): 불어로 '평화의 길'이라는 뜻.

드에게 맞아 금니 여섯 개를 목구멍으로 삼켰던 것 같다. 그 자식은 그래도 싸다는 말밖에 나는 달리 할 말이 없다. 그 질 안 좋은 협박꾼을 플로렌스가 다음 생에는 만나지 않기만을 바랄 뿐이다.

신께 맹세컨대, 그 두 사람이 진심으로 열정적으로 서로를 사랑했다고 생각했다면 나는 그 둘을 떼어놓지 않았을 것이다. 이런 경우에 사회적 윤리가 어디에서부터 적용되는지도 모르겠고, 진짜로 어떤 일이 닥쳤을 때 사람이 어떤 행동을 하게 될지는 아무도 장담할수 없는 일이지만 말이다. 하지만 할 수 있는 만큼 최선을 다해 어떻게든 방법과 길을 도모해서 그 둘을 엮어 주었을 거라는 말은 진심이다. 두 사람이 살아가게끔 돈을 마련해주고 나는 어떻게든 스스로를 위로했을 것이라 믿는다. 나도 또한 메이지 메이던이나 그 가엾은 소녀 같은 어린 것을 만나 평화를 얻었을지도 모른다. 플로렌스와는 그런 평화를 누려본 적도 없고, 일이년이 지난 뒤에는 사랑의 감정으로 그녀를 대한 적도 없었던 것 같다. 그녀는 내게 보기 드문, 연약한 대상이었다. 어딘가 부담스럽고 정말 부서지기 쉬운 그 무엇. 적도 부근에 위치한 아프리카에서 호보켄[41]까지 손바닥에 올려놓고 옮겨야 하는 껍질이 얇은 달걀을 받아든 것만 같았다. 그랬다, 그녀는 내게 내기의 대상이 돼 버렸다. 운동선수의 트로피, 혹은 그의 순결, 냉정, 절제 그리고 불굴의 의지를 상징하는 월계관 같았다. 그녀는 나를 위해서는 아내 본연의 미덕을 전혀 보여주지 않았다. 그녀가 옷 입는 방식조차 나는 전혀 자랑스럽지가 않았다.

---

41. 호보켄(Hoboken): 허드슨 강을 사이에 두고 뉴욕시와 마주보고 있는 뉴저지의 도시.

하지만 지미에 대한 그녀의 열정은 열정이라고 할 수도 없었고, 미친 소리처럼 들릴지도 모르겠지만, 그녀는 자신의 삶이 어찌될지를 두려워했다. 그랬다, 그녀는 나를 두려워했다. 어쩌다가 그렇게 됐는지는 이제 얘기하려고 한다.

예전에 내게는 줄리어스라는 흑인 하인이 있었다. 내가 자기 머리 위의 왕관이라도 되는 듯 내 시중을 들고, 나를 섬기고, 사랑해주는 자였다. 우리가 포카혼타스 호를 타기 위해 워터베리를 떠날 때, 플로렌스는 아주 특별하고 소중한 가죽 여행 가방을 내게 맡겼다. 심장마비 약이 들어있는 그 가방에 자기 목숨이 달렸다는 얘기까지 했다. 하지만 내 손으로 물건을 드는 일이 익숙지 않아서 나는 머리가 하얗게 샌 예순의 줄리어스에게 다시 그 가방을 맡겼고, 그에겐 그게 너무나 잘 어울렸다. 플로렌스에게도 그가 너무 강한 인상을 주었기에 그녀는 그를 아버지 같다고 생각하게 됐고, 내가 그를 파리에 데려가는 것을 결사반대했다. 줄리어스가 플로렌스를 불편하게 했던 모양이다.

줄리어스는 꼭 가야할 사람인 자신이 남게 됐다는 슬픔에 압도되어 그 소중한 가방을 떨어뜨리고 말았다. 나는 화가 너무 나서 보이는 게 없었다. 나는 줄리어스에게 달려들었다. 선상에서 그의 한쪽 눈을 갈겼고, 목을 졸라죽이겠다고 위협했다. 반항할 수 없는 검둥이가 만들어내는 소리와 광경은 비참했고, 그 일이 플로렌스와 결혼한 직후 일어난 첫 사건이었기에 그녀는 그 일로 내 성격을 똑똑히 인지하게 됐다. 플로렌스는 자기가 스스로 떠벌인 것처럼 '순수한 여인'이 아니라는 사실을 숨기기로 굳게 결심했다. 그것이 바로 그녀가 눈부신 연기를 하게 된 큰 이유였던 것이다. 그녀는 내가 자기를 죽여버릴

까봐 두려웠던 것이리라……

그래서 그녀는 배에 오르자마자 첫 번째 기회를 잡아 심장 발작을 일으켰다. 어쩌면 그녀를 그렇게 탓할 일도 아니었다. 플로렌스는 뉴잉글랜드 사람이었고, 그때까지만 해도 뉴잉글랜드에서는 지금처럼 검둥이들을 증오하기 전이었다. 만약에 그녀가 필라델피아처럼 조금만 남쪽에 살았어도, 조금만 더 구식 집안에서 자랐어도, 내가 줄리어스를 걷어차는 모습에 그렇게 경악하지는 않았을 것이다. 왜냐하면 그녀의 사촌인 레기 헐버드가 자신의 영국인 집사에게 하는 말을 내가 똑똑히 들었는데, 그가 2센트만 줘도 검둥이를 흠씬 두들겨주었을 것이라고 했기 때문이다. 게다가 내게는 그 가방이 사랑하는 아내를 상징했지만, 그녀에게는 그렇게 중요하지도 않았을 거다. 그녀에게 그 가방은 그저 거짓말을 위한 유용한 장치에 지나지 않았을 뿐이니까……

이제 당신도 상황을 나만큼이나 똑똑히 파악할 수 있으리라. 아무것도 모르는 바보 남편, 말도 안 되는 공포에 떠는 차가운 호색가 아내. 나는 대체 그녀의 정체가 뭔지를 전혀 몰랐음에 틀림없는 바보, 또한 그녀를 협박하는 정부의 존재도 모르는 천치였다. 그러고는 또 다른 정부가 등장했고……

그래도 에드워드 애시번햄은 곁에 둘 가치가 있는 사람이었다. 그가 얼마나 훌륭한 사람이었는지 내가 전에 언급을 했던가? 멋진 군인, 훌륭한 지주, 지극히 신하고 신중하고 근면한 치안판사, 똑바르고 정직하고 공평하며, 사고방식이 공정한 공인이라고 얘기 했던가? 아마도 잘 전달하지 않은 것 같다. 실은, 나도 그가 그런 사람인지 전혀 몰랐다. 그 가엾은 소녀가, 애시번햄만큼 올곧고, 훌륭하고, 똑바른 그 소녀가 나타나기 전까지는 말이다. 맹세컨대 그 소녀도 그랬다. 그 점을 알았어야만 했는데. 내가 그를 그렇게, 한없이 좋아했던 이유는 바로 그 때문이었던 것 같다. 유럽에서도 그가 자신보다 열등한 사람들을 너무나도 친절하고 사려 깊게 대한 자잘한 일들이 천 가지는 떠오른다. 더럽고 볼품없는 두 헤센 빈민 가족을 그 친구가 무한한 인내심을 발휘해서, 그들이 뿌리내리고 살고 있는 곳에서 빼내고, 서류도 꾸려주고, 자립할 수 있도록 도와주거나, 나의 너그러운 나라로 보내준 사실을 나는 알고 있다. 길거리에서 울고 있는 아이를 보고 그 일에 뛰어들게 됐고, 그 나라 말도 제대로 못하면서 그 일을 다 해낸 거다. 그는 그 낯선 말 속에서, 사전들을 놓고 씨름했을 것이다…… 뭐, 우는 아이를 그냥 보아 넘길 수가 없는 사람이었으니. 어쩌면 여자를 일단 보면 자기의 육체적인 매력으로 그녀를 위안하지 않고는 배길 수 없었던 것도 같은 맥락인지도 모르겠다.

나는 그를 너무나 좋아하면서도 그의 이런 장점들을 좀 당연히 여겼던 것 같다. 그런 점들 덕에 나는 그와 함께 있으면 편안했고, 그에게 호의를 느꼈으며, 그를 믿을 수 있게 됐다. 하지만 그런 점들을 그저 영국 신사의 특징이라고 생각했던 것 같다. 하루는 엑셀시어 호텔의 수석 웨이터가 울고 있었다는 사실을 알게 됐다. 잿빛 얼굴에 잿빛 수염을 기른 그 친구 말이다. 그러자 애시번햄은 편지를 보내고 영국 영사를 찾아다니며 그 웨이터의 아내와 딸아이를 런던에서 다시 데려오기 위해 그 한 주를 다 써버렸다. 웨이터의 아내는 스위스인 접시닦이와 도망을 쳤던 것이다. 만약 그 주 내로 그 아내가 돌아오지 않았다면 애시번햄은 몸소 런던으로 달려가 그녀를 데려왔을 것이다. 그는 그런 사람이었다.

에드워드 애시번햄은 그런 사람이었고, 나는 그런 행동이 그의 신분과 지위에 따르는 의무일 뿐이라고 생각했다. 그것 말고 다른 이유는 없는 것 같다. 그리고 나 역시도 내 의무를 해낼 수 있기만을 신께 빌 뿐이다. 아무리 어떤 감정이 나를 압도했을지언정 그 가엾은 소녀를 위해서는 차라리 그 의무를 보지 못한 편이 나았으리라고 생각한다. 비록 지금까지도 영국 삶의 세세한 내용들을 이해하지 못하지만, 그 소녀가 애시번햄에게 열광하고 있다는 것은 충분히 알 수 있었다. 그 소녀는 우리가 마지막으로 나우하임에 머무는 내내 우리와 함께 지냈다.

소녀의 이름은 낸시 러포드였고, 그녀는 레오노라의 유일한 친구의 무남독녀였다. 그리고 레오노라는 그 소녀의 후견인이었다. 이 용어가 적절한 것이라면 말이다. 그 소녀는 열세 살부터 애시번햄 부부와 함께 살았다. 그때 그 소녀의 엄마는 남편의 폭력 때문에 자살을 기도했다고 했다. 그렇지만, 앞으로 들려줄 그 소녀에 관한 이야기는 유쾌한 거였다……

에드워드는 늘 그녀를 '소녀'라고 불렀고, 그리고 이는 그녀에 대한 그의 지극한 애정 표현이었으며, 또한 그에 대한 그녀의 진한 애정의 표시였다. 그 소녀는 레오노라의 발에도 입을 맞출 수 있었다. 그 둘은 그 소녀에게 이 지구상의 최고의 남자이자 최고의 여자였고, 그건 천국에서도 마찬가지였을 것이다. 그녀의 머릿속에 악한 생각은 전혀 없으리라고 나는 생각한다. 가엾은 소녀……

어쨌든, 그 소녀는 나와 함께 있는 시간 내내 에드워드를 칭송했지만, 이미 말한 대로 나는 그 칭찬을 그다지 진지하게 받아들일 수 없었다. 그는 수훈장[42]을 받기도 했고, 그의 부대로부터 일반적인 사랑 그 이상을 받았다고 했다. 그의 부대는 보기 드문 부대였다. 그리고 그는 걸쇠가 달린 로얄 휴먼 소사이어티 메달[43]도 받았다. 그것은 그가 홍해나 그와 유사한 바다에 빠진 병사들을 구해내기 위해 두 번씩이나 군인 수송선에서 물로 뛰어들었음을 의미했다. 또한 뭔지는 잘 모르지만, 그는 빅토리아 십자 무공 훈장[44]에 두 번이나 추천됐고, 비록 절차상의 문제 때문에 모두가 선망하는 그 훈장을 실제로 받지는 못했지만, 군주의 대관식 때 특별한 자리에 앉아 참석하기도 했다. 아니면 런던탑 근위병들 자리였는지도 모르겠다. 그녀는 그가 로엔그린과 베야르[45]를 반씩 합해 놓은 사람이라도 되는 것처럼 얘기했다. 정말 그런지도 모르지만…… 그는 자신의 그런 면을 화려하게 내보이기에는 너무나 조용한 친구였다. 그 당시 내가 그에게 가서 수훈장(D.S.O.)이 대체 무엇인지 물어본 적이 있는데, 그는 별것 아니라는 듯 얘기했다.

---

42. 수훈장(D.S.O.): 1886년 빅토리아 여왕에 의해 만들어진 무공훈장으로, 육군이나 해군 장교 중 뛰어난 공을 세운 자에게 수여했다.

43. 로얄 휴먼 소사이어티: 인명을 구한 공적을 기리기 위해 1774년에 창단되었고, 현재에도 존속하고 있음.

44. V.C.(the Victoria Cross): 가장 명예로운 영국 훈장으로, 적군이 있는 곳에서 국가를 위해 헌신하고 눈에 띄는 용맹을 떨친 군인에게 수여. 1856년 빅토리아 여왕이 만들었다.

45. 로엔그린(Lohengrin): 아서왕 전설에 등장하는 성배의 기사. 바그너는 이 내용으로 오페라 〈로엔그린〉(1850)을 작곡했다.

　베야르(Bayard): 두려움을 모르는 훌륭한 기사로 중세 기사의 귀감으로 알려진 프랑스인.

"그건 전시(戰時)에 명예롭게도 다른 것들을 섞어 질 나쁜 커피를 납품한 식품업자에게 부대가 주는 것 같은 거예요." 뭐 그런 얘기였다. 그의 말이 별로 납득이 되지 않아 결국 나는 바로 레오노라에게 물었다. 앞서 언급했듯이, 영국식으로 사람을 사귈 때의 어려움에 대한 얘기로 말문을 연 후, 나는 레오노라에게 그녀의 남편이 실은 훌륭한 사람이 아닌 것이냐고 단도직입적으로 물었다. 적어도 공무 수행 방면에서 말이다. 레오노라는 설핏 어떤 감정이 인 듯 나를 바라봤다. 레오노라가 놀랄 줄도 아는 사람이라면, 놀란 것 같은 모습이었다.

"몰랐나요? 어떻게 생각해도, 무작위로 아무 주나 세 곳을 골라서 뒤져봐도 그 방면에 있어 남편보다 훌륭한 사람은 없을 거예요." 그리고 생각에 잠긴 듯 꽤 오랫동안 나를 바라본 후 이렇게 덧붙였다.

"정말 공정하게 말해서 이 지구상에 그이보다 나은 남자는 없을 거예요. 다른 사람이 끼어들 여지가 없다고 할 수 있겠죠, 적어도 그쪽으로는."

"그렇다면, 그는 정말 로엔그린과 엘시드[46]를 한 몸에 합쳐놓은 사람이겠군요. 달리 뭐가 더 중요하겠어요?"

다시 레오노라는 나를 오래 바라봤다.

"달리 더 중요한 게 없다는 건 그쪽 의견이겠지요?" 그녀가 천천히 물었다.

"그게, 그가 좋은 남편이 아니라거나 당신의 피후견인에게 좋은

---

46. 엘시드(the Cid): 스페인의 영웅, 로드리고 디아스 비바르(1043-99). 스페인을 위해 싸운 용병으로 이름을 떨쳤다.

후견인이 아니라고 비난하실 생각은 없으실 것 같아서."

그러자 레오노라는 조개껍데기를 귀에 갖다 대고 그 안의 소리를 듣고 있는 사람처럼 천천히 말했다. 그리고 이건 정말 믿어지지 않지만, 그때 이미 그 소녀와 8년째 살고 있었지만, 그녀는 나의 그 말을 들은 순간에 처음으로, 곧 닥칠 비극을 희미하게 예감했다고 훗날 얘기해줬다.

"아, 그이가 최고의 남편이 아니라거나 그 소녀를 아끼지 않는다고 말할 의도는 아니었어요."

그러자 나는 이런 비슷한 말을 했다.

"있잖아요, 레오노라. 그 사람의 아내보다도 다른 남자들이 더 잘 볼 수 있는 부분이 있어요. 이 말은 꼭 해주고 싶은데, 내가 에드워드를 알고 지낸 지난 몇 년간, 그는 당신이 없는 자리에서 다른 어떤 여자에게도 눈길을 준 적이 없어요. 눈썹의 미세한 떨림조차도 없었죠. 그랬다면 제가 알았을 거예요. 그리고 그는 당신이 하나님의 천사인 것처럼 얘기하곤 합니다."

"아, 그이가 저에 대해 늘 좋게 얘기한다는 건, 저도 잘 알고 있어요." 레오노라가 늘 과감하게 나온다는 것은 누구나 아는 사실이듯, 이번에도 그녀는 과감하게 말을 받아쳤다.

레오노라는 그런 상황을 많이 연습해 봤을 것이다. 사람들은 그녀를 향한 남편의 신의와 경배를 늘 칭찬해댔을 게 분명하니까. 세상의 절반, 에드워드와 레오노라를 아는 세상 사람들은 전부 킬사이트 사건이 오판이었으며, 비국교도인 그의 적들이 허위 증거들을 끌어 모아 만든 음모라고 확신했다. 하지만 나는 또 얼마나 바보였는가……

II

어디까지 얘기했더라. 아, 그래…… 1913년 8월 4일에 했던 대화. 그로부터 정확히 9년 전에 이미 그들과 알게 됐기 때문에, 내 친구 에드워드를 위해 그 정도 증언하는 것은 생일 축하 인사를 하는 것만큼이나 자연스러운 것 아니겠냐고 말한 것으로 기억한다. 그 긴 시간 동안 우리 넷이 함께 안 가본 곳 없이 다 가보았지만, 나는 단 한 번도 불평할 일이 없었음을 자신 있게 말할 수 있었다. 그리고 그렇게 오래 함께 지낸 사람들로서 그 정도는 매우 드문 기록이라고 덧붙였다. 우리가 나우하임에서만 만났다고 생각한다면 오산이다. 플로렌스는 그럴 여자가 아니었다.

내 일기장을 찾아보니, 1904년 9월 4일에 에드워드는 플로렌스와 나를 따라 파리에 왔고, 우리는 그를 그 달 21일까지 묵게 해줬다. 그리고 그 해, 우리가 처음 만난 그 해 12월에 에드워드는 또 한 번 우리를 방문했다. 아마도 바로 이때 지미를 때려 목구멍으로 이를 몇 개 삼키게 했던 것 같다. 플로렌스는 바로 그 목적으로 에드워드를 불렀을 거라고 생각한다. 1905년에 에드워드는 파리에 세 번 왔는데, 그 중 한 번은 드레스를 장만하려는 레오노라와 함께였다. 1906년에 우리는 6주 내내 멘톤에서 함께 지냈고, 에드워드는 런던으로 돌아가는 길에 우리와 함께 파리에 머물렀다. 그렇게 됐던 거다.

　레오노라가 아무 것도 모르는 어린애였던 것에 비하면, 그 딱한 남자에게 플로렌스는 꽤나 다루기 힘든 상대였다. 그에겐 정말 지옥이 따로 없었을 거다. 레오노라는 교회를 위해서, 가톨릭 여인들은 자기 남자들을 잃지 않는다는 것을 보여주기 위해, 에드워드를 붙잡고 싶어 했다. 일단은 그렇다고 해두자. 레오노라의 다른 동기들에 대해서는 나중에 더 쓸지도 모르겠다. 하지만 플로렌스는 자기 조상들이 살던 곳의 주인이 되기를 고집했다. 에드워드도 물론 사랑에는 열정적인 사람이었다. 하지만 에드워드는 드문드문 관계를 이어갔음에도 불구하고 3년 안에 플로렌스에게 넌더리가 났으리라 나는 확신한다……

　레오노라가 편지에 그들 부부가 어떤 여자와 함께 살고 있다고 언급했거나, 그 여자의 이름을 내게 보내는 편지에 써 보냈다면, 브램셔의 불쌍한 남자에게 암호로 쓰인 극단적인 전보가 곧장 날아갔을 것이다. 당장 달려가 플로렌스에 대한 충성을 확인시켜주지 않으면, 즉시 끔찍한 폭로를 해버리겠다는 내용의 전보가. 내 생각에는 에드워드가 그 협박에 정면으로 맞섰을 것 같다. 플로렌스를 저버리고 폭로의 위험도 감수했을 것 같다. 하지만 그러자면 일단 레오노라를 상대해야 했다. 레오노라는 만약 내가 한 치의 진실이라도 알게 되는 날에는 자기가 생각해낼 수 있는 가장 끔찍한 복수를 그에게 감행할 것이라고 했다. 에드워드의 상황은 점점 힘들어졌다. 플로렌스는 시간이 갈수록 점점 더 많은 관심을 요구했다. 시도 때도 없이 키스해 달라고 했다. 이혼한 여자는 햄프셔 자치주 내에서 그 어떤 자리도 차지할 수 없다고 말하는 것이 그녀가 그와 달아나겠다는 생각을 막는 가장 간단한 방법이었다. 정말, 그에게는 쉽지 않은 일이었다.

플로렌스는 이 일의 대처에 점점 더 대담해진 데다가, 수다스러운 성향을 이기지 못한 나머지, 더도 덜도 말고 내게 있는 그대로를 말해버려야겠다고 작심하게 됐다. 그녀는 나를 생각하면 더 이상은 이 상황을 견딜 수 없다고 말했다.

플로렌스는 내게 모든 것을 말해서 나와 이혼하고, 에드워드와 캘리포니아에 정착할 작정이었으나…… 진짜로 그럴 생각은 아니었으리라는 생각이 든다. 그러면 곧 브램셔 저택을 향한 그녀의 모든 희망이 깨지게 될 터였다. 게다가 플로렌스는 잉어처럼 팔팔하기 그지없는 레오노라가 폐병을 앓는다는 생각을 하는 것 같았다. 그녀는 내 앞에서 늘 레오노라에게 의사를 만나보라고 통사정을 했다. 딱한 에드워드는 그와 함께 떠나겠다는 플로렌스의 결정이 진짜라고 믿는 눈치였다. 그는 절대 가지 않을 셈이었다. 그러기엔 자기 아내를 너무 좋아하고 있었다. 하지만 플로렌스가 강제로 그를 움직이게 하면, 내가 모든 것을 알게 될 터였고, 그렇게 되면 레오노라의 복수가 시작될 것이었다. 레오노라는 그를 지독하게 응징할 방법을 열두 가지도 넘게 알고 있는 여자였다. 그녀는 정말 하나하나 다 시도했을 것이라고 나한테 얘기했다. 레오노라는 내 마음을 다치지 않게 하겠다는 결심이 확고했다. 그리고 그 당시, 그녀는 에드워드를 가장 심하게 벌하는 방법이 다시는 그를 만나 주지 않을 것임을 잘 알고 있었다.

이 정도면 꽤 분명하게 해둔 것 같다. 이제 다시 1913년 8월 4일, 아무것도 모르던 나의 무지함과 나의 완벽한 행복이 철저하게 깨진 날로 다시 돌아가 보려 한다. 그리고 그 소녀의 등장은 그 모든 것을 더 확실하게 박살냈다.

8월 4일, 나는 백셔라는 좀 혐오스러운 영국 남자와 라운지에 앉아 있었다. 그 남자는 그날 밤, 저녁식사를 하기에는 너무 늦은 시간에 도착했다. 레오노라는 잠자리에 들기 위해 막 올라간 후였고, 나는 플로렌스, 에드워드, 그리고 그 소녀가 카지노의 음악회에서 돌아오기를 기다리고 있었다. 그들이 모두 함께 그곳에 간 것은 아니었다. 내 기억으로는, 플로렌스가 처음에 나와 레오노라와 함께 남겠다고 했고, 에드워드가 그 소녀와 단 둘이 먼저 갔다. 그랬는데 레오노라가 매우 차분하게 플로렌스에게 말했다.

"당신이 저 둘과 함께 가줬으면 좋겠어요. 이제 그 아이가 에드워드와 그런 장소에 갈 때는 보호자가 함께 한다는 모습을 보여야 할 필요가 있어요. 이제 그럴 나이가 된 것 같아요." 그러자 플로렌스는 기다렸다는 듯 가벼운 발걸음으로 그들을 쫓아 나섰다. 그때 플로렌스는 사촌인지 누구인지 때문에 온통 검은색 상복을 입고 있었다. 미국인들은 이런 일에 매우 엄격하다.

우리는 레오노라가 잠자리에 들러 올라가기 전인 10시까지 라운지에 앉아 있었다. 그 날은 아주 더웠지만, 그 자리는 시원했다. 백셔라는 남자는 라운지의 다른 쪽에 앉아 〈타임지〉를 읽고 있다가 안면을 트기 위한 사소한 질문 몇 개를 핑계로 우리 쪽으로 다가왔다. 치료소에 묵고 있는 손님들의 세금에 대한 질문을 하고, 탈세할 방법은 없겠는지를 물었던 것 같다. 그는 그런 부류의 사람이었다.

글쎄, 그는 다소 과장된 군인 같은 외모를 지닌 명료한 인물이었다. 그의 튀어나온 눈은 상대의 눈을 피하고 있었고, 은밀히 나쁜 짓도 저지를 것 같아 보이는 창백한 안색은 어떻게 해서라도 상대방과 사귀어보겠다는 불편한 욕망을 풍겼다. 더러운 자식……

그는 자기가 레드베리 근처의 루드로우 저택에서 왔다는 얘기를 하며 말문을 열었다. 어디선가 들어본 이름이었지만 정확히 어딘지 생각이 나지 않았다. 그러더니 홉 열매의 세금에 대해 이야기하기 시작했다. 캘리포니아 홉 열매, 그리고 자기가 가봤던 로스앤젤레스에 대해 이야기했다. 그는 나의 관심을 살만한 얘깃거리를 찾느라 애쓰고 있었다.

그런데 그때, 별안간, 거리의 밝은 불빛 아래, 플로렌스가 뛰어오는 것이 보였다. 그녀는 얼굴이 종잇장보다 더 하얘져서 검정 옷의 가슴께를 손으로 쥐고 뛰고 있었다. 정말로, 내 심장도 따라 멎었다. 나는 움직일 수가 없었다. 플로렌스는 회전문을 밀고 달려 들어왔다. 그리고 의자와 등나무 테이블과 신문이 놓인 라운지를 둘러보았다. 나를 보자 그녀의 입이 벌어졌다. 나와 이야기하고 있던 남자도 보았다. 그녀는 마치 자기 눈알을 밀어내고 싶다는 듯 두 손으로 자기 얼굴을 눌렀다. 그리고 그녀는 사라졌다.

나는 움직일 수 없었다. 손가락 하나도 들어 올릴 수 없었다. 그러자 그 남자가 말했다.

"세상에, 플로리 헐버드." 그는 기름지고 불편한 소리를 웃음소리랍시고 내면서 내 쪽을 향했다. 그는 정말로 내 환심을 사려는 작정이었다.

"저 여자가 누군지 아십니까?" 그가 물었다. "내가 저 여자를 마지막으로 본 게, 저 여자가 새벽 5시에 지미라는 젊은이의 침실에서 나오는 모습이었죠. 레드베리에 있는 우리 집에서 말입니다. 저 여자가 날 알아보는 걸 보셨죠?" 그는 일어서서 나를 내려다보고 있었다. 내가 어떤 모습이었는지는 잘 모르겠다. 어쨌든, 그는 걸걸거리는 소리를 내더니 말을 더듬었다.

"아, 제 말은……" 이것이 내가 백셔에게서 들은 마지막 말이었다. 시간이 한참 흐른 뒤 나는 라운지에서 내 몸을 이끌고 나와 플로렌스의 방으로 올라갔다. 우리가 결혼한 이래 처음으로 그녀는 문을 잠그지 않고 있었다. 메이던과는 사뭇 다르게, 상당히 가지런히 자기 침대에 누워 있었다. 오른손에는 질산염이 들어있는 게 확실한 작은 약병을 쥐고 있었다. 그 날이 바로 1913년 8월 4일이었다.

제3부

|

참 이상한 것은 그 사건 이후, 그날 저녁을 생각하면 유독 레오노라
가 한 말이 내 기억 속에서 두드러진다는 점이다.

"이제 당신은 그녀와 결혼해도 되겠어요." 누구를 말하는 것이냐
고 묻자, 레오노라가 대답했다.

"그 소녀요."

그 말이 정말로 놀라웠던 것은, 가능성의 빛이 인간의 심장에 와
비추는 것 같았기 때문이다. 나는 그 소녀와 결혼할 수 있다는 생각
을 털끝만큼도 해본 적이 없었고, 그 소녀를 좋아할 수 있다는 생각
조차도 해본 적이 없었다. 나는 마취에서 깨어나는 사람처럼 틀림없
이 이상하게 말을 했을 거였다. 마치 사람은 두 개의 인격을 가지고
있어, 나는 그때 다른 인격의 존재조차 모르는 또 다른 인격체가 된
것 같았다. 나는 아무 생각도 하지 않으면서 그처럼 엄청난 말을 해
버렸다.

내 심리상태에 대한 분석이 이 이야기에 상관이 있는지는 나도
모르겠다. 상관이 없다고 말하거나 이미 할 만큼 충분히 했다고 말
하는 게 옳은 것 같다. 하지만 나의 그 이상한 말은 그 다음에 일어
난 일들에 큰 영향을 끼치게 됐다. 내 말은, 만약 내 아내가 죽은 지

두 시간 만에 내가 그 말을 하지 않았더라면 레오노라는 아마도 절대로 플로렌스와 에드워드의 관계에 대해 발설하지 않았을 것이다.

"이제 나는 그 소녀와 결혼할 수 있겠군요."

레오노라는 그녀가 겪어야 했던 그 모든 괴로움을 당연히 나도 겪었다고 생각했거나, 아니면 적어도 그녀가 인정한 모든 것들을 나도 인정했다고 생각했다. 그래서 가엾은 에드워드의 장례식 일주일 뒤인 한 달 전쯤, 내가 브램셔에 좀 더 머물러야겠다고 하자, 그녀는 세상에서 가장 자연스러운 태도로, 분명하고 사색에 잠긴 듯한 어조로 이야기했다.

"아, 그럴 수만 있다면 여기에 언제까지나 머무르세요." 그러고는 덧붙였다. "당신은 나의 형제이고, 카운슬러이며 버팀목이에요. 당신은 이 세상을 통틀어 내가 받을 수 있는 유일한 위안이에요. 그런데 당신 아내가 내 남편의 정부가 아니었다면, 당신이 여기에 아예 있지도 않았을 거라 생각하면 참으로 묘하지 않나요?"

바로 그렇게 나는 그 일을 알게 됐다. 단도직입적으로 그렇게. 나는 아무 말도 하지 않았고, 아무것도 느끼지 못했던 것 같다. 대부분의 사람들 속에 잠재돼 있는 신비로운 무의식의 자아가 무슨 말을 하거나 느끼지 않았다면 말이다. 어느 날, 내가 의식이 없는 상태에서, 혹은 꿈속에서 에드워드의 묘로 가서 침을 뱉었을지도 모르겠다. 그런 일은 결코 내가 할 수 없는 일 같지만, 말이 그렇다는 얘기다.

아니, 나는 그 어떤 감정도 느끼지 않았다. 그저 모모 부인이 어떤 신사와 좋은 관계라는 얘기를 듣게 됐을 때와 같은 느낌이 전부였다. 별안간 나의 궁금증들이 모두 단순하게 풀렸다. 나중에 생각해보니,

그 순간은 마치 바람 부는 11월의 어느 저녁, 이유를 알 수 없던 수십 가지 일들이 제 자리를 찾아 들어가는 느낌이었다. 하지만 그 당시는 곰곰이 생각을 하지는 않았다. 나는 뚜렷이 기억하고 있다. 나는 커다란 안락의자에 다소 뻣뻣하게 뒤로 기대 앉아 있었다. 내 기억은 그렇다. 그때 땅거미가 지고 있었다.

브램셔 저택은 잔디가 펼쳐진, 약간 움푹 꺼진 곳에 자리 잡고 있었고, 경사진 곳 가장자리에는 소나무 숲이 있었다. 어마어마한 바람이 숲 저 건너편에서 불어와 높은 곳에서 웅웅 울렸다. 하지만 창문 밖으로 보이는 풍경은 우중충하면서도 지극히 고요했다. 잔디 가장자리의 토끼 두어 마리를 빼고는 움직이는 게 없었다. 레오노라의 작은 서재에서 차(茶)를 기다리며 나는 아까 얘기한대로 커다란 안락의자에 앉아 있었고, 레오노라는 창문가에 서서 블라인드 줄에 달린 나무 도토리를 망연히 빙글빙글 돌리고 있었다. 그녀는 잔디 저편을 바라보다가, 내가 기억하는 한, 이렇게 말했다.

"에드워드가 죽은 지 열흘밖에 안 됐는데 잔디에 토끼가 나타났네요."

토끼가 영국의 짧은 잔디를 심하게 망쳐놓는다는 것을 나는 잘 알고 있었다. 그러더니 그녀가 내게 돌아서서, 내가 똑똑히 기억하는데, 한 치의 가식 없이 이렇게 말했다.

"플로렌스가 자살을 한 건 정말 바보짓이에요."

바로 그 순간, 우리 두 사람이 얼마나 한가롭게 시간을 보내고 있었는지 표현을 할 수 있을까. 우리는 기차를 기다리고 있는 것도 아니었고, 식사를 기다리고 있지도 않았다. 우리가 기다려야 할 것은 아무것도 없었다. 아무것도.

저 멀리서 바람 소리만 간간이 들려올 뿐 사방은 지극히 고요했다. 그 작은 갈색 방에는 어둑한 불이 켜져 있었다. 그리고 그 외 세상에는 아무것도 없는 것만 같았다.

레오노라가 자신의 흔들림 없는 확신을 내게도 내비치려고 한다는 것을 나는 그때 알았다. 레오노라는 괴상한 영국식 예절 때문에 에드워드가 무덤에 들어가고 정확히 일주일이 지나야 입을 열겠다고 결심한 것 같았다, 아니 정말 그런 것이었다. 그리고 정확히는 알 수 없는 어떤 이유 때문에 나는 그녀가 자기 말에 얼마나 확신을 해도 되는지 생각해 볼 수 있도록, 천천히 말했다. 그리고 내가 무슨 말을 했는지도 정확히 기억하고 있다.

"플로렌스가 자살을 한 건가요? 나는 몰랐어요."

난 그저, 만약 무언가를 말할 생각이라면 꼭 말해야겠다고 생각한 사실보다, 앞뒤 얘기를 더 자세히 해야 한다는 것을 깨닫게 해주려는 것뿐이었다.

플로렌스가 자살을 했다는 사실을 나는 그렇게 처음 알게 됐다. 그 전에는 한 번도 그런 생각이 들지 않았다. 당신은 내가 의심이 철저히 결여된 사람이라 생각할 것이다. 심지어 나를 천치라고 생각할 수도 있다. 하지만 그때 내 상황을 감안해야 하지 않겠는가.

시끄러운 소리와 격렬한 반응, 여러 사람들이 함께 뛰어다니는 소리가 혼재한 가운데, 직업의식이 철저한 호텔 관리인들이 입조심을 하고, 애시번햄 사람들과 같은 좋은 사람들이 전통적으로 말을 삼가는 그런 상황 속에서는 늘, 워낙 작은 물건이 눈에 띄고 상상력을 자극하는 법이다. 나는 플로렌스가 자살할 수도 있는 상황에 대해서는 전혀 몰랐었기에, 플로렌스의 손에 들려 있던 아밀 질산염을 보는 순간 즉각적으로 그녀의 심장이 문제를 일으켰다고 생각했다. 당신도 알겠지만, 아밀 질산염은 협심증을 완화하는데 쓰이는 약이다.

그날, 플로렌스가 얼굴이 하얗게 돼서 한 손으로 가슴을 붙잡고 뛰어가는 것을 본 직후에 낯익은 갈색 병을 손가락으로 움켜쥔 채 침대에 누워 있는 것을 보고 그렇게 생각하는 것은 너무나도 당연했다. 플로렌스는 그때 약을 지니지 않고 나갔다가 정원에 있는 동안 마비가 다가옴을 느꼈고, 최대한 빨리 안정하기 위해 약을 가지러 뛰어들어왔던 것이라고 나는 생각했던 것이다. 급히 뛰는 바람에 심장이 받은 손상을 감당하지 못하고 쓰러진 것이라고 생각한 것 역시 너무도 당연한 일이었다. 수년간의 우리의 결혼 생활 내내, 그 갈색 병에 아밀 질산염이 아니라 청산가리가 들어 있었음을 내가 어찌 알았겠는가. 상상도 할 수 없는 일이었다.

결국은 나보다 그녀와 더 친밀했던 것으로 드러난 에드워드 애시번햄조차도 그런 기미를 눈치 채지 못하지 않았는가. 그 역시도 그녀가 심장병으로 죽었다고 생각했다. 플로렌스가 자살을 했다는 사실을 안 사람은 레오노라와 황태자, 경찰청장 그리고 호텔 주인뿐이었던 것 같다. 내가 이 세 명만을 언급하는 이유는 그날 밤 내가 유일하게 기억하는 것이라고는 호텔 라운지 전기 램프의 분홍빛 광채뿐이기 때문이다. 그 세 사람의 얼굴이 그곳에 둥둥 떠다니는 구(球)처럼 내 의식 속에 까닥거렸다. 제왕답고 자애로운, 턱수염을 기른 황태자의 머리가 있고, 갈색 낯빛에 기병의 콧수염을 단 날카롭게 생긴 경찰청장이 있었으며, 둥글둥글하고 품위는 있으나 멍청한 하이칼라인 호텔 소유주 슌츠 씨가 있었다. 어떨 때는 얼굴 하나만 홀연히 있고, 또 어떤 때는 뾰족뾰족한 헬멧을 쓴 경찰청장이 황태자의 건강해 보이는 대머리와 가까이 붙어 있기도 하고, 때로는 기름을 바른 슌츠 씨의 머리가 그 둘 사이에 끼어 있기도 했다. 황태자가 고상하게 훈련된 점잖은 목소리로 부드러운 소기름이 방울방울 떨어지듯 "그래, 그래, 그래."라고 말하고, 그러면 경찰청장이 절제된 쉰 소리로, 마치 연발 권총 발사되는 소리처럼 "지시대로 하겠습니다, 대공폐하."라고 말한다. 슌츠 씨의 낮은 목소리는 부도덕한 사제가 객차 구석에 앉아 성무일도서를 암송하는 것처럼 끝도 없이 이어진다. 이것이 내가 그 상황에서 받은 느낌이었다.

그들은 내 존재를 전혀 의식하지 않는 것 같았다. 그중 누구 하나도 나를 부르지 않았던 것 같다. 그래도 그들 중 누가 거기 있든, 세 명이 모두 다 있을 때에도, 내가 명목상 그 사체의 주인이며 그들의 회의에 참석할 권리가 있다고 생각하듯 나를 가운데 세워줬다. 그들이 모두 떠난 뒤에 나는 오랜 시간 혼자 남겨졌다.

그리고 나는 아무 생각, 그 어떤 생각도 하지 않았다. 나는 아무 생각도 없었고, 기운도 없었다. 어떤 슬픔도 느끼지 않았고, 어떤 행동을 하고 싶다는 욕망도 없었으며, 위층으로 올라가 내 아내의 몸뚱이 위로 무너져 내리고 싶은 마음도 들지 않았다. 그저 분홍색 불빛과 등나무 테이블, 야자나무, 동그란 성냥갑, 톱니 모양의 재떨이만 눈에 들어왔을 뿐이었다. 그리고 그때 레오노라가 내게 다가왔고, 나는 그녀에게 그 말 한마디만을 했다.

"이제 나는 그 소녀와 결혼할 수 있겠군요."

나는 그날 저녁의 모든 기억을 이미 다 얘기했고, 그 뒤로 이어진 삼사일 동안 그 기억밖에 남아있지 않다. 나는 강직증(强直症)과 같은 상태였다. 사람들이 나를 침대에 눕히면 그냥 거기 누워 있었고, 내게 옷을 가져다주면 입었다. 그들이 관을 넣기 위해 파놓은 무덤가로 나를 데려가면 그 옆에 서 있었다. 만약 그들이 나를 강가로 데려갔거나 나를 기차 밑으로 던져 넣었다면 나는 그와 같은 정신 상태로 익사하거나 짓이겨졌을 것이다. 나는 산송장이었다.

내가 느낀 건 그 정도가 다였다.

진짜로 어떤 일이 일어났던 건지 이제부터 얘기해보려고 한다. 나는 나중에서야 이야기를 종합해볼 수 있었다. 그날 밤, 에드워드 애시번햄과 그 소녀가 카지노에서 열리는 음악회에 갔고, 그들이 가자마자 레오노라가 플로렌스에게 그들을 따라가 소녀의 보호자 역할을 해달라고 부탁했다고 내가 얘기한 것을 당신도 기억할 것이다.

플로렌스는 사촌 진 헐버드가 죽었기 때문에 온통 검은색 옷을 입고 있었다는 것도 기억할 것이다. 칠흑 같은 밤에 그 소녀는 크림색 모슬린 옷을 입고 있었기에 캄캄한 공원의 키 큰 나무들 아래의 그녀 모습은, 마치 찬장 속의 야광 물고기처럼 빛났을 것이다. 그보다 더 밝은 횃불은 또 없었으리라.

그리고 에드워드 애시번햄은 그 소녀를 카지노로 가는 산책길로 데려가지 않고 공원의 어두운 나무들 아래로 데려갔던 모양이다. 에드워드 애시번햄은 이 모든 것을, 마지막으로 감정을 분출하던 그 날 내게 다 말해줬다. 그 순간 그는 지독하게 말이 많아졌다고 나는 이미 얘기했었다. 내가 질문을 퍼부은 것도, 자극한 것도 아니었다. 그리고 그때만 해도 나는 꿈에서라도 그와 내 아내를 엮어서 생각해 본 적이 없었다. 하지만 그 친구는 삼류 소설가처럼 떠들어댔다. 소설가의 임무가 모든 것들을 분명하게 보게 하는 것이라면, 훌륭한 소설가였다고 말할 수도 있겠다. 실은 그때 일을 마치 한시도 날 떠난 적이 없는 꿈처럼 나는 분명히 볼 수 있다. 그와 그 소녀는 카지노에서 그리 멀지 않은 어둠 속 벤치에 나란히 앉았던 것으로 보인다. 에드워드가 그 소녀의 얼굴을, 봉긋한 이마와 기묘한 입, 고통스러운 눈썹, 그리고 직설적인 눈의 사랑스러운 얼굴을 똑똑히 볼 수 있다고 말한 것으로 보아 유흥가의 불빛들이 나무 기둥 사이사이로 그곳까지 닿았음이 분명했다. 그리고 두 사람을 쫓아 가만가만히 다가갔던 플로렌스에게는 두 사람의 실루엣이 보였으리라. 플로렌스는 짧게 깎은 잔디 위를 걸어 그 벤치 바로 뒤의 나무까지 슬금슬금 다가간 것으로 추정된다. 이는 질투에 불타는 여자에게 결코 어려운 일이 아니었다. 에드워드가 내게 말해준 바에 따르면, 카지노의 오케스트라는 라코스키 행진곡을 연주하고 있었고, 그 정도 거리에서는 에드워드의 목소리를 삼킬 만큼 음악 소리가 크지는 않았지만, 그 밤의 소리들 가운데 짧은 잔디 위로 플로렌스의 발소리와 그녀의 치맛자락이 끌리며 내는 바스락 소리를 묻혀버릴 정도는 됐다. 그리고 그 불쌍한 여자는 제대로, 정통으로 똑똑히 목격했던 게 틀림없다. 그녀에겐 정말로 끔찍한 일이었으리라. 끔찍한 일! 하지만, 그렇게 당해도 할 말이 없다고 나는 생각한다.

자, 그러면 그림이 그려질 것이다. 밤마다 나무들이 모여들 것만 같은 검은 안개 위로, 날아오를 듯 솟아오르는 엄청나게 키 큰 느릅나무들, 벤치에 앉아 있는 두 사람의 실루엣, 카지노에서 흘러나오는 불빛, 그리고 온통 검은 옷을 입은 여자가 나무 뒤에 선 채 겁에 질려 엿보고 있는 모습이라니. 멜로드라마가 따로 없지만, 어쩌겠는가.

그리고 그때, 에드워드 애시번햄의 마음속에서 무슨 일이 일어났던 모양이다. 그는 내게 그 순간까지도 자기는 그 소녀를 좋아한다는 생각을 해본 적이 없다고 말했고, 나는 그를 믿지 않을 이유가 없다. 그는 그 소녀를 자기 딸과 같이 생각했다고 말했다. 그가 소녀를 사랑한 것은 확실하지만, 그건 아주 깊고 부드러우며 고요한 사랑이었다. 소녀가 수녀원의 학교로 돌아가면 그는 소녀를 그리워했고, 돌아오면 기뻐했다. 하지만 평소에는 전혀 의식하지 못하고 살았다. 그가 만약에 자기의 그런 감정을 알았더라면 그 감정이 무슨 저주받은 것인 양 바로 도망쳤을 것이라고 내게 힘주어 말했다. 그는 그것이 레오노라에게 준 마지막 모욕임을 알았다. 하지만 여기서 가장 중요한 점은 그가 전혀 의식하지 못했다는 점이다. 그는 그 소녀와 어두운 공원으로 향하면서 맥박이 빨라지지도 않았고, 방해받지 않는 은밀함을 누리겠다는 욕망도 없었다. 그는 폴로 말들과 테니스 라켓, 원장 수녀의 신경질이라든가 집에 가면 파티용 드레스를 하얀색으로 할지 파란색으로 할지 뭐 그런 것들에 대해 이야기할 생각이었다. 평소에 하던 얘기가 아닌 얘기를 할 수도 있다는 건 상상조차 하지 않았고, 그녀를 둘러싸고 있는 터부가 불가침이 아니라는 생각 자체도 해보지 않았다. 그랬는데, 갑자기, 그렇게……

그는 자기의 갑작스런 선언에 물리적인 동기는 전혀 없었음을 애써 강조했다. 어두운 밤이어서도 아니었고, 가깝게 붙어 앉아서도 아니었다고 했다. 그가 그렇게 얘기한 것은 단순히 그녀가 그의 삶의 도덕적인 면에 끼친 영향 때문이었다. 그는 소녀를 자기 팔 안에 감싸 안는다든가 그녀의 손을 만진다는 생각 자체를 한 번도 한 적이 없다고 했다. 그는 소녀의 손을 만지지 않았다고 맹세했다. 소녀는 벤치 한쪽 끝에, 자신은 다른 한쪽에 앉았다고 했고, 그가 소녀 쪽으로 살짝 기댔으며 소녀는 카지노의 불빛만을 바라보는데 램프 때문에 얼굴이 환히 빛났다고 했다. 소녀의 표정은 '기묘했다'고밖에는 표현할 길이 없었다고 했다.

또 언젠가 그는, 소녀가 기뻐했다고 분명히 말했다. 소녀는 그 순간에 정말 무슨 일이 벌어지는 건지 전혀 알지 못했을 것이므로, 소녀가 기뻐했다는 상상을 하는 건 어려운 일이 아니다. 솔직히 소녀는 에드워드 애시번햄을 정말 존경했다. 그 당시 소녀가 하는 얘기로 미루어보건대, 그는 소녀에게 인류애의 모델이자, 영웅, 운동선수, 그 고장의 아버지, 그리고 입법자였다. 그러므로 갑작스럽게 친근하고도 감당 못할 만큼의 칭찬을 받으니, 아무리 감당키 어려워도 그저 기쁠 수밖에. 마치 신으로부터 자신의 작품을 칭찬받았거나 제왕으로부터 충절을 인정받은 느낌이었으리라. 그 소녀는 가만히 앉아 미소 지으며 들을 뿐이었다.

소녀는 어린 시절의 고난, 폭풍같이 몰아치던 아버지로부터 받은 공포, 잔인한 말을 쏟아내던 어머니에게서 느낀 슬픔이 일순 보상되는 느낌이었다. 마침내 소녀는 보상을 받았던 것이다. 평소에 목사님과 아버지를 합해 놓은 사람이라 생각하던 남자가 자기에게 갑작스레 열정을 내비친다는 것은, 그저 훌륭한 행동을 칭찬한 것이라 생각할 수도 있다는 것을 당신도 잘 생각해보면 알 수 있을 것이다. 내 말은, 그런 행동이 누군가를 소유하기 위한 것으로는 보이지 않았을 것이란 얘기다. 그 소녀는 적어도 그가 레오노라에게 단단히 닻을 내리고 있는 사람이라고 생각했다. 소녀는 어떠한 부정(不貞)도 눈치 채지 못했었다. 그는 자기 아내에 대해 말할 때면 늘 존경과 깊은 애정을 담아 이야기했다. 그는 자신이 레오노라를 완전무결하게 생각하며 완전히 만족한다는 인상을 소녀에게 심어주었다. 소녀는 그들의 결합이 축복받은 일이며, 교회에서도 존중받는 일이라고 생각했다.

그래서 그가 자신이 이 세상에서 가장 좋아하는 사람이 소녀라고 말했을 때도 그녀는 당연히 레오노라를 제외한 사람 중에 그렇다는 뜻으로 받아들이고 기뻐하기만 했다. 그저 혼기가 찬 딸을 아비가 인정하는 것과 같은 일이었다…… 그리고 에드워드는 자기가 무슨 짓을 하고 있는지 의식하자마자 입을 닫아버렸다. 소녀는 그저 기쁠 따름이었고, 계속 기뻐하기만 했다.

바로 그 일이 에드워드 애시번햄이 평생을 두고 한 일 중에 가장 나쁜 행동이었다는 게 나의 생각이다. 나는 이 모든 사람들과 가깝게 지내기만 해서 그중 누구도 나쁘다는 생각이 들지 않는다. 에드워드 애시번햄은 올곧고, 정직하고 고결한 사람이라는 생각뿐이다. 그것이 바로 그에 대한 나의 흔들림 없는 견해이다. 그가 자기의 그런 이미지를 떨쳐내기 위해 한 몇몇 행동들을 생각 해내려고 나는 애써보기도 한다. 마치 커다란 추를 밀어내보려고 하듯. 하지만 그것은 항상 되돌아온다. 셀 수 없이 많은 그의 선행, 그의 유능함, 그의 악의 없는 말에 대한 기억들이 다시 밀어 닥칠 뿐이다. 그는 그렇게 괜찮은 친구였다.

그래서 다른 많은 일들처럼 이 일에 관해서도 그를 변명해주고 싶은 기분이다. 물론, 수녀원에서 갓 나온 어린 소녀를 더럽히려는 행위야말로 그 무엇보다도 무서운 짓이다. 하지만 내 생각에 에드워드는 그녀를 더럽힐 의도는 전혀 없었다. 그는 오로지 그녀를 사랑했던 것뿐이라고 나는 믿는다. 그는 그렇게 된 일이었다고 얘기했고, 적어도 나는 그를 믿으며, 그의 진정한 사랑은 그 소녀가 유일했다는 말도 믿는다. 그가 그렇다고 말했고, 그것이 진실이었음을 충분히 입증했다. 레오노라 역시 그렇게 말했고, 그의 가슴 밑바닥까지 속속들이 아는 사람이 바로 레오노라니까.

나는 이런 문제에는 매우 냉소적인 인간이다. 남자나 여자의 사랑이 영원하다고 믿는 것 자체가 불가능하다는 말이다. 아니, 어쩌면 젊은 시절의 열정이 영원하다고 믿는다는 게 불가능한 건지도 모르겠다. 적어도 남자들에게 연애나 어떤 특정 여인에 대한 사랑은 경험의 영역을 확장하는 것과 비슷하다고 본다. 한 남자가 새로운 여자에게 끌릴 때는 시야가 넓어지거나, 새로운 영역을 획득하게 되는 것 같다. 눈썹의 움직임, 목소리의 음색, 기묘하고 특징 있는 몸짓, 이 모든 것들이 바로 사랑의 열정을 일으키는 요인들인데, 바로 이 모든 것들이 남자가 지평선 너머로 걸어가고, 탐험해보고 싶다는 유혹을 느끼게 하는, 지평선 위의 목표물이다. 그는 주위의 빛을 무색케 만드는 그 두 눈으로 세상을 보길 원하듯, 말하자면, 야릇하게 움직이는 눈썹 너머까지 도달하기를 원한다. 그녀의 목소리를 통해 가능한 모든 제안들과 모든 소재의 이야기들을 듣길 원하며, 가능한 모든 상황에서 그녀의 특별한 몸짓들을 보고 싶어 한다. 성적 본능의 문제에 관해서는 아는 게 거의 없지만, 그것이 강렬한 열정에 아주 큰 비중을 차지한다고는 생각하지 않는다. 풀어진 신발 끈이나 스쳐 지나는 눈빛처럼 정말 아무것도 아닌 것에서도 성적 본능이 일어날 수도 있기에, 그것은 계산에서 빼야 한다고 생각한다. 첫날밤에 대한 욕망 없이 강렬한 열정이 존재한다는 얘기는 아니다. 그저 너무나 흔한 감정이기에 언급할 필요가 전혀 없다고 느낄 뿐이다. 그것은 소설이나 전기문에서, 등장인물들이 정기적으로 식사하는 것을 당연한 일로 생각하는 것과 같다. 하지만 길게 지속되어 한 남자의 영혼까지 말려버리는, 진정 사납게 몰아치는 욕망과 열정의 열기는 바로 그가 사랑하는 여인과 일체감을 느끼고픈 욕구에서 생겨난다. 그는 같은 눈으로 보고, 같은 촉감을 느끼고, 같은 귀로 듣기를 원하며, 자신의 정체성은 버리고 그녀 품에 안겨, 그녀의 지지를 받길 원한다. 이성과의 관계를 어떻게 정의하건 간에, 그를 가로막는 장애물들을 박살내고 용기를 회복하고 싶다는 욕망 없이 여자를 사랑하는 남자는 없다. 그리고 그것이 바로 그녀에 대한 욕망의 원천이다. 우리는 모두 너무나 두렵고, 너무나 외롭기에, 우리는 모두 외부로부터 우리 존재의 가치를 확인받고 싶어 하는 것이다.

그래서, 잠깐이라도 그런 열정이 실현되면, 남자는 원하던 바를 얻게 된다. 그는 도덕적인 지지와 격려를 받고, 외로움을 위안 받으며, 그의 가치를 확인하게 된다. 하지만 이런 것들은 지나가는 법, 해시계 위로 그림자가 지나가듯, 이들이 사라지는 것은 불가피하다. 슬프지만 어쩔 수 없는 사실이다. 책도 읽다보면 한 페이지 한 페이지에 익숙해지기 마련이고, 길의 아름다운 길목도 굽이굽이 지나가게 된다. 이보다 더 슬픈 이야기가 또 있을까.

하지만 남자들은 모두 결국에는 한 여자를 만나게 된다고 나는 믿는다. 아니, 그런 표현은 적절치 않다. 인생의 어느 한 순간, 남자들은 저마다 자기의 상상력을 영원히 봉인해줄 한 여자를 만나게 된다. 그는 더 이상 수평선 너머를 여행하거나, 어깨 위에 배낭을 짊어지지 않게 된다. 그는 그곳에서 은퇴하게 된다. 그는 그 세계를 떠나는 것이다.

에드워드 애시번햄과 그 가엾은 소녀도 바로 그런 경우였다. 정말 말 그대로였다. 황태자의 정부나 바질 부인, 메이던 부인이나 플로렌스를 향한 열정은 소녀를 향한 마지막 질주를 위한 예비구보에 지나지 않았다. 나는 그렇게 확신한다. 진정한 사랑에는 반드시 희생이 요구된다고 말해서 미국인 티를 내려는 생각은 없다. 그렇지 않으니까. 그래도 자기희생이 더해지면 사랑은 더 진실해지고 영원해지는 법이라고 생각한다. 에드워드 애시번햄은 다른 여자들과의 관계에 있어서는, 마치 바론 본 렐로펠 백작의 코 밑에서 폴로 공을 요리하듯 확 잡아챘다가 확 잘라내 버리는 식이었다. 다른 여자들을 사로잡기 위해서 몸이 닳아 없어지게 노력을 하지 않았다는 뜻은 아니지만, 그 소녀를 위해서 그는 넝마와 누더기가 되고 죽을 만큼 노력했다. 그저 그녀를 편안히 내버려두기 위해서.

그날 밤, 소녀에게 그런 말을 한 것이 비열한 짓은 아니었다고 나는 확신한다. 원래는 존재하지 않았던 그녀를 향한 열정이, 그가 의식하지도 못한 채 그 말을 뱉음으로써 생겨났던 것 같다. 그가 말을 하기 전에는 아무것도 없었고, 말을 한 후에는 그것이 그의 삶의 전부가 되어버렸다. 아, 이제는 하던 얘기로 다시 돌아가야겠다.

나는 나무 뒤에 서서 그 말들을 듣고 있던 플로렌스에 대해 이야기를 하려던 중이었다. 물론 그저 추측일 뿐이지만 이 추측은 꽤나 믿을 만한 것이다. 알다시피 그 둘은 함께 나갔고, 플로렌스는 거의 곧바로 그들을 따라 어둠 속으로 나갔다가, 잠시 후 손으로 심장 쪽을 움켜쥐고 얼굴은 사색이 되어 다시 호텔로 뛰어왔다. 그러니 백셔 때문이라고만 볼 수는 없다. 나나 내 옆에 있던 남자를 보기 전부터 그녀의 얼굴은 이미 고통으로 일그러져 있었다. 그래도 그녀의 자살에 결정적인 영향을 준 건 백셔였을 거라고 나는 감히 말한다. 레오노라의 얘기에 따르면, 플로렌스는 질산염으로 보였으나 실은 청산가리가 들어있던 유리병을 수년간 지니고 다니며, 지미라는 남자와의 관계를 나에게 들키는 순간 바로 사용할 작정이었다고 했다. 알다시피 플로렌스의 본성은 한마디로 허영이었다. 아닐 이유가 뭐가 있겠는가. 만약 우리가 이 세상을 착실하게 살아나가고 있다면, 그렇게 살아나가게 하는 힘이 바로 허영 아닐까 생각한다.

만약 에드워드와 소녀와의 관계만이 문제였다면 플로렌스는 정면 돌파를 했을 것이다. 분명 그 사람 앞에서 한바탕 소란을 피우고, 그를 협박하고, 그의 유머 감각에도 호소해보고, 그의 약속들을 상기시켰을 것이다. 하지만 백셔라는 사람, 그리고 그 날이 바로 8월 4일이었다는 사실은 미신을 믿는 그녀가 감당해내기에는 너무 힘든 일이었다. 플로렌스가 원하는 것은 딱 두 가지였다. 그녀는 얌전한 숙녀로 브램서 텔레라에 자리를 잡고 싶었으며, 내가 그녀를 계속 존중하기를 원했다.

그녀는 나와 사는 한은 내게서 계속 존중받기를 원했다. 만약 에드워드 애시번햄을 설득해서 그와 도망칠 수 있었더라면, 플로렌스는 모든 것을 버리고 도망갔을 것이다. 아니면 존 드라이든[47]의 시구 '사랑, 아니면 완전히 상실된 세상을 위하여'를 들먹이며, 내가 자기의 대단한 열정을 존경하도록 만들려고 애썼을 것이다. 그게 바로 플로렌스다운 짓이었다.

모든 부부 관계에는, 자신의 성격이나 경력 상의 약점을 같이 사는 사람에게 숨기고 싶다는 욕망이 존재한다고 나는 믿고 있다. 왜냐하면 자신의 작은 약점을 눈치 챈 사람과 늘 함께 산다는 것은 참으로 고역이기 때문이다. 차라리 죽는 게 낫지. 바로 그래서 불행으로 끝나는 결혼이 그렇게 많은 것이다.

나를 예로 들어보자면, 나는 꽤 욕심 많은 사람이다. 나는 훌륭한 요리에 관심이 많고, 특정한 음식 이름만 들어도 침이 고인다. 만약 플로렌스가 나의 이 비밀을 알아버렸다면 그녀가 안다는 사실을 견딜 수가 없어서, 결혼 기간 동안 그녀가 안겨준 다른 모든 고난들을 나는 버텨내지 못했을 것이다. 플로렌스는 절대로 나의 이 비밀을 알아채지 못했다.

정말로 그녀는 그 일을 언급한 적이 한 번도 없다. 내게 그만한 관심을 기울인 적이 한 번도 없었던 것이겠지만.

---

47. 존 드라이든(1631~1700): 영국 왕정복고 시기의 시인이며 극작가 겸 비평가.《압살롬과 아히도벨》은 그의 대표적인 풍자시.

플로렌스의 비밀스러운 약점은 바로 어린 시절 그 지미라는 녀석과의 탈선이었다. 아마 그걸 내가 알아냈다는 것을 알면, 그녀는 결코 그걸 견뎌내지 못했을 것이다. 여하튼 이번이 플로렌스의 이름을 언급하는 마지막일 가능성이 아주 높기에, 그녀의 심리 변화에 대해 좀 자세히 이야기해보려고 한다. 만약 내가 알아낸 것이 그녀가 에드워드 애시번햄의 정부라는 사실이었다면, 그녀는 개의치 않았으리라 생각한다. 어쩌면 더 좋아했으리라. 사실, 그 당시에 가엾은 레오노라의 가장 큰 골칫거리는 플로렌스가 내 앞에서 바로 그 사실에 대해 연극 대사 한 줄 한 줄 읊어내듯 말하려는 것을 막아내는 일이었다. 그녀는 기분에 따라 때로는 나에게 달려와 내 발치에 무릎 꿇고, 자기 욕정에 관해 신중하게 짜 맞춘 말을 소름끼치게 감정적으로 토해내고 싶어 몸이 닳았다. 자신을 역사 속에서나 만날 수 있는 최고로 에로틱한 여인처럼 보이게 하고 싶을 때는 그랬다. 또 어떤 때에는 경멸하듯 내게 다가와, 내가 기대에 못 미치는 남자이며, 진정한 남성이 나타났을 때에는 마땅히 일어날 만한 일이 일어날 거라고 얘기하고 싶어 하기도 했다. 그녀는 차분하고 조리 있게 냉소적으로 그 말을 전하고 싶어 했다. 프랑스 희극의 여주인공처럼 보이고 싶을 때는 그랬다. 당연하지, 늘 연극을 하며 사는 여자였으니까.

하지만 내게 숨기고 싶어 했던 사실은 지미라는 남자와 벌인 그녀의 첫 연애 행각이었다. 플로렌스도 그 남자가 저급한 바우어리 가(街)[48]의 깡패에 지나지 않았음을 깨닫게 됐던 것이다. 옛날에 저지른

---

48. 바우어리 가(街): 1880년대의 사회 밑바닥 층으로 널리 알려졌던 뉴욕시 맨해튼의 동네 거리 이름.

바보 같은 실수 때문에, 대개는 순전히 감정에 따른 별일 아닌 행동이지만, 훗날 몸서리를 치게 되는 것이 어떤 기분인지 아는가? 그렇게 저급한 남자에게 넘어갔다는 생각을 할 때면 그런 감정이 플로렌스를 엄습했다. 그렇게까지 느낄 필요가 있었는지 나는 잘 모르겠다. 그런 일을 만든 것은 사실 그녀의 분별없는 외삼촌이었다. 그 둘을 함께 세계 여행에 데려가서도 안 되는 거였고, 대부분의 시간 동안 혼자 선실에 처박혀 있으면 안 되는 거였다. 어쨌거나, 그녀는 백셔의 기분 나쁘고 두꺼비 같은 성품을 알고 있었기에, 백셔의 모습과, 1900년 8월 4일 새벽 5시에 플로렌스가 지미의 침실에서 나오는 현장을 목격했다는 사실을 백셔가 나에게 말할 거란 생각이 그녀를 자살로 몬 결정적인 계기였을 거라고, 나는 확신한다. 물론, 그 날짜의 영향력은 미신을 믿는 그녀의 성격으로는 감당하기 어려웠다. 그녀는 8월 4일에 태어났고, 8월 4일에 세상 구경을 떠났으며, 8월 4일에 저급한 남자의 애인이 됐다. 같은 날짜에 나와 결혼했고, 같은 날 에드워드의 사랑을 잃었고, 마치 불길한 징조마다 운명의 얼굴에 어린 미소처럼 백셔가 나타났다. 그의 출현은 최후의 결정타였다. 플로렌스는 위층으로 달려가 침대에 몸을 그럴듯하게 눕혔다. 분홍빛이 감도는 하얗고 부드러운 두 볼, 긴 머리카락, 자그마한 커튼처럼 두 볼에 떨어지는 눈썹, 그녀는 예쁘고 사랑스러운 여자였다. 아, 너무나 매력적이고 또렷한 모습으로, 그녀는 작은 약병의 청산가리를 들이키고 누워, 천정에 걸린 전구를 혼란스러운 표정으로 바라보았다, 아니 어쩌면 그 전구 위의 별들을 보았는지도 모르겠다. 누가 알겠는가? 어쨌든 그것이 플로렌스의 마지막이었다.

플로렌스의 생이 그렇게 끝난 것은 내게 얼마나 충격적이었는지 당신은 상상도 못하리라. 그날부터 지금까지 나는 두 번 다시 그녀 생각을 하지 않았고, 그녀를 위해 한숨 비슷한 것조차 쉬어본 일이 없다. 물론, 레오노라에게 그녀에 대한 이야기를 꼭 해야 할 때나. 이 글을 쓰는 목적 때문에 애써 그녀에 대해 분별해보고 있지만, 그것은 기하학 문제를 풀 듯 헤매는 생각일 뿐이다. 연구를 위한 생각이지, 기억하기 위함이 아니다. 그녀는 어제 날짜 신문처럼 완벽하게 사라져 버렸다.

나는 죽도록 피곤한 상태였다. 실제로는 강직증이었던 일주일 아니면 열흘간의 신경 쇠약 상태는, 본능을 억압해야 했던 12년, 훈련된 애완견처럼 굴어야 했던 12년의 세월 끝에서, 지쳐버린 내 자아가 요구한 휴식일 뿐이었다. 그때의 내 모습은 정말 그랬다. 아마도 충격, 여러 가지 충격 때문이지 않았나 싶다. 하지만 그 당시 나의 감정을 충격과 같이 실질적인 것으로 보고 싶은 마음은 없다. 그때의 감정은 지극히 고요한 것이었다. 마치 엄청나게 무거운, 어깨에 걸려있던 참을 수 없이 무거운 배낭의 끈이 끊어지며 내 어깨에서 떨어져 내린 것과 같았으며, 무감각했고 활기라고는 없었다. 정말로 나는 전혀 유감이 없었다. 대체 무엇을 유감스러워 해야 한단 말인가? 아마도 내 안의 영혼, 나의 또 다른 자아는, 이미 오래 전에 플로렌스가 종이로 만든 위의 인물임을 깨달았던 것 같다. 은행권 지폐가 일정한 양의 가치를 대변하듯, 그녀는 심정, 생각, 연민, 그리고 김정을 지닌 진짜 인간을 그저 대변해 놓은 것에 지나지 않는다고. 플로렌스가 그 녀석의 침실에서 나오는 것을 보았다고 백셔라는 남자가 내게 말해주던 그 순간, 그런 기분이 내 몸에서 확 솟구쳤다. 순간 그녀는 진짜가 아니라고, 그저 안내 책자의 말 덩어리, 패션 잡지의 도안에 지나지 않는다는 생각이 들었다. 만약 그런 기분에 사로잡히지만 않았더라면, 내가 더 빨리 그녀의 방으로 뛰어가 그녀가 청산가리를 마시지 못하게 막는 것도 가능했을 텐데. 하지만 그럴 수는 없었다. 종잇조각을 잡으려고 뛰는 꼴이었을 테니, 다 큰 어른이 할 짓은 못됐다.

그리고 한 번 그런 기분이 들자, 그 기분은 결코 사라지지 않았다. 플로렌스가 그 침실에서 나온 게 사실이든 아니든 상관없었다. 전혀 관심이 안 갔다. 플로렌스는 중요치가 않았다.

당신은 내가 낸시 러포드와 사랑에 빠져 있었고, 그래서 나의 무관심은 명예롭지 못한 것이라고 쏘아붙일 수도 있겠다. 불명예를 피할 생각은 없다. 그 불쌍한 아이와의 추억을 사랑하듯, 미국인 특유의 방식으로 조용하고도 부드럽게 낸시 러포드를 사랑했을 뿐이었다. 내가 이제 그녀와 결혼해도 되겠다고 레오노라가 말하기 전까지 한 번도 그걸 생각해본 적이 없었다. 하지만 그 순간부터 그녀가 죽음보다 더 나쁜 상황에 이를 때까지, 다른 생각은 별로 하지 않은 것 같다. 그녀를 생각하며 한숨짓거나 끙끙 앓았다는 얘기는 아니다. 어떤 이들은 카르카손에 가고 싶어 하듯, 난 그저 그녀와 결혼하고 싶었을 뿐이다.

평생 동안 꿈꾸던 도시로 가기 위해서 그 전에 어떤 문제들을 해결해야 하고, 사소한 일들을 처리해야만 하는 기분을 당신은 아는가? 나는 이전의 세월에 그다지 큰 의미를 두지 않는다. 나는 마흔넷이었고, 그녀는, 그 가엾은 것은 막 스물둘이 되려던 참이었다. 하지만 그녀는 나이에 비해 성숙했고 조용했다. 그녀는 특이하게도 성인의 자질이 있는 것 같았다. 마치 얼굴에 하얀 두건을 두르고 수녀원에서 생을 마감해야 한다는 듯. 하지만 자기는 신의 부르심을 받지 못했다고 그녀는 자주 이야기했다. 수녀가 되겠다는 희망은 그녀에게 없었다. 글쎄, 아마도 내가 일종의 수녀원과 같은 존재여서, 그녀가 내게 맹세를 하는 것이 지극히 적절해보였던 것 같다.

스무 살이라는 나이 차이는 내게 장애물로 느껴지지 않았다. 어떤 남자가 그렇게 느끼겠는가. 그리고 나는 조금만 준비하면 어린 소녀를 행복하게 해줄 자신이 있었다. 그 어떤 소녀도 누리지 못했을 법하게, 소녀의 버릇이 아주 제대로 망가져 버릴 정도로 응석을 받아 줄 생각이었으며, 나 자신이 개인적으로 혐오감을 주는 사람이라고도 생각하지 않았다. 그런 생각을 하는 남자는 없으며, 만약 그런 생각이 든다면 그 순간 그의 삶은 끝나는 법이다. 강직증에서 회복되자마자 나의 문제는, 그러니까 그녀에게 다가가기 위해 해야 할 것은, 삶으로 다시 돌아가는 것이란 생각이 들었다. 나는 12년간을 보통 사람들과 동떨어져 살았기에, 진짜 삶과 싸움을 벌이고, 사업가들과 씨름도 좀 하고, 큰 도시들을 여행하고, 그러니까 좀 거칠고 남성적인 일을 해야 했다. 나는 낸시 러포드 앞에 늙은 하녀 같은 모습으로 나타나기는 싫었다. 플로렌스가 자살한 지 2주 만에 미국으로 떠난 이유는 바로 그 때문이었다.

II

플로렌스의 죽음 직후, 레오노라는 낸시 러포드와 에드워드를 통제하기 시작했다. 카지노 근처의 나무 아래에서 무슨 일이 일어났는지 짐작했던 것이다. 내가 떠난 뒤에 그들은 나우하임에 몇 주간 더 머물렀고, 레오노라는 그 시간들이 그 어느 때보다도 끔찍했다고 내게 말해줬다. 마치 보이지 않는 무기로 싸운 길고 조용한 결투와 같았다고 했다. 그리고 그 소녀가 아무것도 모른다는 것이 상황을 더 힘들게 만들었다. 왜냐하면 낸시는 휴일을 보내러 집에 올 때면 언제나 그랬듯이 늘 에드워드와 단 둘이서만 나가려고 했기 때문이었다. 그녀는 그저 그가 자기에게 듣기 좋은 말들을 또 해주길 바랄 뿐이었다.

알다시피 상황은 지극히 복잡했다. 정교하게 얽힌 감정의 선들을 따라서 그보다 더 복잡할 수도 없을 만큼 복잡했다. 다른 사람이 같이 있는 자리가 아니면 에드워드와 레오노라는 서로 말을 한마디도 하지 않는 게 문제의 원인이었다. 예전에도 말했듯이 그들의 품행은 꽤나 완벽했다. 소녀가 아무것도 모르는 것도 문제였고, 에드워드와 레오노라가 그 소녀를 친딸처럼 생각하는 것은 더 큰 문제였다. 아니, 어쩌면 그들이 소녀를 레오노라의 딸로 여겼다고 하는 것이 더 정확한 표현일 수도 있겠다. 그리고 낸시는 기묘한 소녀였다. 묘사하기가 정말 어려울 만큼.

그 소녀는 키가 크고 눈에 띄게 말랐다. 입술은 고통스러워 보였고, 눈은 고뇌에 차 있었지만, 꽤나 재미있는 아이였다. 때로는 심하게 기이하고, 때로는 지극히 아름다웠다고 말할 수도 있겠다. 소녀의 검은 머리는 내가 본 중 최고로 숱이 많아서, 때로는 소녀가 그 무게를 어떻게 견디는지 의아할 정도였다. 소녀는 겨우 스물한 살이었지만, 때로는 너무나 나이 든 것처럼 보였고, 때로는 열여섯도 안 된 것처럼 보였다. 어느 순간에는 성인(聖人)들의 삶에 대해 이야기하다가도, 그 다음에는 세인트 버나드 강아지와 온 풀밭을 가로지르며 공중제비를 돌기도 했다. 마에나드[49]처럼 사냥개를 쫓아 말 탈 수도 있는 소녀였고, 레오노라가 두통이 났을 때는 손수건을 번갈아 식초에 적셔가며 몇 시간씩 가만히 앉아 있을 수도 있는 소녀였다. 간단히 말해서, 믿을 수 없이 인내심이 없다가도, 기적이라고 할 정도로 인내심이 많기도 했다. 수녀원 교육이 그런 영향을 준 게 틀림없었다. 소녀가 열여섯쯤 됐을 때 내게 보냈던 편지 중 한 통의 내용을 나는 기억한다.

"성체 축일[50]," 아니 어쩌면 다른 성인 축일이었을지도 모르겠다. 왜 그런 건 기억하기가 그렇게 힘든지. "그날 우리 학교는 로햄튼[51]과 하키 시합을 했어요. 전반전이 끝나고 우리 학교가 3대 1로 지고 있는 것을 본 후, 우리는 예배실로 몰려가 승리를 위해 기도했어요. 우

---

49. 마에나드: 제우스와 세멜레 사이에 태어난 술의 신 디오니소스를 광적으로 추종하는 여자들.

50. 성체 축일: 매년 삼위일체 대축일 후 목요일이며 성체에 대한 신앙심을 고백한다.

51. 로햄튼: 런던 남서쪽에 있던 명성 높은 기숙학교.

리가 5대 3으로 이겼답니다." 그러고는 시합 후에 벌어졌던 한 바탕 소동에 대해 썼던 것으로 기억한다. 승리를 거둔 열한 명인지 열다섯 명인지의 선수들이 저녁식사를 위해 수녀원 식당으로 들어서자, 학생들은 전부 테이블로 뛰어 올라가 환호하며 바닥의 의자들을 부수고 그릇들을 박살냈다고 했다. 수녀원 원장이 들어와 종을 칠 때까지 한동안. 이는 물론 가톨릭의 전통이었고 그 소동은 채찍을 한 번 철썩 내리치듯 금방 끝나버릴 터였다. 물론, 나는 그런 전통을 좋아하지 않지만, 그 덕분에 낸시는 정직함을 배우게 됐다고 말할 수 있겠다. 사실 원래부터 그런 사람이었는지도 모르지만, 낸시가 그런 정직함에서 벗어난 모습을 나는 한 번도 보지 못했다. 때때로 그녀의 눈으로 보는 것과 목소리를 통해 나오는 말은 칼날 같았다. 그런 면에 나는 정말 두려움을 느꼈다. 그렇게 분명한 기준이 존재할 수도 있는 세상에서 산다는 것이 두려웠던 것 같다. 그녀가 열다섯인지 열여섯이던 해, 수녀원으로 돌아갈 때 내가 용돈으로 영국 금화를 줬던 일을 기억한다. 그녀는 내게 유별나게 고마워하면서 그 돈이 정말 요긴하게 쓰이게 될 거라고 말했다. 내가 이유를 묻자 그녀가 설명을 해줬다. 예배당에서 식당으로 돌아오는 길에 정원을 가로지를 때 학생들이 말하면 안 되는 것이 수녀원에서 정한 규칙이라고 했다. 그 규칙이 너무나도 바보 같고 독단적으로 느껴졌기에 소녀는 날마다 일부러 규칙을 어겼다고 했다. 매일 저녁, 수녀원에서는 학생들에게 오늘 하루 동안 무슨 잘못을 저질렀는지 물었고, 낸시는 매일 저녁 바로 그 규칙을 어겼다고 고백했다. 그 항목에 붙은 벌금 6펜스를 낸시는 매번 내야했다. 내가 왜 매번 고백을 했냐고 묻자, 정확히 이렇게 대답했다.

"아, 그게, 성영(聖嬰)[52]의 딸들은 늘 진실해야 한다고 배웠어요. 끔찍하게 따분한 일이지만, 저는 그래야만 해요."

야단법석과 절제가 혼재하던 수녀원의 삶 이전에, 그녀가 보낸 비참했던 어린 시절이, 그녀의 기묘함에 어딘지 더 영향을 주지 않았나 생각한다. 그녀의 아버지는 폭력적인 미치광이로, 하일랜드 연대라 불리던 부대의 소령이었다. 술을 마시지는 않았지만 제어가 되지 않는 성격이었던지라, 낸시의 첫 번째 기억이란 것이, 엄마가 꽉 움켜쥔 아버지의 주먹에 맞아 아침 밥상 옆으로 쓰러지며 미동도 않고 누워 있던 일이었다. 엄마도 곧잘 아버지 성질을 돋웠고, 그 연대의 이등병들 역시 그를 짜증나게 했던지 그녀의 집은 비명소리와 소란이 끊이지 않았다. 러포드 부인은 레오노라의 가장 친한 친구였지만, 레오노라도 때로는 그녀를 쌀쌀맞게 대했을 것이다. 하지만 그 정도 행동에 러포드 부인은 눈 하나 깜짝 하지 않았을 것이다. 소령은 뜨거운 태양 아래 다루기 힘든 병사들과 불만족스러운 오전 훈련을 마치고, 점심때면 잔뜩 지친 채 돌아와서 욕설을 내뱉었다. 그러면 러포드 부인이 뭐라고 쏘아붙였을 테고, 그때부터 대혼란이 시작됐을 것이다. 한 번은, 낸시가 열두 살이었을 때, 그 둘 사이에 끼어들려고 했었다. 아비는 그녀의 이마를 정통으로 때렸고, 어찌나 세게 맞았던지 그녀는 사흘간 의식을 잃고 누워 있어야 했다. 그럼에도 불구하고 낸시는 엄마보다 아버지를 더 좋아하는 것 같았다. 그녀는 아버지의 거친 친절을 기억했다. 그녀가 아주 어렸을 때 한 번인가 두 번, 아버지는 서

---

52. 성영: 아기 예수를 가리키는 말.

투르게, 짜증스러워하면서도 자상하게, 그녀의 옷을 입혀주었다. 그 집은 하인을 두고 지낼 형편이 되지 못했고, 가끔가다 며칠씩 러포드 부인은 몸도 제대로 가누지 못했다. 아마도 술을 마시지 않았나 싶다. 어쨌든, 말은 또 어찌나 독하게 하는지 낸시조차도 엄마를 두려워했다. 엄마는 어떤 자상함도 웃음거리로 만들었고, 감정의 표현도 비웃어버렸다. 낸시는 감정이 매우 풍부한 아이였을 텐데 말이다.

그러던 어느 날, 포트윌리엄[53]에서 돌아오는 길에 낸시는 얼굴이 하얀 가정교사와 함께 느닷없이 수녀원 학교로 곧장 보내졌다. 두 달 동안 그곳에서 지내기로 되어 있었다. 바로 그때 그녀의 엄마는 낸시의 삶에서 사라져 버렸다. 2주가 지난 뒤 레오노라가 수녀원으로 와서 그녀의 엄마가 죽었다고 말해줬다. 진짜 그랬는지는 모르겠다. 마지막까지도 나는 러포드 부인이 어떻게 됐는지 알지 못했다. 레오노라가 그 여자에 대해서는 한 번도 말하지 않았다.

그러고 나서 러포드 소령은 인도로 갔고, 아주 가끔 돌아와 잠깐만 머무르다 가곤 했다. 낸시는 브램셔 텔레라의 생활에 점차로 녹아들었다. 그때부터 마지막까지는 아주 행복한 삶을 살았다고 생각한다. 그곳에는 개와 말과 늙은 하인들과 숲이 있었다. 그리고 그곳에는 그녀를 사랑하는 에드워드와 레오노라가 있었다.

낸시는 애시번햄 부부가 나우하임에 머무를 때 마지막 2주를 남겨두고 늘 합류했기 때문에 나는 오래 전부터 그녀를 알았으며, 그녀가 자라나는 과정을 지켜봤다. 그녀는 나와 있을 때는 언제나 유쾌했

---

53. 포트윌리엄: 스코틀랜드 하일랜드 지역의 도시.

다. 심지어 열여덟 살이 되기 전까지는 아침저녁으로 늘 내게 뽀뽀도 해주었다. 그녀는 깡충거리며 뛰어다니다가 내게 이것저것 갖다 주었고, 필라델피아에서 내가 살던 얘기를 듣고 웃음을 터뜨렸다. 하지만 그런 유쾌함 뒤에는 어떤 공포가 도사리고 있었을 거라고 생각한다. 그녀 나이 열여덟에 그 아버지가 유럽을 방문했을 때였다. 하루는 우리가 녹으로 얼룩진 분수 근처의 어느 정원에 앉아 있었다. 레오노라는 두통을 앓고 있었고, 플로렌스와 에드워드가 목욕에서 돌아오기를 기다리던 중이었다. 그날 낸시가 얼마나 아름다웠는지 당신은 도저히 상상도 할 수 없으리라.

우리는 복권을 사는 것이 바람직한 일인지에 대해 얘기를 나누고 있었다. 그러니까 도덕적인 면에서 말이다. 온통 새하얀 옷을 입은 그녀는 키가 정말 컸고 매우 연약해보였다. 그리고 머리를 그냥 위로 올리고 있어 긴 목의 움직임마다 젊음과 미지의 매력이 묻어났다. 지난밤의 폭우가 남긴 작은 물웅덩이에서 반사된 빛이 그녀의 목울대 위에서 아른거렸고, 그녀의 눈, 코, 입은 그녀의 하얀 양산이 드리운 넓고 빛나는 그늘 아래 있었다. 구멍이 뚫린 챙이 넓은 하얀 밀짚모자 밑으로 그녀의 검은 머리카락이 보였다. 그녀는 기다란 목을 앞으로 살짝 숙이고 있었고, 나의 구식 말투에 웃으면서 살짝 아치를 그리는 그녀의 눈썹에는 팽팽한 긴장감이 풀려있었다. 그녀의 볼에 어린 옅은 색조, 반짝거리는 깊고 푸른 두 눈. 그 생생하도록 하얀 존재, 백조와 같이 성스러운 존재—그 모습을 생각하자니…… 아, 그녀는 항해하는 배와 같았다. 그녀의 움직임은 너무나도 투명하고, 너무나도 명료했다. 그리고 이제는 결코 그럴 수 없을 거라 생각하니…… 정말,

그녀는 결코 아무것도 할 수 없을 것이다. 믿을 수 없는 일이지만……

어쨌든, 우리는 복권의 도덕성에 대해 떠들고 있었다. 그런데, 갑자기 우리 뒤편의 아케이드 쪽에서 그녀의 아버지 목소리에 틀림없는 높은 음성이 들려왔다. 마치 기차 화통을 삶아 먹은 듯한 커다란 소리였다. 나는 그의 모습을 찾아 이리저리 둘러봤다. 키가 크고 허리를 꼿꼿하게 세운 금발의 50대 남자가 벨기에 령 콩고[54]와 깊은 관련이 있는 이탈리아 부호와 걸어가고 있었다. 그들은 원주민들의 정당한 대우에 대해 이야기하고 있었던 게 틀림없다. 왜냐하면 나는 그가 이렇게 말하는 것을 들었기 때문이다.

"아, 인류애 따윈 개나 주라고 해!"

내가 다시 낸시를 쳐다봤을 때 그녀의 눈은 감겨 있었고, 낯빛은 드레스보다도 더 창백했다. 적어도 드레스는 반사된 자갈의 빛깔 때문에 살짝 분홍빛을 띠고 있기라도 했으니까. 그렇게 눈을 감고 있는 그녀를 보는 것조차 너무나 끔찍한 일이었다.

"아!" 소리친 그녀는 손으로 뭔가를 더듬어 나가다가 잠시 내 팔위에 손을 얹고 멈췄다. "절대 아무 말도 마세요. 아버지께 아무 말도 않는다고 약속해 주세요. 그 끔찍한 악몽들이 다 다시 되살아날 거예요……" 그리고 눈을 뜨더니 내 눈을 똑바로 쳐다봤다. "아저씨도 천상의 성인들이 그런 일을 모면하게 해줄 거라 생각하시죠? 세상의 어떤 죄를 지었다고 해도 그런 벌을 내릴 수는 없을 거라고 생각해요."

54. 지금의 콩고민주공화국은, 1885년 벨기에 국왕, 레오폴드 2세의 사유영지 형식인 콩고자유국(Congo Free State)이었는데, 그곳의 잔혹함에 대한 국제적인 항의가 몇 년 간 이어진 후, 1908년 벨기에 정부의 식민지인 벨기에 령 콩고가 되었다.

그 가엾은 아이는, 자기 방에서조차 밤새 불을 켜놓았다고 한다…… 그렇기는 해도 그 아이는 그 누구보다도 더 사랑스럽고, 장난스럽게 아버지와 놀았다. 낸시는 늘 그의 코트 깃 양쪽을 잡고 아버지가 무엇을 하고 지냈는지 꼬치꼬치 물었고, 그의 이마 위에 입을 맞추었다. 아, 그 정도는 돼야 참 잘 자랐다고 말할 수 있을 것이리라.

그 가엾고 형편없는 남자는 그녀 앞에서는 움츠러들었다. 아버지를 편안하게 해주기 위해 그보다 더 애를 쓸 수는 없었는데도 말이다. 아마도 그런 것은 수녀원에서 배운 것이리라. 그녀를 무기력하게 만드는 건 아마도 아버지가 고압적이거나 독단적일 때 내지르던 그 특유의 목소리뿐이었던 것 같았고, 그것도 예기치 못한 상황에서 들려왔을 때만 두드러졌다. 성인들이 낸시의 죄 값으로 내려준 악몽들이 언제나 그녀 아버지의 쩌렁쩌렁 울리는 목소리로부터 시작되는 것 같았기 때문이었다. 그녀의 어린 시절, 끔찍한 점심시간을 예고하는 아버지의 등장은 언제나 그 소리로부터 시작됐으니까……

나는 앞서, 내가 떠난 후 레오노라가 나우하임에서 지내는 동안 보이지 않는 무기로 고요한 적들과 기나긴 결투를 하는 것 같다고 말한 사실을 얘기했다. 이것도 이미 말했지만, 낸시는 늘 에드워드와 둘이서만 나가고 싶어 했다. 몇 년 간이나 그렇게 하는 게 습관이 됐으니까. 레오노라는 그것을 막는 게 자신의 임무라고 생각했다. 참으로 어려운 일이었다. 낸시는 자기 뜻대로 하면서 살아왔고, 여러 해 동안 에드워드와 함께 쥐나 토끼를 잡으러 다니고, 포딩브리지에서 연어잡이를 하거나, 에드워드가 너무나 좋아하던 일인 교구를 방문하고, 소작인들을 찾아다니는 것에 익숙했기 때문이다. 그리고 나우하임에서도, 플로렌스가 그를 찾지만 않으면 에드워드와 낸시는 저녁마다 카지노에 단둘이 가곤 했다. 플로렌스마저 그들을 질투하는 상상조차 하지 않은 것만 봐도 두 사람의 관계가 얼마나 순수했는지를 알 수 있다. 레오노라는 소녀가 10시에 잠자리에 드는 습관을 들이도록 했다.

어떻게 그걸 가능하게 했는지는 모르겠으나, 레오노라는 나우하임에서 지내는 내내 훤한 대낮에 사람들이 바글거리는 곳을 제외하고는 그들 단 둘만 있도록 내버려두지 않았다. 개신교도들이 그렇게 했더라면 분명, 그 소녀가 뭔가를 의식하도록 만들었을 것이다. 하지만 늘 낯을 심하게 가리고, 기묘하게 비밀스런 점을 지닌 가톨릭교도들은 이런 상황을 잘 견딘다. 그리고 두 가지 조건이 이런 상황을 더 쉽게 해줬는데, 플로렌스의 죽음과 에드워드의 건강 악화가 바로 그것이었다. 그는 정말로 매우 아파 보였다. 그의 어깨가 구부정해지기 시작했고, 눈 밑이 두툼하게 부어올랐으며, 심하게 주의력이 산만해지는 모습을 보였다.

레오노라는 그를 지켜보고 있는 자기 모습을, 아무것도 모른 채 차도에 앉아 있는 비둘기를 노리고 있는 사나운 고양이로 묘사했다. 그 말없는 주시(注視)에서 나는 또 다시 그녀가 가톨릭교도임을 생각했다. 우리와는 전혀 다른 생각을 하고 속으로만 간직하는 사람들. 그녀의 마음속을 훑고 지나간 생각들 중 어떤 것은 한마디 말을 건네지 않았는데도 심지어 에드워드에게까지 전파되었다. 처음에 레오노라는 그를 짓누르는 것이 플로렌스의 죽음으로 생긴 회한과 슬픔 때문이라고 생각했다. 하지만 지켜보고 지켜보며, 때로는 그 소녀 앞에서 플로렌스에 대한 얘기를 불쑥 해보기도 했지만, 그에게는 어떤 슬픔이나 회한도 없다는 것을 알 수 있었다. 플로렌스가 자기에게 장황한 편지 한 장 안 남기고 자살을 할 수 있는 여자라는 생각을 에드워드는 도저히 할 수가 없었던 거다. 유서를 남기지 않았기 때문에 심장병으로 죽은 것이라 그는 확신했다. 플로렌스는 그런 면에서 그의 짐작을 벗어난 적이 한 번도 없었기 때문이다. 그렇게 해야 자기가 더 낭만적인 여자로 보일 거라고 플로렌스는 생각했다.

그랬다. 에드워드는 그 어떤 회한도 없었다. 그는 플로렌스가 죽기 두 시간 전까지도 그녀가 바라는 대로 정중하고도 조심스럽게 플로렌스를 대했다고 자신했다. 레오노라는 그의 눈빛에서, 관 속에 누워 있는 플로렌스 앞에서 어깨를 꼿꼿이 펴는 모습에서, 그리고 천 가지쯤 되는 자잘한 점들에서 그것을 알 수 있었다. 레오노라가 불쑥 소녀에게 플로렌스 얘기를 해도, 그는 움찔하는 기색조차 없었다. 그는 조금도 관심을 보이지 않았고 그저 충혈된 눈으로 식탁보만 응시할 뿐이었다. 그 당시에 그는 술을 과하게 마셨다. 매일 저녁, 모두가 잠자리에 들고 한참 지나서까지 쉬지 않고 마셔댔다.

낸시는 부당하다고 느꼈지만, 레오노라는 그녀를 10시에 잠자리에 들도록 했다. 플로렌스를 추모하는 것처럼 지내던 기간 동안 카지노처럼 사람들이 많은 곳에는 가면 안 된다는 것을 이해할 수 있었지만, 저녁 때 아저씨와 함께 공원을 거닐 수 없다는 것을 이해하기 어려웠다. 레오노라가 무슨 구실을 붙였는지는 모르겠으나, 플로렌스의 넋을 위해 낸시와 함께 심야기도 비슷한 것을 하지 않았을까 싶다. 그리고 그로부터 2주가 지난 어느 저녁, 그녀가 경건한 의식에까지 불만을 보이기 시작하며 에드워드와 함께 산책을 나가게 허락해 달라고 요구했을 때, 레오노라는 정말로 더 이상 둘러댈 구실이 바닥나버렸다. 그 당시 에드워드는 자신을 스스로 레오노라의 손에 맡겨놓고 있었다. 바로 그때 그는 저녁식사를 마치고 막 일어나던 참으로, 얼굴을 돌린 채 서 있었다.

그는 무거운 머리와 충혈된 눈을 돌려 아내를 정면으로 쳐다봤다.

"폰 하우만 박사가 저녁식사가 끝나면 바로 잠자리에 들라고 했소. 심장이 훨씬 안 좋아졌다고."

그는 뭐랄까, 경멸의 눈초리로 레오노라를 한참 쳐다봤다. 레오노라는 알 수 있었다. 그의 말은 레오노라가 두 사람을 떼어놓기 위해 필요로 했던 구실을 던져주고 있었고, 그의 눈빛은 자기가 낸시를 더럽힐 거라 의심하는 레오노라를 비난하고 있었다.

그는 말없이 자기 방으로 올라가 긴 시간을 그냥 앉아, 낸시가 완전히 잠자리에 들 때까지 영국성공회교도 기도서를 읽었다. 그리고 열시 반쯤, 레오노라는 자기 방 앞을 지나 밖으로 나가는 그의 발소리를 들었다. 두 시간 반 뒤 심하게 휘청대는 그 발소리가 다시 돌아왔다.

레오노라는 남아서 나우하임에서의 마지막 밤까지 그 상황을 반추해보았다. 그리고 갑자기 행동에 돌입했다. 저녁식사를 마치고 불쑥, 그를 바라보고 말했다.

"테디, 의사의 말을 하루만 어기고 낸시와 카지노에 가도 되지 않겠어요? 저 가엾은 애가 여기서 보내는 시간을 다 망쳤잖아요."

그는 그 말을 듣고, 그녀를 바라봤다. 저울질을 하는 듯, 기나긴 1분이었다.

"그러지, 뭐." 마침내 그가 말했다.

낸시는 의자에서 벌떡 일어나 그에게 입을 맞췄다.

그 두 마디 말은, 평생에 들어본 말 중 그 어떤 것보다도 자기에게 큰 위안을 줬다고 레오노라는 말했다. 왜냐하면 에드워드가 무너져 내리고 있던 이유는, 낸시를 소유하겠다는 그의 욕망 때문이 아니라, 자기 욕망을 묶어두겠다는 단호한 결심 때문이었다는 것을 레오노라는 깨달았기 때문이었다. 레오노라는 이제 삼엄한 감시를 그만둬도 됐던 것이다.

그렇기는 했어도, 레오노라는 어둠 속에서 반쯤 닫힌 덧문 뒤쪽에 앉아, 아주 늦은 시간, 점점 가까이 다가오는 낸시의 맑은 목소리를 알아들을 수 있을 때까지, 밤거리와 밤과 나무들을 바라보고 있었다.

"그 가짜 코를 붙이니까 정말 늙은 사람 같아 보이잖아요."

커살에서 경축일을 기념하는 지역 행사가 열렸던 모양이었다. 에드워드는 특유의 약간 뚱한 듯 온화한 말투로 대답했다.

"그러는 너는, 너는 늙은 마녀 같구나."

가스등 아래 보이는 실루엣 하나는 소녀가 춤추듯 걸어오는 것이었고, 또 하나는 그녀 곁에 선 에드워드의 구부정한 모습이었다. 그들은 소녀가 열일곱이었을 때부터 늘 얘기 나눠오던 똑같은 이조로, 그들을 늘 즐겁게 했던 브램셔의 늙은 거지 여인에 대한 똑같은 농담을 하고 있었다. 소녀는 잠시 후, 저녁마다 그래왔듯이 에드워드의 이마에 입 맞추며 레오노라의 방문을 열었다.

"정말 즐거운 시간을 보냈어요. 아저씨는 그 어느 때보다도 좋아지신 것 같아요. 집으로 오는 길에 20야드나 시합을 하며 뛰어왔어요. 그런데 왜 이렇게 캄캄하게 해놓고 계세요?"

레오노라는 에드워드가 방으로 돌아가는 소리를 들었지만, 소녀가 재잘거리는 소리 때문에 그가 다시 나갔는지 아닌지 알 수가 없었다. 그리고 한참 후, 만약 그가 또 술을 마시고 있다면 무슨 짓이라도 해서 막아야한다고 생각했기에, 각자 방 사이에 있는, 단 한 번도 열지 않았던 문을 아주 가만히 처음으로 열었다. 그가 다시 나갔는지만 확인하고 싶었다. 에드워드는 머리를 침대보 속에 숨긴 채 침대 옆에 무릎을 꿇고 있었다. 앞으로 쭉 뻗은 그의 두 손에는 소녀가 수녀원에서 처음 돌아왔을 때 그에게 선물한, 싸구려 같이 번쩍이는, 주황색과 감청색 작은 성모상이 들려 있었다. 세 번 그의 어깨가 격렬하게 들썩거렸고, 레오노라가 문을 닫기도 전에 그에게서 깊은 흐느낌이 새어 나왔다. 그는 가톨릭 신자는 아니었지만 그냥 저절로 그렇게 됐다.

레오노라는 그날 밤 처음으로, 한 번도 깨지 않고 잘 수 있었다.

III

그리고 그들이 브램셔 텔레라로 돌아온 바로 그 날, 레오노라는 철저하게 무너져 내렸다. 슬픔이 꼭 무리지어 온다는 사실은 우리 비참한 사람들이 겪는 시련이며 잔악하긴 하지만 아마도 정당한 운명의 형벌이기도 하다. 그렇다, 그 슬픔은 지나갈지 모르나 꼭 그 자리에 공포, 고통, 그리고 절망의 흔적을 남기는 법이다. 레오노라는 마음이 놓였다. 소녀에 관련해서는 에드워드를 믿어도 되겠다고 느꼈고, 낸시를 전적으로 믿어도 됨을 알았다. 그렇게 경계심이 느슨해지자 마음 전체가 느슨해졌다. 이 사실이 아마도 이 이야기를 통틀어 가장 참담한 부분일 것이리라. 또렷하던 지성이 흔들리는 것을 목격하는 일은 참담하기 때문이다. 그리고 레오노라는 흔들렸다.

에드워드를 사랑한 레오노라의 열정은 증오가 낳은 고통과 같았음을 당신도 알 것이다. 그리고 그녀는 그와 수년간 함께 살면서도 부드러운 말 한마디 하지 않았다. 어떻게 그럴 수 있었는지. 둘이 만난 지 얼마 되지 않아 레오노라는 바로 그에게 시집을 갔다. 그녀는 헐벗고 어수선한 아일랜드 지방 명문가의 일곱 딸 중 하나였고, 내가 여러 번 얘기했던 수녀원 학교를 마치고 집으로 돌아와 있었다. 수녀원을 나온 지 딱 1년 된 그때, 그녀의 나이는 열아홉이었다. 레오노라만큼 경험이 없기도 힘든 일이었다. 목사를 제외하고는 그 어떤 남자와 말을 해본 적이 없었다고 해도 될 정도였다. 수녀원에서 곧장 돌아온 레오노라는 그 어떤 수녀원보다도 속세와 격리된 장원 저택의 높은 벽 안쪽으로 들어와 버린 거였다. 딸이 일곱이었고, 소작인들이 그 해에만 울타리 밖에서 세 차례나 마구 총질을 해댄 데다, 어머니와 아버지는 걱정과 긴장에 쌓여있었다. 그래도 소작농들이 여자 식구들을 존중해줬다. 일주일에 한 번 어머니와 일곱 딸들은 아주 살찌고 느려터진 조랑말이 끄는 낡은 마차를 타고 나들이를 나갔다. 때때로 사람들을 방문했지만 그것도 매우 드문 경우라, 레오노라 말로는, 수녀원에서 집으로 돌아온 바로 그 해에는 다른 사람의 집에 딱 세 번밖에 가지 않았다고 했다. 나머지 시간에 일곱 자매들은 가지치기를 하지 않은 과수(果樹) 울타리 사이의 방치된 정원을 뛰어다녔다. 테니스를 치기도 했고, 정원을 둘러싸고 있는 담의 모서리 안쪽에서 공놀이를 했다. 담 모서리에는 한참 전에 죽어버린 과실수들이 기대 서 있었다. 그들은 수채화를 그리고, 수를 놓으며, 공책에 시를 옮겨 적기도 했다. 일주일에 한 번 미사를 드리러 갔고, 일주일에 한 번 늙은 보모와 함께 고해실에 갔다. 다른 삶을 알지 못했기에 그들은 행복했다.

어느 날, 그 주의 시내에서 한 사진사가 찾아와, 노쇠한 몸통에 잿빛 이끼로 덮인 사과나무 그늘 아래 일곱 명을 모두 세워놓고 사진을 찍었을 때, 그들은 그것을 이례적인 사치로 느꼈다.

그러나 그건 사치가 아니었다.

그로부터 3주전 포우이 대령이 애시번햄 대령에게 편지를 썼던 것이다.

"해리, 자네 아들 에드워드를 우리 딸 중 하나와 결혼시키면 어떻겠나? 그렇게만 된다면 그거야말로 하늘의 선물일 걸세. 왜냐하면 나로서는 더 이상 해볼 수 있는 방법도 다 떨어졌고, 하나를 보내면 나머지는 줄줄이 따라갈 거라는 생각이 들어."

그는 자기 딸들이 모두 키가 크고, 자세도 곧으며, 늘씬하고, 순수하기 그지없다고 했다. 애시번햄 대령과 그가 하나는 가톨릭 신자이고 다른 하나는 영국 성공회교도라 비록 다른 교회에서 식을 올렸지만, 한 날 결혼식을 올렸고, 그 전날 밤에, 때가 되면 한 집 아들을 상대방 딸과 결혼시키자고 다짐했던 일도 상기시켜 줬다. 애시번햄 부인도 한때는 포우이 가문 출신이었고 계속 포우이 부인의 절친한 친구가 되었다. 그들은 영국 군인들이 으레 그랬듯 전 세계를 떠돌아다녔고, 거의 만나지는 못했지만, 두 집 부인들은 늘 편지를 주고받았다. 편지에는 에드워드나 큰 딸들의 이가 난 이야기나 올이 나간 스타킹을 수선하는 방법 같은 자잘한 일들을 썼다. 아주 가끔 만나기는 했지만 마음속에서 상대방의 존재를 신선하게 느낄 수 있어 좋았고, 만나는 횟수가 점점 줄어들면서 만나면 좀 어색해지기도 했지만 그래도 늘 이야기 거리는 떨어지지 않았고 추억담도 넉넉했다. 포우이 대령이 왕성하게 군 복무를 할 당시에 수녀원에 들어갔던 딸들이 이제는 한껏 자라 그곳을 떠날 무렵이 되자, 그는 가족에게 전념할 필요를 느껴 군에서 은퇴했다. 부모가 된 네 사람이 런던에서 만날 때면 에드워드 애시번햄은 늘 함께 잠식했지만, 애시번햄 가족은 포우이 가문의 딸들을 한 번도 볼 기회가 없었다. 당시 에드워드는 스물 둘이었고 레오노라만큼이나 순수했다고 나는 생각한다. 이런 세상에서 남자 아이가 순수한 지성(知性)을 다치지 않은 게 신기할 따름이다.

그의 어머니가 아들을 조심스럽게 키웠기 때문이기도 했고, 윈체스터[55]에 다니던 시절에 기숙하던 집의 분위기가 특별히 순수했기 때문이기도 했으며, 거친 말이나 역겨운 이야기들에 에드워드 자신이 유독 심한 혐오감을 느끼기 때문이기도 했다. 샌드 허스트[56]에 있을 당시에는 그런 것들은 그냥 피해버렸다. 그는 군 생활에 열중했고, 수학이나 토지측량, 정치에 관심이 많았으며, 마음의 묘한 일탈로 문학에도 관심이 많았다. 심지어 그가 스물둘이었을 때는 몇 시간씩 월터 스콧의 소설이나 프루아사르의 연대기를 읽기도 했다.

애시번햄 부인은 이런 것들을 자랑할 만한 일이라고 여겨, 거의 매주 포우이 부인에게 자식에 대한 만족감을 상세히 적어 보냈다.

그러던 애시번햄 부인이 어느 날, 로드에 갔다가 본드 가(街)를 아들과 함께 걸어가는데, 에드워드가 갑자기 그들 앞을 지나가던 잘 차려입은 아가씨를 다시 보기 위해 고개를 돌리는 걸 눈치 채게 되었다. 애시번햄 부인은 그 이야기 역시 포우이 부인에게 쓰며 놀라움을 표현했다. 에드워드에게 그 행위는 단순한 반사작용이었을 뿐이었다. 그는 그 당시 학교에서 시험 준비로 압박감을 많이 느끼고 있던 때라 정신이 딴 데 팔려 있었고 자기가 무엇을 했는지도 전혀 의식하지 못하고 있었기 때문이다. 바로 애시번햄 부인이 포우이 부인에게 보낸 이 편지 때문에 포우이 대령이 애시번햄 대령에게 편지를 쓰게 됐던

---

55. 윈체스터(Winchester): 햄프셔의 윈체스터 컬리지는 잉글랜드의 가장 오래된 학교이다.

56. 샌드허스트(Sandhurst): 버크셔의 마을, 영국왕립육군사관학교가 있는 곳.

것이다. 반쯤은 재미삼아, 반쯤은 소망을 담아 적은 그 편지를. 애시번햄 부인은 남편에게 좀 더 장난스럽게, 포우이 대령이 내놓은 물건이 어떤 것인지 정보를 좀 더 얻고 싶다는 취지를 적어 답장을 하도록 했다. 사진은 그래서 찍게 됐던 것이다. 나도 그 사진을 봤는데, 일곱 자매가 모두 하얀 드레스를 입고 있었고, 턱이 조금 두툼하고 눈이 약간 멍해 보이는 레오노라를 빼고는 생김도 매우 닮아 보였다. 잘 나온 사진이 아니었기에 그 속에서 레오노라는 좀 무겁고 좀 멍청해 보였던 것 같다. 하지만 사과나무의 나뭇가지 하나가 드리운 그림자가 레오노라 얼굴 위를 정통으로 지나가는 바람에 사실 얼굴은 거의 알아볼 수가 없었다.

　그 뒤로 한동안 포우이 대령 부부는 애를 태워야 했다. 애시번햄 부인이 제법 진지하게 적은 편지를 보내왔다, 아들이 그럴 생각만 있다면, 포우이 딸들 중 하나와 결혼시켜 혼사에 대한 걱정을 확실히 덜고 싶다는 내용이었다. 에드워드는 그저 연애결혼만 생각해왔다고 덧붙였다. 더군다나 가엾은 포우이 부부는 빠듯하게 가계를 꾸려나가는 형편이었기에 젊은이들을 한 곳에서 만나게 하는 것만도 엄청난 타격이었다.

　딸들 중 한 명을 아일랜드에서 브램셔까지 보내는데 드는 경비만도 그들에게는 매우 큰돈이었고, 그들이 골라서 보낸 아이가 에드워드가 마음에 안 찰 수도 있는 노릇이었다. 그런가하면, 애시번햄 부부가 방문했을 때 음식이나 여분의 침내보에 들어갈 비용 역시도 그들에게는 겁날 정도로 부담스러운 액수였다. 셈으로 따져보면, 그 돈은 그 뒤에 그들이 여러 끼를 굶어야 함을 뜻했다. 그럼에도 불구하고 그들은 감행했고, 애시번햄 가의 세 사람이 그 외딴 시골 저택을 방문하게 됐다. 포우이 부부는 에드워드에게 대충 사냥도 좀 하게 하고, 낚시도 좀 하게 하면서 딸들을 연속적으로 선보였으나 그 집 딸들은 에드워드에게 보다는 애시번햄 부인의 눈에 더 강한 인상을 남겼다. 그 집 딸들은 너무나 시원시원해 보였고, 며느리 감으로 안심이 되는 선택이었다. 어찌나 시원시원한지 에드워드의 눈에는 여자라기보다는 남자로 보였다. 그러던 어느 날 저녁, 애시번햄 부인은 아들과 함께, 영국 엄마들이 영국인 아들들과 하는 식의 대화를 나누었다. 그것은 범죄 모의와 같은 절차로 보였으나 정확히 어떤 말이 오갔는지는 모르겠다. 어쨌든 다음 날 아침, 애시번햄 대령은 자기 아들을 대신해서 레오노라에게 결혼 신청을 했다. 레오노라는 셋째였고 에드워드는 첫째 딸과 결혼해야 마땅했기에 이 청혼에 포우이 부부는 적잖이 당황했다. 예절을 엄격히 지키는 포우이 부인은 이 청혼을 거절하고 싶은 마음이 굴뚝같았다. 하지만 그녀의 남편은 하인과 말, 차를 추가로 더 쓰고 침대와 침구, 여분의 식탁보를 구입하느라 그들의 방문에 60파운드가 들었음을 지적했다. 결혼 말고 다른 길은 없었다. 그렇게 해서 에드워드와 레오노라는 부부가 되었다.

그들이 완전히 결별하기까지의 과정을 아주 철저하게 연구할 필요가 있는 건지는 잘 모르겠다. 그럴 수도 있다. 하지만 내가 잘 알 수 없는 것들이 정말 많지만, 그런 것들에 대해 레오노라에게 잘 물어보지도 못하겠고, 에드워드 역시 그런 것들에 대해서는 내게 말해 주지 않았다. 레오노라를 향한 에드워드의 사랑에 조금이라도 의문의 여지가 있었는지는 모르겠다. 분명 그는 레오노라의 자매들보다는 레오노라에게 매력을 느낀 게 확실했다. 만약 레오노라를 얻지 못한다면 다른 누구도 마다하겠다고 말할 만큼 단호했다. 그리고 물론 결혼 전에는 그가 읽은 책에서 인용한 아름다운 말들을 그녀에게 들려주기도 했다. 하지만 나중에 그때의 감정을 묘사하면서 맥박이 빨라지는 증상 하나 없이 차분했던 것을 보면, 그는 반대가 전혀 없는 상황이라서 그저 그 아가씨를 데리고 왔던 것 같다. 허나 너무나 오래 전 일이었기에, 그의 가엾은 생을 마감하는 시점에서 그 일은 그에게 너무나 아득하고 흐릿한 일로 생각됐다. 여하튼 그는 레오노라를 그 누구보다도 존경했다.

그는 정말로 그녀를 가장 존경했다. 그녀의 진실함, 깨끗한 마음, 늘씬하게 뻗은 팔다리, 효율적인 일처리, 고운 피부, 금빛 머리카락, 그녀의 종교, 책임감까지 모두 숭배했다. 그녀를 데리고 다니는 것이 정말 만족스러웠다.

하지만 그녀에게는 그를 끄는 매력이 없었다. 레오노라가 애처로워 보일 때가 한 번도 없었기 때문에 그는 그녀를 사랑하지 않았던 것 같다. 그는 음울하고 비밀에 쌓인 듯 애처로워 보이는 누군가를 위로할 때가 정말 좋았다. 하지만 레오노라를 위해서는 한 번도 그럴 일이 없었다. 아마도 레오노라가 처음에 너무 순종적이었는지도 모르겠다. 그의 판단 앞에서 자기 의견을 미루는 식으로 복종했다는 말은 아니다. 그러지는 않았다. 하지만 그녀는 인내심 많은 중세 시대의 처녀처럼 그에게 넘겨졌고, 살면서 그녀까지 배운 것이란 여사의 첫 번째 의무가 순종이라는 것이었다. 그런 여자였다.

적어도 레오노라의 경우에는 그의 장점들에 대한 존경이 곧 사랑의 감정으로 발전했다. 에드워드의 경우가 맥박이 빨라지는 현상 하나 없었다고 한다면, 내가 들은 바로 레오노라는 그가 무도장 저 끝에서 그녀에게 다가왔을 때, 완전히 다른 사람이 되는 느낌이었단다. 그녀는 신뢰, 존경, 만족, 그리고 사랑이 가득한 눈빛으로 그를 쫓았다. 크게 보면, 그는 그녀의 목사이자 인도자였고, 그가 그녀를 인도한 곳은 수녀원에서 갓 나온 아가씨라면 거의 천국으로 느낄 법한 곳이었다. 영국인 장교 부인의 생활이란 게 어떤 것인지 나는 감도 잡지 못한다. 어쨌든 연회, 담소, 그녀를 제대로 숭배하는 괜찮은 남자들, 그녀를 마치 아기처럼 다루어주던 괜찮은 여자들이 있었다. 그리고 그녀의 고해 신부는 그녀의 삶을 지지했고, 에드워드는 레오노라가 떠나온 수녀원의 소녀들에게 작은 선물들을 할 수 있도록 해주었기에 수녀원장도 에드워드를 좋아한다고 인정했다. 한 오륙 년 동안 레오노라만큼 행복한 여자도 없었다.

먹구름이 끼기 시작한 것은 그 시기의 끝 무렵이었다. 그때 레오노라는 스물셋쯤 되었고, 그녀의 결단력과 능력이 아마도 지배하고픈 욕망을 품게 했던 것 같다. 레오노라는 에드워드가 기부금에 돈을 너무 낭비한다고 생각하기 시작했다. 그의 부모가 바로 그 무렵에 세상을 떠났고, 둘 다 에드워드가 군복무를 계속해야 한다고 결정하긴 했으나, 그는 브랜셔 관리하는 일을 거의 전적으로 집사에게 맡겨버렸다. 앨더숏[57]이 멀지 않은 곳에 있었고, 그들은 그의 휴가를 전부 그곳에서 보냈다.

---

57. 앨더숏(Aldershot): 영국의 주요 주둔군과 주 훈련소가 있는 곳.

그러던 어느 순간, 레오노라는 그의 너그러운 씀씀이가 도를 넘어선다고 생각하게 됐다. 그는 그의 군부대 식당에 관련해서 너무 많은 돈을 기부했고, 예전부터 있던 사람이건 새로 온 사람이건 자기 부친의 하인들에게 너무나 관대한 연금을 주었다. 수입이 많긴 했지만 때때로 돈이 빠듯해지기도 했다. 그의 입에서 농장을 한두 개 저당 잡겠다는 말이 나오기도 했으나, 진짜로 그런 일이 일어나지는 않았다.

레오노라는 에드워드에게 조심스럽게 항의를 해보기도 했다. 가끔씩 뵀던 그녀의 아버지는 에드워드가 소작농들에게 너무 넘치게 관대하다고 했고, 동료 장교들의 부인들은 레오노라만 있는 자리에서 에드워드의 기부금이 너무 많아서 자신들의 남편이 그 수준을 맞추기가 너무나 힘들다고 했다. 참으로 얄궂게도 두 사람 사이의 첫 번째 충돌은 에드워드가 브램셔에 로마 가톨릭 예배당을 짓고 싶어 한 데서 비롯됐다. 그는 레오노라를 기리기 위해 그것을 짓고 싶어 했고, 아주 큰돈을 들이겠다고 했다. 레오노라는 원치 않았다. 그녀는 자기가 원하는 때면 언제든지 브램셔에서 가장 가까운 예배당으로 갈 수 있었다. 가까운 예배당으로 가는 레오노라를 동행하던 나이든 유모를 제외하면, 브램셔에는 로마 가톨릭을 믿는 소작인도, 하인들도 없었다. 필요할 때면 레오노라와 함께 지낼 수 있는 신부들도 많았고, 그곳에 지어봤자 과시하는 듯 볼썽사나운 모습으로 보이기만 할 거란 생각에 신부들조차도 그곳에 화려한 교회를 짓는 걸 원하지 않았다. 그들은 브램셔의 깨끗한 별채에 레오노라와 유모를 위해 미사를 드릴 준비가 완벽히 돼 있었다. 하지만 에드워드는 그 일에 너무나 완강했다.

그는 자기 아내의 정서가 그렇게 메말랐다는 사실이, 공개적으로 그가 표하려는 경의를 거절해버렸다는 게 너무나 슬펐다. 그의 눈에는 그녀가 상상력이 결여된, 차갑고 딱딱한 여자로 보였다. 그 비극에서 레오노라의 신부들이 어떤 역할을 했는지 내가 정확히 알지는 못하나, 훌륭히 처신했음에도 실수가 있었던 것 같기는 하다. 하지만 누군들 에드워드라는 사람에 대해 착각하지 않을 수 있겠는가. 레오노라의 고해신부들이 그를 개종하기 위해 열심히 노력하지 않았다는 사실에 에드워드가 상처를 받았을 거라는 게 내 생각이다. 한동안 그는 기꺼이 감성 충만한 가톨릭 신도가 되려고 했었다.

그 사람들이 왜 그를 개종시키려 하지 않았는지 잘 모르겠다. 그들의 지혜와 요령이라는 게 참 알 수가 없으니. 에드워드를 너무 빨리 개종시키면 가톨릭 아가씨와 결혼하려는 다른 개신교도들을 겁주어 달아나게 할 거라 생각했는지도 모른다. 어쩌면 그들은 에드워드 자신보다 그의 마음속을 더 깊이 들여다봤고 그가 그다지 성공적으로 개종될 만한 사람이 아님을 알았는지도 모른다. 어쨌거나 레오노라와 신부들은 그를 그냥 내버려뒀고, 에드워드는 상당한 굴욕을 느꼈다. 만약 자신의 포부를 레오노라가 신중하게 받아들였다면 모든 게 달라졌을 거라고 에드워드가 내게 말했었다. 하지만 말도 안 되는 소리다.

어쨌든, 그들이 처음으로 심각하게 다툰 이유는 예배당 문제 때문이었다. 그 당시 에드워드는 몸이 좋지 않았다. 그는 군부대 식당을 관리하고 있었는데 연대의 일 때문에 과로를 하고 있다고 느꼈다. 그리고 레오노라는 부부 사이에 아이가 생기지 않을까봐 걱정하기 시작하면서 상태가 좋지 않았다. 그 무렵 그녀의 아버지가 그들과 지내기 위해 글래스모일에서 찾아왔다.

당시 아일랜드는 어려운 시기에 처해 있었던 것 같다. 어쨌든 포우이 대령은 총질을 해대는 소작인들 문제로 정신이 하나도 없었다. 그런데 에드워드의 토지 관리인과 이야기해보니 에드워드가 소작인들을 심하다 싶을 정도로 후하게 대우하며 부동산을 관리한다는 생각을 품게 됐다. 90년대 당시는 농사가 아주 힘든 시기였던 것으로 안다.[58] 밀 값도 형편이 없었고, 고기 값은 너무 안 나가서 소를 키우는 데 든 비용도 건지기가 어려웠다. 영국의 모든 자치주들이 몰락 상태였다. 그런데도 에드워드는 소작인들에게 아주 많은 돈이 돌아가게 했다.

두 사람 모두에게 공평하게 말하자면, 레오노라는 그 당시 자기가 잘못 처신하고 있음을 자각하기 시작했고, 에드워드는 어려운 시기에 훌륭한 소작인들을 잘 보살피겠다는, 멀리 내다보는 정책을 따르고 있었다. 그의 돈이 모두 땅에서만 오는 것이 아니었고 꽤 많은 돈이 철도 쪽에서도 나오고 있었다. 하지만 늙은 포우이 대령은 계속 같은 생각에만 빠져, 에드워드에게 그 얘기를 직접 말을 하지는 않았어도 기회가 있을 때마다 레오노라에게 끝없이 설교를 해댔다. 포우이 대령의 주장은, 에드워드가 데리고 있는 소작인들을 모두 내쫓고

---

58. 가을비가 엄청나게 쏟아져서 이듬해 농작물을 망쳤던 1891년과 1894년만을 제외하고, 1891년부터 1900년까지 가뭄이 닥쳤고, 1893년은 특히 극심했다. 국산 곡물의 품질이 곤두박질쳤고 수입 곡물이 엄청나게 늘었다.

스코틀랜드에서 농부들을 데려와야 한다는 것이었다. 에섹스에서는 그렇게 하고 있다고 했다. 이대로 가다가는 에드워드가 순식간에 망하게 될 거라는 게 그의 생각이었다.

레오노라는 그럴까봐 정말로 걱정이 됐다. 걱정에 몸서리를 쳤다. 밤늦도록 깨어 있었고, 염려 때문에 입가에 주름이 생겼다. 바로 그런 점이 에드워드를 걱정시켰다. 레오노라가 소작농들에 대해 에드워드에게 직접 말하지는 않았지만, 누군가가, 아마도 그녀의 아버지가 그 문제에 대해 그녀에게 얘기하고 있다는 것은 그도 알 수 있었다. 왜냐하면 그의 집사가 습관처럼 매일 아침 식사 시간에 아주 작은 사건 하나까지 보고했기 때문이다. 지난 3년간 세를 반밖에 내지 못한 멈포드라는 소작인이 있었다. 어느 날 아침, 토지 관리인이 멈포드가 그 해에는 세를 전혀 내지 못할 것 같다고 보고했다. 에드워드는 잠시 생각하더니 이렇게 말했다.

"아, 그래요, 그 사람이 나이도 많고 그의 선대가 지난 200년간 우리 소작인으로 일해 왔으니, 이제 좀 쉬라고 하지요."

그런데 그때 레오노라가 '끙'하는 신음소리를 냈다. 그녀가 그 당시 그토록 초조하고 마음이 편치 못했던 이유를 당신도 틀림없이 알고 있을 거다. 안 그래도 그녀의 마음속에서 무슨 생각들이 오가는지 의심이 많던 에드워드는 깜짝 놀랐다. 분노가 일 정도로 놀랐다. 그는 날카롭게 말했다.

"몇 백 년 동안 돈을 벌어다 준 사람들이고 우리가 책임져야할 사람들인데, 그들을 내쫓고 스코틀랜드 농부들을 데려오라는 건 아니겠지?"

그는 진정 미움이 서린 눈길로 그녀를 쳐다보더니 아침식사 자리를 박차고 일어났다는 게 레오노라의 얘기였다. 레오노라는 그가 제3자 앞에서 분노의 감정을 다 내보인 것이 모든 상황을 더 나쁘게 한 것 같았다고 했다. 그가 분노의 감정을 그렇게 노출시킨 것은 그때가 처음이자 마지막이었다. 애시번햄 가문에서 백 년이 넘게 대대로 일해 온 온건하고 양식 있는 토지 관리인이 나서서 그 상황을 무마하려고, 에드워드는 소작인들을 제대로 잘 다루고자 애쓰는 것일 거라 설명했다. 물론 너무 지나치다 싶을 정도로 후한 면이 없지 않았지만 때가 어려운 때이니만큼 지주나 소작인 모두 조금씩은 어려움을 겪을 수밖에 없지 않겠는가. 중요한 것은 경작에 쓰이는 땅의 상태가 나빠지면 안 된다는 거였다. 스코틀랜드 농부들은 땅을 계속 혹사하기만 해서 땅의 질을 점점 더 악화시켰다. 하지만 에드워드의 소작인들은 지주와 자신들을 위해 최선을 다하는 좋은 사람들이었다. 이런 얘기도 레오노라를 설득시키지는 못했다. 그렇지만 에드워드의 분노가 폭발했다는 것은 매우 걱정스러웠다.

사실 레오노라는 자기가 할 수 있는 선에서 절약을 해오고 있었다. 하녀 둘이 떠났지만 그 자리를 메우지 않았고 옷에도 훨씬 돈을 덜 쓰고 있었다. 사람들을 초대할 때 그녀가 차려내는 저녁식탁은 예전에 비해 풍부하지도, 값나가지도 않았고, 에드워드는 자기 아내의 성격에서 무정함과 강한 투지를 인식하기 시작했다. 에드워드는 자기에게 조여들어오는 그물이 보이는 것 같았다. 이웃에 사는 비교적 가난한 가족들처럼 살아야만 한다고 강압해오는 그런 그물이. 함께 사는 두 사람은 신기하게도 말 한마디 나누지 않고도 서로의 생각을 읽을 수 있게 되는 법이기에, 에드워드는 분노를 폭발시키기 전부터 이미 레오노라가 자신의 재산관리 방식에 몸달아하고 있음을 알았다. 그리고 그 점을 그는 참기가 어려웠다. 토지 관리인 앞에서 레오노라에게 심하게 말해버렸다는 것 때문에 자기 모멸감에 시달렸다. 레오노라는 에드워드의 정신이 나갔다고 생각하며, 세상에 그보다 더 비참한 사람은 또 없을 거라고 생각했다.

당신도 알다시피, 그는 정말로 아주 단순한 사람이었다. 함께 사는 여자의 충실하고 진심어린 협조 없이는 누구도 평생의 업무를 만족스럽게 이룰 수 없을 거라고 그는 생각했다. 그가 따르고자 하는 전통은 모두를 위한 삶이었으나 자기 아내는 순전한 개인주의자임을 어렴풋하게 인식하기 시작했다. 그의 이론, 즉, 지주는 딸린 소작인들을 위해 최선을 다하고, 소작인들은 지주를 위해 최선을 다한다는 봉건적인 이론은 레오노라에게는 전혀 낯선 개념이었다. 그녀는 강탈당한 나라의 적대적인 요새, 아일랜드의 영세한 지주 가문 출신이었으니까. 그리고 아이를 갖고 싶다는 생각에 완전히 사로잡혀 있었다.

아이가 생겼다고 해서 뭐가 달라졌을 거라 믿는 건 아니지만 그들이 왜 아이를 낳지 못했는지는 나도 모른다. 에드워드와 레오노라의 차이는 너무나 컸다. 에드워드는 결혼할 당시, 그리고 아마도 그 뒤 몇 년간, 아이가 어떻게 생기는 것인지 알지 못했던 것을 보면 그가 얼마나 순진한 사람이었는지 감이 잡힐 것이다. 레오노라도 마찬가지였다. 이런 상황이 계속 이어졌다는 뜻은 아니지만, 처음에는 그랬다. 그리고 그들의 사고방식에도 엄청난 영향을 줬다. 어쨌든 그들은 아이를 갖지 못했다. 신의 뜻이었으리라.

레오노라는 정말로 신의 뜻이 확실하다고 생각했다. 신의 불가사의하고 무서운 응징이라고. 왜냐하면 그녀의 부모가 에드워드의 부모로부터 자기가 낳는 아이들은 가톨릭 신자로 키워야 한다는 약속을 받아내지 않았음을 그로부터 얼마 전에야 알아냈기 때문이다. 레오노라는 아버지와 어머니, 또는 남편과도 그 일에 대해 얘기한 적이 없었다. 그녀의 아버지가 그것이 사실임을 알아차릴만한 말을 몇 마디 흘리자, 레오노라는 에드워드로부터 약속을 받아내려고 필사적이었다. 하지만 뜻밖에도 에드워드는 완고했다. 딸은 기꺼이 가톨릭 신자로 키울 생각이었지만, 아들은 반드시 영국성공회 신자로 키워야만 한다는 게 에드워드의 신조였다. 나는 영국 사회의 이런 태도를 잘 이해하지 못하겠다. 내가 보기에 영국인들은 정치나 종교 문제에 있어서는 조금 미친 사람들 같다. 에드워드 자신도 기꺼이 로마 가톨릭 신자가 될 생각이었기 때문에 이 경우를 이해하기는 더 힘든 면이 있다. 하지만 자기는 개종까지 생각하면서도 자기 아들들은 조상들의 종교로 키우고 싶었던 모양이다. 너무나 비논리적으로 보일지 모르겠지만, 한편 그렇게 비논리적인 일은 아니라고 생각한다. 그러니까 에드워드는 자신의 몸과 영혼을 자기 마음대로 해도 되는 것이라고 여겼던 것이다. 하지만 자기 가문의 전통에 바치는 충성심이 확고하여 자기 이름을 이어나갈 미래의 후손들, 혹은 먼저 가신 조상들의 상속자가 될 아이들이 구속되는 것을 그는 용납할 수 없었다. 딸들은 별 상관이 없었다. 그들은 다른 가정과 다른 환경을 일게 될 디였다. 게다가, 흔히들 그렇게 됐다. 하지만 아들들에게는 선택할 기회를 줘야 했고, 무엇보다도 먼저 영국성공회 교육을 받아야 했다. 이 문제에 관해서 그는 전혀 흔들림이 없었다.

레오노라는 그 시기 내내 고통스러웠다. 그녀는 자기가 낳을 아이들이, 지옥에 떨어지지는 않을지 몰라도, 잘못된 교리를 배우게 될 위험에 처할 거라 굳게 믿었음을 당신도 기억해야 한다. 도저히 표현할 길 없는 고통이었다. 레오노라가 내놓고 그 고통을 표현하려고 하지는 않았으나 나는 그녀가 아무렇지도 않게 말하는 목소리에서 그 고통을 감지할 수 있었다. "나는 밤새 깨어 있는 채 누워 있곤 했어요. 내 종교의 조언자들이 위로를 해주려 애썼지만 전혀 소용없었죠." 나는 그녀의 목소리에서 그 밤들이 얼마나 길고 끔찍했을지, 그리고 조언자들의 위로가 아무런 도움이 되지 않았는지를 알 수 있었다. 신부님과 수녀님들은 그 문제를 좀 더 차분하게 받아들였다. 그들은 어떤 식으로든 레오노라가 죄를 지었다고 자책해서는 안 된다고 단호하게 말했다. 그 정도가 아니라, 그들은 병적인 정신 상태에서 그녀를 건져 올리기 위해 강요도 해보고 협박도 했다. 아이들이 태어나면 집단의 선전이 아닌 인격에 의해 영향을 받을 수 있도록 레오노라는 그 상황에서도 나름대로 최선을 다해야 한다고 충고했다. 그리고 그녀가 계속해서 자신이 죄를 지었다고 생각하면 그게 바로 죄를 짓는 행위라고 경고했다. 그럼에도 불구하고, 그녀는 자기를 죄인이라고 생각했다.

그를 엄격하게 통제하기 시작했으면서도, 레오노라는 자기가 열정적으로 사랑하는 남자가 점점 멀어지고 있음을 눈치 채지 못했다. 그는 그녀의 심신이 차갑다고 생각하는 데서 그치지 않고 정말 사악하고 못된 사람이라고까지 여기게 됐다. 레오노라가 그에게 말을 걸어오면 거의 몸서리를 치는 때도 있었다. 레오노라는 그가 자기를 사악하고 못됐다고 생각한다고는 상상도 못 했다. 그녀에게는 그가 그저 그의 병력과 연대, 그의 재산과 그의 자치주 절반을 자기 어깨에 혼자 다 짊어져야하는 부담 때문에 약간 정신이 이상해진 것이라고 생각했다. 레오노라는 과대망상증으로 보이는 것을 억제하려는 것이 사악한 짓이라고는 전혀 생각하지 않았다. 그녀는 아직 생기지 않은 아이들을 위해서라도 중심을 잘 잡으려고 노력하는 것뿐이었다. 그리고 그들의 대화라는 것은, 그저 에드워드가 이 기관이나 저 기관을 후원해야 할지, 아니면 주정뱅이 중에 누구를 갱생시켜야 할지에 대한 고통스러운 논의로 서서히 변해갔다. 레오노라는 그것을 깨닫지 못했다.

아무런 이야기 거리도 없는, 이렇게 끔찍하게 긴장된 상태에서 킬사이트 사건은 사실상 위안과도 같았다. 정말로 아이러니한 것은, 만약 에드워드가 레오노라를 기쁘게 해주려고만 하지 않았어도 그 보모에게 키스를 하는 일은 절대로 없었을 거라는 점이다. 보모들은 일등석을 타고 다니는 일이 없고, 그날 에드워드는 레오노라에게 자기도 절약할 수 있다는 것을 보여주기 위해 3등석을 탔다. 나는 킬사이트 사건이 그 둘 사이에 있던 긴장된 상황을 완화해 주는 일이나 다름없었다고 이야기했다. 그 사건 덕에 레오노라는 에드워드를 진심으로 그리고 충실한 태도로 지지할 수 있는 기회를 얻었다. 그 일 덕분에 레오노라는 에드워드가 생각하는 '남편을 향한 아내의 본분'을 펼칠 기회를 얻었다.

에드워드는 기차 안에서 열아홉쯤 먹은 꽤 예쁘장한 아가씨를 발견했다. 검은 머리에 붉은 볼, 그리고 파란 눈의 그 열아홉쯤 먹은 꽤 예쁘장한 아가씨는 조용히 흐느끼고 있었다. 에드워드는 자기의 구석 자리에 아무 생각 없이 앉아 있었다. 그러다가 그 보모를 쳐다보게 됐는데, 굵고 예쁜 눈물 두 줄기가 그녀의 눈에서 흘러나와 무릎 위로 떨어졌다. 에드워드는 순간 그녀를 위로하기 위해 무엇이라도 해야겠다고 느꼈다. 그게 그가 평생의 할 일이었다. 그는 자기 역시 지독하게 불행했기에 그들이 함께 슬픔을 나누는 것만큼 자연스러운 일은 세상에 또 없는 것처럼 느껴졌다. 그는 꽤나 민주적인 사람이었다. 그래서 그들의 신분 차이도 전혀 인식하지 못했다. 그는 그녀에게 말을 걸었다. 그는 그녀와 같이 있던 젊은이가 54번 좌석의 애니라는 아가씨와 걸어 나가는 것을 누가 보았다는 얘기를 들었다. 그래서 그녀가 앉아 있는 좌석으로 건너갔다. 그는 그 얘기가 사실이 아닐지도 모른다고, 그 남자가 54번 좌석의 애니와 잠시 걸으러 나간 것은 별 의미 없이 그런 것이었을 거라고 말해줬다. 그리고 그녀의 허리에 팔을 두르고 그녀에게 키스를 했을 때는, 반쯤은 아버지가 된 기분으로 한 것이라고 에드워드는 내게 말했었다. 하지만 그 아가씨는 두 사람의 신분 차이를 기억했다.

그녀는 살아오는 내내, 엄마로부터, 다른 소녀들로부터, 학교 선생들로부터, 그녀가 속한 계급의 전통에 따라 신사를 경계해야 한다고 배워왔다. 그런데 신사에게서 키스를 당했으니. 그녀는 소리치며 그로부터 몸을 떼어내고, 튈 듯이 일어나 열차 내 비상 신호줄을 당겼다.

에드워드는 그 일로 사회적 평가나 명성이 망가지지는 않았지만, 정신적으로는 엄청난 타격을 받았다.

IV

어떤 사람의 총체적인 인상을 제대로 전달한다는 것은 매우 어려운 일이다. 에드워드 애시번햄이라는 사람을 나는 얼마나 제대로 전달했을까? 아마도 완전히 실패하지 않았나 싶다. 그런 게 중요하기나 한 걸까? 그가 체격이 아주 좋았고, 품위가 있었으며, 식탁에서도 절제가 있었고, 규칙적인 삶을 살았다는 게 가엾은 에드워드를 설명하는 중요한 점들일까? 그러니까 사람들이 보통 영국적이라고 하는 미덕들을 모두 갖추고 있었다는 것이? 아니면 그가 그런 덕목들을 모두 갖춘 그러한 총체적 사람으로 전달하는데 아주 조금이라도 성공하긴 한 걸까? 그는 정말 그런 사람이었고 그의 삶의 마지막까지도 그렇게 살았다. 그런 점들은 그의 묘비에 새길만한 덕목들이었다. 정말로 그의 미망인은 그것들을 그의 묘비에 새겨 넣으리라.

그가 얼마나 균형 잡힌 삶을 살았고, 시간 배분을 얼마나 잘했는지에 대해서도 내가 제대로 전달했는지 모르겠다. 사실 마지막 순간까지도 그가 다양한 것들에 열정을 쏟은 시간은 비교적 적은 편이었다. 어쩌하다보니 그의 열정에만 너무 지우져서 이야기를 하게 됐지만, 나는 당신이 그의 다른 면들도 자세히 알았으면, 알아야만 한다고 생각한다. 그는 매일 아침 7시에 일어나 찬물 목욕을 했고, 8시에 아침을 먹었으며, 9시부터 1시까지는 부대의 일을 했고, 크리켓 철에는 사람들과 어울려 다과시간 전까지 폴로를 하거나 크리켓을 했다. 그 다음부터 저녁식사 때까지는 토지 관리인이 보낸 편지들을 읽거나 군 식당 관련 일을 하며 시간을 보냈다. 저녁식사를 하고 나면 이런저런 사교 모임에서 혹은 레오노라와 함께, 카드를 하거나 당구를 치며 시간을 보냈다. 그는 삶의 대부분 시간을 그렇게 보냈다. 대부분의 수많은 시간들을. 마지막 순간까지도, 그의 연애사는 간혹 그 사이사이 특이한 순간에 끼어들거나, 또는 사교의 자리, 무도회, 저녁 모임 때 이루어졌다. 허나, 말없는 청자(聽者)여, 내가 그런 인상을 주는 데는 실패하지 않았나 싶다. 어쨌든, 에드워드 애시번햄이 병적인 사람이라는 인상을 주지 않기만을 나는 바란다. 그는 그런 사람이 아니었다. 그는 아주 정상적인 사람이고, 그저 감상적인 면이 지나쳤던 것뿐이다. 젊은 시절의 특성, 어머니의 영향, 그 방면의 무지, 군 훈련관으로부터 받은 주입식 교육—그가 청소년기에 받은 이런 지대한 영향이 실상은 그에게 아주 좋지 않게 작용했다고 나는 감히 말하고 싶다. 하지만 우리 모두가 이런 것들을 받아들여야 하며, 우리에게도 이런 것이 정말 좋지 않은 것은 확실하다. 그럼에도 불구하고, 에드워드가 지녀온 삶의 큰 윤곽을 살펴보자면, 근면하고, 감상적이며, 유능하고, 능력 있는 자의 지극히 평범한 삶으로 정리할 수 있겠다.

첫 인상에 대한 문제는 다소 학문적인 면에서 늘 나를 고민하게 만든다. 나는 사람들을 상대할 때 그 사람의 첫 인상을 신뢰해야 하나 말아야 하나를 놓고 고민할 때가 있다. 사실 나는, 그들을 상대하고 있다고 자각하지도 못했던 웨이터와 객실 청소부, 그리고 애시번햄 부부 말고는 누군가를 상대한 적조차 없다. 그렇지만 웨이터와 객실 청소부만을 놓고 말하자면, 대개는 내가 받은 첫 인상이 들어맞았다. 어떤 사람에 대한 내 첫 느낌이 그가 정중하고 친절하며 배려를 잘한다는 것이면, 대개는 계속해서 그런 사람으로 남는다. 하지만 한번은, 우리가 파리에 살 때, 매력적이고 속속들이 정직해 보이는 가정부를 둔 적이 있었다. 그랬는데 그녀는 플로렌스의 다이아몬드 반지를 훔쳤다. 자기 애인을 감옥에 가지 않게 하기 위해서 그랬다. 누군가가 말했듯이, 어디에도 예외는 있는 법이니까.

내가 잠시나마(8월의 일부와 9월 한 달을 통틀어) 미국 비즈니스계로 뛰어 들었을 때, 나는 첫 인상에 기대는 것이 가장 확실하다는 것을 알게 됐다. 누군가가 내게 소개될 때면, 나는 그 사람의 생김새와 그가 말하는 첫 마디 말에 의해 나도 모르게 그 사람에게 꼬리표를 달고 있었다. 사실 미국에 머물던 당시에 내가 진짜로 사업을 하고 있다고 볼 수는 없었다. 그저 모든 걸 정리해 마무리 짓고 있었다. 만약 내가 그 소녀와 결혼할 생각을 하지 않았더라면 나는 아마도 내 나라에서 내가 할 일을 찾았을 것이다. 그곳에서 나는 정말 생생하고 즐거운 경험을 했기 때문이다. 마치 박물관에 갇혀 있다가 시끌벅적하고 화려한 무도회에 간 것만 같았다. 플로렌스와 사는 동안 나는 패션이나 직업, 무언가를 갖고 싶다는 소유욕 같은 게 존재하는지조차 거의 잊고 있었다. 실은, 달러라는 것이 있었는지, 그것을 갖고 있지 못할 경우에는 그게 얼마나 매력적으로 보일 수 있는지도 잊고 살았다. 그리고 험담이라는 중요한 것이 있다는 것도 잊고 지냈다. 그런 면에서 필라델피아는 내 평생 지냈던 곳 중에서 단연 최고였다.

나는 그 도시에서 일주일이나 열흘을 넘기지 않았고, 사업 쪽으로 무슨 거래를 했던 것도 아니었음에도 불구하고 만나는 사람마다 다른 사람들을 조심하라고 경고해주는 걸 보고 정말 신기해했다. 내가 생판 모르는 사람이 호텔 라운지의 내가 앉아 있는 의자 뒤로 와서 내 귀에다 대고, 역시 내가 알지도 못하는, 바 앞에 서 있는 어떤 사람을 조심해야 한다고 일러주는 것이었다. 내가 무슨 목적으로 왔다고 생각했는지는 모르겠다. 아마도 도시의 채권을 사들이거나 영향력을 행사할만한 철도 지분을 사러왔다고 생각했을지도 모른다. 아니면 그들 대부분이 정치인이거나 기자였으므로, 사실 둘 다 거기서 거기지만, 아마도 내가 신문사를 사들이고 싶어 한다고 생각했는지도 모른다. 사실, 필라델피아의 내 재산이란 도시의 구식 시가지 쪽에 있는 부동산이 거의 다였고, 그곳에서 내가 하고 싶었던 것은 그저 만족할 만큼만 집을 멋지게 고치고 문들을 제대로 칠하고 싶었던 것뿐이었다. 얼마 안 되는 몇몇 친척들도 만나고 싶었다. 그들은 거의 대부분 전문직 종사자들이었고, 대부분 1907년쯤의 은행 파산으로 힘든 시기를 보내고 있었다. 그래도 모두들 참 친절했다. 내게는 광증으로 보여 그 사람들 인상을 저해하던 그 성질만 아니었더라면 더 괜찮은 사람들로 보였을 텐데.

어쨌든 미국보다는 다소 영국식의 구식 방에, 잘 생겼으나 근심 때문에 초췌한, 내 사촌인 숙녀들이 앉아, 자기들에게 불리하게 돌아가는 이해할 수 없는 정세에 대해 주로 이야기를 나누던 모습이 내가 받은 그 도시의 인상이었다. 나는 그게 대체 무슨 일인지 끝까지 알아내지 못했다. 그들은 내가 이미 알고 있다고 생각했을 수도 있고,

어쩌면 애초에 정세랄 게 없었던 건지도 모르겠다. 모든 게 너무나 비밀스럽고, 미묘했고, 겉으로 드러나지 않았다. 그런가하면 먼 조카 뻘 되는 카터라는 괜찮은 젊은이도 있었다. 잘 생기고, 피부색은 짙었으며, 점잖고, 키도 크고, 온화한 청년이었다. 크리켓도 잘 했던 것으로 기억한다. 그는 내 임차료를 거두어들이던 부동산 중개사에서 일했었다. 그래서 나를 데리고 다니며 내 부동산에 대해 자세히 설명을 해주었고, 그 덕에 나는 그와 그의 약혼녀 메리라는 참한 아가씨에 대해 많은 것을 알게 됐다. 그리고 지금이라면 절대로 안 할 짓이지만, 그때 나는 카터라는 그 젊은이에 대한 뒷조사를 해 보았다. 그의 고용인들에게 알아보니, 그는 겉보기와 같이 정직하고, 성실하고, 진취적이고, 친근하며 누구에게나 친절한 젊은이임을 알 수 있었다. 그러나 나의 친척들이기도 한 그의 친척들은, 그에 대해 어딘가 안 좋게 쉬쉬하는 면이 있는 것 같았다. 나는 그가 부정이득과 관련된 사건에 얽혀 있거나 순진하고 사람 잘 믿는 아가씨 몇몇을 배신한 게 틀림없다고 생각했다. 하지만 끝까지 파고들어 알아낸 것은, 그는 그저 민주당원이라는 것뿐이었다. 우리 가문 사람들은 거의 전부가 공화당을 지지했다. 친척들에게 안 좋은 인상을 더욱 심어주고 상황을 더 나쁘게 만든 것은, 카터가 공천 후보자가 될 게 틀림없는 버몬트 민주당원[59]이라는 점이었다. 하지만 나는 그게 무슨 의미인지 잘 모른다. 어쨌든, 그와 그 참한 약혼녀의 친근한 이미지는 참 좋은 기억으로 남아있기 때문에 내가 죽으면 내 돈은 그에게로 갈 것 같다. 운

---

59. 그 당시 버몬트는 압도적으로 공화당을 지지하던 곳.

명이 그들에게 자비롭기를.

지금 내 마음 같아서는 첫 인상이 좋은 사람을 조사할 일은 절대로 없을 것이라는 점을 나는 이미 밝혔다. (필라델피아에서의 경험담으로 잠시 얘기가 샜던 것은 사실 이 이야기를 하기 위해서였다.) 사실 이 세상 그 누가 다른 이의 인격을 왈가왈부할 수 있겠는가? 이 세상의 그 누가 다른 사람의 마음을, 혹은 자기 자신의 마음을 안다고 할 수 있겠는가? 사람이 어떤 식으로 행동할지에 대한 평균치를 어림잡는 게 불가능하다는 얘기는 아니다. 하지만 모든 경우에 누군가가 일일이 어떻게 행동할 것이라 장담할 수는 없다는 얘기다. 그리고 그렇게 하는 것이 가능하지 않고서는 '성품'이란 것은 사실 별 쓸모가 없는 것이다. 예를 들어, 파리에 있을 때 플로렌스의 가정부가 그런 경우이다. 우리는 배달원에게 줄 무기명 수표를 그녀에게 맡길 정도로 그녀를 믿었다. 꽤 오랜 기간 그녀는 그렇게 우리의 신임을 받았다. 그런데 어느 날 갑자기 반지를 훔친 것이다. 우리는 그녀가 그런 짓을 할 수 있는 사람이라고는 상상도 못했고, 그녀 자신도 자기가 그럴 수 있다고 생각하지 못 했을 것이다. 그건 성품과는 아무 상관이 없는 일이었다. 에드워드 애시번햄의 경우도 마찬가지가 아니었을까.

아니, 어쩌면 아니었을지도 모른다. 아니, 아니었던 것 같다. 그걸 아는 게 쉬운 일은 아니다. 킬사이트 사건이 레오노라와 에드워드 사이의 긴장을 완화해주었다고 나는 얘기했다. 그 사건 덕에 그는 레오노라가 남편을 잘 섬기는 여자라는 것을 알게 됐고, 레오노라는 자신이 남편을 믿는다는 것을 보여줄 기회를 얻었다. 레오노라는 그가 보모에게 입을 맞출 때 그저 우는 아이에게 아버지다운 위로를 주려고 했던 것뿐이었다는 그의 말을 아무 의심 없이 믿었다. 그리고 그가 속한 세상은, 판사까지 포함해서, 그 사건을 그렇게 받아들였다. 사람들이 어떻게 말하건 간에 때때로 세상은 너그럽기도 한 법……하지만, 나는 그 사건이 에드워드에게 큰 타격을 입혔다고도 말했다.

적어도 에드워드 자신은 그렇게 생각했다. 그 사건이 벌어지고, 그런 종류의 사건에서 갖다 붙일 수 있는 온갖 추잡한 얘기들로 변호인들이 언쟁을 벌이기 전까지만 해도 레오노라를 두고 외도를 할 수 있다는 것은 상상도 못했다고 에드워드는 얘기했다. 하지만, 증인석에 앉아 있는데 불현듯 머리에 어떤 생각이 떠오르더라는 것이었다. 그 소란의 한가운데서, 법의 절차가 근엄하게 진행되는 와중에, 문득 자신이 그 보모 아가씨의 몸에 밀착시킬 때 느꼈던 부드러움이 기억났다고 했다. 그리고 그 순간부터 그 아가씨가 매력적으로 느껴졌고, 레오노라가 매력이라고는 찾아볼 수 없는 여자로 보였다.

그는 그 보모에게 좀 더 요령 있게 접근해서 관계를 더 깊이 진전시키는 상상에 빠지기 시작했다. 그는 때때로 다른 여자들과의 조심스러운 교제를 그려보기도 했다. 아니, 어쩌면 요령 있게 위로해주다가 결국 빠져들게 되는 상상을 했다는 게 더 정확한 표현일 수도 있겠다. 그 사건을 그는 그런 식으로 봤다. 그는 자기가 법의 희생자라고 생각했다. 그가 자신을 드레퓌스[60]라도 된 듯이 생각했다는 뜻은

---

60. 알프레드 드레퓌스: 유대계 프랑스 장교. 군사정보를 독일 측에 통보한 편지의 범인으로 무기형에 처해졌으나 무죄를 증명하는 유리한 증거가 발견되어 사건은 정치투쟁으로 전환되었다. 프랑스 사회에 반유대주의가 어느 정도였는지 드러내 준 사건이다. 1899년 2차 공판에서도 유죄판결을 받았으나 1906년, 평결이 뒤집어져 무죄가 확정됐으나 프랑스군은 인정하지 않았다.

아니다. 사실 법은 그의 편이었다. 성별이 다른 사람을 위로해주겠다는 잘못된 생각으로 실수를 했다는 판결이 그에게 내려졌고, 요령이 부족했다는, 혹은 세상에 대한 지식이 부족했다는 이유로 벌금 5실링이 부과된 게 다였다. 어쨌든 에드워드는 이 사건이 그에게 다른 생각들을 심어주었다고 주장했다.

나는 그 말을 믿지 않았지만, 그는 정말로 그렇게 생각했다. 그는 당시 스물일곱이었고, 아내라는 여자와는 마음이 맞지 않았기에, 어떤 쪽으로든 충돌을 피할 수 없었다. 일시적으로 관계가 회복되긴 했지만 지속되기는 어려웠다. 그 문제에 관해서 레오노라가 의연하게 행동한 것이 문제를 더욱 악화시켰다. 왜냐하면 에드워드가 그녀를 더욱 더 존중하고 고맙게 생각하긴 했지만, 그 사건 이후 레오노라는 에드워드가 소중하게 생각하는 다른 문제들 — 그의 의무, 그의 일, 그의 전통에 대해서는 더 차갑게 행동하는 것처럼 보였기 때문이다. 그것으로 인해 그녀에 대한 그의 절망은 분노의 수준까지 이르렀고, 자신을 정신적으로 지지해줄 수 있는 여자를 찾아야겠다는 생각에 사로잡혔다. 그는 자신을 로엔그린[61]처럼 봐 줄 사람이 필요했다.

그 당시에 그는 작정을 하고, 자기를 도와줄 여자를 찾아 다녔다고 내게 말해주었다. 그리고 꽤 여럿을 찾을 수 있었다. 왜냐하면 그의 주위에는 잘 생기고 멋진 이 남자가 생각하듯, 봉건적인 신사의 의무는 고루하고 봉건적이란 생각에 동의하는 숙녀들이 꽤 많았기 때문이다. 그는 매일 이 숙녀들 중에서 한 사람씩 골라 대화를 나누

---

61. 로엔그린: 아서왕 성배전설에 나오는 기사. 이 기사의 사랑 이야기를 그린 바그너의 오페라가 유명함.

며 하루하루 보내고 싶었다. 하지만 늘 장애물이 있었다. 그 숙녀가 유부녀인 경우에는 그녀의 시간과 관심을 더 필요로 하는 남편이 있었다. 반면, 그녀가 미혼인 경우에는 혹시라도 그녀를 낯 뜨겁게 만들까 두려워 자주 만나기가 어려웠다. 그 당시에 그는 이 숙녀들을 유혹할 생각은 추호도 없었다. 그는 남자들과 이런 이상적 생각들에 대해 얘기하기가 어렵다는 걸 알았기에 여성의 정신적인 지지를 원할 뿐이었다. 정말로 이 여자들 중 누군가를 자기 정부로 만들겠다는 생각이 그에게 전혀 없었을 것이라고 나는 믿는다. 이상하게 들릴지 모르겠지만, 나는 이 점을 '성품'에 대한 내 주장만큼이나 확신한다.

레오노라에게 에드워드를 몬테카를로[62]로 데려가라는 제안을 한 사람은 레오노라의 신부 중 한 분이었던 것 같다. 그 신부는 에드워드가 레오노라와 어울려 지내려면 그가 약간 해이해질 필요가 있다고 생각했다. 에드워드는 그 당시에 융통성이 너무도 없었기 때문이다. 그게 무슨 말인가 하면, 만약에 그가 폴로를 하면 그 이유는 건강을 유지하기 위해서였고, 춤을 아주 잘 추면, 그 이유는, 무도회에 참석하는 것이 사회적 의무이며 일단 참석했다 하면 제대로 춰야 한다고 생각했기 때문이다. 자기 일을 제외하고는, 그가 즐기는 것은 아무것도 없었다. 신부의 생각도 그랬고, 이런 면은 그를 레오노라로부터 영원히 멀어지게 할 게 뻔했다. 레오노라가 삶의 즐거움을 중시하기 때문이 아니라 그녀가 에드워드의 일을 전혀 지지하지 않았기 때문이었다. 레오노라는 가끔씩 즐거운 시간을 보내고 싶어 했고, 만

---

62. 몬테카를로(Monte Carlo): 카지노로 유명한 모나코 공국의 휴양지.

약 에드워드도 시간을 즐기며 보낼 수만 있게 되면, 두 사람이 공감할만한 유대가 생길 것이라고 신부는 생각했다. 좋은 생각이었지만 결과는 좋지 않았다.

사실 그 결과로 나타난 것이 황태자의 정부였다. 에드워드보다 조금이라도 덜 감상적인 사람의 경우였다면 별 일 없었을 것이었다. 하지만 에드워드에게는 치명적이었다. 여자와 잠자리를 함께 하자, 죽을 때까지 그 여자와 인연으로 묶였다고 느낀 것이 바로 그의 고결한 천성이었다. 바로 그 고결한 천성 때문에, 여자와 잠자리를 함께 하자, 죽을 때까지 그 여자와 인연이 됐다고 생각하게 됐다. 그렇게 된 일이었다. 격렬한 사랑의 감정 없이는 정부를 둘 수 없다는 게 그의 생각이었다. 그는 아주 진지한 사람이었고, 이 사건에는 돈도 아주 많이 들어갔다. 정열적인 외모의 스페인 무희였던 황태자의 정부는 그녀가 묵던 호텔의 무도회에서 에드워드를 한눈에 찍었다. 에드워드는 훤칠하고 잘 생긴 금발의 남자였고, 대단한 부자로 보였다. 게다가 레오노라는 일찍 잠자리에 들러 올라갔다. 레오노라는 춤추는 것을 좋아하지 않았지만, 에드워드가 쾌활한 아가씨들 몇몇과 좋은 시간을 보내는 것 같아 안심이 되었다. 하지만 그 모습이 에드워드의 마지막이었던 것이, 정열적인 외모의 스페인 무희가 그의 아름다운 두 눈에 반해 그와 하룻밤을 원했기 때문이었다. 그녀와 함께 어두운 정원에 들어섰을 때, 그는 갑자기 킬사이트 사건의 보모 아가씨가 떠올라 그녀에게 키스했다. 차갑고 조신한 레오노라 때문에 평생 억눌려 있던 욕정이 활화산처럼 폭발하며 그는 열정적으로 격렬하게 키스했다. 무희라 돌치키타는 그 반전을 즐겼고, 그는 그녀의 침대에서 밤을 보냈다.

고동치듯 움직이던 여자가 그의 품 안에서 잠들자, 그녀를 미친 듯이 열정적으로 사랑하던 그는 자신이 그 사랑에 압도되었음을 깨달았다. 마치 마른 들판에 불이 붙은 것 같았다. 사랑 외에 다른 생각을 하나도 떠올릴 수 없었고, 삶의 다른 목적도 전혀 보이지 않았다. 하지만 라 돌치키타는 손톱만큼의 열정도 찾을 수 없는 이성적인 여자였다. 그녀는 자기의 욕구를 만족시키고 싶었을 뿐이었고, 그 전날 밤에 에드워드가 그녀 눈에 들었던 것이었다. 이제 그 일이 끝났으니, 그가 그녀를 조금이라도 더 원한다면 돈을 지불해야 한다고 그녀는 무척 쌀쌀하게 말했다. 그것은 아주 합리적인 상업적 거래였다. 에드워드든 누구든 남자 생각이 전혀 없는 그녀에게 에드워드는 황태자와의 좋은 관계를 위험에 빠뜨릴 수 있는 요구를 하고 있는 거였다. 만약 에드워드가 사고를 대비한 일종의 보험금으로 사용할 돈을 충분히 내놓을 수 있다면, 그녀는 그 보험금이 지속될 수 있는 동안 그를 사랑할 준비가 돼 있다는 게, 말하자면, 그녀의 정책이었다. 그녀는 황태자로부터 1년에 5만 달러를 받고 있었고, 에드워드가 그녀와 한 달을 교제하기 위해서는 2년치 액수를 보험료로 지불해야만 했다. 황태자가 이 사실을 알게 될 가능성은 별로 없었고, 그가 이 사실을 알아낸다고 해도 그녀를 내치지 않을 수도 있었다. 하지만 20퍼센트 정도의 위험은 있다는 게 그녀의 판단이었다. 그녀는 목소리에 어떤 감정도 싣지 않고, 아주 차분하고 냉담하게, 마치 물건을 파는 판매원처럼 에드워드에게 말했다. 그에게 못되게 굴고 싶지 않았지만, 그에게 친절해야 할 이유도 없었다. 그녀는 어머니와 두 동생을 둔, 자기의 평안한 노후도 대비해야할 능숙한 장사꾼이었을 뿐이었다. 그녀는

5년 이상 관계를 지속하는 것은 기대하지 않았다. 스물넷이었던 그녀는 이렇게 말했다. "우리 스페인 여자들은 서른이면 끔찍해진답니다." 에드워드는 그녀에게 그런 끔찍한 소리는 그만두고, 자기에게 오기만 하면 평생토록 보살피겠다고 맹세했지만, 그녀는 경멸하듯 천천히 어깨만 으쓱할 뿐이었다. 에드워드는 이 여인을 평생토록 부양하고, 아껴주고, 사랑하는 것이 자기 의무임을 그녀에게 믿게 하려고 애썼다. 그녀의 희생에 대한 답례로 그렇게 할 것이라고 했고, 고결한 사랑의 대가로 그녀는 그의 자산 회계 장부 내용을 평생토록 들을 수 있을 것이라고 했다. 그것이 그가 생각해낸 방법이었다.

그녀는 똑같은 몸짓으로 어깨를 으쓱해보이고는 팔꿈치를 뻗어 왼쪽 손을 내밀었다.

"내 친구, 에드워드, 이 손에 포릴 보석상의 티아라 값을 쥐어 주든지 아니면……" 그러더니 그녀는 등을 돌렸다.

에드워드는 미칠 것 같았다. 온 세상이 뒤집어지고, 푸른 바다 앞의 야자수들이 기괴한 춤을 추는 것 같았다. 당신도 알다시피, 에드워드는 여자들의 선함과 다정함, 그리고 그들이 주는 정신적 위안을 믿는 사람이었다. 그는 그녀와 함께 어느 섬으로 은퇴해서, 그녀의 생각은 천벌을 받을 일이며, 구원은 진정한 사랑과 봉건제도를 통해서만 얻을 수 있는 법이라고 그녀와 언쟁을 벌여서라도 가르쳐주고 싶은 마음뿐이었다. 그녀가 일단 자기의 정부가 되었으니, 도덕적인 면으로 볼 때, 그녀는 계속 그의 정부로 남거나 적어도 그와 교감할 수 있는 친구는 돼야한다는 게 그의 생각이었다. 하지만 그녀의 방은 그에게 닫혀졌으며 그녀는 호텔에 나타나지도 않았다. 아무것도 없었다. 텅 빈 침묵뿐. 그 침묵을 깨기 위해서 그에게는 2만 파운드가 필요했다. 그 다음에 어떻게 됐는지는 이미 얘기했지만.

그는 미쳐버릴 것만 같은 일주일을 보냈다. 먹지도 않았고, 눈은 움푹 들어갔으며 레오노라의 손길이 닿으면 몸서리를 쳤다. 에드워드가 라 돌치키타에 대한 열정이라고 생각했던 감정의 9할쯤은 실은 레오노라에게 부정을 저질렀다는 불편함이었을 거라는 게 내 생각이다. 하지만 그는 마음이 극도로 불편하고, 견디기 힘든 이유가 모두 사랑 때문이라고 생각했다. 가엾은 사람, 그는 믿을 수 없을 정도로 순진했던 것이다. 그는 레오노라가 잠든 후에 술을 퍼마셨고 테이블 위에 널브러졌다. 그렇게 2주가 흘렀다. 무슨 일이 벌어졌는지 그 누가 알겠는가. 그는 가진 돈을 한 푼도 남김없이 탕진했다.

그가 4만 파운드를 잃은 날 밤, 그리고 모두가 그에 대해 수군거리고 있을 때, 라 돌치키타가 태연하게 그의 방으로 걸어 들어왔다. 그는 그녀를 알아볼 수도 없을 정도로 취해 있었고, 그녀는 안락의자에 앉아 뜨개질을 하며 후자극제[63]를 그의 코앞에 대고 기다렸다. 술에 너무나 심하게 취해 있던 그가 정신을 차려 겨우 그녀를 알아볼 수 있을 정도가 되자, 그녀는 이렇게 말했다.

"이봐요, 친구, 더 이상은 도박 테이블에 가서 앉지 말아요. 일단은 푹 자고 내일 오후에 나를 보러 오도록 해요."

그는 점심때까지 잠을 잤다. 레오노라가 그 소식을 접한 것은 그때쯤이었다. 웰란 대령 부인이 레오노라에게 말해준 것이다. 애시번

---

63. 병에 넣어 보관하다가 의식을 잃은 사람의 코 밑에 대어 정신이 들게 하는 데 쓰던 화학 물질.

햄 부부가 알고 지낸 사람들 중에 양식 있는 사람은 그 여자뿐이었던 것 같다. 웰란 부인은, 에드워드의 그 믿기 어려운 행동과 태도 뒤에는 잔인한 여자가 있는 게 분명하다고 레오노라에게 주장하며, 지금 당장 런던으로 가라고 조언해줬다. 그렇게 하면 에드워드가 정신을 차릴 것이고, 또 변호사와 성직자들과 상의도 할 수 있을 것이라고 했다. 에드워드와 같은 상태에 있는 남자와 언쟁을 벌이는 것은 소용이 없을 테니 그날 아침에 당장 떠나는 것이 좋을 터였다.

에드워드는 레오노라가 떠난 줄도 모르고 있었다. 그는 깨자마자 곧장 라 돌치키타의 방으로 갔고, 라 돌치키타는 자기가 묵는 곳에서 그에게 점심을 샀다. 그는 그녀의 목덜미에 기대어 흐느꼈고, 그녀는 잠깐 동안 그것을 참아줬다. 본성은 꽤 착한 여자였다. 그런 뒤에 그녀가 오드 멜리쎄[64]를 탄 물로 그를 진정시키고 말했다.

"이것 봐요, 친구. 돈이 얼마나 남았죠? 5천 달러? 만 달러?" 에드워드가 2주 동안 매일 밤 왕 두 명의 몸값에 달하는 돈을 잃었다는 소문이 돌았기 때문에, 그녀는 그가 전 재산을 거의 다 잃었을 거라고 생각했다.

오드 멜리쎄 덕에 에드워드는 잠시나마 어느 정도 진정이 됐고 다시 분별력이 생겼다. 그는 흥미 없다는 듯 끙 소리를 낼 뿐이었다.

"그렇다면?"

"그야, 도박 테이블에 뿌린 돈을 나도 만 달러쯤은 가져가도 되지 않을까 싶어서요. 그 액수면 당신과 일주일간 안티베스에 가줄게요."

---

64. 허브의 한 종류인 레몬 밤을 탄 물. 레몬 밤은 상쾌한 레몬향이 독특한 허브로 이 향을 맡으면 아주 상쾌해지고 정신집중에 좋다.

에드워드는 앓는 소리를 내며 말했다. "5천." 라 돌치키타는 7천5 백을 받으려고 해봤지만, 에드워드는 5천과 안티베스의 호텔 비용 이 상은 내지 않겠다고 했다. 진정제의 효과는 거기까지였고, 그는 다시 쓰러졌다. 그는 3시에 안티베스로 출발해야 했다. 가지 않을 수 없었 다. 그는 레오노라에게 일주일간 클린턴 몰리스와 요트를 타러 간다 는 메모를 남겼다.

안티베스에서의 시간은 그다지 즐겁지 않았다. 라 돌치키타는 돈 얘기 말고는 어떤 얘기에도 흥미가 없었고, 깨어 있는 시간에는 줄 곧 아주 값비싼 선물 얘기만 해서 그를 피곤하게 했다. 그리고 그 주 의 마지막 날에는 조용히 그를 내쫓아 버렸다. 그는 안티베스에 3일 간 더 머물렀고 봉건적이든 무엇이든 간에 그녀에 대한 의무감에서 벗어났다. 하지만 그의 감상적인 면 때문에 마치 그는 바이런이라도 된 것처럼 우울하게 지냈다. 집안이 온통 애도 기간에 들어간 듯. 그 러다가 어느 날 갑자기 식욕이 돌아왔고, 그는 레오노라를 기억하게 됐다. 그리고 레오노라가 런던에서 몬테카를로의 호텔로 보낸 전보 를 발견했다. '될 수 있는 한 빨리 돌아와 주세요.'라고 적혀 있었다. 그는 클린턴 몰리스와 요트를 타러 간 줄로만 알고 있는 레오노라가 왜 자기를 그렇게 갑자기 버리고 갔는지 이해할 수가 없었다. 나중에 알고 보니 레오노라는 그가 그 메모를 쓰기도 전에 이미 호텔을 떠 난 상태였다. 런던으로 가는 길은 너무나 불안했다. 그렇게 두려웠던 적은 또 없었던 것 같았다. 그리고 그때만큼 자신이 레오노라를 원 했던 적도 없었다.

V

내가 이 이야기를 '애시번햄의 비극'이라 부르지 않고 가장 슬픈 이야기라고 하는 이유는, 단지 너무나 슬프기만 할 뿐, 필연적인 결말로 급격하게 몰고 가는 흐름이 없기 때문이다. 이 이야기에는 비극에 동반돼야 할 품위도 전혀 없고, 인과응보도, 운명적 요소도 없다. 이야기 속엔 고결한 두 사람이 있다. 나는 에드워드와 레오노라의 본성이 고결하다고 믿으니까. 그러면 이렇게 하자, 여기에 본성은 고결한 두 사람이 있었는데, 그들은 마치 초호[65]에 떠가는 불붙은 배처럼 삶의 풍랑에 떠내려가며 고통과 마음의 병, 정신적 괴로움, 그리고 죽음을 겪었다. 그리고 서서히 망가졌다. 왜 그랬을까? 무엇을 위해서? 무슨 교훈을 남기겠다고? 모든 게 암흑이다.

이 이야기에는 심지어 악당조차 없다. 라 돌치키타 다음으로 불행한 에드워드를 위로했던 여인의 남편인 바질 소령도 이 이야기에서 악역은 아니다. 그는 태만하고 단정치 못하고 무기력한 사람이었을 뿐, 에드워드에게 무슨 짓을 하지는 않았다. 그래도 두 사람이 버마의 주둔지에 함께 있을 때, 바질 소령이 상당한 돈을 빌리기는 했다. 하

---

65. 초호: 환초로 둘러싸인 해면.

지만 바질 소령이 특별히 나쁜 버릇이 있는 사람이 아니었기에, 무슨 이유로 돈을 필요로 했는지는 알 수가 없다. 바질 소령은 아주 옛날 것부터 요즘 것까지 여러 종류의 말 재갈을 수집하기는 했지만, 그것도 딱히 열성적이지는 않았으니 그렇게 많은 돈이 필요치는 않았다. 예를 들어 칭기즈칸의 군마 같은 것을 수집하려고 하지는 않았을 테니까. 칭기즈칸에게 그런 게 있었다면 말이다. 그리고 그가 상당한 액수의 돈을 에드워드에게서 빌렸다고 해도, 그들의 관계가 지속된 5년 간 천 파운드 이상을 빌렸다고는 얘기하지 않았다. 물론, 에드워드도 돈이 많지 않았다. 레오노라가 그것만큼은 확실히 했다. 그래도 그의 오락 거리와 연대를 위한 기부금, 아랫사람들의 품위유지를 위해서 1년에 500파운드는 갖고 있었다. 레오노라는 그게 너무나 못마땅했다. 그보다는 자기 드레스를 사거나 대출금을 갚아나가고 싶었다. 그래도 레오노라의 공정한 눈으로 볼 때, 아무리 자기가 1년에 3천이란 수익을 내는 자산을 관리하며 예전처럼 1년에 5천의 수익 회복을 목표로 삼기는 했지만, 법적으로는 몰라도 사실상 그 재산이 모두 에드워드의 것이었기에, 에드워드가 자기 것을 조금이나마 갖는 것이 합당하고 공평하다고 생각했다. 물론 쉬운 일은 아니었다.

재정적인 세부사항들을 내가 정확하게 기술했는지는 잘 모르겠다. 나는 수에 꽤 밝지만, 지금도 파운드와 달러를 혼동해서 계산이 틀리기도 한다. 아무튼 문제는 다음과 같았다. 일을 제대로 하고, 소작인들에게 이윤을 배분하지 않고, 학교를 비롯해 이런저런 것들의 수익을 떨어뜨리지 않으면, 에드워드가 소유하고 있던 당시 브램셔 자산은 1년에 5천의 수익을 내야 했다. 하지만 실질적으로는 4천 수익을 냈다. (지금은 달러가 아니라 파운드로 말하고 있다.) 에드워드가 스페인 여인과 초과해서 쓴 돈 때문에 최대치로 잡아도 수익은 3천으로 줄어 있었다. 레오노라는 그것을 다시 5천으로 끌어올리고 싶어 했다.

물론, 그런 문제에 맞닥뜨리기에 그녀는 너무 어렸다. 스물넷은 그리 성숙한 나이가 아니다. 만약 삶을 더 이해하게 된 다음이었더라면 더 자애로울 수도 있었을 일을 그녀는 젊은 혈기로 처리해나갔다. 레오노라는 에드워드를 정신없이 몰아쳤다. 그는 풀이 죽은 채 몬테카를로에서 기어 나와 런던의 호텔에서 레오노라를 대면해야 했다. 내가 추측해 보건데, 그녀는 그가 우물거리며 애정 어린 말을 시작하려 하자 말을 딱 잘랐을 것이다.

"우리는 망하기 직전이에요. 내가 이 상황을 해결하는 게 어떻겠어요? 그러지 않으면, 저는 위자료를 챙겨서 헨든으로 가겠어요." (헨든은 가톨릭에서 '피정'이라 하는 것을 하러 그녀가 이따금씩 가던 수녀원을 뜻했다.)

가엾은 에드워드는 아무것도 몰랐다. 전혀 아무것도. 그는 도박을 해서 얼마를 탕진했는지조차 몰랐다. 자기가 기억할 수 있는 것은 25만 정도였다. 그는 레오노라가 라 돌치키타에 대해 아는지 아니면 그냥 요트를 타러 갔다고 생각하는지, 또는 몬테카를로에 그냥 머물기만 했다고 생각하는지도 알 수 없었다. 벙어리처럼 서 있던 그는 아무 구멍으로나 기어들어가 아무 말도 하지 않기만을 바랐다. 레오노라는 그에게 말 할 틈을 주지도 않았고, 그녀도 어떤 말을 하려 들지 않았다.

나는 영국 법적 절차에 대해 잘 모른다. 그러니까 내 말은, 그의 손이 어떻게 묶여 버렸는지 기술적인 세밀한 내용을 자세하게 설명할 수 없다는 뜻이다. 하지만 이틀 후, 내가 여기에 쓴 것 이외에는 더 이상 아무 말도 없이 레오노라와 그녀의 변호사가 아마도 에드워드의 전 재산의 수탁자가 됐고, 선한 지주이자 소작인들의 아버지로서의 그의 삶은 막을 내렸다. 그렇게 그는 끝장이 났다.

그래서 레오노라는 1년에 3천 파운드라는 돈을 마음껏 주무를 수 있게 됐다. 이렇게 표현하는 게 맞는지는 모르겠으나, 그녀는 에드워드를 버마에 있는 부대로 옮겨 버렸다. 그리고 에드워드의 토지 관리인과 1주일 정도 면담을 하며 그들 자산이 마지막 한 푼까지 수익을 낼 수 있어야 한다는 것을 관리인이 똑똑히 알아듣도록 했다. 인도로 떠나기 전에 그녀는 브램셔를 1년에 천을 받고 7년 동안 세를 놓았으며, 반다이크 작품 2점과 은 약간을 1만 천 파운드에 팔아치웠다. 그리고 대출을 받아 2만9천을 마련해서 에드워드에게 돈을 빌려준 몬테카를로의 친구에게 보냈다. 레오노라는 반다이크와 은을 되찾아야 한다고 생각하지 않았기에, 2만9천만 회수하면 된다고 여겼다. 그것들은 그저 애시번햄 가문의 허영을 위한 장식품들일 뿐이라고 그녀는 생각했던 것이다. 에드워드가 사라진 조상의 물건들 때문에 이틀을 울며 보내자, 잠깐 후회하기도 했지만, 그렇다고 그녀가 깨달은 건 아무것도 없었고, 에드워드를 향한 존경심만 줄어들었다. 브램셔가 그렇게 되는 모습을 보며, 에드워드는 자기 여사가 창녀가 됐을 때처럼 자기 몸도 더러워지는 기분을 느꼈다는 것도, 그녀는 이해하지 못했다. 에드워드는 정말 그 정도의 깊은 타격을 받았지만, 레오노라는 그저 떨어져나간 그 스페인 무희의 타격 정도로만 여겼던 거였다.

그래서 그녀는 그렇게 처리해나갔다. 그들이 인도에 있던 8년 내내 다른 도움 전혀 없이 월급으로 자급하며 살아야 한다고 주장했고, 그들은 대령의 월급과 전방 주둔 추가 수당만으로 생계를 꾸려야 했다. 레오노라의 표현에 따르면, 애시번햄 가문의 겉치레를 위해 그녀는 에드워드에게 1년에 5백을 주었고, 그 정도면 아주 후한 거라고 생각했다.

어떻게 보면, 정말 잘해 주는 것이었으나, 그가 원하는 방식은 아니었다. 레오노라는 자기 돈을 털어 그에게 늘 값비싼 것들을 사주었다. 예를 들면, 내가 예전에 언급했던 에드워드의 가죽 상자들이 그런 것이었다. 하지만, 그것들은 레오노라의 전시품이었을 뿐, 절대 에드워드의 것이 아니었다. 그는 말끔하게 입기는 했지만, 낡은 옷을 입는 걸 선호했다. 레오노라는 그런 점을 절대 이해하지 못 했고, 그 돼지가죽 상자들은 모두 그가 추천한 투기 상품에서 그녀가 천 백 파운드를 벌어들인 보상이랍시고 그녀가 생각해낸 것이었다. 낡은 옷은 그녀 몫이었다. 그들이 건강을 위해서 여름에 시원하고 아주 사교적인 지역인 심라[66]라는 곳으로 갔을 때, 그의 머리부터 발끝까지 가장 좋은 옷을 입히고 천 달러짜리 말을 태워 돌아다니게 한 것도 레오노라였다. 레오노라 자신은 곧잘 피정으로 몸을 피했다. 그게 그녀의 건강에도, 검소한 가계에도 도움이 됐을 거라는 생각이 든다.

---

66. 심라: 히말라야 산맥에 위치. 1865년-1939년까지 영국령 인도의 여름 수도였다.

대부분의 시간을 아주 상냥한 바질 부인과 함께 말을 타고 다닌 덕에 에드워드의 건강 역시 좋아질 수밖에 없었을 것이다. 그녀가 에 드워드의 정부라는 심증은 있지만 에드워드에게서 직접 들은 얘기는 아니다. 내가 보기에, 그들은 대단히 낭만적 스타일로 교제했던 것 같 다. 바질 부인은 에드워드가 원하는 것을 다 해주는 다정하고 온화한 여자여서 그 두 사람 모두에게, 적어도 에드워드에겐 아주 잘 맞았을 것이다. 어쨌거나 그녀가 개성이 없는 여자라는 뜻이 아니라, 에드워 드가 원하는 대로 해주는 것이 그녀의 일이었을 뿐이라는 얘기다. 그 5년의 시간 동안 에드워드는 길고 긴 대화를 나눌 수 있는 깊은 애정 의 항로가 이어지길 원했고, 때때로 후회할 일을 저지르거나 대령에 게 50을 더 빌려줄 빌미를 주는 어떤 상태로 '타락'하기도 하지 않았 나 싶다. 바질 부인은 그것을 '타락'이라고 여기지는 않았던 것 같다. 그녀는 그저 그를 동정하고 사랑했을 뿐이다.

알다시피, 레오노라와 에드워드는 함께 한 그 긴 세월동안 무슨 얘기라도 나누어야만 했다. 잉글랜드 북부나 미국 메인 주 사람이 아 니라면 누군가와 함께 살면서 철저하게 벙어리가 되기도 힘든 법이 다. 그래서 레오노라는 에드워드에게 자산 장부를 보여주고 그것에 대해 의논하는 게 기분 좋은 장치가 될 거라고 상상했다. 에드워드 는 얌전하게 행동하려고 노력하고 있으므로 장부에 관해 별 언급 을 하지 않았다. 그런데, 세를 내지 못했던 소작인 멈포드 씨가 에드 워드를 바질 부인의 품으로 밀어 넣고 말았다. 에드워드가 온갖 꽃 과 식물들이 피어난, 황혼이 지는 버마의 정원에 있을 때 바질 부인 이 그 앞에 나타났다. 그는 지팡이가 아니라, 자신이 검으로 농작물을 베어내고 있었다. 도저히 믿기 힘든 모습으로 그는 욕을 하며 계속 해 나갔다.

바질 부인이 듣게 된 얘기는, 멈포드 노인이 자기 농장에서 쫓겨난 뒤, 작은 오두막에서 집세를 면제받고 지내게 됐고, 농민공제조합에서 일주일에 10실링, 애시번햄의 피신탁인으로부터 7실링씩 보조받으며 삶을 꾸려간다는 것이었다. 에드워드는 재산 장부를 보고 그 사실을 막 알게 된 직후였다. 레오노라는 장부를 에드워드가 옷 갈아입는 방에 두었고, 에드워드는 행군장비를 벗어놓으려다가 그것을 읽게 됐다. 그래서 그때 검을 갖고 있던 것이었다. 집세도 받지 않고 오두막에 살게 하며 주당 7실링씩 지급했기에 레오노라는 그만하면 멈포드 씨에게 무척이나 관대했다고 생각했다. 어쨌든, 바질 부인은 에드워드만큼 당시 흥분되어 있는 남자를 이제껏 본 적이 없을 정도였다. 그녀는 한동안 에드워드에게 열정적인 사랑을 느꼈고, 에드워드는 그녀에게서 그 열정만큼 깊은 공감과 존경을 갈구했다. 그렇게 두 사람은 어슴푸레한 하늘 아래 추수한 작물 다발들이 쌓여있는 버마식 정원에서, 짙은 향을 풍기는 흐릿한 밤이 그들의 발치로 찾아 드는 가운데 멈포드 씨에 관한 이야기를 나누게 된 것이었다. 그 이후로도 한 동안 두 사람은 서로 예의를 갖추며 지냈던 것 같다. 바질 부인이 땅 이름을 일일이 다 외울 정도로 애시번햄의 재산 장부를 너무나 유심히 들여다보기는 했지만 말이다. 에드워드의 마구 창고에는 자기 땅이 표시된 커다란 지도가 걸려 있었지만 바질 대령은 별로 신경 쓰는 것 같지 않았다. 외로운 주둔지에서는 사람들이 웬만한 일에는 별 신경을 쓰지 않는 것 같다.

만약 남아프리카 전쟁[67] 직전에 단행된 군대 재배치 때, 바질 소령이 명예 대령이 되지 않았더라면, 그 둘의 관계는 영원히 지속됐을지도 모른다. 바질 소령이 다른 곳으로 배치되면서 바질 부인은 에드워드와 함께 있을 수 없게 됐다. 에드워드는 트란스발로 가야만 했던 것 같다. 그렇게 되면 전사할 확률이 정말 높았다. 하지만 레오노라는 그렇게 하도록 놔두지 않을 작정이었다. 전시에 경기병 부대의 극심한 낭비에 대한 안 좋은 얘기를 많이 들어 알고 있었다. 한 병에 5기니씩 하는 샴페인이 백 병씩 들어있는 상자들을 그 부대원들이 초원에 그냥 놔두고 왔다는 등의 이야기 말이다. 뿐만 아니라 레오노라는 에드워드가 1년에 500을 어떻게 써버리는지 직접 보고 싶었다. 에드워드가 레오노라의 결정을 불만스러워했다는 뜻은 아니다. 그는 절대로 영웅적 행위를 중시하는 남자가 아니었고, 그에게는 서북 전선의 산에서 저격당하는 것이나 개천가에서 중절모를 쓴 노신사에게 총을 맞는 것이나 별다를 것이 없었다. 그건 에드워드가 한 말이었다. 에드워드는 그곳에서 꽤 유명해졌던 것으로 보인다. 어쨌든 그는 수훈장도 받았고 명예 대령이 됐으니까.

그렇지만 레오노라는 그의 군인 생활을 달가워하지 않았다. 그의 영웅적 행동도 정말 싫었다. 군인 수송선이 홍해를 지날 때, 그가 일병을 구하기 위해 바다로 뛰어든 일이 두 번째 일어나자 격렬한 부부싸움이 벌어졌다. 처음에는 레오노라가 참아내며 심지어 그를 칭

---

67. 남아프리카 전쟁: (1899~1902) 네덜란드계 아프리카 농부들인 보어인들은 자신들의 트란스발 공화국을 지키기 위해 45만의 영국군과 싸웠지만, 결국은 영국의 식민지가 되었다.

찬까지 했다. 하지만 홍해를 지날 때의 항해는 너무나 끔찍했고, 일병들 사이에서는 자살 열풍이 이는 것처럼 보였다. 그게 레오노라의 신경을 건드렸고, 에드워드가 남은 항해 동안 10분마다 한 번씩 바다로 뛰어들 게 될 거라는 생각이 들었다. 그래서 '사람이 뛰어들었다.'라는 외침만 들려도 가슴이 울렁거리고 걱정스러웠으며 불안했다. 배는 멈추었고 온갖 외침이 들려왔다. 게다가 에드워드는 두 번 다시 그러지 않겠다는 약속을 해주지 않았다. 하지만 다행히도 페르시아만 쪽으로 접어들었을 때는 연이어 서늘한 날씨가 이어졌다. 레오노라는 에드워드가 자살할 생각을 품고 있다고 믿고 있어서 에드워드가 약속을 해주지 않는 것이 너무나 무서웠을 것이다. 원래 레오노라는 절대로 군인 수송선에 탈 수 없게 되어 있었으나 돈을 절약하기 위해 구실을 만들어 함께 탔던 것이다.

다른 주둔지로 떠나기 직전에, 바질 소령은 자기 아내와 에드워드의 관계를 알게 됐다. 그것이 협박범의 교묘한 계획이었는지, 그저 운명의 장난이었는지는 잘 모르겠다. 그가 처음부터 줄곧 알고 있었을 수도 있고, 아니었을 수도 있다. 어쨌든 그는 딱 그때쯤 편지 몇 통과 몇 가지 사항들을 손에 넣게 됐다. 그 일로 에드워드는 바로 3백 파운드를 써야 했다. 그 일이 어떻게 진행됐는지는 모르겠다. 협박범이 원하는 바를 어떻게 요구할 수 있었는지도 전혀 상상이 가지 않는다. 아마도 체면을 잃지 않게 하는 방식이 아니었을까 싶다. 바질 소령은 에드워드에게 심한 욕설을 퍼부으며 편지를 보였을 거고, 잘못 해석하지만 않으면 그 편지들은 전적으로 결백한 것이라는 에드워드의 해명을 받아들였을 거라고 추측된다. 그러고는 이렇게 말했을 것이다. "이보시오, 친구 양반. 내가 지금 돈이 너무 쪼들리는 형편이오. 내게 3백 정도만 꿔줄 수는 없겠소?" 그렇게 된 일이 아니었을까 싶다. 그리고 그 뒤로는 매년 바질 소령으로부터 요즘 형편이 매우 안 좋으니 3백정도만 빌려줄 수 없겠냐는 편지가 날아들게 됐던 것이다.

바질 부인이 떠나게 됐다는 사실에 에드워드는 매우 충격을 받았다. 그는 그녀를 진심으로 좋아했기에 그 후로도 꽤 오랫동안 그녀와의 기억에 충실했다. 바질 부인 역시 에드워드를 몹시 사랑했음으로 그와 재회할 수 있다는 희망을 놓지 않았다. 사흘 전, 에드워드의 죽음에 관한 자세한 애기들을 묻는 격식 있으면서도 비탄이 묻어나는 바질 부인의 편지가 레오노라에게 배달됐다. 인도 신문에 실린 부고를 읽었던 것이다. 그녀는 정말 괜찮은 여자가 아니었을까……

그 후 애시번햄 부부는 치트랄이라는 곳 근처로 옮겨갔다. 나는 인도 제국의 지리에는 밝지 않아서 잘은 모르겠다. 그 무렵부터 두 사람은 모범적인 부부로 자리 잡았지만, 둘만 있는 자리에서는 서로 한마디도 하지 않았다. 심지어 레오노라는 재산 장부를 에드워드에게 보여주는 것조차 포기해버렸다. 에드워드는 레오노라가 돈을 잔뜩 모아 쌓아놓고 어떻게 그렇게 많이 벌어들이는지를 자신에게 숨기고 싶어 한다고 생각했다. 하지만 사실은 오륙 년쯤 지나자, 레오노라는 에드워드가 자신의 재산 장부를 보면서도 재산 관리에 손을 대지 못하는 것이 고통스러울 것이라는 생각이 들었던 것이다. 그저 그에게 잘해 주려는 마음이었던 것이다. 그리고 치트랄이라는 곳에서 가엾은 메이지 메이던이 나타났다……

여러 불륜 중에 에드워드를 가장 심란하게 한 것이 바로 그녀와의 관계였다. 그 일로 그는 자기 마음이 너무 쉽게 변하는 게 아닌가 하는 의심을 품었기 때문이다. 돌치키타와의 불륜은 마치 광견병 같은 단기간의 미친 행동으로 정의를 내렸다. 바질 부인과의 관계는 천박한 도덕적 배신으로는 생각되지 않았다. 둘은 진정 서로 사랑했고, 그녀의 남편도 그를 정중하게 대했으며, 자기 아내란 사람은 잔인하여, 아내 노릇을 그만둔 지 오래였기 때문이었다. 에드워드는 바질 부인이 자기 영혼의 친구였으나 잔인한 운명에 의해 헤어지게 된 것이라고 생각했다. 뭐 그런 류의 감상적인 생각이었다.

그런데 그러던 그가 하루 종일 메이지 메이던을 보지 못하면, 그는 일주일에 한 번씩 바질 부인에게 길고 긴 편지를 쓰는 동안에도 미칠 듯이 초조해진다는 것을 깨닫게 됐다. 문 쪽을 초조하게 바라보고 있는 자신의 모습을 발견하게 됐고, 몇 시간씩 그녀의 어린 남편을 미워하고 있음을 알게 됐다. 메이지 메이던과 아침에 산책 갈 시간을 내기 위해서 터무니없는 시간에 일어나거나, 그녀가 사용하는 속어들을 직접 사용하기도 하고 그 단어들에 감상적인 의미를 갖다 붙이고 있는 자신의 모습을 발견하였다. 한참 지난 뒤에야 이런 것들을 깨닫게 된 에드워드는 방황할 수밖에 없었다. 체중이 줄었고, 눈이 움푹 들어가기 시작했으며, 열이 나기도 했다. 그의 표현을 빌자면, 그는 무너져 버렸다.

그리고 지독하게 더운 어느 날, 그는 레오노라에게 불쑥 이런 말을 하는 자신의 목소리를 듣게 됐다.

"유럽에 갈 때 메이던 부인을 나우하임에 데리고 가면 안 되겠소?"

사실 그렇게 말 할 생각은 전혀 없었다. 그는 서서 삽화가 들어간 신문을 읽으며 저녁을 기다리고 있던 중이었다. 저녁식사가 20분 정도 늦었거나, 애시번햄 부부만 있었던 게 아니었던 것도 같다. 에드워드는 그런 말을 입 밖에 낼 생각은 추호도 없었다. 그는 두려움, 갈망, 더위, 열기로 조용히 고통스럽게 서 있었다. 한 달 안에 그들은 브램셔에 돌아갈 예정이었고 메이지 메이던은 그곳에 남아 죽을 것이라고 그는 생각했다. 그래서 그랬는지, 바로 그 말이 튀어나왔던 것이다.

펑카[68]가 어두운 방에서 탕탕거리며 움직였고, 레오노라는 기진해서 꼼짝도 없이 누워 있었다. 두 사람 다 손가락 하나 까딱하지 않았다. 당시에 두 사람 다 특별한 이유 없이 몸이 매우 안 좋았다.

그러자 레오노라가 응답했다.

"그래요. 오늘 오후에 제가 찰리 메이던과 얘기를 끝냈어요. 제가 메이지 메이던의 여행 경비를 대겠다고 했어요."

에드워드는 "잘됐어, 잘됐어!"라는 말이 나오려는 걸 겨우 참았다. 당신도 알다시피 에드워드는 레오노라가 메이지에 대해, 바질 부인에 대해, 그리고 라 돌치키타에 대해 무엇을 어디까지 알고 있는지 전혀 몰랐다. 그러니 그에게는 정말 불가사의한 상황일 수밖에. 레오노라가 자기 재산을 관리하듯이 이젠 자기의 연애까지 관리할 의도임이 분명하다는 생각이 들었다. 그러자 그녀에게서 정은 더 떨어졌으나, 존경할 면은 더 많아졌다고 생각됐다.

레오노라가 그의 돈을 관리하는 네는 목적이 있었다. 그로부터

---

68. 천장에 매달아 끈으로 움직이는 인도의 큰 야자 잎 부채.

일주일 전, 그녀는 실로 몇 년 만에 그에게 돈에 관한 이야기를 꺼냈다. 브램셔의 땅으로 2만2천 파운드를 만들었고, 가구까지 갖추어진 브램셔 저택을 세놓아 7천 파운드를 벌었다. 에드워드의 도움으로 운 좋게 투자를 해서 육칠천 파운드, 어쩌면 그 이상의 돈을 만들었다. 대출은 모두 상환했으니, 반다이크의 그림 두 점과 은을 제외하고는 돌치키타가 탐욕을 부리기 이전의 상태로 돌아간 셈이었다. 레오노라가 이룬 대단한 성과였다. 레오노라는 액수를 에드워드에게 보여주었고 그는 계속 침묵을 지켰다.

"당신이 군을 제대하고 함께 브램셔로 돌아가는 게 좋겠어요. 우리 둘 다 여기 더 머무르기엔 몸이 너무 성치 않아요." 레오노라가 제안했다.

에드워드는 아무 말도 하지 않았다.

레오노라가 열정적으로 다시 말을 이었다. "오늘은 제 생애 최고의 날이에요."

에드워드는 이렇게 답했다.

"정말 훌륭하게 해냈소. 당신은 정말 멋진 여자요."

그는 브램셔로 돌아가게 되면 메이지 메이던을 남겨두고 가게 된다는 생각에 파묻혀 있었다. 그것밖에는 아무것도 생각할 수가 없었다. 레오노라가 그곳에 더 있기에는 몸이 너무 안 좋았으므로 그들이 브램셔로 돌아가야만 한다는 것은 의심의 여지가 없었다. 레오노라는 이렇게 말했다.

"수입의 모든 지출 관리는 당신이 알아서 하세요. 1년에 5천 파운드씩 쓸 수 있어요."

레오노라는 연간 5천 파운드 지출에 관심이 많은 에드워드를 위해 자기가 이렇게 큰일을 해 놓았으니 그에게 그녀를 향한 애정이 생겨날 거라고 생각했다. 하지만 그는 오직 메이지 메이던에 대한 생각뿐이었다. 그로부터 수천 마일 떨어져 있게 될 메이지. 둘 사이를 가로 막고 있는 산들이 보이는 것 같았다. 푸른 산과 바다와 햇빛이 비추는 평야를. 그는 이렇게 말했다.

"정말 관대한 처사구려." 레오노라는 이 말이 칭찬인지 조롱인지 알 수 없었다. 그게 일주일 전의 일이었다. 그리고 일주일 내내 에드워드는 자기와 메이지 메이던 사이의 산들과 바다와 햇볕이 내리쬐는 평야를 생각하며 고통을 키워나갔다. 타는 듯이 더운 밤에도 그 생각 때문에 그는 몸을 떨었고, 타들어가는 오후에도 땀이 비 오듯 했으며 오한에 떨었다. 잠시도 마음이 안정되지 않았고, 창자가 뒤집어지는 것 같았으며, 혀는 늘 바싹 말라 이 사이로 나오는 입김은 마치 페스트 격리 병원의 공기처럼 느껴졌다.

그에게 레오노라는 안중에도 없었다. 그저 장교 직을 사임한다는 서류만 제출했으며, 그들은 한 달 안에 떠날 예정이었다. 레오노라를 부양하기 위해 그곳을 떠나는 것이 자기 의무로 보였다. 그는 자기 의무를 다할 뿐이었다.

그 당시 부부 관계는 끔찍한 상태여서, 레오노라가 무슨 일을 해도, 에드워드는 그녀가 더 싫어지기만 할 뿐이었다. 그녀가 그를 다시 브램셔의 영주로, 그것도 엄한 감시를 받는 일종의 꼭두각시 영주로 세우려는 것을 알았을 때도, 그는 그녀를 증오했다. 자기를 메이지 메이던과 갈라놓기 위해 그러는 거라고 생각했다. 후텁지근한 밤 내

내 증오가 공중에 떠돌았고, 그늘진 방구석까지 꽉 차 있었다. 그렇게 레오노라가 무엇을 해도 무조건 미웠기에, 그녀가 메이지의 남편에게 아내를 유럽에 데려가겠다고 했다는 말을 듣고서도 무조건 그녀가 미웠다. 그 당시, 그에게는 우연히 그녀가 착한 행동을 했다고 해도 그녀는 그저 잔인할 수밖에 없는 여자로만 보였다…… 그랬다, 정말 끔찍한 상황이었다.

하지만 바다에서 불어온 시원한 미풍은 마치 커튼을 한 자락 걷어내듯 그 증오를 걷어냈다. 그녀를 향한 경배와 존경이 되살아났다. 많은 돈을 마음껏 쓸 수 있다는 유쾌함, 그 덕에 메이지 메이던과의 관계를 이어나갈 수 있다는 사실 때문에, 자기 아내가 고집스럽게 아끼고 긁어모았던 일이 옳을 수도 있었다는 생각을 처음으로 갖게 됐다. 그의 마음은 평안해졌고, 갑판을 따라 메이지 메이던에게 수프 그릇을 가져다 줄 때에는 더할 수 없이 행복했다. 어느 날 밤, 레오노라 곁 배의 갑판에 기대 있다가 그는 불쑥 이렇게 말했다.

"정말, 당신은 이 세상에서 가장 훌륭한 여자인 것 같소. 우리가 더 좋은 친구가 됐으면 좋겠소."

그녀는 한마디 말도 없이 돌아서서 자기 선실로 돌아갔다. 그래도, 그녀의 건강은 훨씬 좋아졌다.

그리고 이제, 레오노라 입장에서 얘기를 할 차례인 것 같다……

그건 정말 쉽지 않은 일이다. 왜냐하면 레오노라는 겉으로 변함없는 모습을 고수했지만 속마음은 툭하면 바뀌었기 때문이다. 집안 전통이나 가정교육의 영향으로 레오노라는 속마음을 입 밖에 내지 않도록 훈련되어 있었다. 하지만 때로는 말로 내뱉고 싶은 유혹에 거의 굴복할 뻔한 순간들도 있었고, 나중에 그 순간을 상기하면서 몸서리를 치기도 했다. 그녀가 무엇보다도 원했던 것은 이 세상과 에드워드, 그리고 에드워드가 사랑한 여자들을 향해 입을 다무는 것이었다고 추정할 수 있다. 만약 그녀가 입을 열었다면 그녀는 스스로를 경멸했을 것이었다.

에드워드가 라 돌치키타와 부정한 관계를 맺던 순간에 그녀는 절대 아내 행세를 하려고 들지 않았다. 그에게서 영원히 떨어져 있겠다고 작심을 한 것은 아니었다. 신부님과 수녀님들이 막았던 것 같다. 그래도 언젠가 어떤 식으로든, 어쩌면 명목상으로라도, 그가 다시 돌아와야만 한다는 게 그녀의 조건이었다. 그게 무엇을 의미하는지 자신도 확실치 않았다. 잘 몰랐는지도 모른다. 알았을 수도 있지만.

그가 그녀에게 돌아오는 것 같은 순간들도 있었고, 하마터면 그를 향한 자신의 육체적 욕정에 굴복해버릴 뻔했던 순간들도 있었다. 마찬가지로, 순간순간 바질 부인의 남편에게 바질 부인을 비난하거나 메이지 메이던의 남편에게 메이지를 비난하고 싶은 유혹에 넘어갈 뻔한 순간들도 있었다. 추문을 세상에 다 까발려 공포와 고통을 안겨주고 싶다는 생각도 했다. 머리 위의 새를 노리는 고양이보다도 더 집중해서 귀를 기울이며 에드워드를 감시하고 있었기에, 레오노라는 각각의 여인들을 향한 그의 열정의 변화를 익히 알고 있었다. 문이나 입구 쪽으로 갔다가 돌아오는 그의 눈길에서 알 수 있고, 만족했을 때 그의 평온한 모습에서 알 수 있었다.

때때로 레오노라는 입증된 사실 외에 더 많은 것을 보는 상상을 하기도 했다. 에드워드가 다른 여자들, 때로는 동시에 두 명, 혹은 세 명과 은밀한 관계를 즐길지도 모른다고 생각했다. 그 기간 내내 레오노라는 에드워드가 자기에게 감정이 안 좋다는 생각은 하지 못 했기에 그를 그저 방탕한 괴물이라고 생각할 뿐이었다. 그를 자유롭게 풀어두고, 그의 재산을 쌓아올리기 위해 레오노라는 굶었고, 드레스, 보석과 같은 여자의 기쁨들을 자신에게 허락지 않았으며, 심지어 돈이 들까봐 친구를 만드는 것조차 포기했다.

하지만 이상하게도 바질 부인과 메이지 메이던이 좋은 여자들이라는 것은 인정할 수밖에 없었다. 한 여자가 다른 여자를 보는 의심과 무시에 찬 눈에도 바질 부인이 에드워드에게 친절하며, 메이지가 그에게 좋은 여자라는 사실은 들어왔다. 레오노라에겐 이 모든 게 끔찍하고 불가해한 운명의 장난으로 보였다. 불가해한 운명! 레오노라는 생각하고 또 생각했다. 도대체 왜, 남편을 위해 한 모든 선행들이 그에게 전해지지 않을까? 왜 그에게 선행으로 보이질 않을까? 도대체 광기의 장난이 무엇이기에 그의 눈에 레오노라가 바질 부인만큼 좋아 보이지 않는 것일까? 바질 부인은 자기와 별반 다를 것도 없었다. 사실 바질 부인은 키가 컸고, 피부색이 짙었으며, 목소리는 부드럽고 애절했다. 그리고 펑카를 부쳐주는 사람에서부터 나무에 핀 꽃들에게까지, 세상 만물에게 다정한 여자였다. 하지만 바질 부인은 레오노라만큼 책을 많이 읽지는 못 했다. 적어도 박식해야 읽을 수 있는 책들 말이다. 레오노라는 소설을 싫어했으니까. 그 모든 차이점을 감안하더라도 레오노라에게는 바질 부인과 자신이 그렇게 다르지 않은 것 같았다. 그녀는 진실했고, 정직했으며, 무엇보다도 그저 여자일 뿐이었다. 그리고 3주만 가깝게 교제하고 나면 남자에게 여자들이란 다 똑같은 존재일 뿐이라는 생각이 그녀 머릿속에 깔려 있었다. 다정함은 더 이상 감성에 호소하지 못 할 것이고, 부드럽고 애절한 목소리는 더 이상 떨림을 주지 못할 것이며, 큰 키와 짙은 피부색도 남자에게 더 이상 미지의 숲 깊숙이 들어가고 있다는 환상을 주지 못하게 될 거라고 생각했다. 에드워드가 바질 부인에 대해 지겹도록 지껄여대는 것을 레오노라는 도저히 이해할 수가 없었다. 둘이 헤어진 후에 계속 편지를 써대는 이유도 알기 어려웠다. 그 후, 그녀는 정말로 힘든 시간을 보냈다.

그 시기에 레오노라가 에드워드에 대해 정립한 견해를, 나는 '괴물' 이론이라 이름 붙였다. 레오노라는 에드워드가 마주치는 여자들한테마다 추파를 던지는 거라 생각했다. 그해 그녀는 자기가 없을 때 에드워드가 하녀를 범할까봐 근심하여 심라로 피정도 가지 않았다. 레오노라는 그가 원주민이나 유라시아 여자들과 은밀한 관계를 이어나가고 있다는 상상도 했다. 파티가 열리면 레오노라는 그를 감시하는데 열을 올렸고……

레오노라는 자기가 이러는 이유가 추문이 무서워서라고 스스로를 납득시켰다. 에드워드가 결혼 적령기 딸과 엮여 그 아비가 소동을 일으키거나, 남편 있는 여자와 엮여 그 남편이 문제를 삼게 될까봐 두려웠다. 하지만, 바질 부인이 물러나면, 언젠가는 에드워드가 자기에게로 돌아오길 바라고 있음을 레오노라는 나중에서야 깨달았다. 그 시기 내내 레오노라는 에드워드의 버릇 때문에 그가 정말로 난잡해져 버릴까 하는 두려움과 질투 때문에 고통스러워했다.

그래서 좀 이상하긴 하지만, 메이지 메이던이 나타났을 때, 레오노라는 기뻤고, 자기가 다른 여자들의 남편들이나 추문을 두려워했던 게 아니었음을 깨닫게 됐다. 그때부터는 메이지의 남편이 의심을 품지 않게 하기 위해 그녀는 최선을 다했다. 메이지의 남편이 아무 의심도 품지 않도록 레오노라는 자신이 에드워드에게 충실해보이기를 바랐다. 정말 레오노라에게는 할 노릇이 아니었다. 하지만 에드워드는 너무 아팠고 레오노라는 그가 다시 미소 짓는 모습을 보고 싶을 뿐이었다. 만약 자기가 애를 써서 그의 미소를 되찾을 수 있다면, 고마움과 사랑의 만족감으로 그가 자기에게 다시 돌아올지도 모른다고 생각했다. 그 당시만 해도 레오노라는 에드워드의 열정이 가볍고 덧없는 것이라고 생각했다. 그리고 메이지에 대한 그의 열정도 이해할 수 있었다. 메이지에게는 같은 여자들마저 잡아끄는 매력이 있다는 점을 인정할 수 있었으므로.

메이지는 예쁘고 어렸으며, 심장이 약했어도 아주 밝고 움직임이 가벼웠다. 레오노라는 그런 메이지를 좋아했고, 메이지도 레오노라를 잘 따랐다. 레오노라는 정말로 두 사람의 관계를 잘 관리할 수 있을 거라 생각했다. 메이지가 간통을 저지를 수 있다고는 생각하지 않았다. 만약 그녀가 메이지와 에드워드를 나우하임으로 데려가기만 한다면 에드워드는 메이지의 귀엽게 재잘거리는 모습이라든가 손과 발의 작은 몸짓들을 실컷 보게 되고, 마침내 싫증을 느끼게 될 거라 생각했다. 그리고 에드워드는 믿을 수 있는 남자라고 생각했다. 메이지가 에드워드에게 열정을 느낀 것은 확실했다. 그녀는 소녀들이 학교 미술 선생님을 격찬하듯 에드워드를 격찬했고, 자기 남편에게 왜 당신은 에드워드처럼 옷 입고, 말 타고, 총 쏘고, 폴로를 하고, 감성적인 시들을 암송할 수 없냐고 끝없이 물었다. 메이지의 어린 남편도 에드워드를 숭배했고, 자기 아내를 사랑했으며, 때로 그녀 때문에 혼란스럽기도 했지만 전적으로 그녀를 믿었다. 그의 눈에는 에드워드가 레오노라에게 헌신하는 것처럼 보였다. 메이지의 심장이 회복되고 에드워드가 그녀를 볼만큼 보고 나면 에드워드는 자기에게 돌아올 것이라는 게 레오노라의 생각이었다. 에드워드가 여러 유형의 여자들에게 지치고 나면 자기에게 돌아올 수밖에 없을 거라고 레오노라는 어렴풋이, 하지만 열렬히 희망했다. 자기 같은 여자가 그의 마음에 들 순서가 오지 말라는 법도 없지 않은가. 이제야 그를 더 잘 이해할 수 있게 됐으니, 그리고 그의 허영을 훨씬 잘 이해하게 됐으니, 그를 만족시킴으로써 그의 사랑을 불러일으킬 수 있으리라고 레오노라는 생각했다.

그 모든 것을 좌절시킨 것이 플로렌스였다.

제4부

|

내가 이 이야기를 너무나 장황하고 두서없이 늘어놓고 있어서, 누구든 미로 속을 헤매는 것처럼 길을 찾기가 매우 어려울 것임을 나도 잘 알고 있다. 하지만 어쩔 도리가 없다. 나는 말없는 청자(聽者)와 시골 오두막에 앉아, 먼 바다 소리와 간간이 불어오는 바람 소리를 들어가며 생각나는 대로 얘기하고 있다는 설정을 고수하고 있다. 그리고 어떤 길고도 슬픈 정사에 대해 이야기하다 보면, 때로 시간을 거슬러 뒤로 돌아가기도 하고, 때로는 시간을 뛰어넘어 앞으로 내닫기도 한다. 어떤 때는 잊어버렸던 내용을 상기시키는가 하면, 때로는 이를 더욱 세세하게 설명하기도 한다. 그것은 이를 보다 더 적절한 곳에서 언급하기를 잊어먹었거나, 또는 이를 빼먹음으로써 잘못된 인상을 주었을 수 있다는 걸 깨달았기 때문이다. 그래도 이 이야기가 실제로 일어났던 이야기이며, 결국 실제 이야기는 누군가가 들려주는 방식을 통해서 가장 잘 전달될 거라는 사실로 위안을 삼는다. 그래야 진짜 이야기처럼 들릴 테니까.

아무튼, 나는 메이지 메이던이 죽던 날까지의 얘기를 다 털어놓았다고 생각한다. 내 말은, 그 사건이 일어나기 전까지의 모든 일들을 꼭 필요한 몇 사람의 관점에서 설명했다는 뜻이다. 레오노라의 관점,

에드워드의 관점, 그리고 어느 정도까지는 나의 관점도. 당신이 확인할 수 있는 사실들을 다 말해줬고, 내가 확인해줄 수 있는 관점들도 빼놓지 않았다. 그러면 메이지가 죽던 날로, 아니, 차라리 M-도시의 고성에서 플로렌스가 항의 성명서에 대해 논했던 그 날로 돌아가도록 나 자신의 상상력을 풀어보자. 플로렌스에 대한 레오노라의 관점을 생각해보자. 물론 에드워드는 내 아내와의 정사에 대해서는 얘기한 바가 전혀 없기 때문에 나는 에드워드의 견해를 말해줄 수가 없다. (지금부터는 플로렌스에 대해 좀 심하게 얘기할 수도 있다. 하지만 내가 지금 이 이야기를 6개월째 쓰고 있다는 점, 그 정사들을 오래 오래 반추하고 있음을 감안해주기 바란다.)

오래 생각하면 할수록 플로렌스는 모두에게 나쁜 영향만 준 여자였다는 확신이 든다. 그녀는 가엾은 에드워드를 암울하게 했고 망가뜨렸다. 그녀는 비참한 레오노라를 참담하게 망가뜨렸다. 플로렌스가 레오노라의 성격을 망가뜨렸다는 데는 의심의 여지가 없다. 레오노라에게 장점이 있었다면, 그것은 자존심이 강하고 조용했다는 점이었다. 하지만 강을 굽어보는 작은 테라스에서, 그리고 그 항의 성명서가 보관돼 있던 어두운 방에서 감정이 폭발하는 순간 그녀의 자존심과 침묵은 깨져버렸다. 레오노라의 행동이 잘못됐다는 뜻은 아니다. 자기 남편에게 플로렌스가 추파를 던지고 있음을 내게 주지시키려고 한 것도 정당한 행동이었다. 하지만, 그게 옳은 행동이었을지언정 방법은 틀렸다. 좀 더 심사숙고했더라면 좋았을 것이다. 말하고 싶었다면 생각을 먼저 했어야만 했다. 혹은, 레오노라가 플로렌스를 보호하려는 것처럼 연기를 했더라면, 플로렌스와 에드워드 사이에 그렇게 은밀한 대화는 불가능했을 것이다. 레오노라는 엿듣거나, 침실 문 밖에 서서 감시했어야 했다. 끔찍하기는 해도 그런 일은 원래 그런 식으로 하는 법이다. 메이지가 죽은 그 순간에 에드워드를 어디론가 데려갔 어야 했다. 그랬다, 레오노라가 잘못 처신했던 거다……

하지만 가엾은 그녀를 내가 비난할 자격이 있을까? 그런 게 결국 다 무슨 소용이라고. 플로렌스가 아니었어도 다른 여자가 나타났겠 지…… 그래도, 내 아내보단 나은 여자였겠지. 플로렌스는 너무 천박 했고, 끝까지 남자를 물고 놓지 않을 흔해 빠진 헤픈 여자였으며, 말 은 또 어찌나 많았는지. 그녀의 입을 멈추게 할 수는 없었다. 그 무엇 도 그녀를 멈추게 할 수 없었다. 에드워드와 레오노라는 적어도 자존 심이 깊고 속을 잘 내비치지 않는 절제된 사람들이었다. 자존심과 절 제가 삶의 모든 것은 아니고, 최고의 가치도 아니리라. 하지만 그것이 당신이 지닌 특별한 장점인 경우엔, 그것을 놓아버리면 당신은 산산 조각이 난다. 그런데 레오노라가 그것을 놓아버렸다. 심지어 에드워 드보다도 레오노라가 먼저 놓아버렸다. 루터의 항의 성명서 앞에서 폭발해버렸을 때, 그녀의 입장을 생각해보라…… 그녀의 고통을……

레오노라 삶의 열정은 주로 에드워드를 되돌리는 데 치중해 있었 음을 기억해야 한다. 그 순간까지 그녀는 한 번도 그를 되찾는 일을 체념하지 않았다. 품위 없는 일로 보일지도 모르겠으나, 그를 되찾는 일이 레오노라에게는 그녀 자신만의 승리를 의미하는 데 그치지 않 았다는 것도 기억해야만 한다. 그 일은 세상 모든 아내들의 승리이며, 교회의 승리이기도 했다. 그것이 레오노라가 생각하는 의미였다. 조 금 이해하기 힘든 면이 있기는 하다. 에드워드를 되찾는 것이 왜 모든 아내들의 승리이며 사회와 교회의 승리를 의미했는지, 나는 잘 모르겠다. 어쩌면 어렴풋이 알 것 같기도 하고.

레오노라의 눈에 삶이란, 아내를 두고 외도를 욕망하는 남편들과 결국에는 남편을 되찾고자 하는 아내들의 영원한 성 대결이었다. 그것이 결혼에 대한 레오노라의 슬프고도 소박한 견해였다. 그녀에게 남자란 방황, 도를 넘는 행위, 외박, 말하자면, 발정기를 거쳐야만 직성이 풀리는 짐승 같은 존재였다. 레오노라는 소설을 거의 읽지 않았기에 결혼식 종소리로 이어지는 순수하고 영원한 사랑을 접해본 일이 거의 없었다. 레오노라는 망연자실하고 공포에 질린 채 어릴 적 다녔던 수녀원의 수녀원장을 찾아가 에드워드가 스페인 무희와 부정을 저질렀다고 이야기 했고, 레오노라에게는 대단히 지혜롭고, 신비롭게만 보였던 그 존경스런 늙은 수녀가 한 일이라고는 슬픈 얼굴로 고개를 저으며 이렇게 말한 것뿐이었다.

"남자들이란 다 그렇지. 하나님의 은혜로 결국에는 제자리로 돌아올 거야."

그게 그녀의 숙명이라고 영적 충고자들이 말해준 것이다. 아니면, 레오노라는 그들로부터 그렇게 배웠다고만 내게 말해줬으니까. 어쩌면 성직자들의 삶을 통해 그녀가 스스로 깨달은 교훈일 수도 있겠다. 그들이 대체 그녀에게 명확히 뭘 가르쳐 준 것인지 나는 모르겠다. 여자들의 운명은 하나님께 영광 돌리기 위해 인내하고, 인내하고, 또 인내하는 것이었다. "하나님의 더 큰 영광을 위하여."[69] 그러다가 약속

---

69. 가톨릭 예수회파의 핵심 표어로, 축약해서 AMDG (Ad Majorem Dei Gloriam)로 표기함.

된 그 날이 왔을 때, 만약 하나님이 합당하다 하시면, 보상을 받게 된다고 했다. 그렇다면 결국에는, 레오노라도 에드워드를 되찾는 데 성공하고, 모든 아내들이 기대할 수 있는 범위 안에서 그녀의 남자를 지킬 수 있어야 했다. 심지어 그 정도의 외도는 남자들에게는 자연스러운 것이고 용서할 만한 것이라고까지 배웠다. 마치 그들이 어린애들이기라도 한 것처럼.

가장 중요한 점은 신도들 사이에 소문이 나지 않아야 한다는 점이었다. 그래서 레오노라는 에드워드를 되찾겠다는 생각에 고통스러울 만치 격렬한 열정으로 매달렸다. 다른 것은 다 못 본 척하고 오직 한 가지 생각에만 전념했다. 그 생각이란, 그녀가 에드워드를 되찾았을 때, 그의 토지와 강직한 성격 덕택에 그가 여전히 부유하고 영광스러워 보였으면 좋겠다는 것이었다. 레오노라는 이 부정한 세상에서 가톨릭 여인 하나가 남편의 신의를 되찾는 데 성공했음을 보여주고 싶었다. 그리고 그 희망에 거의 도달했다고 생각했다.

메이지에 대한 그녀의 계획은 멋지게 성공하는 듯 보였다. 에드워드는 그 아가씨에게서 마음이 식어가는 것처럼 보였다. 나우하임에서 그는 늘 누워있는 그 애 곁에만 계속 있고 싶어 하지 않았다. 폴로 시합에 나갔고, 저녁에는 브리지놀이를 했으며, 기분이 유쾌하고 밝았다. 레오노라는 에드워드가 그 가엾은 애를 유혹할 생각이 없다는 확신이 들었고, 애초부터 그런 적이 없었다는 생각까지 들기 시작했다. 사실 그는 처음 메이지를 대하던 모습으로 돌아가고 있었다. 자기 여자를 세심하게 돌보는, 친절하고, 배려 넘치는 장교의 모습으로. 그들은 간간이 애정 표현을 하늘로부터의 여명처럼 굳이 숨기지 않고 훤히 드러냈다. 그리고 그가 우리와 잠깐 여행을 떠나도, 메이지는 초조해하는 것 같지 않았다. 또한 오후마다 늘 몇 시간씩 침대에 누워 있어야 했으면서도, 그러는 동안에 에드워드의 관심을 반드시 갈망하는 것도 아니었다.

그리고 에드워드는 레오노라에게 조금씩 다가오기 시작하고 있었다. 둘만 있을 때, 한 번인가 두 번, 사람들 앞에서는 자주 그랬지만, 그는 이렇게 말하기도 했다. "당신 정말 보기 좋은데!" 혹은 "정말 예쁜 드레스로군!" 레오노라는 플로렌스와 함께 파리에서처럼 잘 차려입고 프랑크푸르트에 가서 옷을 한두 벌 장만하기도 했다. 이제 그 정도 돈은 쓸 수 있게 됐고, 플로렌스는 옷에 관한 한 훌륭한 조언자였다. 레오노라는 수수께끼의 실마리를 잡아가는 것 같았다.

그랬다. 수수께끼를 풀 실마리를 잡아가고 있는 것처럼 보였다. 과거의 행동이 다소 잘못됐다는 생각도 하게 됐다. 돈 문제로 에드워드를 그렇게 심하게 통제하는 게 아니었다. 두려워하며 우유부단하게 결정한 일이었지만, 그의 수입을 스스로 관리하게 해준 건 잘한 일이라는 생각이 들었다. 에드워드는 레오노라에게 한 발짝 더 가까이 다가왔고, 그녀가 그 여러 해 동안 절약해온 것이 옳았다는 것도 진심으로 인정해줬다. 그러더니 어느 날 이렇게 말했다.

"당신이 옳았소, 레오노라. 마음대로 쓸 수 있는 여유 돈이 조금 있다니, 이보다 기쁜 게 없구료. 이제는 당신 덕에 그럴 수 있게 됐소."

그 순간이 그녀 인생에서 가장 행복한 순간이었다고 레오노라는 말했다. 에드워드는 그녀의 행복감을 알아챘다는 듯이 그녀의 어깨를 토닥이기까지 하였다. 그는 이제 옷핀을 빌린다는 명목으로 공공연히 그녀를 찾아오기도 했다.

그리고 메이지의 귓불을 때리고 나서 레오노라에게 강하게 든 생각은, 에드워드와 메이지 메이던 사이에는 은밀한 모의도 없었다는 것이었다. 이제부터 그녀가 해야 할 일이란 그저 그에게 돈을 두둑이 마련해주고 예쁜 아가씨들을 붙여 그의 마음을 즐겁게 해주는 것뿐이었다. 그가 그녀에게 돌아오고 있다는 확신이 들었다. 그 달부터 레오노라는 절대 도를 넘지 않는 그의 소심한 접근을 더 이상 물리치지 않았다. 에드워드는 정말로 소심하게 다가왔으니까. 그는 그녀의 어깨를 토닥였고, 카지노에서 만났던 특이한 인물들에 대한 소소한 농담을 그녀의 귀에 대고 속삭였다. 그게 농담할 거리도 안 되는 거였지만, 속삭인다는 것은 특별한 친밀감을 뜻했으니⋯⋯

그랬는데, 와장창! 모든 게 박살나고 말았다. 덧창을 통해 햇빛이 쏟아져 들어오던 높은 탑 안에서, 항의 성명서의 필사본을 보관한 유리 함 위에 놓인 에드워드 손목 위로 플로렌스가 자기의 손을 포개어 얹은 그 순간, 모든 것이 산산조각 났다. 아니, 어쩌면, 플로렌스를 응시하던 에드워드의 눈빛에 담긴 표정을 레오노라가 알아차린 그 순간이었는지도 모르겠다. 그건 레오노라가 잘 아는 표정이었다.

그들이 처음 만난 순간부터, 우리 넷이 모두 저녁 식탁에 둘러앉았던 그 순간부터, 레오노라는 플로렌스가 에드워드에게 눈빛을 보내고 있음을 알고 있었다. 하지만 에드워드에게 눈빛을 보내는 여자가 한둘이 아니었다. 기차에서, 호텔에서, 여객선에서, 길기리에서 수백 명도 넘게 보아왔다. 레오노라는 에드워드가 자기에게 추파를 던지는 여자들을 별로 좋게 생각하지 않는다는 결론도 얻었다. 그리고 그 당시 에드워드의 사랑 방식과 동기도 제법 정확하게 추정하고 있었다. 돌치키타와는 순간의 격정이었고, 바질 부인과는 진정한 사랑이었으며, 메이지 메이던과는 예쁜 연애 정도였다고 확신했다. 뿐만 아니라 레오노라는 오만한 마음으로 플로렌스를 경멸했으므로, 에드워드가 그녀에게 매력을 느끼리라고는 상상도 할 수가 없었다. 더구나 자신과 메이지는 그를 둘러싼 방어벽이 아니었던가.

레오노라는 계속 플로렌스를 주시해야겠다고 생각하고 있었다. 자기가 메이지의 뺨을 때린 사실을 플로렌스가 알고 있었기 때문이었다. 그리고 레오노라는 자기와 에드워드의 결혼 생활이 완벽해 보이기를 너무나 간절하게 바랐다. 하지만 모든 것이 그렇게……

위를 올려다보는 플로렌스의 파란 눈동자에 에드워드가 응답의 눈길을 보냈을 때, 레오노라는 모든 게 끝장났음을 직감했다. 그 시선은 두 사람이 좋아하고 싫어하는 것, 각자의 성격, 결혼제도에 대한 친밀한 대화를 오래도록 나누었음을 의미했다. 우리 네 사람이 함께 산책을 할 때면, 레오노라는 플로렌스와 에드워드를 1미터 가량 앞서서 나와 함께 걸었기 때문에 그것이 무엇을 의미하는지 잘 알고 있었다. 그때만 해도 좋고 싫은 것이나 그들의 성격, 혹은 결혼 제도에 대한 일반적인 대화 이상을 넘어섰다고는 상상도 하지 못 했다. 하지만 에드워드를 죽 지켜봐온 결과, 손 위에 손을 얹는 행위나, 눈빛에 대한 화답의 눈빛은 이제 그 일을 피할 수 없다는 뜻임을 레오노라는 알았다. 에드워드는 그렇게 진지한 사람이었다.

레오노라 쪽에서 두 사람을 갈라놓으려는 그 어떤 시도를 했다가는 에드워드를 되돌릴 수 없는 열정에 빠뜨릴게 확실했다. 전에도 말했듯이, 이해하기 힘든 면이기는 하나, 에드워드는 자신을 유혹하는 여자들의 손아귀에서 평생 벗어날 수 없다고 믿게할 만큼 천성적으로 착각에 빠져 있다는 것을 레오노라는 잘 알고 있었다. 그리고 바로 그 두 손이 맞닿는 순간, 그 여자는 그 남자의 유혹을 받을 당당한 권리를 얻었음을 레오노라는 알았다. 레오노라는 차라리 식사 시중을 드는 하녀가 낫겠다고 생각할 정도로 플로렌스를 경멸했다. 그런 하녀들 중에도 꽤 괜찮은 여자들이 있었다.

불현듯, 에드워드를 향한 메이지 메이던의 열정이 진심이었을 거라는 확신도 들면서, 이 일로 메이지의 가슴이 찢어질 것이며, 그 책임은 자신에게 있다고 레오노라는 생각하게 됐다. 그 순간 미쳐버릴 것 같았다. 레오노라는 내 손목을 잡고 계단으로 나를 끌고 내려가 채색된 높은 기둥과 높은 벽난로 선반이 있는 방을 지났다. 그녀가 완전히 미쳐버리진 않았던 것 같다.

그녀는 이렇게 말했어야 마땅했다.

"매춘부 같은 당신 아내가 내 남편을 넘보고 있다고요······"

그랬어야 효과를 볼 수 있었을 것이다. 하지만, 미쳐버릴 것 같은 상황에서도 그렇게까지 할 용기가 없었다. 그렇게 했다가 에드워드와 플로렌스가 함께 도망쳐 버릴까 겁나서였다. 그렇게 되면 레오노라는 에드워드를 되찾을 기회를 영영 놓쳐버리고 말게 될 터였다. 그러면서 내게는 아주 나쁘게 굴었다.

하긴, 레오노라는 극심한 고통에 시달리는 영혼이었고, 필라델피아 퀘이커 교도의 안위보다 자기 종교가 더 우월하다고 생각하는 사람이었으니까. 그건 괜찮다. 그 둘 중에서 로마 가톨릭이 더 중요한 것 같긴 하다.

메이지 메이던이 죽고 일주일이 지난 뒤, 레오노라는 플로렌스가 에드워드의 정부가 됐다는 사실을 알게 됐다. 플로렌스의 방문 앞에서 기다리다가 그곳에서 나오는 에드워드를 만났던 것이다. 그녀는 아무 말도 하지 않았고, 에드워드는 끙 하는 신음소리만 냈다. 에드워드도 마음이 편치 않았을 거라고 나는 생각한다.

플로렌스 때문에 레오노라는 정신적으로 형편없이 망가졌다. 레오노라의 삶과 기회가 모두 박살났다. 일단 레오노라는 절망했다. 천박한 여자와 천박한 관계를 맺은 에드워드를 어떻게 돌아오게 할 수 있을지 알 수 없었기 때문이었다. 여태까지 그의 안 좋은 행적이라고 생각해 낼 수 있는 것이라고는 바질 부인과의 관계뿐이었는데, 이제 그 관계는 은밀한 치정 관계라고 할 수도 없었다. 그것은 그 나름대로 꽤 순순한 연애였을 뿐이었다. 하지만 이번 일은 공포 그 자체였다. 그녀가 플로렌스를 혐오했기에 그 어느 때보다 그 음란함이 더더욱 혐오스러웠다. 그리고 플로렌스는 말이 많았다……

정말 끔찍한 일은, 플로렌스의 상황이 레오노라에게 그녀의 고귀하고 신중한 태도를 포기하게끔 압박했던 것이다. 플로렌스는 나와 레오노라 둘 중 누구에게 고백하느냐를 놓고 고민했던 것 같다. 그녀는 말을 해야 직성이 풀릴 것 같았다. 그리고 결국에는 레오노라에게 말해버리고 말았다. 왜냐하면 나에게 고백을 하려면 훨씬 더 많은 것을 말해야 했기 때문이었다. 적어도 자기 '심장'에 대한 얘기와 지미에 대한 얘기를 더 했어야만 했겠지. 그래서 플로렌스는 어느 날 레오노라에게 가서 끝도 없이 암시를 주기 시작했다. 결국 이런 말을 내뱉게

할 정도로 플로렌스는 레오노라를 격분하게 만들었다.

"당신이 에드워드의 정부라는 말을 내게 하고 싶은 거잖아요. 그렇게 하세요. 내겐 그 분이 전혀 도움이 안 되니까요."

그건 정말 레오노라에겐 재앙이었다. 일단 시작이 되면 플로렌스는 말하기를 멈추지 않았기 때문이다. 막아보려고 했지만 그렇게 해서 될 일이 아니었다. 레오노라는 에드워드와 말을 하지 않고 있었기에 플로렌스를 통해서 그에게 메시지를 전달해야겠다고 생각했다. 예를 들면, 나에게 그들의 관계를 말하는 날에는, 에드워드를 회복이 불가능할 정도로 파멸시켜 버릴 것이라는 얘기를 전달해야 했다. 그 당시 에드워드가 레오노라를 열렬히는 아닐지라도 사랑하는 마음만은 진심이었기 때문에 문제가 더욱 복잡해졌다. 그는 레오노라같이 좋은 여자에게 너무 부당한 대접을 하고 있다고 생각했다. 그녀는 너무나 애절해보였고, 그는 그녀를 위로하고 싶었다. 그는 자기가 너무나 망나니짓을 했기에, 그것을 보상하기 위해 못 할 짓은 없다고 생각했다. 그리고 플로렌스는 이런 내용의 정보를 레오노라에게 전했다.

레오노라가 플로렌스를 막 대한 것은 조금도 나무랄 생각이 없다. 플로렌스에게는 아주 좋은 일이었을 테니까. 하지만 결국에는 누군가와 소통하고 싶다는 욕망 앞에 무너져버린 것은 정말 못 마땅하게 생각한다. 그 일로 결국 레오노라는 자기 교회에서 떨어져 나왔다. 그녀는 자기가 한 일을 고해하고 싶지 않았다. 나를 속인 사실로 인해 신부님이 그녀를 비난할까봐 두려웠기 때문이다. 아마도 레오노라는 내 가슴을 찢어놓는 일보다 차라리 지옥행을 택하지 않았나 싶다. 일의 앞뒤를 따져보면 그렇다. 그럴 필요까지는 없었는데……

하지만, 같이 얘기 나눌 신부가 없으니 레오노라는 얘기할 누군 가가 필요했고, 플로렌스가 자꾸만 얘기하자고 하니까 지옥에 떨어 진 사람처럼 짧고 격정적인 말투로 대꾸를 하게 됐다. 지옥에 떨어 진 사람의 모습 그대로였다. 만약 이승에서 보낸 지옥 같은 시간들 이 지옥의 영원한 고통을 대체할 수만 있다면, 레오노라는 불지옥을 면할 수 있으리라.

레오노라와 플로렌스의 대화는 대략 이랬을 것이다. 레오노라가 그 아름다운 머리를 만지고 있으면, 플로렌스가 나타나, 그 당시 아내 를 둘 이상 맞이할 수도 있겠다는 에드워드의 천진한 생각을 전한다. 그런 생각을 품게 한 사람은 플로렌스였을 것이다. 인간의 심리가 괴 상한 것을 난들 어쩌랴. 하지만 그 당시에 에드워드가 그 어느 때보 다도, 혹은 실로 오랜만에, 레오노라를 좋아했던 것은 확실하다. 만 약 레오노라가 게임에 능한 사람이었고, 패를 잘 쓸 줄만 알았더라 면, 그리고 부끄러움을 모르는 사람이었더라면, 그 딱한 뻐꾸기를 둥 지에서 쫓아낼 시간이 올 때까지 에드워드를 플로렌스와 나눠가질 수 있었을 것이다.

플로렌스는 레오노라에게 다가와 그런 식의 제안을 했을 것이다. 아무렇게나 말을 했을 거라는 얘기는 아니다. 플로렌스는 밤늦은 시 간에 에드워드가 자기 방에서 나가는 모습을 레오노라에게 들키기 전까지는 자신이 그의 정부임을 말하지 않았다. 그 일로 플로렌스는 약간 움찔했지만, 자기는 '심장'이 약하기 때문에 에드워드의 마음을 좀 더 나은 상태로 끌어올리기 위한 대화만 나눴을 뿐이라고 우겼 다. 플로렌스는 그 레퍼토리를 계속 고수하는 수밖에 없었다. 왜냐하면 천하의 플로렌스라고 해도 자신이 에드워드의 정부임을 시인하면서, 레오노라에게 에드워드와 부부로 잘 지내라고 간청할 만큼 뻔뻔하지는 않았기 때문이다. 그럴 수는 없었다. 뿐만 아니라 플로렌스는 무언가를 떠들고 싶다는 욕망에 시달렸는데, 사이가 벌어진 그 부부의 화해 말고는 딱히 얘깃거리가 없었다. 그래서 플로렌스는 계속 떠들어댔고, 레오노라는 그저 머리를 빗을 뿐이었다. 그러던 중에 레오노라가 불쑥 이런 말을 던지지 않았을까.

"당신을 만진 손으로 에드워드가 내 몸에 손대면, 내가 더럽혀졌다고 느낄 것 같은데요."

그 말은 플로렌스를 잠깐 위축시켰을지 모르나, 일주일 정도가 지난 어느 날 아침, 그녀는 또 새로운 시도를 할 여자였다.

그리고 레오노라를 망가뜨리는 것은 그 일만이 아니었다. 그녀는 에드워드의 수입을 전적으로 그의 손에 맡기겠다고 약속했다. 그 말은 진심이었다. 물론 그의 은행 계좌를 몰래 들여다보긴 했겠지만, 그래도 약속을 정말 지켰다. 레오노라가 괜히 로마 가톨릭교도는 아니었던 것이다. 하지만, 가엾은 메이지의 죽음에 에드워드의 부정함이 크게 작용했다고 생각하니, 레오노라는 더 이상은 에드워드를 믿을 수가 없을 것 같았다.

그래서 그들이 브램셔로 돌아간 뒤 한 달이 채 되기도 전에, 에드워드가 지출하는 돈의 세세한 부분까지 들먹이며 에드워드를 괴롭히기 시작했다. 레오노라는 에드워드가 마음대로 수표를 쓸 수 있게 허락은 했지만 거의 모든 걸 일일이 검사했다. 그의 정부들에게 쓸 돈, 연 5백 파운드 정도를 넣어 두도록 허락한 개인 예금 계좌만 예외였다. 그는 파리에도 짧게 다녀와야 했고, 일주일에 두 번 정도 플로렌스에게 암호로 비싼 전보도 쳐야 했으니까. 하지만 와인이나 과실수, 마구(馬具), 대문, 그리고 그가 발명하려고 노력중인 신 특허 군용 등자에 들어간 대장장이 비용을 물고 늘어져 그를 괴롭혔다. 그가 왜 새 군용 등자를 발명하려고 힘을 빼는지 레오노라로서는 이해할 수가 없었다. 그리고 발명 마무리 단계에서 그가 등자의 설계도와 특허권을 육군성에 선물로 줬을 때는 화가 치밀었다. 정말로 훌륭한 등자였으니까.

에드워드가, 자식을 죽였다는 혐의를 받은 정원사의 딸을 무죄 석방해주기 위해 엄청난 시간과 거의 2백 파운드에 달하는 법률 수수료를 지불했다는 얘기는 내가 이미 한 것으로 알고 있다. 그게 에드워드 평생의 마지막 선행이었다. 낸시 러포드가 인도로 돌아간 무렵, 가장 끔찍한 어둠이 그의 가정을 덮고 있던 그때, 에드워드가 고통에 시달리면서도 그가 아는 한 가장 제대로 된 행동을 하기 위해 애쓰던 그때 일어난 일이었다. 그때마저도 레오노라는 에드워드가 들인 시간과 수고에 대해 한바탕 해댔다. 그녀는 낸시와 다른 여러 가지 일들로 에드워드가 교훈을 얻었을 거라고 어렴풋하게 생각하고 있었기 때문이다. 레오노라는 그의 은행 계좌를 모두 다시 압수해버리겠다고 협박했다. 아마도 그것 때문에 에드워드가 자기 목을 긋지 않았나 싶다. 그 일이 아니었으면, 어떻게든 버텨나갔을 텐데. 하지만 낸시를 잃은 마당에, 그에게 남은 것이라고는 더 이상 공익을 위해 봉사할 수도 없는 음울하고 따분한 날들뿐이라고 생각하니…… 그 생각은 그를 끝장냈다.

레오노라가 베이햄이라는 꽤 괜찮은 친구와 연애를 막 하려고 하던 때가 바로 그 무렵이었다. 그만하면 훌륭한 남자였다. 하지만 그 관계는 이루어지지 못 했다. 뭐, 그건 이미 한 이야기니까……

II

그러고 보니 내가 워터베리에 있을 때, 에드워드가 보내온 짤막한 전보에 담소나 나누게 내가 브램셔로 오길 바란다는 내용이 적혀 있었던 기억이 난다. 나는 그때 상당히 바빴던 때여서 2주 안에 출발하겠다는 전보를 보내야만 하나 생각 중이었다. 하지만 헐버드 씨의 변호사와 기나긴 면담을 하고 있던 중인데, 그 직후에는 플로렌스의 이모님들과 긴 얘기를 나눠야 했기에 전보 치는 일이 늦어졌다.

나는 플로렌스의 이모님들이 거의 아흔 살 정도로 폭삭 늙었을 거라고 생각했다. 마치 내가 미국을 떠난 지 30년은 된 것처럼 나의 시간은 너무나도 느리게 흘러간 듯한 느낌이었다. 하지만 12년이 지났을 뿐이었다. 헐버드 이모님은 겨우 예순, 플로렌스 헐버드 이모님은 쉰아홉이었고, 두 분 다 심신이 그보다 더 건강할 수는 없었다. 미국을 되도록 빨리 떠나겠다는 내 목표를 이루기엔 그분들의 정신이 너무나 건강한 상태였다. 헐버드 가문 사람들은 대단히 결속력이 강했지만 한 가지 점에서는 그렇지 못 했다. 세 사람 모두 각자 절대적으로 신임하는 주치의와 변호사가 따로 있었다. 그러면서 그들은 모두 상대방의 의사와 변호사를 불신했다. 자연히 의사와 변호사들은 헐버드 가문 사람들에게 늘 서로서로 경계하라고 경고했다. 그 때문에 모든 게 얼마나 복잡해졌는지 말도 못한다. 물론 나도 필라델피아의 내 조카, 카터가 추천해준 변호사가 따로 있었다.

서로 탐욕을 부려서 불쾌한 일이 생겼다는 얘기는 아니다. 문제는 다른 데 있었다. 도덕적 딜레마라고나 할까. 헐버드 씨는 그의 전 재산을 플로렌스에게 남기며 코네티컷의 워터베리에 심장병 환자 구제 시설의 성격을 띤 기념관을 설립해달라고 부탁했다. 플로렌스의 돈은, 헐버드 씨의 재산과 함께 모두 내가 받게 됐다. 그는 플로렌스보다 딱 닷새 먼저 세상을 떠났다.

나는 정확히 백만 달러를 심장병 환자들을 위해 쓸 생각이었다. 헐버드 씨는 약 150만 정도를 남겼는데, 80만 정도가 플로렌스의 몫이었고, 나 자신도 계산해보니 백만 정도는 내놓을 작정이었다. 어쨌든 그 정도면 정말 많은 돈이었다. 하지만 나는 당연히 살아계신 그의 친척들과 의논을 하고 싶었고, 그 때문에 시끄러워지기 시작했다. 알다시피, 헐버드 씨의 심장에는 정말 아무 문제도 없었던 것으로 밝혀졌다. 평생 폐에 좀 이상이 있었지만, 사인은 기관지염이었다.

플로렌스 이모님은 오빠가 심장 때문에 죽은 게 아니고 폐 때문에 죽었으니, 그 돈은 폐환자들에게 돌아가야 한다고 생각했다. 그게 자기 오빠의 바람일거라는 게 플로렌스 이모님의 주장이었다. 그런가 하면, 그 당시 나도 이해할 수 없었지만, 헐버드 이모님은 난데없이 그 돈을 내가 혼자 다 가져가야 한다고 주장했다. 헐버드 이모님은 헐버드 가문 이름으로 된 그 어떤 기념관도 반대한다고 했다.

뉴잉글랜드 사람들은 사망기사에 과시하는 내용이 들어가는 것을 싫어하기 때문이라는 게 당시 내 생각이었다. 하지만, 이모님이 에드워드 애시번햄에 대한 질문을 집요하게 계속해서 했던 일을 이제와 생각해보니, 이모님의 마음에는 다른 생각이 있었던 것 같다. 그리고 레오노라가 해준 얘기인데, 죽은 플로렌스의 옆 테이블에 헐버드 이모님 앞으로 편지가 한 통 놓여 있었고, 그 편지를 자기가 내게 말하지 않고 부쳤다고 했다. 그 와중에 플로렌스가 어떻게 이모에게 편지를 쓸 짬을 냈는지는 알 수가 없지만, 아무 말도 남기지 않고 이 세상을 떠나기 싫었을 수도 있겠다는 건 충분히 이해할 수 있다. 그러니까 플로렌스가 헐버드 이모님에게 에드워드 애시번햄에 대한 얘기를, 단어 몇 개를 휘갈겨 써서 전했던 모양이고, 바로 그 때문에 그 양반은 헐버드의 이름이 영원히 기억되지 않기를 바랐던 것 같다. 어쩌면 내가 헐버드 가문의 돈을 받아야 마땅하다고 생각했는지도 모른다.

결국 상당히 오랫동안 논의를 거쳐야 했다. 주치의들은 그렇게 오랜 시간 의논하는 것이 연로한 이모님들의 건강에 해롭다고 경고했고, 내게는 상대방을 경계하라고 은밀히 주의를 주기도 했으며, 헐버드 씨 주치의의 진단에도 불구하고 헐버드 씨의 사인이 심장병이 맞을 수도 있다고도 했다. 그리고 변호사들은 그 돈을 어떻게 투자하고 신탁하고 묶어두어야 하는지에 대해 저마다 다른 방법을 제시했다.

개인적으로, 나는 그 돈을 투자해서 그 이자로 심장병 환자들을 위해 쓰고 싶었다. 헐버드 씨가 심장병으로 죽지는 않았다고 해도 그 기관에 문제가 있다고 느끼긴 했으니까. 게다가 플로렌스의 사인은 내가 목격했듯이 진짜 심장병이었다. 그런데 헐버드 이모님이 그 돈은 폐병 환자들에게 가야한다고 주장하자, 폐병 환자들을 위한 시설도 또한 분명 필요하다는 생각이 들었고, 150만 달러 중에 심장병 환자들에게 보내기로 마음먹었던 액수 일부를 그쪽으로 송금했다. 그러면 각각의 질병 시설로 75만 달러씩 돌아가는 셈이었다. 나는 돈에 목을 매고 있지는 않았다. 낸시 러포드가 편안하게 지낼 수 있게 해주는데 필요한 만큼만 있으면 됐다. 낸시가 살고 싶어 한 영국에서 생활비가 얼마나 드는지는 잘 몰랐다. 그 당시 그녀가 필요로 하는 건 고급 초콜릿과 좋은 말 한두 필, 단순하고 예쁜 드레스 정도면 그만이었다. 시간이 흐른 뒤에는 더 많은 것을 원할 수도 있겠지만. 그런 시설에 150만 달러를 기부한다고 해도 나는 여전히 2만 정도의 연수입이 있었고, 그만하면 낸시가 행복하게 지낼 수 있다고 생각했다.

어쨌든, 그 마을의 절벽 위에 서 있는 헐버드 저택에서 우리는 꽤 힘든 논쟁을 벌였다. 침묵하는 청자여, 당신이 만약 유럽인이라면 이런 게 무척 우스워 보일지도 모른다. 하지만 이런 종류의 도덕적 문제들과 몇 백만 불을 시설에 기부하는 것이 미국에서는 무척 심각한 사안이다. 부유한 계층에게는 그런 문제들이 정말 중요한 사안이다. 미국 사회에는 귀족도 없고 올라야 할 신분의 사다리도 없어, 그런 데에 시간과 노력을 쏟아 부을 필요가 없다. 또한 점잖은 사람들은 정치에 관심이 없고 노인들은 스포츠에 관심이 없다. 그래서 내가 그 도시를 떠날 때 헐버드 이모님과 플로렌스 이모님은 정말 눈물깨나 흘리셨다.

나는 꽤 급작스럽게 떠났다. 에드워드의 전보가 도착하고 몇 시간 뒤, 레오노라에게서도 전보가 왔기 때문이었다. "그래요, 세빌 와주세요. 당신이 오면 큰 도움이 될 거예요." 나는 내 변호사에게 그가 원하는 대로 쓸 수 있는 돈이 150만 달러이며, 용도는 이모님들이 결정하셔야 한다고 간단히 말했다. 사실 나는 오랜 토론에 지쳐 있었다. 아직까지 이모님들에게서 들은 소식은 없지만, 헐버드 이모님이 사실을 폭로했든, 도덕적인 명분을 들어 살살 달랬든 간에 코네티컷 워터베리에 그들 이름으로 기념관을 짓는 것은 불가하다고 플로렌스 이모님을 설득했을 것이다. 내가 애시번햄 부부와 머물 예정이라고 말씀드리자, 헐버드 이모님은 몹시 흐느껴 울었지만, 무슨 말을 하지는 않으셨다. 그때 나는 이모님의 조카가 나와 결혼하기 전에 이미 지미라는 녀석의 유혹에 넘어갔었다는 사실을 알고 있었지만, 플로렌스를 모범이 되는 아내로 생각한다는 인상을 주기 위해 무진 애를 썼다. 사실 그 당시만 해도 나는 플로렌스가 결혼 이후에는 완벽하게 도덕적이었다고 여전히 믿고 있었다. 나는 그녀가 내 집에 사는 동안에도 그 녀석과 그런 관계를 지속할 만큼 형편없는 여자라고는 생각하지 못했다. 뭐, 내가 바보였던 게지. 하지만 그 당시 나는 플로렌스에 대한 생각에 빠져 있지 않았다. 내 마음은 브램셔에서 일어나는 일에 온통 쏠려 있었다.

전보 두 통은 낸시와 관련이 있는 것이라는 생각이 들었다. 어쩌면 낸시가 어딘가 탐탁찮은 젊은이에게 애정을 느끼기 시작했다는 기미가 포착됐고 레오노라는 무슨 일이 생기기 전에 내가 얼른 돌아와 낸시와 결혼해주길 바라는 것일지도 몰랐다. 내 마음속으로는 그런 상상을 거의 확신하고 있었다. 그리고 그 아름다운 곳에 도착하고 열흘이 지날 때까지도 그 생각에는 변함이 없었다. 에드워드도, 레오노라도 날씨와 농작물 얘기 말고는 아무것도 내게 하려들지 않았다. 그곳에는 젊은 청년들이 여럿 있었지만 낸시가 특별히 호감을 보이는 남자는 전혀 눈에 띄지 않았다. 내게 즐거운 농담을 할 때를 제외하고 낸시는 분명 아파 보였고, 불안해 보였다. 아, 얼마나 어여쁜 아이였는지……

아마도 그들이 탐탁찮아 한 젊은이는 그 집에 출입을 금지당했고, 그 때문에 낸시가 조바심을 내는 것이라 나는 짐작했다.

실상은 지옥과 같았다. 레오노라는 낸시에게만 말했고, 낸시는 에드워드에게 말했고, 에드워드는 레오노라에게 말했다. 이런 식으로 그들은 끊임없이 얘기하고 또 얘기했다. 그저 얘기뿐이었다. 암울함과 희미한 빛, 그리고 이런저런 감정들이 고요한 밤을 밤새껏 떠돌아다니는 끔찍한 그림을 연상하면 된다. 나의 아리따운 낸시가 긴 머리를 늘어뜨리고, 에드워드의 침대 발치에 불쑥 나타나, 그의 옆에 켜둔 불빛에 어른거리며, 그림자를 길게 늘어뜨린 채 서 있는 모습을 상상하면 된다. 유령처럼 조용하고 고뇌에 찬 모습으로, 그를 제정신으로 돌리기 위해 자신을 그에게 바치려 하는 그녀를 그려보면 될 것이다! 그리고 혼이 나간 채 거절하는 그의 모습, 그리고 이어지는 말들. 그리고 말들! 오, 신이시여!

그 집에서 지내는 동안 나는 마치 조용하고 질서정연한 일상의 매력에 싸여 지내는 것 같았다. 마치 애무하듯 조심스럽게 내 의복을 준비해놓는 말수 없고 노련한 하인들이 있었다. 매 시간마다 나타나 시중을 드는 그들은 점잖고, 질서 있고, 헌신적인 사람들로 보였고, 늘 미소를 짓고 있었으며, 적절한 시간을 두고 자리를 피해주는가 하면, 차로 운전해 나를 모임에 데려다줬다. 정말 좋은 사람들! 어떻게 그렇게 할 수 있을까?

어느 날 저녁식사 자리에서 전보를 막 뜯은 레오노라가 이렇게 말했다.

"낸시는 아버지와 함께 지내기 위해 내일 인도로 갈 거예요."

아무도 말이 없었다. 낸시는 자기 접시만 응시했고, 에드워드는 먹던 꿩고기를 계속 먹기만 했다. 나는 기분이 몹시 나빴다. 그날 저녁까지도 낸시에게 청혼하는 것은 내게 달린 일이라고 생각하고 있었기 때문이다. 낸시가 떠날 것이라는 얘기를 나에게 해주지 않은 것이 너무나 이상했지만, 내가 아직 파악하지 못한 영국의 미묘한 관례이겠거니 생각해버렸다. 그 당시에 나는 내 어머니의 사랑을 믿듯, 에드워드와 레오노라, 그리고 낸시 러포드를 믿었고, 예로부터 평화롭던 그 집의 평온을 믿었다는 것을 당신은 기억해야 한다. 그리고 그날 저녁 에드워드가 내게 입을 열었다.

이제 그 사이에 무슨 일이 있었는지 말하려고 한다.

레오노라는 이제 에드워드를 신임할 수 있음을 알았기 때문에, 나우하임에서 돌아오자 그녀는 완전히 무너져버렸다. 심신이 무너져 내리는 게 어떤 것인지를 당신이 조금이라도 알고 있다면, 이 일이 이상하게 들리지도 않을 것이다. 우리를 위해 운명이 준비해 놓은 엄청난 고통을 겪어낸 후, 긴장이 풀리고 더 이상 할 일이 없어지게 되는 순간 바로 그렇게 되는 것이다. 남편의 오랜 투병과 죽음 후에 미망인의 심신이 허물어지는 것이나, 기나긴 노 젓기 대회를 끝내고 선원들이 자기의 노 앞에 널브러지는 것과 비슷하다. 레오노라의 경우도 마찬가지였다.

에드워드 목소리에서 감지되는 어떤 어조에서, 나우하임 호텔의 저녁 식탁에서 일어설 때 충혈 된 눈으로 그녀를 바라보는 길고 흔들림 없는 그의 시선에서 레오노라는 알 수 있었다. 에드워드의 도덕적 양심의 가책 때문에, 혹은 사회적 도의 때문에, 혹은 이런 천박한 짓까지는 할 수 없다는 그의 생각 때문에, 그 불쌍한 소녀와의 관계에서 낸시는 온전히 안전하다는 것을. 그 소녀에게 에드워드는 전혀 위험한 사람이 아님을 레오노라는 확신했다. 그리고 그 확신만큼은 그녀가 전적으로 옳았다. 충돌은 그녀 안에서 일어나고 있었다.

레오노라는 긴장이 풀렸고, 무너졌다. 처음에는 급속도로, 그러다 점차 가속도가 붙어 운명의 강을 따라 떠내려갔다. 종교의 규제에서 풀려난 레오노라는 평생 처음으로 본능적인 욕구에 따라 행동했다고 말 할 수 있겠다. 그것이 더 이상 레오노라다운 모습이 아니었다고 해야 할지, 아니면 그녀의 기준, 관례, 전통의 틀에서 놓여나면서 처음으로 그녀 본연의 모습을 찾았다고 해야 할지 나는 잘 모르겠다. 레오노라는 낸시에 대한 강렬한 모성과, 자신이 사랑하는 남자가 평생의 마지막 사랑을 만난 것에 대한 강렬한 질투 사이에서 갈가리 찢겨졌다. 겉으로 표현은 안 했지만, 그녀는 이런 열정을 품고 있는 에드워드의 약점에 역겨움을, 견뎌내고 있는 그의 고통에는 강렬한 동정심을 동시에 모두 느꼈다. 또한 낸시와의 이 특이한 관계에서 오점을 남기지 않고 참아내겠다는 그의 결심에 대해서도 그녀는 마찬가지로 강렬한 존경심을 스스로 인정하지 않을 수 없었다.

인간의 마음이란 참으로 불가사의하다. 그 당시 그렇게 행동하면서도, 레오노라가 에드워드의 마지막 미덕을 그렇게 증오하지는 않았다는 게 정말 믿기 어렵다. 그를 경멸하고 싶었으리라. 그가 이제 자신에게서 영영 떠나버렸음을 레오노라도 깨닫고 있었으리라. 그렇다면, 그가 신음하고, 고통에 몸부림치도록 팽개쳐버려 둘 수도 있었다. 가능하기만 하다면 그를 아주 산산조각내서, 그의 조각난 결심들로 지어올린 지옥에 떨어지도록 내버려 두어도 되었다. 레오노라는 다른 방법을 택할 수도 있었다. 그 소녀 낸시를 다른 친구들과 지내도록 보내버리거나, 다른 구실을 만들어 그녀를 혼자만 어디로 보내버릴 수도 있었다. 그래도 문제를 해결할 수는 없었겠지만 그나마 괜찮은 방법이었을 것이다…… 하지만, 그 당시, 가엾은 레오노라는 다른 식으로는 행동할 수가 없었다.

한때는 에드워드를 몹시도 동정하는 마음이 들어 레오노라는 동정하는 마음에 따라 행동했고, 그러다가 그를 증오하는 마음이 들면 그 증오심이 명하는 대로 움직였다. 폐결핵으로 죽어가는 사람이 헐떡거리듯 그녀도 헐떡였다. 그녀는 다른 사람의 영혼과 소통을 미친 듯이 갈구했다. 그리고 그녀가 선택한 것은 그 소녀 낸시의 영혼이었다.

어쩌면 낸시는 레오노라가 대화를 나눌 수 있는 유일한 상대였는지도 모른다. 속을 드러내지 않는 성격과 차가운 태도 때문에 레오노라는 친한 사람이 거의 없었다. 라 돌치키타에 대해 귀띔을 해줬던 웰란 대령 부인과 삶의 길잡이 역할을 해주던 성직자 한두 명밖에는 없었다. 웰란 대령 부인은 그 당시에 마데이라[70]에 가 있었고, 성직자

---

70. 마데이라: 모로코 해안가에서 350마일 떨어진 곳에 위치한 포르투갈의 섬. 기후가 온화해서 요양하기에 적합한 곳.

들은 레오노라가 피했다. 그녀의 주소록에는 700명의 이름이 적혀 있었지만, 그중에 레오노라가 대화를 나눌 만한 사람은 단 한 명도 없었다. 그녀는 브램셔 텔레라의 애시번햄 부인일 뿐이었다.

브램셔의 고귀한 애시번햄 부인이었던 레오노라는 밝고 바람이 잘 통하고, 감탄스러울 만치 좋은 그녀의 방 침대에 하루 종일 누워 있었다. 무명 커튼과 치펀데일[71] 식 가구, 그리고 조파니와 주케로[72]가 그린 애시번햄 조상들의 초상화가 있는 방이었다. 여우사냥이 있을 때면, 마차로 갈 수 있는 거리라고 생각하여, 겨우 몸을 일으켜 에드워드에게 자기와 소녀를 네거리나 시골 별장까지 데려다 달라고 했다. 돌아올 때는 소녀를 먼저 에드워드의 말에 태워 보내고 자신은 혼자 마차를 타고 왔다. 그 해 레오노라는 두통이 너무 심하여 말을 탈 수 없었다. 그녀의 암말이 발을 내디딜 때마다 그녀는 끔찍히 고통스러웠다.

하지만 레오노라는 능숙하고 신중하게 마차를 몰았고, 기머스 부부와 파우크스 부부, 그리고 헤드리 시튼스 부부에게 미소를 짓는 것도 잊지 않았다. 게이트를 열어주는 소년들에게 동전을 던져주는 것도 잊는 법이 없었다. 레오노라는 높은 이륜마차의 의자에 꼿꼿이

---

71. 토마스 치펀데일(1718~79)은 영국 가구의 황금시대를 열었던 영국의 가구 디자이너. 로코코 취향을 바탕으로 여러 시대·지역의 양식을 도입하여 치펀데일 양식을 창시함으로써 유럽 가구에 큰 영향을 수였나.

72. 조파니 (Johann Zoffany, 1733~1810): 주로 영국에서 활동한 독일 태생의 신고전주의 화가. 극적인 풍경화와 인물화로 유명함.
페데리고 주케로 (Federigo Zuchero, 1543~1609): 이태리 태생의 화가로, 그가 그린 영국의 엘리자베스 여왕과 메리 여왕의 초상화가 유명함.

앉아, 에드워드와 낸시가 사냥개들과 함께 떠날 때는 손도 흔들어 주었다. 그리고 추운 날씨에 이렇게 말하는 그녀의 맑고 높은 목소리를 누구나 들을 수 있었다.

"좋은 시간 보내요!"

가엾고 쓸쓸한 여자!

그래도 아주 작은 위로가 되는 것이 있었다. 바로 늘 그녀를 쫓는 로드니 베이햄의 시선이었다. 레오노라가 그와 연애를 해보려고 애써 보았다가 실패한 지 3년이 흘렀다. 하지만 그는 여전히 겨울날 아침마다 그녀에게 다가와 "안녕하세요."라고 말했다. 애원하는 눈빛은 아니었지만 이렇게 말하는 듯 했다. "독일 사람들의 말처럼, 나를 당신 마음대로 할 수 있어요."

정말 큰 위로가 되었다. 그와 다시 시작해볼 작정은 절대 아니었고, 다만 이 세상에서, 승마 바지를 입는 사람들 중에도 믿을 수 있는 영혼이 한 명이라도 있다는 게 위로가 됐다. 그리고 아직까지 레오노라의 외모가 망가지지 않았다는 것도 증명이 되는 셈이었다.

정말로, 그녀의 외모는 그대로였다. 레오노라는 마흔이었지만, 수녀원을 나오던 날처럼 늘씬한 모습 그대로였다. 윤곽은 또렷했고, 머리카락 색도 선명했으며 눈동자의 짙은 파란색도 그대로였다. 거울을 보면 자신도 그것을 알 수 있었지만, 그래도 혹시나 하는 의심이 늘 있었는데…… 로드니 베이햄의 눈길이 작은 의심까지도 없애줬다.

레오노라가 전혀 늙지 않은 것은 매우 특이했다. 아마도 오랜 슬픔이 빚어내는 특유의 아름다움과 젊음 때문인 모양이다. 이건 너무 섬세한 표현인 것 같다. 그러니까 내 얘기는, 만약 모든 게 너무나 잘

됐더라면, 레오노라는 지나치게 매정하고 고압적인 사람이 됐을 수도 있다는 것이다. 그녀는 어느 정도 능력도 있으면서 타인의 마음을 잘 공감해주는 사람으로 순화돼 보였다. 정말 드문 조합이 아닐 수 없었다. 말수는 적었지만 레오노라는 타인에게 공감을 잘해 주는 인상을 주었다. 그녀가 당신 말을 들어줄 때는 멀리서 들려오는 소리도 동시에 듣고 있는 것처럼 보였다. 인간사의 기록이라는 것이 슬픔의 기록이기에, 당신이 하는 대체로 슬픈 얘기들에 그녀는 귀를 기울였으며 또한 모두 잘 받아들였다.

레오노라는 낸시가 밤의 공포를 견디고, 낮에는 해로운 곳들을 피할 수 있게 이끌어 줬을 것이다. 그리고 그 점이 소녀가 레오노라를 열정적으로 사랑한 이유를 설명하는 것이리라. 왜냐하면 레오노라를 향한 낸시의 사랑은 가톨릭 신자들이 성모 마리아와 여러 성인들에게 느끼는 경배 수준이었다. 낸시가 레오노라의 발아래 목숨까지도 내어놓을 수 있을 정도였다고 말해도 과한 말이 아니었다. 사실, 낸시는 레오노라의 발아래 자기의 미덕과 이성을 모두 헌납했다. 그것은 그녀의 생명이라고 하기에 충분한 것들이었다. 차라리 낸시가 죽는 편이 소녀 자신에게도 훨씬 더 좋았을 텐데……

이 모든 생각들이 해로울지도 모르겠지만, 자꾸만 그런 생각들이 밀려온다. 이제 다시 본론으로 돌아가야겠다.

나우하임에서 돌아왔을 때 레오노라는 두통이 도졌다. 하루 종일 이어지는 두통을 앓는 동안 말도 한마디 할 수 없었고, 작은 소리도 참아낼 수 없을 정도였다. 그러면, 낸시는 날마다 몇 시간이고 아무 말 없이 꼼짝 않고 그녀 옆에 앉아 손수건을 식초와 물에 적셔가며 생각에 잠기곤 했다. 그 일은 물론 에드워드와 단 둘이만 식사를 하는 것도 낸시에게 쉽지 않았을 테고, 에드워드에게도 끔찍하리만치 힘들었을 것이다. 물론, 에드워드의 태도도 흔들렸다. 달리 어찌 할 수 있었겠는가? 어떤 때는 조용히 앉아 손도 대지 않은 음식을 내려다보기만 했다. 낸시가 그에게 말을 걸어오면 단답형으로밖에는 말하지 못했다. 그때는 소녀가 자신과 사랑에 빠질까봐 두려운 마음뿐이었다. 또 어떨 때는 와인을 조금 마시고 용기를 내서, 낸시의 말을 매어둔 말뚝이나 울타리에 대한 농담을 건네거나 치트랄 사람들의 습관에 대해 이야기를 나누기도 했다. 자기가 따분한 사람이 되어버린 걸 소녀가 견디기 힘들어 할 것이라는 생각이 들 때면, 그렇게 행동했다. 그리고 나우하임의 공원에서 했던 이야기는 그녀에게 전혀 해를 끼치지 않았다는 것도 알게 됐다.

하지만 사실 그 모든 것이 낸시에게는 상당히 좋지 않은 영향을 끼쳤다. 점차 에드워드가 훌륭한 개나, 믿을 수 있는 말, 혹은 친구처럼 언제나 변함없이 명랑한 아저씨가 아니라, 감정의 기복이 심한 사람임을 낸시는 점차 알게 됐다. 그리고 총기실로 사용하는 서재의 안락의자에 깊숙이 앉아 무서울 정도로 우울하게 앉아 있는 그의 모습을 발견하기도 했다. 얘기를 나눌 상대가 없을 때, 그는 늙은 사람, 죽은 사람의 얼굴을 하고 있다는 것을 낸시는 그 열린 문 틈 사이로 보게 됐다. 그리고 아저씨와 아줌마 부부가 자기가 생각한 모습과는 크게 다르다는 것도 점차 보이기 시작했다. 아주 천천히 자리 잡은 확신이었다.

그 모든 게 에드워드가 셀메스라는 젊은이에게 늙은 말을 한 필주면서 시작됐다. 셀메스의 아버지는 어떤 사기꾼 변호사에게 걸려들어 망했고, 셀메스 가족은 사냥용 말을 팔아야 했다. 그건 인근에 동정심을 크게 불러일으킨 사건이었다. 어느 날 에드워드는 그 젊은이를 만나 말에서 내렸는데, 그가 너무나 불행해 보인 나머지 늙은 아일랜드계 콥종 말을 주겠다고 했다. 정말로 바보 같은 짓이었다. 그 말은 삼사십 파운드나 나가는 말이었고, 그 말을 줘버리면 아내가 화를 낼 것이라는 것도 에드워드는 알고 있었다. 하지만 그 아버지를 평생 알고 지낸 에드워드로서는 그 불행한 젊은이를 위로하고 싶었다. 더구나 문제를 더욱 악화시킨 것은 그 젊은이가 말을 키울 돈조차 없다는 거였다. 이를 알아챈 에드워드는 말을 주겠다는 제안을 하자마자 얼른 이렇게 덧붙였다.

"물론, 상황이 좀 좋아질 때까지, 아니면 이 말을 팔고 싶어질 때까지는 브램서에 두어도 좋네."

낸시는 곧장 집으로 가서 이 모든 것을 누워 있던 레오노라에게 말했다. 낸시는 에드워드가 고통 받는 젊은이의 감정과 상황을 신속히 배려한 멋진 처사라고 생각했다. 낸시는 이 얘기가 레오노라의 기분을 좋게 해줄 거라 생각했다. 이렇게 훌륭한 남편을 뒀다고 생각하면 그 어떤 여자라도 기분이 좋아져야 마땅한 법이니. 낸시가 아이 같은 생각을 한 것은 아마 그것이 마지막이었을 것이다. 두통 때문에 차분했지만 처참할 정도로 허약해져 있던 레오노라는 돌아누우며 소녀에게 충격적인 말을 했기 때문이다.

"그가 내 남편이 아니라 제발 너의 남편이었으면 좋겠다고 하나님께 빌고 싶어. 우리는 망하고 말 거야. 우리는 망할 거라고. 정말 내겐 단 한 번의 기회도 허락하지 않는군!"

그러더니 레오노라는 갑자기 격정적으로 눈물을 흘리기 시작했다. 그녀는 한쪽 팔꿈치로 베개에서 몸을 일으켜 앉더니 울고, 울고, 또 울었다. 얼굴을 가린 손가락 사이로 눈물이 뚝뚝 흘러 내렸다.

낸시는 인격적 모욕을 당한 것처럼 얼굴을 붉히고, 말을 더듬다가, 훌쩍거리기 시작했다.

"하지만 만약 에드워드 아저씨가······" 하고 입을 뗐다.

"그 남자는" 레오노라는 엄청나게 독한 말투로 말했다. "자기가 입고 있는 옷, 내 옷, 그리고 네 것까지 벗겨 아무한테나 내줄······" 레오노라는 말을 끝내지 못 했다.

그 순간 레오노라는 남편에 대해 극도의 증오와 경멸을 느끼고 있었다. 오전과 오후 내내 레오노라는 침대에 누워 에드워드와 소녀가 함께 있다는 생각을 하고 있던 중이었다. 들판에 함께 있다가 어스름해지면 풀을 헤치고 집으로 돌아올 거라고. 레오노라는 뾰족한 손톱으로 손바닥을 박박 긁고 있었다.

축 처진 겨울 날씨 속에서 집안은 너무나 고요했다. 그런데, 영원할 것 같던 고문 끝에, 문이 열리는 소리와 소녀의 밝은 목소리가 집안을 침범해 들어왔다.

"겨우살이 밑이었는데요, 뭐······" 그리고 에드워드의 낮은 목소리가 이어졌다. 그리고 낸시가 층계를 급하게 올라와 발소리를 죽이며 문이 열린 레오노라 방 앞으로 다가왔다. 브랜셔 저택의 넓디넓은 오크나무 복도 바닥에는 호랑이 가죽이 깔려 있었다. 이 복도를 돌아가면 레오노라 방으로 이어지는 홀이 나온다. 아무리 최악의 두통에 시달릴 때도 레오노라는 방문을 열어놓기를 좋아했다. 아마도 그래야 자신에게 다가오는 파멸과 재앙의 발자국 소리를 미리 들을 수 있다고 생각했던 모양이다. 아무튼 그녀는 방문을 닫아놓고 있는 것을 너무나 싫어했다.

그 당시에 레오노라는 에드워드를 죽도록 증오했고, 소녀의 얼굴 위로 말채찍도 내리칠 수 있었다. 이렇게 슬픈 참에 낸시는 어쩜 저렇게 젊고, 날씬하고, 즐거울 수가 있는가? 낸시는 대체 무슨 권리로 레오노라의 남편을 즐겁게 해주는 여자 역할을 차지한단 말인가? 레오노라는 낸시가 에드워드를 행복하게 해준다는 것을 알고 있었다.

그랬다. 레오노라는 말채찍을 낸시의 어린 얼굴에 내리치고 싶었다. 채찍이 그 기묘한 아이의 얼굴로 떨어질 때의 기쁨을 상상해 보았다. 채찍 손잡이를 내려쳐 그 애의 피부 깊숙이 상처를 내고 오래도록 흉터를 남길 때의 그 기쁨을.

사실, 레오노라의 말들은 정말로 소녀의 마음에 깊은 상처를 냈고, 오래도록 없어지지 않을 흉터를 남겼다……

두 사람 다 그 이후에는 그 얘기를 다시 꺼내지 않았다. 그렇게 2주가 흘렀다. 촉촉이 적시는 비와 질척거리는 들판, 그리고 악취가 나는 2주였다. 레오노라의 두통은 아주 말끔히 가신 것 같았다. 에드워드가 소녀를 돌보는 동안 레오노라는 베이햄의 안내를 받아 두 번이나 사냥을 나갔다. 그러던 어느 저녁, 세 사람이 저녁을 먹고 있을 때, 에드워드가 그 당시 어딘가 기묘하고, 차분하고, 무거운 어조의 목소리로 이렇게 말했다. (그는 식탁만 내려다보고 있었다.)

"난 낸시가 아버지를 위해 뭐라도 해야 한다는 생각을 좀 해봤소.

그는 이제 늙어가고 있으니. 내가 러포드 대령에게 낸시를 보낼까 한
다는 편지를 보냈소."

레오노라가 외쳤다.

"어떻게 그럴 수가? 어떻게 그럴 수가 있어요?"

소녀는 손을 심장에 대고 소리쳤다. "아, 나의 구세주여, 도와주세
요!" 소녀는 묘하게도 그런 생각을 했고, 그 말이 저절로 입 밖으로
터져 나왔다. 에드워드는 아무 말도 하지 않았다.

그리고 그날 밤, 지옥 속에 허덕이는 우리의 상황을 주목하던 악
마의 무자비한 장난에 의해 낸시 러포드는 자기 엄마로부터 편지를
받았다. 그 편지는 레오노라가 에드워드와 이야기를 나누고 있을 때
배달됐다. 그렇지 않았다면 늘 그랬듯이, 그 편지도 중간에서 가로채
없앨 수 있었을 텐데. 정말 놀랍고도 끔찍스러운 편지였으니까……

무슨 내용인지는 나도 모른다. 그저 낸시가 받은 충격으로 보아,
어떤 하찮은 남자와 눈이 맞아 도망을 쳤던 엄마가 완전히 바닥으로
떨어지는 짓을 했다고 어림잡아 볼 뿐이다. 진짜로 거리로 나앉았는
지 어쨌는지는 모르겠으나, 남편이 입에 풀칠이나 하라고 보내준 돈
으로 엄마가 근근이 버텼을 거라는 짐작은 간다. 그리고 낸시에게 보
낸 편지에, 어미는 굶고 있는데 어떻게 딸이란 것이 혼자 사치스럽게
살고 있냐며 질책했던 것 같다. 러포드 부인은 아주 상황이 좋을 때
도 잔인하게 굴던 여자였기에, 그 편지에는 정말 끔찍한 소리를 써댔
을 것이 뻔하다. 자기 방에서 한 가지 슬픔을 좀 잊어보고자 그 편지
를 뜯어보던 소녀에게 그 편지는 악마의 웃음소리처럼 들렸으리라.

그 순간의 내 가엾은 소녀를 떠올리는 것조차 견디기가 어렵다……

그리고 그와 같은 시간, 레오노라는 차가운 마귀처럼 불행한 에드워드에게 욕을 퍼붓고 있었다. 아니, 어쩌면 그는 불행하지 않았을지도 모르겠다. 그는 자기가 옳다고 믿는 일을 했으니 행복했을지도. 판단은 당신에게 맡기겠다. 어쨌든 에드워드는 의자에 깊숙이 앉아 있었고, 레오노라는 9년 만에 처음으로 그의 방에 들어왔다. 그리고 이렇게 말했다.

"당신은 내게 평생 잔인하게 굴었지만, 이번처럼 잔인한 적은 처음이에요." 그는 꼼짝도 하지 않았고, 그녀를 쳐다보지도 않았다. 레오노라의 마음을 그 누가 제대로 알겠는가.

밤에도 그 아버지 목소리 때문에 소스라치던 소녀가 바로 아버지에게 돌아간다는 걱정과 공포가 가장 큰 이유였을 거라고 나는 믿고 싶다. 그리고 그런 마음이 매우 컸던 것은 사실이지만, 소녀의 존재로 에드워드를 고문하고 싶다는 생각도 없지는 않았으리라. 그 당시에 레오노라는 충분히 그럴 수 있었다.

에드워드는 의자에 깊이 파묻혀 있었고, 그 방에는 녹색 유리 갓이 덮인 초 두 개가 놓여 있었다. 녹색 갓은 책장의 유리에 반사됐다. 책장 안에는 책 말고 녹색 덮개가 덮인 반짝이는 갈색 총과 낚싯대가 들어 있었다. 어둑한 그곳의 벽난로 선반 위에는 박차, 발굽, 말의 청동 모형, 그리고 어둡게 나온 흰색 말 사진이 놓여 있었다.

"당신이 그 애와 사랑에 빠진 걸 내가 모른다고 생각한다면……" 레오노라는 원기 있게 말을 시작했지만 말을 어떻게 끝맺어야 할지 알 수 없었다. 에드워드는 꿈쩍도 하지 않았고, 단 한마디도 하지 않았다. 레오노라가 다시 말을 이었다.

"나와 이혼하고 싶다면 그렇게 해줄게요. 그럼 그 애와 결혼하세요. 그 애도 당신을 사랑하니까."

레오노라 말로는, 그 말에 에드워드가 끙 하는 신음소리를 냈다고 했다. 그리고 레오노라는 방을 나갔다.

그 뒤에 레오노라에게 무슨 일이 일어났는지는 아무도 모른다. 그녀 자신도 모르는 게 분명하니까. 아마도 내가 지금 기록할 수 있는 것 이상으로 에드워드에게 뭔가 얘기를 더 했겠지만, 내게는 그렇게만 이야기해줬고, 나는 얘기를 지어낼 생각은 없다. 그 당시 레오노라의 정신 상태를 감안하면, 에드워드가 입을 굳게 다물고 앉아 있는 동안, 그녀는 그의 과거에 대해 호된 질책을 했을 것이라고 짐작할 수 있다. 그리고 정말로, 그 뒤에 그 일에 대해 얘기할 때 레오노라는 여러 차례 이렇게 말했다. "내가 원래 하려고 했던 것보다 훨씬 더 심하게 했어요. 그이가 너무 조용히 있지만 않았어도 안 그랬을 텐데." 그를 자극해서 무슨 말이든 하게 하려고 그랬던 것이리라.

자기의 슬픔을 다 쏟아내며 너무 말을 많이 해서였을까, 레오노라의 심경에 변화가 생겼다. 그녀는 긴 복도 끝의 자기 방으로 돌아가 오랫동안 생각에 잠겨 있었다. 그리고 이기심은 온데간데없이, 자기 경멸에 빠져들었다. 에드워드를 되돌리려는 노력, 그의 씀씀이를 제한하려던 노력, 그 모든 노력들은 다 물거품이 됐고, 자기는 아무짝에 쓸모도 없다고 혼잣말을 했다. 이제는 지쳐버렸다고, 모든 게 끝장났다고 생각했다. 그러자 엄청난 두려움이 엄습했다.

자기가 퍼부은 말 때문에 에드워드가 자살을 할지도 모른다고 생각했다. 레오노라는 홀로 나가 귀를 기울여봤지만, 복도의 괘종시계에서 들려오는 규칙적인 소리 말고는 온 집안이 조용했다. 하지만 아무리 안 좋은 상황에서도 레오노라는 머뭇거릴 사람이 아니었다. 그녀는 행동했다. 곧장 에드워드의 방으로 가서 문을 열고 들여다봤다.

그는 총의 약실에 기름칠을 하고 있었다. 그 밤에, 잠옷을 입은 채로 그러는 것은 정말 드문 일이었다. 그럼에도 불구하고, 그가 그 도구로 자기 자신을 쏠 거라는 생각을 레오노라는 전혀 하지 못했다. 머릿속을 비우기 위해 그냥 뭔가에 몰두하려는 것이라 생각했다. 그녀가 문을 열자, 그가 올려다봤다. 녹색 촛불 갓의 구멍을 통해 뻗어 나온 불빛이 그의 얼굴을 비췄다.

레오노라가 말했다.

"낸시가 여기 있을 거라고 생각한 건 아니에요." 레오노라는 그 말을 그에게 빚졌다고 생각했다. 그러자 그가 대답했다.

"당신이 그렇게 생각했을 거라고 생각하지 않았소." 그날 밤 그가 한 유일한 말이었다. 그녀는 그 긴 복도를 마치 절름발이 오리처럼 걸어 나왔고 어두운 복도에 깔린 익숙한 호랑이 가죽에 걸려 넘어질 뻔했다. 다리를 끌며 걷기도 힘들었다. 홀에서 보니 낸시의 방문이 반쯤 열려있고, 그 방에 불이 켜져 있었다. 갑자기 뭔가 조치를 취하고 싶은 욕구가, 해명을 하고 싶다는 갈증이 광기처럼 그녀를 덮쳤다.

그들의 방은 모두 홀에 연결돼 있었다. 레오노라의 방은 가장 동쪽으로, 바로 그 옆이 소녀의 방이고, 소녀의 방 옆이 에드워드의 방이었다. 컴컴한 밤을 기회 삼아 찾아들 누군가를 위해 입을 벌리고 있는, 나란히 열린 세 방의 문을 보고 있자니 온몸에 소름이 끼쳤다. 레오노라는 낸시의 방으로 들어갔다.

소녀는 수녀원에서 배웠던 대로 안락의자에 미동도 않고 꼿꼿이 앉아 있었다. 마치 교회처럼 소녀는 차분해보였고, 그녀의 검은 머리카락은 휘장처럼 양쪽 어깨를 덮고 있었다. 그 옆으로 불이 밝게 타오르고 있는 걸 보면 방금 석탄을 더 넣은 게 틀림없었다. 그녀는 발등까지 내려오는 하얀 실크 가운을 입고 있었다. 벗어둔 옷은 반듯하게 의자 위에 놓여 있었고, 그녀의 양 손은 분홍과 하얀색 천 등받이 의자의 양쪽 팔걸이에 얹혀 있었다.

이런 얘기들은 레오노라가 내게 들려준 거였다. 에드워드로부터 자기를 아버지에게 돌려보내겠다는 말을 듣고, 엄마의 편지를 받은 그 밤에 그처럼 말끔히 옷을 개어놓았다는 것이 이상했다고 했다. 봉투에 담긴 그 편지는 그녀의 오른손에 쥐어 있었다.

레오노라도 처음에는 그 사실을 눈치 채지 못했다.

"이렇게 늦게 뭐하고 있는 거니?"

소녀가 대답했다. "그냥 생각 중이었어요."

그들은 생각과 대화도 숨죽이며 했던 것 같다. 그러다가 레오노라의 시선이 그 봉투로 갔고 러포드 부인의 필체가 눈에 들어왔다.

그때는 바로 생각 자체도 불가능했던 순간이었다고 레오노라는 말했다. 마치 사방에서 돌이 날아와 그저 도망치는 수밖에 없는 그런 상황. 마음속의 외침이 들려왔다.

"너 때문에 에드워드가 죽어가고 있어. 죽어가고 있다고. 우리 둘 모두에게 과분한 사람인데……"

소녀의 시선은 레오노라를 지나쳐 반쯤 닫힌 문으로 향했다.

"내 불쌍한 아버지, 내 불쌍한 아버지."

"넌 여기에 있어야 해." 레오노라가 맹렬하게 말했다. "반드시 여기에 남아있어야 해. 내 말대로 무조건 여기에 있어."

"글래스고로 가겠어요. 내일 아침에 글래스고로 떠날 거예요. 엄마가 글래스고에 계세요." 낸시가 대답했다.

러포드 부인이 그 난잡한 생활을 이어나가는 곳이 글래스고였던 모양이었다. 그녀가 그 도시를 고른 이유는 더 살기 좋아서가 아니라 그곳이 고향인 남편에게 되도록 더 많은 고통을 안겨주고 싶었기 때문이었다.

"에드워드를 살리려면, 넌 여기에 있어야 해. 널 사랑하는 마음 때문에 그가 죽어가고 있어."

소녀는 차분한 눈으로 레오노라를 보았다.

"저도 알아요. 그리고 저도 그 분을 사랑해서 죽어가고 있어요."

레오노라는 자기도 모르게 공포와 슬픔으로 '아' 하고 탄식을 내고 말았다.

"바로 그래서," 소녀는 말을 이어나갔다. "글래스고에 가려는 거예요. 엄마를 어떻게 해서라도 그곳에서 데리고 나와야겠어요." 그곳에서의 마지막 한 달이 그녀를 여인으로 만들었다고는 해도, 그녀의 말은 아직도 여학생의 낭만을 지니고 있었다. 마치 너무 빨리 자라버려서 머리를 올릴 새도 없었던 것처럼. 그리고 그녀는 이렇게 덧붙였다. "우리는 쓸모없는 인간이에요. 엄마와 저는."

레오노라는 무서울 정도로 차분하게 말했다.

"아니야. 아니야. 너는 쓸모없는 아이가 아니야. 쓸모없는 사람은 바로 나야. 널 갖지 못해서 그이가 저렇게 망가지도록 내버려 둘 수 없어. 넌 그의 여자가 돼야 해."

소녀는 아주 기묘한 종잡을 수 없는 미소를 지었다고 레오노라는 말했다. 마치 자기가 천 살쯤 먹고, 레오노라는 아주 어린애이기라도 한 것처럼.

"결국은 그걸 알게 되실 거라고 생각했어요." 소녀는 아주 천천히 말했다. "하지만 우리는 그럴 자격이 없어요. 에드워드 아저씨와 저는요."

III

셀메스라는 젊은이에게 말을 줘버린 사건에 대해 레오노라가 그런 언급을 한 이후, 낸시는 줄곧 생각에 빠져 있었다. 이모 침대의 머리 맡에 며칠씩 앉아 있어야 했기에 그녀는 곰곰이 생각에 몰두해오고 있었다. (낸시는 늘 레오노라를 자기 이모처럼 생각해 왔다.) 그리고 에드워드와 계속 말없는 식사를 하면서도 생각 말고는 할 게 없었다. 그러면 그는 가끔씩 그 충혈된 눈과 주름지고 근심에 찬 입으로 그녀에게 미소를 지어보이기도 했다. 그러자 에드워드는 레오노라를 사랑하지 않으며, 레오노라는 에드워드를 증오한다는 것을 점차 깨닫게 됐다. 그리고 몇 가지 일들로 그 확신은 더 확고해졌다.

그 당시 낸시가 신문을 보는 것은 허락돼 있었다. 아니, 어쩌면 레오노라는 늘 침대에 있었고, 에드워드는 혼자 아침을 먹고 일찍 사유지로 나갔기 때문에, 혼자 신문과 함께 남겨졌다는 편이 더 맞겠다. 어느 날 낸시는 신문에서 무척 낯익은 여자의 사진을 발견했다. 그 밑에는 이렇게 적혀 있었다. '브랜드 부인, 8면에 보도된 이혼 소송의 원고.' 낸시는 이혼 소송이 무슨 밀인지 몰랐다. 낸시는 양질의 교육을 받고 자랐지만 로마 가톨릭에서는 이혼을 허용하지 않았다. 레오노라가 어떻게 그렇게 해냈는지는 나도 잘 모르겠다. 아마도 조신한 여자들은 그런 것을 읽지 않는다는 인상을 낸시에게 심어줬을 테고, 그 영향으로 낸시는 신문의 그런 면을 그냥 넘겨 버리고도 남았을 것이다.

하지만 낸시는 브랜드 부부의 이혼 소송에 대한 기사를 읽었다. 레오노라에게 그 사건에 대해 얘기해주고 싶어서였을 것이다. 두통이 물러가면 레오노라도 그들이 좋아하는, 크라이스트처치의 브랜드 부인에게 무슨 일이 일어나고 있는지 알고 싶을 것이라 낸시는 생각했던 것이다. 소송은 사흘간 이어졌고, 낸시가 처음 읽게 된 기사는 셋째 날의 기사였다. 에드워드는 특유의 체계적인 방식으로 한 주의 신문을 총기실 선반 위에 모아두었고, 낸시는 아침 식사를 끝내면 조용한 방으로 올라가 알차게 독서를 즐겼다. 낸시에겐 그 일이 너무나 이상한 사건으로 느껴졌다. 특정한 날 브랜드 씨가 행했던 일과에 대해 변호사가 왜 그렇게 집착하는지 이해할 수가 없었다. 브랜드 가족이 살고 있는 크라이스트처치 올드 홀의 침실 도표가 왜 재판장에 증거로 제출이 되는지도 알 수가 없었다. 방문이 잠겨 있었는지 아닌지를 왜 그렇게들 알려고 하는지도 도무지 알 수가 없었다. 우스울 따름이었다. 어른들이 겨우 그런 일에 시간을 허비하는 게 말이 안 되어 보였다. 변호인단 중 한 명이 브랜드 씨에게 너무나 집요하고 주제 넘도록 럽튼 양에 대한 감정을 따져 묻는 것도 정말 이상했다. 링우드에 사는 럽튼 양을 낸시도 잘 알고 있었다. 두 곳이나 텁수룩한 하얀 털이 말굽 뒤에 난 말을 즐겨 타던 명랑한 아가씨였다. 브랜드 씨는 럽튼 양을 사랑하지 않는다고 주장했…… 당연히 사랑하지 않겠지, 그는 결혼한 남자인데. 그건 마치 에드워드 아저씨가 레오노라

이모가 아닌 다른 사람을 사랑한다는…… 그래, 사랑한다는 것과 같지 않은가. 사람들이 결혼하면 사랑은 끝나기도 했다. 물론 품행이 안 좋은 사람들도 있었지만, 그런 사람들은 주로 가난한 사람들이거나 그녀가 아는 사람들과는 다른 부류의 사람들이었다.

낸시는 그런 문제들을 그렇게 이해했다.

그런데 나중에 브랜드 씨가 누군가와 '부적절한 관계'를 맺었다고 고백했다는 사실을 알게 됐다. 낸시는 그가 다른 누군가에게 아내의 비밀을 얘기한 것이라고 생각했고, 그게 왜 중한 범죄가 되는지 이해가 안 됐다. 물론 신사다운 행동은 아니었고, 브랜드 씨에 대한 인상이 나빠진 것도 사실이었다. 하지만 브랜드 부인이 그 잘못을 용서한 것으로 미루어, 브랜드 씨가 발설한 비밀이 그렇게 중요한 것은 아니라는 생각이 들었다. 나우하임으로 가기 한두 달 전에 낸시는 브랜드 씨가 아이들과 '눈 가리고 잡기 놀이'를 하다가 아내를 잡았을 때, 그녀에게 입을 맞추던 모습을 봤다. 그렇게 온화하던 브랜드 씨, 그리고 브랜드 부인의 사이가 최악이었다는 것이다. 정말 믿을 수 없는 일이었다.

하지만 사실이 그렇다고 글자로 찍혀 있었다. 브랜드 씨는 음주를 과하게 했고, 술에 취하면 브랜드 부인을 때려 쓰러뜨렸다는 거다. 기사 끝에는, 브랜드 씨가 아내를 학대하고 럽튼 양과 간통을 저지른 것으로 판결이 내려졌다고, 몇 단어로 짤막하게 기술돼 있었다. 그 기사의 마지막 말들은 낸시에 아무 느낌도 전해주지 않았다. 그러니까 실감이 나지 않았다. 간통은 응당 저지르면 안 되는 것으로 알고 있었다. '그런데 왜 그러면 안 되는 걸까'라고 낸시는 생각했다. 아마도 그런 짓은 제철이 아닐 때 연어를 잡는 것처럼 사람들이 하지 않는 행위일지도 몰랐다. 그리고 간통이란 키스나 포옹과 관련이 있다는 것까지도 알게 됐다.

그 기사를 읽고 낸시는 모호함, 고통스러움, 공포, 사악함을 느꼈다. 읽을수록 역겨움이 커졌다. 심장은 고통스럽게 고동쳤고, 낸시는 울기 시작했다. 어떻게 이런 일을 허락할 수 있는지, 하나님께 물었다. 그러면서 에드워드가 레오노라를 사랑하지 않고, 레오노라는 에드워드를 미워한다는 확신이 더 강해졌다. 그렇다면, 아마도 에드워드 아저씨는 다른 누군가를 사랑하고 있는지도 몰랐다. 그건 상상도 할 수 없는 일이었다.

만약 그가 레오노라 외의 다른 사람을 사랑할 수 있는 거라면, 왜 그게 나면 안 될까? 여태껏 드러나지 않았던 그녀의 격렬한 마음이 그렇게 묻는 거였다. 하지만 그가 그녀를 사랑하는 것은 아닌데⋯⋯ 이것이 그녀가 어머니의 편지를 받기 한 달 전의 일이었다. 낸시는 그 역겨움이 가라앉을 때까지 그 문제를 놓아버렸고, 그러기까지 하루 이틀이 걸렸다. 레오노라의 두통이 사라진 것을 알게 되자, 레오노라에게 브랜드 부인이 남편과 이혼했다는 얘기를 불쑥 꺼냈다. 그리고 그게 정확히 무엇을 의미하는지 물었다.

레오노라는 복도의 소파에 누워있었는데, 몸이 너무 약해진 상태라 대답할 말을 찾기도 힘든 상태였다. 그래서 그냥 이렇게 대답했다.

"브랜드 씨가 다시 결혼할 수 있다는 뜻이야."

낸시가 말했다.

"하지만⋯⋯ 하지만⋯⋯ 그럼 브랜드 씨가 럽튼 양과 결혼할 수 있다는 거겠네요." 레오노라는 그렇다는 뜻으로 그저 손을 까딱해보였다. 눈은 감은 채였다.

"그러면……" 낸시가 다시 입을 열었다. 그녀의 푸른 눈에는 공포가 가득했고, 그 위의 눈썹은 팽팽해졌으며, 입가에는 고통이 그어놓은 주름이 선명했다. 그녀의 눈에 비친 거실의 풍경이 갑자기 완전히 다르게 보였다. 양 끝에 놋쇠로 만든 꽃이 달린 장작받침쇠는 너무나 비현실적으로 보였고, 그 위에서 타고 있는 장작들은 이제 그냥 장작으로만 보일 뿐, 더 이상 파괴할 수 없는 평안한 삶의 상징으로 보이지 않았다. 높은 난로의 뒷벽 앞에서 불길이 타올랐고, 낮잠을 자던 세인트 버나드는 한숨을 쉬었다. 밖에서는 겨울비가 하염없이 내렸다. 그러다가 에드워드가 다른 누군가와 결혼을 할 수도 있겠다는 생각이 불현듯 들자, 자기도 모르게 비명을 지를 뻔했다.

벽난로 앞으로 반쯤 가까이 당겨놓은 긴 의자 위에 검정색과 금색이 섞인 베개에 얼굴을 묻고 옆으로 누워있던 레오노라가 눈을 떴다.

"제 생각에는……" 낸시가 말했다. "저는 상상도 못 했어요…… 결혼은 신성한 것 아닌가요? 깰 수 없는 것 아닌가요? 저는 한 번 결혼이란 걸 하면…… 그러면……" 그녀는 흐느끼고 있었다. "결혼이 한 번 이루어지면, 삶과 죽음처럼 인간이 어찌할 수는 없는 거 아닌가요?"

"그건, 교회의 법이지 이 나라의 법은 아니야." 레오노라가 말했다.

"아, 그렇죠. 브랜드 부부는 개신교죠."

낸시는 갑자기 자기의 두 어깨에서 무거운 짐을 내려놓은 듯한 느낌이 들었고, 한 시간 가량은 마음이 편안해졌다. 헨리 8세와 개신교가 생겨난 기반을 기억해내지 못했다는 사실이 너무나 바보스럽게 느껴졌다. 스스로를 비웃을 일이었다.

긴 오후가 더디게 흘러갔다. 가정부가 장작을 더 넣었을 때도 불길은 여전히 타오르고 있었고, 잠에서 깬 세인트 버나드가 느릿느릿 부엌으로 걸어갔다. 그때 레오노라가 눈을 뜨고 차갑게 말했다.

"너는? 너도 결혼할 거라는 생각은 안 하니?"

너무나도 레오노라 답지 않은 말에 어둠 속에 있던 소녀는 순간 깜짝 놀랐다. 하지만 다시 생각해보니, 그것은 너무나 당연한 질문이었다.

"잘 모르겠어요. 저랑 결혼하고 싶어 할 사람이 있을지 모르겠어요."

"너랑 결혼하고 싶은 사람들은 여럿 있어." 레오노라가 말했다.

"하지만 저는 결혼하고 싶지 않아요. 저는 이모와 에드워드 아저씨와 계속 살고 싶어요. 제가 방해가 된다거나, 저 때문에 돈이 많이 드는 것 같지는 않을 것 같아서요. 제가 만약 떠나게 되면 이모도 친구를 구하셔야 할 테고. 아마 저도 제 생계를 위해 돈을 벌어야 되겠죠."

"내가 그런 생각을 했던 건 아니야." 레오노라는 똑같이 무덤덤한 목소리로 말했다. "돈은 너희 아버지가 부족하지 않게 대줄 거야. 하지만 사람들은 으레 결혼하기를 바라잖아."

그 다음에는 레오노라가 소녀에게 나와 결혼하고 싶은 생각이 있냐고 물었을 테고, 낸시는 그렇게 하라고 하면 하겠지만, 그래도 자기는 그냥 그곳에서 계속 살고 싶다고 얘기했을 것 같다. 그리고 낸시는 이렇게 덧붙였다.

"제가 만약 누군가와 결혼을 하게 된다면, 그 사람이 에드워드 아저씨 같은 분이면 좋겠어요."

레오노라는 너무나 깜짝 놀라 긴 의자 위에서 몸부림치며 소리쳤다. "아, 하나님!……"

낸시는 가정부를 부르고, 아스피린과 젖은 수건을 가지러 뛰어갔다. 레오노라의 고통스러운 표현이 육체적인 고통 때문이 아닐 수도 있다는 것을 낸시는 상상도 하지 못 했다.

이 모든 사건이 레오노라가 그날 밤 소녀의 방에 들어가기 한 달 전에 일어난 것임을 당신은 기억해야 한다. 또다시 그 전 일을 얘기하고 말았지만, 어쩔 수가 없다. 이 여러 사람들 얘기를 한꺼번에 하는 게 너무나 어렵다. 레오노라의 최근 얘기까지 해놓고 나면, 그 다음에는 저만큼 뒤떨어져 있는 에드워드 얘기를 해야 한다. 그러면 소녀의 이야기는 너무나 뒤처져 버린다. 이 이야기를 일기 형식으로 적을 수 있었으면 좋으련만. 그러니까, 9월 1일, 그들이 나우하임에서 돌아왔다. 레오노라는 곧장 침대에 자리 보존하고 누웠다. 10월 1일 쯤에는 그들 모두가 함께 사냥을 하러 다녔다. 낸시는 이미 에드워드의 행동이 이상하다는 것을 확실히 간파했다. 같은 달 6일에 에드워드는 셀메스라는 젊은이에게 말을 줬고, 낸시는 레오노라 이모가 에드워드 아저씨를 사랑하지 않는다고 믿을 만한 근거를 발견했다. 그 달 20일에 낸시는 18일자 신문부터 연달이 시 흘간 실린 문제의 그 기사를 읽었다. 그리고 23일, 낸시는 결혼에 대한 일반적인 생각과 자신의 결혼 문제에 대해서 레오노라와 대화를 나누었다. 레오노라가 낸시의 방으로 간 것은 11월 12일이나 돼서 일어난 일이었다.

그러니까 낸시는 3주간 가만히 생각을 정리해볼 시간이 있었다. 음울한 하늘 아래, 움푹 꺼진 곳에 자리 잡은 데다 전나무들과 그 컴컴한 그림자들로 둘러싸인 오래된 집에서 하는 생각은 자연 어두울 수밖에 없었다. 어린 소녀에게 좋은 환경은 아니었다. 그 전까지는 다소 우습기도 하고 다소 무의미하게 느껴지던 문제인 사랑에 대해 낸시는 생각하기 시작했다. 그 전까지만 해도 낸시가 무심히 보고 넘겼던 책의 내용들이 생각났다. 바드룰바두르 공주[73]를 사랑한 어떤 이의 이야기가 떠올랐다. 사랑은 불꽃이며, 갈증이고, 그게 뭔지는 잘 모르지만 생명력을 말려 죽이는 것이라고 했다. 사랑은 사랑에 빠진 절망적인 사람의 눈을 참담하게 만드는 것이라고 했던 것도 희미하게 기억이 났다. 책에서 사랑 때문에 술꾼이 되어버린 인물의 이야기를 기억해냈고, 사랑에 빠진 사람은 무거운 한숨으로 끝나는 법이라는 것도 기억해냈다. 낸시는 구석에 있는 작고 오래된 피아노를 치기 시작했다. 소리가 높고 낭랑한 악기였지만 식구들 중 누구도 음악에 취미가 있는 사람은 없었다. 간단한 곡 몇 개를 칠 줄 아는 낸시는 어느새 피아노를 치고 있었다. 그녀는 창가에 앉아 날이 저무는 것을 보고 있었다. 레오노라는 누군가를 만나러 나갔고, 에드워드는 새로 만든 작은 숲에서 뭘 심어놓은 것을 돌보고 있었다. 그래서 낸시는 혼자 피아노를 치고 있는 자신을 발견하게 됐다. 어떻게 하다가 피아노를 치기 시작한 것인지 자기도 알 수 없었다. 어둠 속에서 우스

---

73. 바드룰바두르 : 아라비안나이트 이야기에 등장하는 공주.

꽹스럽고 경쾌한 곡조가 그녀에게 다가왔다. 마치 다리 밑으로 흐르는 어두운 물 표면에 반짝이던 빛들이 녹아들며 흔들리다 컴컴한 심연으로 사라지듯, 흥겹게 이어지던 장조의 곡조가 흔들리며 단조의 곡조로 녹아들었다. 뭐, 이런 별 것 아닌 옛날 곡조일 뿐이었다……

이 곡조에는 가사도 있었다. 버드나무에 관한 것이었던 것 같다.

그대는 사랑을 잃은 자들이 찾는
유일하게 진실한 최상의 나무

뭐 그런 가사였다. 헤릭[74]의 시로 생각되는데, 고음의 변칙적이고 경쾌한 음악은 그 시인의 시풍과 잘 어울렸다. 황혼이 지고 있었다. 실내를 떠받치고 있는 무겁고 어두운 기둥들은 애도하는 사람들 같았고, 불길은 사그라져 하얀 재 사이로 불똥만을 드러냈다. 장소, 빛, 시간, 모두 다 너무나 감상적이었다……

그리고 갑자기 낸시는 자신이 눈물을 흘리고 있음을 알았다. 조용히 울다가, 경련을 일으키듯 흐느꼈다. 즐거운 것, 매력적인 것, 빛, 달콤함, 모든 것이 삶에서 사라져버린 것 같았다. 그녀를 에워싸고 있는 건 불행, 불행, 불행뿐이었다. 자기가 아는 사람 중에 행복한 이는 하나도 없고, 자기 자신도 고뇌에 찬 채……

에드워드의 두 눈이 절망적이었다는 사실이 생각났다. 술을 너무 과하게 마시는 게 틀림없었고, 때로는 깊은 한숨을 쉬었다. 그 내부

---

74. 로버트 헤릭(Robert Herrick, 1591~1674): 17세기 영국 왕당파 시인으로 격조를 갖춘 목가적 서정시 작가로 유명.

의 불길이 그를 태우고, 갈증으로 영혼이 메말라 가며, 생명이 말라 붙고 있는 것처럼 보였다. 그리고 에드워드가 레오노라가 아닌 다른 사람을 사랑하고 있다는 확신이 자꾸만 그녀를 괴롭혔다. 그녀가 조금 학습한 종파주의에 따르면, 가톨릭 신자는 그런 짓을 하지 않는다는 것을 상기했다. 하지만 에드워드는 신교도였다. 그럼 에드워드는 다른 누구를 사랑한다는 뜻이리라……

그 생각이 들고 나자 그녀의 눈동자에 절망이 찼고, 그녀는 옆에 있는 세인트 버나드처럼 한숨을 쉬었다. 식사 때가 되면 와인 한 잔을 들이키고 싶은 욕망을 참기 어려웠다. 그리고 두 잔, 석 잔. 그러면 즐거워지는 것 같았다…… 하지만 한 30분이 지나면 즐거움은 사라졌고, 곧 내부의 불길에 휩싸여 갈증으로 영혼이 생기를 잃고, 생명이 말라비틀어지는 느낌이 들었다. 어느 날 저녁, 그녀는 에드워드의 총기 보관실에 들어갔다. 그는 국가 예비역 위원회 모임에 가고 없었다. 그의 의자 옆 테이블에는 위스키 병이 놓여 있었다. 그녀는 그것을 와인 잔에 가득 따라 들이켰다.

그러자 그녀 몸이 정말로 불길에 휩싸이는 것 같았다. 다리가 부어오르고, 얼굴에선 열이 났다. 낸시는 긴 몸뚱이를 방까지 끌다시피 올라가 어둠 속에 누웠다. 그녀의 몸 아래에서 침대가 빙글빙글 돌았다. 낸시는 자신이 에드워드의 품안에 있다는 생각에 빠져들었다. 그녀의 상상 속에서 그는 벌겋게 달아오른 그녀의 얼굴과 양쪽 어깨에, 그리고 활활 타오르는 그녀의 목에 입을 맞췄다.

낸시는 두 번 다시 술에 손을 대지 않았다. 그 이후 그런 생각은 그녀의 마음속에서 자취를 감췄고, 견딜 수 없는 수치심만을 남겼다.

그러나 그 수치심도 그녀의 머리로는 도저히 받아들일 수 없는 것이었기에 어느새 사라져버리고 말았다. 에드워드가 다른 사람을 사랑한다는 사실이 괴로운 이유는 오직 레오노라에 대한 동정심 때문인 것 같았다. 그리고 남은 생을 레오노라의 시녀로 바닥을 쓸고, 시중을 들고, 수를 놓으며 살리라 결심했다. 데보라였던가, 중세의 어느 성녀처럼. 사실 나는 가톨릭 성인들에 대해서는 잘 모른다. 하지만 낸시는 정말로, 하얀 방에서 꽃에 물을 주거나 수틀에 수를 놓으며 입을 꾹 다문 채, 우울하고도 진지한 얼굴로 살아가는 인물을 그려보았던 것 같다. 아니면, 에드워드와 아프리카로 가서 그를 공격하는 사자에게 몸을 던져 자기 목숨을 대가로 그를 살려내어 레오노라에게 보내주고 싶다는 생각도 했다. 뭐, 슬픈 생각들과 함께 아이 같은 생각도 했던 거겠지.

그녀는 인생에 대해서는 아무것도, 정말 아무것도 알지 못했다. 사람은 슬프게 살 수밖에 없다는 것, 이제 그것만 알았다. 에드워드가 자기를 인도에 있는 아버지에게 보내고 싶어 한다는 사실과 엄마로부터 온 편지가 동시에 그녀에게 충격을 준 날 밤을 낸시는 이렇게 보냈다. 처음에는 자비로운 구세주를 불렀다. 그녀는 우리의 주님을 그녀의 자비로운 구세주라 생각했고, 신께서 그녀를 인도에 가지 않게 만들어 주실 거라고 생각했다. 그러나 곧 에드워드가 그녀를 인도에 보낼 결심이 확고하다는 것을 그의 행동에서 읽게 됐다. 그렇다면 가는 게 옳았다. 에드워드의 결정은 늘 옳았으니까. 그는 엘시드였고, 로엔그린이었으며, 중세기사 베야르였다.

그럼에도 불구하고 마음속에서 반발심과 반항심이 일었다. 그 집을 떠날 수는 없었다. 다른 여자와의 정사를 자기가 목격하지 못하도록 에드워드가 자기를 떠나보내는 거라는 생각이 들었다. 낸시는 에드워드에게 그가 다른 여자와 만나는 것을 직접 볼 마음의 준비가 되어있다고 말하려고 했다. 그러니 그곳에 남아 레오노라를 위로하겠다고.

그때 엄마로부터 처절하리만치 충격적인 편지가 도착했다. 내 생각에 그녀의 엄마는 이와 비슷한 말을 했을 것이다. '그렇게 풍요롭게 존중받으며 살아갈 권리가 너 따위에게는 없어. 너는 나와 함께 거리에 있어야 해. 네가 러포드 대령의 딸이란 건 어떻게 확신하지?' 낸시는 이 말이 무슨 말인지 알지 못했다. 눈이 내리는 어느 처마 밑에서 잠자는 엄마의 모습을 그려봤다. '거리에서'라는 말이 그녀에게 심어준 인상 때문이었다. 관념적인 의무감 때문에 어머니께 가서 위로를 해드려야 한다고 생각하게 됐다. 비록 그 말이 무슨 뜻인지는 제대로 알지 못하지만, 자기를 낳아주신 어머니였으니까. 그와 동시에 낸시는 어머니가 다른 남자와 눈이 맞아 아버지를 떠났다는 사실도 알고 있었다. 그래서 아버지가 불쌍했고, 아버지의 목소리만 들어도 벌벌 떤 것이 얼마나 못할 짓이었는지 생각했다. 어머니가 그런 여자였으면, 아버지가 광기에 차 어머니를 때려 바닥에 쓰러뜨린 것도 이상한 일이 아니었다. 그리고 자신의 첫 번째 의무는 부모님이라고 양심의 소리가 속삭였다. 그런 의무감에 사로잡혀 낸시는 벗어놓은 옷을 신경 써서 꼼꼼하게 개어놓았던 것이다. 자주는 아니었어도, 가끔씩은 허둥지둥 벗어 방에 대충 아무렇게나 놔두기도 했었지만.

그리고 키 크고 팔다리가 긴, 금발의 레오노라가 온통 검은색 옷을 입고 방 앞에 나타나 에드워드가 낸시에 대한 사랑으로 죽어가고 있다고 말했던 그때, 그녀를 지배하고 있던 감정이 바로 그 의무감이었다. 그때 낸시는 지난 몇 달간 에드워드가 자기를 향한 사랑 때문에 정말로 육체적으로 죽어가고 있다는 것을 이미 알고 있었음을 깨닫게 됐다. 아주 잠깐 동안 그녀의 영혼이 이렇게 말할 수 있을 것 같았다. "주여 이제는 말씀하신 대로 종을 평안히 놓아 주시는 도다."[75] 낸시는 즐거운 마음으로 글래스고에 가서 타락한 어머니를 구할 수 있을 것 같다고 생각했다.

---

75. 누가복음 2장 29절.

IV

에드워드가 자기를 향한 사랑 때문에 죽어가고 있다는 걸 알았으며, 자신 또한 에드워드에 대한 사랑으로 죽어가고 있다는 말을 할 분위기와 시간이 낸시에게 무르익은 것 같았다. 왜냐하면 이런 사실이 갑자기 머릿속에 자리를 잡게 되면서 낸시에게 현실의 일로 됐기 때문이다. 마치 위스트 카드놀이 점수판의 바늘이 엄지손가락의 힘을 받아 자기 자리를 찾듯이. 적어도 자신의 승리가 손에 잡혔다.

그리고 레오노라가 갑자기 달라진 것처럼 보였을 뿐 아니라, 레오노라를 향한 그녀의 태도도 달라진 것 같았다. 얇고 하얀 실크 가운 차림으로 불 옆에 앉은 낸시는 마치 왕좌에 앉은 듯 했다. 검정 레이스 드레스를 입고 빛나는 하얀 어깨를 드러낸 채 구불거리는 금발을 늘어뜨린 레오노라의 모습은 낸시에게 이 세상에서 언제나 가장 아름다운 모습으로 여겨졌지만, 이제는 초췌하고 주름이 자글거리는데다 추위로 파랗게 질려 떨며 애원하는 사람 같았다. 그런데도 레오노라는 낸시에게 명령을 하고 있었다. 하지만 그런 명령은 소용이 없었다. 낸시는 다음날 글래스고에 있는 어머니에게 갈 작정이었다.

레오노라는 낸시에 대한 사랑으로 다 죽어가는 에드워드를 살리기 위해 낸시가 무조건 남아야한다고 계속 말했다. 낸시는 에드워드가 자신을 사랑하고 자기도 에드워드를 사랑한다는 사실이 행복하고 자랑스러워서 레오노라가 하는 얘기를 들으려 하지 않았다. 남편의 몸을 구제하는 일이라면, 그건 레오노라가 할 일로 생각됐다. 그 대신 그의 영혼을 차지하는 일은 낸시의 몫이었다. 마치 레오노라가 굶주린 개가 되어 자기가 들고 가는 양을 채가기라도 할 새라, 양팔로 잘 감싸고 가져가야할 소중한 영혼이었다. 그랬다. 낸시는 에드워드의 사랑을, 잔인한 포식 동물로부터 지켜내고 데려가야 할 소중한 양이라고 생각했다. 왜냐하면, 그 당시 레오노라가 잔인하고 포악한 짐승으로 보였기 때문이다. 레오노라의 굶주림과 잔인함은 에드워드를 미치게 만들었다. 머나먼 곳에서 소리 없는 낸시의 사랑이 에드워드를 감싸고, 떠받들고, 지켜내는 가운데, 그녀에 대한 그의 사랑과, 또한 그에 대한 그녀의 사랑이 그를 편히 쉬게 보호해야만 했다. 그에 대한 그녀의 사랑과 연모는 글래스고 때부터 그를 생각할 때마다 그녀를 전율케 만들고 열망하게 만들지 않은 적이 없었다고 고백하는 그녀의 내부 목소리가 그를 지켜내는 힘이어야 했다.

레오노라가 집요하게 극히 명령적인 어투로 크게 말했다.

"넌 여기에 있어야 해. 넌 에드워드의 것이야. 나는 그와 이혼할 거고."

소녀는 이렇게 대답했다.

"교회는 이혼을 허락하지 않아요. 저는 그분의 여자가 될 수 없어요. 저는 제 어머니를 살리러 글래스고에 가요."

반쯤 열려있던 문이 요란하게 활짝 열렸다. 에드워드가 거기 있었다. 그의 강렬하고도 음산한 눈빛이 소녀의 얼굴에 꽂혔다. 그의 양

어깨가 앞으로 구부정하게 수그러졌다. 반쯤 취한 게 분명한 그의 양손에는 위스키 병과 촛대가 각각 들려 있었다. 그는 무척 사나운 투로 낸시에게 말했다.

"그런 건 네가 할 소리가 아니야. 너희 아버지에게서 소식이 올 때까지 여기 있어. 그 다음에 너희 아버지에게 가는 거야."

금방이라도 달려들 짐승들처럼 서로를 쳐다보던 두 여자는 그에게 눈길도 주지 않았다. 그는 문기둥에 기댔다. 그리고 다시 말했다.

"낸시, 앞으로는 그런 얘기하는 것을 용서 못해. 이 집의 가장은 나야." 캄캄한 밤을 배경으로, 그의 가슴 깊은 곳에서 울려나오는 무겁고, 남성적인 목소리에 낸시는 자기 영혼이 그의 앞에서 두 손을 모은 채 고개를 숙이는 것처럼 느껴졌다. 그녀는 인도로 가게 될 것이고, 더 이상 이 얘기를 하고 싶지 않아졌다.

레오노라가 말했다.

"그의 것이 되는 게 바로 너의 의무야. 이 사람이 더 이상 술을 마시지 못하도록 해야 해."

낸시는 대답하지 않았다. 에드워드는 그 자리를 떠났고, 잠시 후 두 사람은 광을 낸 검은 오크 계단 위에서 그가 비틀거리며 미끄러지는 소리를 들었다. 세게 쿵 떨어지는 소리에 낸시가 비명을 질렀다. 레오노라가 다시 말했다.

"그것 봐!"

아래층의 복도에서 소리가 이어졌고, 에드워드가 들고 있던 촛불의 불빛이 난간 사이로 흔들렸다. 그러더니 그의 목소리가 들려왔다.

"글래스고…… 스코틀랜드의 글래스고를 대주세요…… 글래스고, 심로크 파크에 사는 화이트라는 사람의 번호를 알고 싶습니다…… 글래스고, 심로크 파크의 에드워드 화이트요…… 십 분이나요…… 이렇게 밤늦은 시간에도……"

그의 목소리는 침착했고, 차분했으며, 인내심이 배어 있었다. 알코올은 그의 다리만 흔들어놓았을 뿐, 혀의 기능은 온전했다. "기다리겠습니다." 그의 목소리가 다시 이어졌다. "네, 번호가 있는 걸로 압니다. 그 사람과 전에도 통화를 했어요."

"네 어머니와 통화하려는 거야. 그가 네 어머니 문제를 잘 해결해줄 거야." 레오노라는 이렇게 말하고 일어나 문을 닫았다. 그리고 다시 불가로 돌아와 비통하게 말했다. "그는 언제나 모든 사람들에게 일이 잘 풀리도록 해결해주지. 나만 빼고, 나는 언제나 예외야!"

소녀는 아무 말도 하지 않았다. 그녀는 행복한 꿈에 젖어 앉아 있었다. 그녀의 애인이 늘 하던 대로 어두운 복도의 둥근 등받이 의자에 앉아, 수화기를 귀에 댄 채, 통화할 때 나오는 특유의 부드럽고 느린 목소리로, 캄캄한 어둠 속에서 이 세상과 그녀를 구하고 있는 모습이 그녀의 눈에 선했다. 낸시는 몸의 온기를 느끼며 맨 살이 드러난 목에서부터 가슴까지 손으로 쓸어내렸다.

그녀는 아무 말도 하지 않았고, 레오노라는 계속 떠들었다……

레오노라가 무슨 말을 했는지 누가 알겠는가. 소녀가 자기 남편의 여자가 돼야 한다는 말만 반복했겠지. 그런 말을 한 이유는 그들이 이혼을 하거나 교회가 결혼 파경을 선언해도 소녀와 에드워드가 저지르고 있는 짓은 여전히 간통으로 규정되기 때문이라고 레오노라는 말했다. 자기 남편을 사랑한 죄, 그리고 자기 남편으로 하여금 소녀를 사랑하게끔 만든 죄, 이런 죄에 대해 소녀가 치러야 할 대가이기에, 그래야 마땅하다고 했다. 그녀는 불 옆에 앉아 계속 얘기했다. 소녀는 간통녀가 돼야만 했다. 너무나 아름답고, 우아하고, 착한 모습이어서 에드워드를 잘못된 길로 이끌었으니까. 너무나 착한 것도 죄였다. 소녀는 마땅히 자기가 망가뜨린 남자를 구제하기 위해서 죄 값을 치러야 했다.

레오노라가 말을 잠깐씩 멈추는 사이에 에드워드의 목소리가 들려왔다. 대답을 듣고 있는 듯 잠시 끊어지다가도 뭔가 알아들을 수 없는 소리로 웅웅거리는 소리를 들으니, 소녀는 자랑스러웠다. 자기가 사랑하는 남자가 자신을 위해 애쓰고 있었다. 적어도 그는 단호했고, 남자답게 결심이 굳건했으며, 무엇이 옳은 일인지를 알고 있었다. 레오노라는 낸시의 눈을 뚫어지게 쳐다보며 계속 떠들었다. 소녀는 그 말을 듣지도, 그녀를 쳐다보지도 않았다. 한참 후에, 몇 시간이 흘러간 뒤에야 낸시가 말했다.

"아저씨가 아버지로부터 연락을 받는 대로 인도로 가겠어요. 아저씨가 원치 않으시니 이 문제에 대해선 더 얘기할 이유가 없네요."

그 말에 레오노라는 비명을 지르며 닫힌 문 쪽으로 비틀비틀 걸어갔다. 그러자 낸시는 자기도 모르게 의자에서 벌떡 일어나 두 팔을 활짝 펼쳤다. 그리고 그 여인을 가슴으로 꽉 끌어안고 말했다.

"아, 불쌍한 이모, 내 불쌍한 이모." 두 사람은 서로의 팔에 안겨 하염없이 울고 또 울었다. 그러더니 한 침대에 누워 밤새 이야기하고 또 이야기했다. 에드워드는 벽을 통해 두 사람이 이야기하는 소리를 밤 새 들을 수 있었다. 그렇게 된 이야기다……

다음날 아침에 세 사람 모두 아무 일도 없었다는 듯이 있었다. 11시가 가까워오자 크리스마스 장미들을 은그릇에 정리하고 있는 낸시에게 에드워드가 다가왔다. 그는 그녀 옆의 탁자에 전보를 올려놓았다. "알아서 해독할 수 있겠지." 그러더니 문밖으로 나가며 말했다.

"다웰 씨에게 이곳으로 오라고 내가 전보를 쳤다는 말을 네 이모에게 전해주어라. 그가 오면 네가 떠나기 전까지 좀 편하게 있을 수 있을 거야."

내가 기억하는 한 전보에는 이렇게 쓰여 있었다.

'러포드 부인을 이탈리아로 데려가겠음. 러포드 부인에 대해 애착이 크기 때문에 확실히 이행하겠음. 금전적인 지원은 필요 없음. 딸이 있다는 사실을 알지 못했는데, 내 책임을 일깨워주신데 깊이 감사드림. ─화이트.' 대략 그런 내용이었다.

그리고 그 집 식구들은 내가 도착할 때까지 다시 일상의 날들로 돌아갔다.

V

이 부분이 나를 가장 슬프게 하는 대목이다. 지치고 곤혹스런 고통 속에 내 마음이 계속 맴도는 가운데, 나는 끝없이 자문해본다. 이 사람들이 과연 어찌해야 했을까? 도대체 어떻게 해야만 했던 걸까?

결말은 모두에게 아주 단순했다. 레오노라의 표현대로 소녀가 '에드워드의 것'이 아니게 되면, 에드워드는 죽어버릴 것이고, 소녀는 에드워드가 죽었기에 살아갈 이유를 잃을 것이라는 건 그때 이미 분명해진 상태였다. 얼마의 시간이 흐른 뒤, 세 사람 중 가장 차갑고 강한 레오노라만이 로드니 베이햄과 결혼하는 것으로 스스로를 위로하고 조용히 안락한 시간을 보내게 될 터였다. 레오노라가 소녀의 침대에 앉아 있고, 에드워드가 아래층에서 전화를 하던 그날 밤, 이미 결말은 너무나 분명히 결정돼 있었다. 소녀는 명백히 이미 반쯤 미쳐 있었고, 에드워드는 벌써 반송장 상태였다. 오직 레오노라만 차디찬 열정으로 충만해서, 활발하고 집요하게 '뭔가를 하고 있었다.' 그런데, 그들이 무엇을 해야만 했을까? 결국, 지극히 아름다운 두 사람이 소멸되는 것으로 가닥이 잡히고 말았다. 에드워드와 그 소녀는 지극히 아름다운 사람들이었기에, 그들보다 조금 평범한 세 번째 인물이 오랜 괴로움 끝에 조용하고 편안한 시간을 보낼 수 있게 됐던 것이다.

나는 앞 장의 마지막 단어를 적은 뒤 정확히 18개월이란 시간이 흐른 뒤, 지금 이 글을 쓰고 있다. 그 단락의 끝인 '내가 도착할 때까지 다시 일상의 날들로 돌아갔다'는 문장을 쓰고 난 뒤, 질주하는 기차 안에서 아름답고 하얀 탑이 있는 보케르, 네모반듯한 성이 있는 타라스콩, 거대한 론 강, 그리고 끝없이 뻗어나간 크라우 평야를 다시 한 번 훑었다. 나는 프로방스 전역을 바삐 지났다. 이제는 아무 상관도 없어져버린 프로방스를. 이제는 더 이상 나의 낙원을 그 올리브 나무들이 있는 언덕에서 찾을 수 없게 돼버렸다. 이제 오직 지옥일 뿐이니까⋯⋯

에드워드는 죽었고, 소녀는 떠났다. 아, 소녀는 완전히 떠나버렸고, 레오노라는 로드니 베이햄과 잘 지내고 있다. 나만 브램셔 텔레라에 홀로 앉아 있다. 나는 프로방스에도 갔고, 아프리카도 둘러보았으며, 아시아의 실론도 방문했다. 그곳의 한 어두운 방에서 내 가엾은 소녀가 꼼짝도 않고 앉아, 아름다운 머리를 늘어뜨린 채, 나를 알아보지 못하는 눈으로 나를 보며 또박또박 말했다. '저는 전능하신 하나님을 믿습니다.' 그것이 소녀가 입 밖에 낸 말 중 유일하게 알아들을 수 있는 말이었고, 앞으로도 저 말 외에는 아무 말도 하지 않을 것 같았다. 합당한 말이라고 생각한다. 전지전능한 신을 믿는다고 말할 수 있다면, 그녀에게 그보다 합당한 말은 없겠지. 나는 정말 이 모든 것에 지쳤다.

이 모든 이야기가 낭만적으로 들릴지도 모르지만, 그 한가운데서 사는 것은 정말 지치고 피곤한 일이다. 표를 끊고, 기차를 잡아타고, 객실을 고르고, 전능한 신에 대한 믿음 외에는 어떤 말도 하지 않는 조용한 환자의 식단에 대해 사무장과 관리인과 상담하는 것까지. 낭만적으로 들릴 수도 있겠지만, 그저 피로의 기록일 뿐이다.

왜 내가 꼭 봉사하는 사람으로 뽑혀야 하는지 정말 모르겠다. 그 사실이 꼭 분해서가 아니라, 나는 한 번도 제대로 일을 해낸 적이 없기 때문이다. 플로렌스가 개인적인 목적을 위해 나를 선택했지만 나는 도움이 되지 못했고, 에드워드가 나와 대화를 나누기 위해 나를 불렀지만 나는 그가 자기 목을 긋는 것도 막지 못했다.

그리고, 18개월 전의 어느 날, 브랜셔의 내 방에서 조용히 글을 쓰고 있는데, 레오노라가 편지 한 통을 들고 들어왔다. 낸시에 대해 적은 러포드 대령의 아주 한심한 편지였다. 러포드 대령은 군을 떠나 차 재배지인 실론에 어떤 직위를 맡아 갔다고 했다. 그의 편지는 너무나 간단하고, 횡설수설인데다, 사무적이어서, 한심하게 느껴졌다. 딸을 만나기 위해 배를 타고 온 그는 딸이 미쳐 있는 것을 알게 됐다. 아덴에서 에드워드의 자살 기사가 실린 지역 신문을 낸시가 본 모양이었다. 홍해를 건너던 중에 낸시는 정신을 놓아버렸다. 낸시의 보호자 자격으로 함께 있던 루튼 대령 부인에게 낸시는 전지전능한 신을 믿는다고 말했다고 했다. 소란을 일으키지는 않았다. 두 눈이 멀겋고 건조할 뿐이었다. 미쳤을 때조차 조신하게 행동하는 아이였다.

낸시의 회복 가능성을 바라기 어렵겠다는 의사의 진단이 떨어졌다고 러포드 대령이 말했다. 그렇지만, 만약 브랜셔에서 누군가 와서 그녀를 만나주면, 그녀 마음을 진정시킬 수 있을지 모르고, 좋은 영향을 줄 수도 있다는 말을 했다고 전했다. 그는 레오노라에게 간단히 이렇게 적었다. '제발 오셔서 한 번 만나 봐 주세요.'

나는 아무런 느낌조차 받을 수 없을 만큼 완전히 무감각해진 줄 알았는데, 러포드 대령의 그 단순하고 말도 안 되는 요청은 정말 한심하다는 생각이 들었다. 그는 극악한 성질 때문에 저주를 받았고, 술에 취해 거리로 뛰쳐나간 반미치광이 아내의 저주를 받았다. 그의 딸까지 완전히 미쳐버렸는데도 아직도 인간 본성이 선함을 믿고 있다니. 그는 레오노라가 자기 딸을 진정시키기 위해 모든 수고를 감수하고 그 먼 실론까지 올 거라고 믿었던 것이다. 레오노라는 갈 리가 없었다. 레오노라는 두 번 다시 낸시를 보고 싶지 않았다. 정황상으로 볼 때 당연한 일이라고 생각한다. 그렇지만 사적인 감정을 떠나서, 브램셔에서 그녀를 위로할 수 있는 누군가가 실론으로 가야한다는 사실에는 레오노라도 동의했다. 레오노라는 소녀가 브램셔에 처음 온 열세 살 때부터 그녀를 돌봤던 늙은 유모와 나를 보냈다. 그래서 나는 마르세유에서 증기선을 잡아타기 위해 프로방스를 빠르게 관통했던 것이다. 하지만 실론에 도착했을 때 나는 낸시에게 아무 소용이 없었고, 유모도 마찬가지였다. 그 무엇도 소용이 없었다.

　캔디[76]의 의사들은 낸시가 잉글랜드로 갈 수 있다면, 바닷바람과 기후의 변화, 항해, 그리고 다른 모든 일상들이 그녀를 제정신으로 돌려놓을 수도 있다고 말했다. 물론, 그 모든 것들이 그녀의 정신을 회복시키지는 못 했다. 그녀는 지금 내가 글을 쓰고 있는 이 자리에서 마흔 걸음쯤 떨어진 곳에 앉아 있다. 이 사실에 대해 낭만적으로 쓰고 싶은 마음은 털끝만치도 없다. 그녀는 옷도 아주 잘 차려입

---

76. 캔디(Kandy): 지금의 스리랑카인 실론의 주요 독립 군주국. 1818년 영국에 예속된 신할라족 왕국.

었고, 대체로 조용하며, 무척 아름답다. 늙은 유모는 그녀를 아주 능숙하게 돌보아 준다.

물론, 우리 두 사람이 엮일 만한 조건이 갖춰져 있다고 생각할지도 모르겠으나, 내 입장에서는 모든 게 단조로울 따름이다. 만약 영국 성공회 결혼식의 의미를 제대로 인식할 정도로만 낸시가 정신을 차렸다면, 나는 그녀와 결혼을 했을 것이다. 하지만 그녀의 정신이 영국 성공회 결혼식의 의미를 인식할 수 있을 정도로 회복될 가능성은 전혀 없어 보인다. 따라서 나는 국법에 따라 그녀와 결혼할 수 없다.

그렇게 나는 다시 13년 전의 시작점과 아주 비슷한 위치로 돌아와 있다. 나는 내게 아무런 관심도 없는 아름다운 아가씨의 남편이 아닌, 간병인일 뿐이다. 내가 여기 없는 동안 로드니 베이햄과 결혼해서 베이햄 가로 살러 간 레오노라와는 자연히 소원해졌다. 내가 로드니 베이햄과의 결혼에 반대한다고 생각한 레오노라는 나를 좀 싫어하게 됐다. 뭐, 결혼을 반대한 건 사실이다. 아마 질투가 났던 것 같다.

그렇다, 질투를 한 건 사실이다. 미약하게나마 나는 에드워드 애시번햄의 방식을 따라가고 있다고 생각한 것 같다. 나도 정말 일부다처론자가 되고 싶다고 생각한 것 같다. 낸시와 레오노라, 그리고 메이지 메이던과 가능하다면 플로렌스와도 함께. 내가 미국 태생이라는 것 때문에 좀 덜할 뿐이지 나도 여느 남자와 다를 바가 없는 게 확실하다. 그러면서도 나는 전혀 부끄럽지 않은 사람이라고 당당하게 말할 수 있다. 나는 딸을 둔 걱정 많은 엄마나 극도로 신중한 성당의 주임사제가 반대할 만한 일은 한 번도 한 일이 없다. 나는 무의식 속의 욕망에 따라, 아주 희미하게 에드워드 애시번햄을 따랐을 뿐이다. 그것도 뭐, 이제는 다 끝나버렸다. 우리 중 단 한 명도 진정으로 원하는 것을 얻지 못했다. 레오노라는 에드워드를 원했지만 유쾌한 양 같은 로드니 베이햄과 살게 됐다. 플로렌스는 브램셔 저택을 원했지만, 그 집을 레오노라로부터 산 건 바로 나다. 내가 그 집을 원한 건 절대 아니었다. 내가 가장 간절히 원한 것은 간병인 노릇을 그만두는 일이었다. 하지만, 지금 나는 여전히 간병인 신세다. 에드워드는 낸시 러포드를 원했지만, 그녀를 얻은 사람은 나다. 미쳐버리긴 했지만. 정말 기묘하고 기상천외한 세상이다. 왜 사람들은 자기가 원하는 것을 가질 수 없을까? 모두를 만족시킬만한 것들이 사방에 널려 있는데, 사람들은 모두 엉뚱한 것만 얻게 된다. 당신은 이해할 수 있을지 모르겠지만, 나로서는 도저히 모르겠다.

올리브 나무 잎사귀들이 속삭이는 소리에 둘러싸여, 좋아하는 사람과 함께 하고, 좋아하는 것을 소유하고, 시원한 그늘에서 휴식할 수 있는 그런 지상 낙원은 어디에 없을까? 아니면 모든 인간들의 삶은 우리 같은 좋은 사람들의 삶처럼, 그리고 애시번햄과 다웰과 러포드의 삶처럼, 망가지고, 격동적이고, 고뇌에 찬, 낭만이라고는 없는 삶이어야 하는 걸까? 비명과 어리석은 행동과 죽음과 고통이 불쑥 불쑥 끼어드는 삶처럼? 정말 아무도 모를 일이다.

애시번햄 가문 비극의 마지막 장면에는 어처구니없을 정도로 바보 같은 면이 있있다. 두 여자 다 자기가 무엇을 원하는지 알지 못했다. 자기 입장을 철저하게 지킨 사람은 늘 술에 취해 있었던 에드워드 뿐이었다. 취해 있건, 정신이 말짱했건 간에, 그는 자기 가문의 전통과 관례를 고수했다. 낸시 러포드는 인도로 보내져야했고, 에드워드로부터 사랑한다는 말을 들어서는 안 됐다. 그녀는 결국 인도로 떠났고 에드워드 애시번햄으로부터 단 한마디도 듣지 못했다.

그의 태도는 에드워드 가문의 전통과 관습에 부합하는 것이었다. 내 생각으로는 그런 것들이 국가의 이익을 극대화하기 위해 만들어진 것으로 보인다. 관습과 전통은 평범한 사람들을 지켜내고, 오만하고 단호하며 특이한 개인들을 멸종시키기 위해 보이지 않게, 하지만 확실하게, 작용한다고 나는 생각한다.

에드워드는 평범한 남자였지만 감성적인 면이 너무나 강했고, 사회는 감상적인 사람을 지나치게 많이 필요로 하지 않는다. 낸시는 너무나도 멋진 존재였으나 살짝 광기가 있었다. 사회는 살짝 미친 사람도 별로 필요로 하지 않는다. 따라서 에드워드와 낸시는 어느새 깔아뭉개져버렸고, 가장 평범한 부류인 레오노라만 살아남아 토끼 같은 남자와 결혼했다. 사실 로드니 베이햄은 토끼 같은 유형이었다. 그리고 레오노라는 3개월 있으면 아이를 낳게 될 거라고 한다.

매력과 열정이 넘쳐서 너무나 격정적으로 살아간, 멋진 두 사람은 내가 진정 사랑했던 사람이지만, 그들은 이 지구상에서 사라져버렸다. 그들에게는 잘 된 일이 분명하다. 만약 낸시가 에드워드와 함께 사는데 성공했더라면 그를 어떻게 생각하게 됐을까? 마찬가지로 에드워드는 낸시를 어떻게 생각하게 됐을까? 낸시에게는 약간 잔인한 구석이 있었다. 사람들이 고통 받는 것을 보고 싶어 하는 잔인한 면이. 그랬다, 그녀는 에드워드가 고통스러워하는 모습을 보고 싶어 했다. 그리고 참으로 그에게 지옥을 겪게 했다.

그녀는 그에게 상상을 뛰어넘는 지옥을 선사했다. 두 여자는 그 가엾은 사람을 쫓아다니며 마치 채찍으로 치듯 그의 살갗이 벗겨질 때까지 후려쳤다. 그의 마음에서 피가 흘러나오는 것이 눈에 보일 정도였다. 허리까지 드러난 그의 맨몸에 살점이 누더기처럼 떨어져 나간 채, 두 팔로 눈을 가리고 서 있는 그의 모습이 지금도 내게 선히 보이는 듯하다. 내가 느낀 감정에 대해 한 치도 과장이 없음을 나는 분명히 단언한다. 마치 인류를 위해서 그들 손아귀에 있는 한 남자를 처형하려고, 레오노라와 낸시가 단결하기라도 한 것 같았다. 그들은 마치 아파치 족을 붙잡은 수[77] 족 커플처럼 그를 화형대에 단단히 묶었다. 정말이지 그들이 그에게 가한 고통은 끝이 없었다.

밤이면 밤마다 그는 그 여자들의 끝없는 이야기 소리를 들어야 했고, 정신이 아득해지는 가운데 땀을 흘리며, 잊기 위해 술에 의지하였고, 그 자리에 누워 계속 이어지는 그들의 얘기 소리를 들었다. 그리고 날이면 날마다 레오노라가 그를 찾아와 그들이 밤새 숙고한 결과를 들려줬다.

그들은 범죄자의 판결을 놓고 논쟁하는 판사들 같았다. 그들은 무덤에서 꼼짝 못하는 시체 옆에 버티고 선, 시체를 파먹는 악귀 같았다.

레오노라가 두 사람 중에 더 적극적이긴 했지만, 그렇다고 레오노라가 소녀보다 더 잘못 했다고 생각되지는 않는다. 전에도 말했듯이 레오노라는 지극히 평범한 여사였다. 평범한 상황에서라면 그녀

---

77. 수(Sioux): 북아메리카 인디언 원주민 중의 하나.

의 욕망은 다분히 사회에 필요한 것들이었다. 그녀는 아이들을 원했고, 예의범절을 차리길 원했으며, 가구와 관리인이 딸린 주택을 원했다. 그녀는 낭비를 피하고 싶었고, 외모를 가꾸고 싶었다. 레오노라는 누구도 부인할 수 없는 미모의 여인이었지만 지극히 평범했다. 그렇다고 이 지극히 비정상적인 상황에서 그녀가 지극히 평범하게 행동했다는 뜻은 아니다. 그녀를 둘러싼 세상이 미쳤고, 고뇌에 찬 그녀는 미친 여자의 얼굴, 사악한 여자의 얼굴, 그리고 작품 속 악당의 얼굴을 택했다. 당신이라면 어떻게 하겠는가? 강철은 단단하고 광이 나는 평범한 물질이다. 하지만 강철을 뜨거운 불에 집어넣으면 빨갛고, 물렁한, 손에 잡히지 않는 물질이 된다. 그것을 다시 더 뜨거운 불에 넣고 달구면 방울방울 흘러내릴 것이다. 레오노라도 그랬다. 레오노라는 평범한 환경에 맞는 여자였고, 로드니 베이햄에게 맞는 여자였다. 그는 몰래 포츠머스에 별채를 지어두고 파리와 부다페스트를 가끔씩 다녀오는 사람이었다.

에드워드와 소녀의 문제로 레오노라는 무너져 내렸고, 온 집안을 들쑤시고 다녔다. 그녀는 그녀답지 않게 우아하지 않은 특이한 태도를 취했다. 어느 순간에는 오직 복수만을 생각했다. 밤새 소녀에게 몇 시간씩 일장연설을 해댄 뒤에, 낮에는 침묵을 지키는 에드워드에게 끝없이 퍼부어댔다. 그리고 에드워드는 단 한번 거기에 넘어갔고, 그게 바로 실패의 원인이 됐다. 아마도 그날 오후에 위스키가 과했던 모양이었다.

그녀는 끊임없이 그가 원하는 것이 무엇이냐고 물었다. 그가 무엇을 원했을까? 무엇을 원했겠는가? 그는 늘 이렇게만 대답했다. "이미 말했잖소." 소녀의 아버지가 소녀를 맞을 준비가 됐다는 전보를 보내오는 대로 그녀를 인도로 보내겠다고 한 것을 말하는 것이었다. 그런데 딱 한 번 걸려 넘어진 것이었다. 레오노라의 끝없는 질문에, 만약 소녀가 5천마일 떨어진 곳에서도 그를 계속 사랑하기만 해준다면, 자기는 다시 스스로를 추스르고 일상으로 돌아갈 수 있을 거라고 대답했다. 그 이상은 아무것도 원하지 않았다. 그는 더 이상 바랄게 없다고 신께 기도드렸다. 뭐, 그는 워낙에 감상주의자였으니.

그 말을 듣는 순간 레오노라는, 소녀가 절대 그로부터 5천마일 떨어진 곳으로 가도 안 되고, 또한 소녀가 에드워드를 계속 사랑하지도 못하게 하리라 작정했다. 그리고 다음과 같이 실천에 옮겼다.

소녀에게 너는 에드워드의 사람이 되어야 한다고, 자기는 이혼을 할 것이고, 로마 교황청이 결혼 파경 선언을 할 것이라고 레오노라는 반복해서 말한 거였다. 하지만 그녀는 에드워드가 얼마나 괴물인지 소녀에게 알려주는 것도 자기의 의무라고 생각했다. 그래서 소녀에게라 돌치키타, 바질 부인, 메이지 메이던, 플로렌스의 이야기를 해주었다. 폭력적이고, 고압적이고, 허영심에 찬 데다, 늘 술에 취한 오만한 남자, 그리고 성욕의 노예가 된 남자와 평생 살면서 견뎌야 했던 자신의 고통에 대해서도 이야기했다. 소녀는 레오노라를 이모처럼 생각한 적도 있었기에, 자기 이모가 견뎌야 했던 비참한 삶에 대해 듣자, 순식간에 잔인해지는 젊은이 특유의 성향과 자기들끼리는 똘똘 뭉치는 여자 들만의 단결력으로 소녀는 결심을 군히게 됐다. 소녀의 이모는 계속해서 말했다. "너는 에드워드를 살려야만 해. 그의 목숨을 구해야 해. 그가 원하는 건 네게서 잠깐 동안 만족을 얻는 거야.

그러면 다른 여자들에게도 그랬듯이 네게도 싫증을 내게 될 거야. 그래도 일단 그를 살려는 놓아야 하지 않겠니."

함께 사는 인간들 사이에 흐르는 기묘한 본능에 의해 그 불쌍한 친구는 무슨 일이 벌어지고 있는지 훤히 알고 있었다. 그렇지만 그는 벙어리처럼 가만히 있었다. 스스로를 구하기 위해 손가락 하나 까딱하지 않았다. 사회의 멀쩡한 일원으로 살아가기 위해, 그에게 필요로 한 것은 소녀가 5천마일 떨어진 곳에서도 계속 그를 사랑해주는 것뿐이었다. 그런데 그들이 그것을 좌절시키려하고 있었다.

어느 날 밤, 소녀가 그의 방에 나타났다고 이미 얘기했을 것이다. 그에겐 정말 지옥 같은 상황이었다. 어두운 불빛 속에서 그의 침대 발치까지 서서히 다가오는 소녀의 모습. 이 모습은 그의 상상력을 한 번도 떠나본 적이 없었다. 소녀의 몸을 액자틀처럼 두르고 있던 높은 침대 기둥의 그림자가 초록빛을 띠고 있기라도 하듯, 초록빛 인상을 받았다고 에드워드는 말했다. 그리고 소녀는 주저하는 빛이 없는 잔인한 눈으로 그를 똑바로 보고 있었다. "저는 당신 여자가 될 준비가 됐어요. 당신을 살리기 위해서요."

그가 대답했다. "나는 원하지 않아, 원치 않아, 정말 나는 원치 않아."

그는 그걸 원하지 않는다고 말했다. 그건 상상을 할 수 없는 일로, 내 자신을 혐오하게 만들 거라고. 그러는 중에도 그는 육체적인 욕구 때문이 아닌, 마음속의 확신 때문에 그 상상할 수 없는 일을 저지르고 싶다는 엄청난 유혹을 느꼈다. 그는 소녀가 한 번 자기 사람이 되면 영원히 그의 사람으로 남게 되리라는 확신이 있었다. 그는 그 사실을 잘 알았다.

소녀는 자기가 5천마일 떨어진 곳에서 계속 그를 사랑하는 것이 그의 바람이라는 이모의 말을 떠올렸다. "저는 이제 당신이 어떤 사람인지 알기 때문에, 절대로 당신을 사랑할 수 없어요. 당신을 살리기 위해 나를 당신에게 줄 수는 있어요. 하지만 절대로 사랑은 할 수 없어요."

그보다 더 잔인한 말이 또 있을까. 소녀는 자기를 남자에게 준다는 것이 무슨 의미인지 전혀 알지 못했다. 하지만 그 말 덕에 에드워드는 정신을 차릴 수 있었다. 그는 그의 평범한 어조로, 마치 하인이나 말에게 하듯, 무뚝뚝하고 강압적인 투로 말했다.

"네 방으로 돌아가. 네 방으로 돌아가서 자도록 해. 말도 안 되는 짓 하지 말고."

두 여자는 당황했다.

그리고 그때 그곳에 내가 나타났다.

VI

확실히 나의 등장으로 나의 도착과 소녀의 출발 사이의 2주 동안 상황이 진정됐다. 그렇다고 밤마다 이어지던 끝없는 얘기가 멈췄다거나, 레오노라가 사이사이 소녀와 나를 산책 내보낸 후, 에드워드를 생지옥으로 몰아넣는 짓을 그만뒀다는 뜻은 아니다. 그가 원하는 것이, 감상적인 소설에서 사람들이 하듯, 소녀가 5천마일 떨어진 곳에서도 그를 계속 사랑하는 것임을 알게 된 후, 레오노라는 그 꿈을 박살내리라 결심했다. 그리고 어조를 계속 이렇게 저렇게 바꿔가며 소녀는 그를 사랑하지 않는다고 에드워드에게 계속 얘기했다. 그의 잔인한 면, 강압적인 면, 그리고 술버릇 때문에 소녀는 그를 혐오한다고 이유를 내세웠다. 소녀의 눈에 대고 에드워드는 이미 서너 명의 여자에게 자신을 약속한 남자라는 점도 강조했다. 그는 이미 레오노라 자신에게, 바질 부인에게, 메이지 메이던과의 기억에, 플로렌스에게 사랑을 맹세했던 남자라고. 에드워드는 전혀 아무 말도 하지 않았다.

소녀는 에드워드를 사랑했을까, 아니면 사랑하지 않았을까? 나는 모르겠다. 레오노라가 그의 명예를 실추시키기 전까지는 물론 그를 사랑했겠지만, 그 당시에는 사랑하지 않았다고, 나는 감히 단언하겠다. 그녀는 그의 공적인 면 때문에 그를 사랑했다. 그가 훌륭한 군인이었고, 바다에 뛰어들어 사람들을 구했으며, 훌륭한 지주인데다가, 스포츠에도 탁월했기에 그를 사랑했던 것이다. 하지만 그가 좋은 남편이 아니라는 사실을 발견하게 되자, 그 모든 게 의미를 잃었다. 내가 보기에, 여자들이란 자치주나 국가 혹은 사회에 책임감을 전혀 혹은 거의 느끼지도 않고, 또한 어떤 경우에든 전적으로 집단적 결속력이 부족하지만, 여성의 이익을 위해서라면 무조건 격렬하게 반응하는 본능을 갖고 있다. 물론 어떤 여자든지 다른 여자의 남편이나 애인을 가로채거나 빼앗을 수 있다. 하지만 그 남자의 아내가 남편을 힘들게 했다고 믿을 만한 이유가 있을 때만 그런다는 게 내 생각이다. 만약 그 남자가 아내에게 잔인하게 군다고 생각되면, 여성은 고통 받는 여성을 향한 본능적인 감정으로 그를 당장 '원위치 시킬 것'이다. 나의 이런 일반화에 그 어떤 무게를 두고 싶지는 않다. 맞을 수도 있고 틀릴 수도 있다. 나는 삶에 대해 아는 거라고는 없는, 늙어가는 미국인일 뿐이다. 당신은 나의 이 논리를 받아들여도 좋고, 그러지 않아도 된다. 하지만 낸시 러포드의 경우에 대해서는 내 생각이 맞는다고 확신할 수 있다. 즉, 그녀는 단연코 에드워드 애시번햄을 정말 깊고 극진히 사랑해왔었다.

에드워드가 레오노라를 두고 외도를 했다는 사실을 알게 되고, 그가 대외 활동에 레오노라의 예상보다 훨씬 많은 돈을 썼음을 알게 된 순간, 낸시가 에드워드에게 독한 마음을 먹었다는 것은 그리 중요하지 않다. 그때 낸시는 그렇게 할 수밖에 없었다. 낸시의 행동은 여성들의 공적 견해에서 영향을 받았고, 자기 보호 본능에 따른 것이었다. 왜냐하면 에드워드가 레오노라, 바질 부인, 그리고 다른 두 여자와의 추억에 불성실했다면, 그녀 자신에게도 그럴 수 있는 노릇이었다. 그리고 사랑하는 사람에게 무참할 정도로 잔인하게 구는 여성만의 본능이 낸시에게도 분명 있었을 것이다. 지금에 와서는 나도 잘 모르겠지만. 낸시 러포드는 에드워드를 사랑했다. 아덴에서 그가 자살했다는 소식을 듣고 정신을 놓아버렸을 때도 그를 사랑했는지는 확실치 않다. 에드워드 때문이었을 수도 있지만 레오노라 때문에 그렇게 됐는지도 모르니까. 아니면 두 사람 모두 때문이었는지도 모른다. 나는 모르겠다. 나는 아무것도 모른다. 너무나 피곤할 뿐이다.

레오노라는 그 소녀가 에드워드를 사랑하지 않았다고 끝까지 고집스럽게 믿었다. 처절하리만치 그렇게 믿고 싶어 했다. 그것은 개개인 영혼의 불멸성에 대한 믿음만큼이나 그녀가 생존하는데 필수적인 신념이었다. 레오노라가 에드워드의 과거 행실과 인격에 대해 소녀에게 말해준 이상, 낸시가 에드워드를 사랑하는 건 불가능할 일이라고 레오노라는 말했다. 그런가하면, 에드워드는, 낸시가 겉으로는 그를 혐오하고 있어도, 그의 본질적인 매력 때문에 소녀는 그를 계속해서 영원히 사랑할 것이라는 믿음을 놓지 않았다. 에드워드는 낸시가 체면을 잃지 않기 위해 그를 미워하는 척하는 것일 뿐이며, 그녀가 브린디시에서 잔인한 전보를 보내온 것도 여성 공화국의 훌륭한 일원임을 증명하기 위해서라고 생각했다. 나는 모르겠다. 판단은 당신에게 맡긴다.

이 슬픈 관계에서 매우 걱정되는 부분이 또 하나 있다. 소녀를 5천마일이나 떨어진 곳으로 보낸 뒤에도 소녀의 사랑이 계속되길 바라는 에드워드는 이기심의 화신이라고 레오노라는 말한다. 그는 젊은 생명을 꺾어버리고 싶어 하는 것이라고. 그런가하면 에드워드가 내게 말해준 바로는, 소녀의 사랑이 그의 존재의 의미라고 가정한다면, 그가 낸시의 사랑을 지키기 위해서 아무런 말과 행동을 하지 않는다고 해도, 그를 이기적이라고 볼 수 없다는 거였다. 이에 대한 레오노라의 응답은, 그의 행동이 조금도 틀린 게 없이 완벽하다고 해도, 그런 바람 자체가 그의 지독한 이기적 본성을 보여준다는 것이다. 나는 누가 옳은지 판단이 서질 않는다. 판단은 그저 당신에게 맡길 뿐.

어쨌든 에드워드의 행동은 철저하게 지독하고, 잔인할 정도로 옳았다. 그는 가만히 앉아 레오노라가 그의 인격을 유린하게 내버려뒀고, 그를 가장 깊은 지옥에 떨어뜨릴 때도 손가락 하나 까딱하지 않았다. 정말 바보 같은 짓이었다. 대체 무슨 목적 때문에 소녀가 필요 이상으로 자기를 더 나쁜 사람으로 생각하게 놔둔 것인지, 나는 알 수가 없다. 하지만 그렇게 됐다. 그리고 세 사람 모두 세상 사람들의 눈에 좋은 사람들 중의 좋은 사람들로 비친 것도 사실이다. 나는 그 오래된 집에 머무는 2주 동안 그런 좋은 평가를 깎아내릴 만한 그 어떤 것도 감지하지 못 했다. 그때의 상황을 다 알게 된 지금 돌이켜봐도 세 사람 중 그 누구도 그런 평가를 훼손할 만한 말을 입에 담지는 않았던 것 같다. 레오노라가 문제의 전보를 읽던 바로 그 날 저녁 식탁에서도, 속눈썹의 동요나 손의 떨림 같은 것조차 감지되지 않았다. 그저 유쾌한 시골 저택의 만찬 자리였을 뿐.

그리고 레오노라는 그보다 더 오랜 시간 동안 쾌활함을 유지했다. 내 기억으로는 에드워드의 장례가 끝나고 8일이 더 지날 때까지 그 기분을 유지했다. 낸시가 다음날 인도로 가게 됐다는 얘기가 나온 날 저녁, 식사가 끝나자마자 나는 레오노라에게 잠깐 얘기 좀 하자고 했다. 내 감정이 어떠했는지는 접어두겠다. 그녀는 나를 작은 응접실로 데려갔고, 나는 내가 낸시와 결혼하고 싶어 한다는 것을 레오노라도 알거라고 말했다. 또한 나는 그녀도 나를 낸시의 배필로 마음에 들어 하는 줄 알았고, 만약 내가 낸시와 결혼할 가능성이 있다고 생각했다면, 그 소녀를 인도로 가게 내버려 두는 것은 돈 낭비요, 시간 낭비로 보인다고 말했다.

확실히 말하는데, 레오노라는 정말 완벽한 영국 부인이었다. 그녀는 나를 낸시의 배필로 정말 좋다고 생각했고, 소녀의 남편으로 어떻게 그 이상을 바라겠냐고 말했다. 하지만 그렇게 중요한 걸음을 내딛기 전에, 소녀는 삶을 더 배워야 한다는 생각이라고 했다. 그랬다. 레오노라는 '그렇게 중요한 걸음을 내딛다'라는 표현을 썼다. 그녀는 그렇게 완벽했다. 실제로 레오노라는 나와 소녀의 결혼에 찬성했다고, 나는 생각한다. 하지만, 내 계획에는 그 집에서 1.5마일쯤 떨어진 곳에 있는 포딩브리지 로의 커셔 저택을 구입해서 소녀와 그곳에 정착하는 것이 포함되어 있었다. 바로 그 점이 레오노라는 못 마땅했던 것이다. 남은 평생, 소녀가 에드워드와 1.5마일 거리에 붙어사는 것은 정말 싫었으리라. 그래도, 내가 소녀를 필라델피아나 팀북투[78]로 데려가면, 내가 소녀를 얻을 수 있을 수 있다고 에둘러서라든지 아니면 이런저런 방식으로 말해줄 수 있는 일 아니었는지. 나는 낸시를 무척 사랑했고, 레오노라도 그 사실을 알았으니까.

---

78. 팀북투: 말리 아프리카 공화국(1959년까지는 프랑스령 수단으로 알려짐)의 도시.

하지만, 그냥 그쯤 해두고 말았다. 낸시가 인도까지 가는 건 그녀에게 인생 수습 과정으로 이해하며 넘어갔다. 내게는 그게 아주 합리적인 조처로 보였고, 나는 합리적인 사람이니까. 그리고 반년쯤 지난후에 낸시를 따라 인도로 가면 되겠다고 말했다. 아니면 1년 쯤 뒤에라도. 그러고는 정말, 1년 후, 낸시를 따라가지 않았는가……

소녀가 떠날 예정이라는 말을 내게 좀 더 일찍 해주지 않은 레오노라에게 사실 화가 많이 났었다. 하지만, 로마 가톨릭 신자들이이 세상의 문제들을 해결할 때 택하는, 어딘가 묘하면서도, 약간 솔직하지 않은 방식이겠거니 생각했다. 만약 그녀가 곧 떠나갈 거라는것을 내가 미리 알았더라면, 내가 소녀에게 청혼을 하거나, 원래 했던 것보다 훨씬 적극적으로 소녀에게 다가 갈까봐, 레오노라는 두려웠던 모양이라고 나는 생각했다. 어쩌면 레오노라가 맞는지도 모른다. 어쩌면 로마 가톨릭 신자들은 묘하고 어딘가 미덥지 못한 구석이 있긴 하지만, 늘 옳다. 그들은 인간 본성이라는 묘하고 미덥지 못한 것과 씨름해야 하니까. 만약 낸시가 그렇게 빨리 떠날 줄 알았으면 내가 그녀에게 구애를 하려고 했을 가능성이 높은 건 사실이다. 그러면 또 다른 복잡한 문제가 생겼을 것이다. 오히려 다행스러운 일일 수도 있다.

잔잔하고 태평해 보이는 삶을 유지하기 위해 그 좋은 사람들이그렇게 엄청난 일들을 할 수 있다니, 정말 이해하기 어렵다. 애시번햄부부는, 에드워드가 낸시를 인도로 가는 기차역까지 데려다주는 동안 그 뒷자리에 앉혀 놓으려고 나를 지구 반 바퀴를 달려오게 했다. 그 의식이 차분하게 진행됐음을 증명해줄 증인이 필요했던 것 아니었나 싶다. 소녀의 짐은 이미 꾸려 보낸 뒤였다. 증기선의 선실도 예약돼 있었다. 어쩌나 시간을 정확하게 요량해 뒀는지 모든 게 시계처럼 정확하게 돌아갔다. 그들은 러포드 대령이 에드워드의 편지를 받을 날짜를 알고 있었고, 러포드 대령이 자기 딸을 부르는 전보가 도착할 시간까지 거의 비슷하게 예측하고 있었다. 그 모든 것을 에드워드가 아주 보기 좋게, 그러나 아주 냉정하게 안배해 두었다. 그들은 아무개 대령 부인이 소녀의 보호자로서 배를 함께 타고 갈 것이라는 내용의 전신을 쳤다. 그 일처리는 정말 경이로울 정도였고, 만약 그들이 조각칼로 서로의 눈을 도려내려고 들었으면, 신의 눈에 더 완벽했을 것이라는 생각이 든다. 하지만 그들은 '좋은 사람들'이었으니까.

레오노라와 얘기를 나눈 뒤에 나는 무작정 에드워드의 총기실로 들어갔다. 소녀가 어디에 있는지 몰랐는데, 거기에 있을 수도 있겠다는 생각이 들었다. 나는 레오노라의 말을 무시해버리고 그녀에게 청혼하겠다는 생각도 막연하게나마 하고 있었던 것 같다. 그러니까 나는 애시번햄 부부처럼 그렇게 좋은 사람은 못 되는 모양이다. 에드워드는 의자에 느긋하게 앉아 시가를 피우며 한 5분가량 아무 말도 하지 않았다. 초록색 갓 속에서 촛불이 타오르고 있었고, 총과 낚싯대가 들어있는 책장 유리에 비친 반영은 초록빛이었다. 벽난로 위의 선반에는 어둡게 나온 흰색 말 사진이 놓여 있었다. 내 평생 가장 조용한 순간이었다. 그런데 에드워드가 갑자기 나를 똑바로 보더니 말했다.

"이것 봐, 친구, 내일 낸시와 함께 자네가 역까지 차를 몰아주겠나?"

나는 물론 그러겠다고 수락했다. 그는 오랫동안 그곳에 누워 흔들리는 불길에 자기 무릎을 쳐다보더니, 더 할 수 없이 차분한 목소리로, 눈 한 번 깜빡이지 않고, 이렇게 불쑥 말했다.

"나는 낸시 러포드를 향한 애끓는 사랑으로 죽어가고 있다네."

불쌍한 사람, 그는 그 말을 하려던 게 아니었다. 하지만 아마도 누구에게라도 말을 해야만 했고, 내가 여자나 변호사처럼 보였나보다. 그는 밤새 이야기했다.

그는 죽는 순간까지 계획을 밀고나갔다.

서리가 잔뜩 내린, 아주 맑은 겨울 아침이었다. 밝은 아침 햇살아래, 야생화와 고사리가 뒤덮은 숲의 구불구불한 길은 매우 단단했다. 나는 마차의 뒷자리에 앉았고, 앞자리에는 낸시가 에드워드 옆에 앉았다. 그들은 말이 달려가는 길에 대해 이야기 했고, 에드워드는 채찍으로 1마일쯤 떨어진 산골짜기의 사슴 무리를 가리켰다. 포딩브리지 쪽의 키 큰 나무들 옆으로 난 평평한 길 위에 사냥개들이 있었다. 그 옆을 지날 때, 에드워드는 낸시가 사냥꾼에게 인사를 하고 그에게 마지막으로 금화를 줄 수 있도록 마차를 세웠다. 소녀는 열세 살부터 그 사냥개들과 함께 말을 탔다.

기차는 5분 연착했다. 아마도 스윈든이나 기차가 지나는 어느 마을이 장날이어서 연착한 거라고 그들은 생각했다. 그들이 나눴던 얘기들은 바로 그런 내용들이었다. 기차가 들어오자, 에드워드는 나이든 여자가 타고 있는 일등칸 객차를 찾았다. 소녀는 객차에 올랐고, 에드워드가 문을 닫자 소녀가 손을 내밀어 나와 악수했다. 그 사람들의 얼굴에는 표정이라고 할 만한 그 어떤 것도 없었다. 기차의 출발을 알리는 신호는 아주 선명한 빨간색이었고, 모든 게 무덤덤한 그 상황에서는 그나마 그것이 가장 열정적인 것이었다. 낸시는 최상의 모습은 아니었다. 갈색 털모자를 쓰고 있었는데, 그녀의 머리카락과 잘 어울리지 않았다. 그녀는 에드워드에게 "안녕"이라고 말했다.

에드워드도 말했다. "안녕."

그리고는 발뒤꿈치를 돌려, 구부정한 자세로, 천천히 무거운 발걸음을 옮겨 역 밖으로 나왔다. 나는 그를 따라 높은 마차 위의 옆자리에 앉았다. 그것은 정말 내가 보아 온 중 가장 섬뜩한 연기였다.

그리고 그 뒤로는, 마치 모든 것을 이해하시는 하나님의 평화와 같이, 거룩한 평화가 브램셔 텔레라에 내려앉았다. 레오노라는 승리의 미소를 띠고 일상의 생활로 돌아갔다. 그녀의 미소는 거의 눈에 띄지 않는 희미한 미소였지만, 분명 위풍당당한 승리의 미소였다. 추측컨대, 자기의 남자를 되찾겠다는 생각은 진작 포기했기에 그녀는 소녀를 집에서 내쫓은 것만으로도 충분했던 것 같고, 그렇게 해서 그녀의 열병은 치료가 됐다. 한 번은 레오노라가 밖으로 나갈 때, 에드워드가 속삭이듯 뭐라고 말하는 소리를, 나는 들었다.

그대는 정복했노라, 창백한 갈릴리 사람이여.[79]

스윈번의 찬송가를 인용하다니, 그의 감수성도 참.

---

79. 스윈번(1837-1909)의 "프로세르피나에게 바치는 찬가"(Hymn to Proserpine)의 가사. '창백한 갈릴리 사람'은 예수 그리스도를 가리킨다.

하지만 그는 너무나도 조용했고 술도 입에 대지 않았다. 역에 다녀온 뒤에 내게 딱 한마디 했을 뿐이었다.

"정말 이상하지. 이제 모든 게 끝나고 나니, 정말 소녀에게 전혀 아무런 감정도 느끼지 못하겠다는 말을 자네에게 꼭 해야 할 것 같네. 내 걱정은 말게. 나는 괜찮으니까." 그리고 한참 있다가 이렇게 말했다. "한순간의 불장난일 뿐이었나 보네." 그는 다시 사유지를 돌보기 시작했고, 자기 아기를 죽인 정원사의 딸을 빼내기 위해 갖은 수고를 다 했다. 시장에서 마주치는 농부들에게 일일이 미소를 지어보이며 악수를 했다. 두 번의 정치 집회에서 연설을 했고, 사냥도 두 번 나갔다. 정원사 딸의 무죄 선고를 위해 2백 파운드를 쓴 것 때문에 레오노라로부터 험한 꼴을 당하기도 했다. 모든 것이, 소녀는 애초에 존재하지도 않았던 것처럼 흘러갔다. 바람 한 점 없는 날씨였다.

이야기는 그렇게 끝이 났다. 다시 들여다보자니, 결혼 종소리와 기타 등등으로 막을 내린 행복한 결말이었다는 생각이다. 악인들은 자살과 정신병으로 벌을 받았다. 물론 에드워드와 소녀 말이다. 지극히 평범하고 도덕적이며 때로는 아주 약간 부정직하기도 한 여주인공은 지극히 평범하고 도덕적이며 때론 아주 약간 부정직하기도 한 남편의 행복한 아내가 되었다. 곧 있으면 지극히 평범하고, 도덕적이며 아주 약간 부정직한 아들이나 딸이 태어날 예정이다. 행복한 결말, 따져보면 그렇게 결론이 난다.

이제 나는 레오노라를 싫어하는 마음을 숨길 수가 없다. 물론 로드니 베이햄에게 질투가 나는 것도 사실이다. 하지만 그게 내가 레오노라를 내 것으로 만들고 싶었던 욕망에서 비롯된 단순한 질투인지,

아니면 내가 유일하게 사랑했던 두 사람, 에드워드 애시번햄과 낸시 러포드가 그녀에게 희생됐기 때문에 생긴 감정인지는 잘 모르겠다. 그녀가 모든 편의시설이 갖춰진 현대적인 저택에서 제법 존경할만하고 경제관념이 뛰어난 가장에게 종속되어 살려면 에드워드와 낸시 러포드는 비극의 그림자로만 남아야 했던 것이다.

마치 타르타로스[80]인지 어딘지에 있는 저주받은 고대 그리스인처럼, 벌거벗은 가엾은 에드워드가 차가운 바위에 기대어 있는 모습이 보이는 듯하다.

그리고 낸시로 말할 것 같으면…… 그게, 어제는 점심을 먹는데 갑자기 이런 말을 했다.

"셔틀콕!"

그러고는 '셔틀콕'이라는 말을 세 번 반복했다. 그녀에게 정신이란 게 있다고 말할 수 있다면, 그 안에서 무슨 생각이 오가는지 나는 알 것 같다. 레오노라가 얘기해줘서 알게 됐는데, 소녀는 지독한 성격의 에드워드와 그 아내 사이에서 앞뒤로 치이는 셔틀콕이 된 것 같은 느낌이라는 말을 했다는 것이다. 레오노라는 늘 자기를 에드워드에게 보내려고 했고, 에드워드는 말없이 넌지시 그녀를 다시 밀쳐냈다는 것이다. 더 웃지 못 할 일은, 에드워드는 오히려 두 여자가 자기를 셔틀콕처럼 대한다고 생각했다는 것이다. 두 여자가 그를, 아무도 우송료를 지불하려고 하지 않는 짜증나는 소포처럼, 서로에게 떠넘겼다고도 표현했다. 그런가하면 레오노라는 에드워드와 낸시가 변덕을

---

80. 타르타로스: 그리스 신화에 등장하는 지하세계로, 지상에서 죄지은 자들이 벌을 받는 곳.

부리며 그녀를 마음대로 들었다 놓았다 했다고 했다. 참으로 아름다운 그림이다. 나는 사회에서 용인된 도덕률에 위배되는 그 어떤 말도하고 있지 않고 있다. 나는 이 사건이나 다른 어떤 사건에서도 자유연애를 옹호하는 게 아니다. 사회는 존속되어야 하는데, 평범하고, 도덕적이고, 약간은 부정직한 사람들이 번성하고, 열정적이고, 고집 세고, 과할 정도로 진실한 사람들은 자살하거나 미쳐버려야 사회가 존속되는 것 같다. 그런데 나 자신도 조금 정도가 약하긴 하나 열정적이고, 고집 세고, 과하게 진실한 사람들의 범주에 들어가는 것 같다. 왜냐하면 내가 에드워드 애시번햄을 사랑했다는 사실, 그리고 그를 사랑한 이유는 그가 바로 내 자신이었기 때문이라는 사실을 내 자신에게 숨길 수 없다. 만약 내가 용기와, 정력, 그리고 에드워드 애시번햄의 체격까지 갖추었더라면, 나도 그가 한 대로 했을 것 같다. 그는 나를 여러 번 나들이에 데리고 나간 큰형 같았다. 그가 과수원을 터는 것을 멀찍이서 보고만 있는 동안, 여러 가지 근사한 일들을 도맡아 하던 형 말이다. 그리고 당신도 보다시피, 나도 꼭 그만큼이나 감상주의자이므로……

그렇다, 사회는 존속되어야 하고, 인류는 토끼처럼 번식해야 한다. 그게 우리 존재의 이유다. 하지만 꼭 그래야만 하는 거라면 나는 사회가 그다지 좋지 않다. 나는 영국의 평화로운 옛날 집을 구입한, 터무니없는 짓을 잘하는 미국 백만장자이다. 나는 여기 에드워드의 총기실에 하루 종일 앉아 있고, 이 집에서의 하루는 절대적으로 고요하다. 내가 아무도 찾아가지 않기에, 아무도 날 방문하지 않는다. 내가 아무 관심도 없기에, 아무도 내게 관심을 보이지 않는다. 20분쯤 있다가 미국에서 온 우편물을 가지러 나의 오크 나무들 아래로, 나의 가시금작화 덤불을 따라 마을로 내려갈 것이다. 나의 소작인들과, 마을 소년들, 그리고 대장장이들이 나를 보면 모자에 손을 올려 보일 것이다. 삶은 다시 그렇게 조용해지는 법. 저녁을 먹기 위해 돌아오면, 낸시가 그녀 뒤에 서 있는 늙은 유모를 거느리고 내 맞은편에 앉을 것이다. 낸시는 포크와 나이프가 움직이는 동안 불가사의하고 고요하며 완벽하게 조신한 행동을 취하지만, 그러다가도 갑자기 긴장한 듯 쭉 뻗은 눈썹 밑의 파란 눈으로 정면을 뚫어지게 바라볼 것이다. 식사 중에 한 번, 혹은 두 번쯤 마치 잊어버린 것을 기억해내려 애쓰는 듯, 그녀의 포크와 나이프가 허공에서 멈출 것이다. 그러고는 전지전능한 신을 믿는다고 말하거나, '셔틀콕'이라는 한마디를 내뱉을지도 모른다. 그녀의 볼에 번진 건강한 홍조, 돌돌말린 검은 머리의 윤기, 목 위로 반듯하게 균형을 잡고 있는 머리, 하얀 손의 우아함을 보면 정말 기분이 이상하다. 그리고 그것들이 전부 아무 의미가 없다고 생각하면, 더욱 기분이 묘해진다. 그건 무의미한 그림이니까. 그렇다, 정말 기묘한 일이다.

하지만, 어쨌든, 우리의 기분을 북돋아줄 레오노라가 있지 않은가. 나는 당신을 슬프게 하고 싶지 않다. 그녀의 남편은 평범한 체격에 경제관념도 있는 사람이라 옷은 대부분 기성복으로 장만한다. 그런 건 삶에 꼭 필요한 요소이며, 바로 그것이 내 이야기의 결말이다. 그들 사이에 아이가 태어나면 로마 가톨릭 신자로 키우게 될 것이다.

문득, 에드워드가 죽음을 어떻게 맞았는지, 내가 잊고 얘기를 안

했다는 게 생각난다. 그 집에 평화가 내려앉아, 레오노라는 조용히 승리에 취해 있었고, 에드워드는 소녀를 사랑한 감정이 그냥 스쳐가는 것이었다고 말했던 건 기억할 것이다. 어느 오후, 우리 둘은 마구간에서 에드워드가 새로 깔려고 하던 바닥재를 보고 있었다. 에드워드는 햄프셔 방위군의 숫자가 어느 정도 수준으로 늘어나야 하는 필요성을 대단히 활기차게 역설하고 있었다. 그는 정신이 말짱했고, 차분했으며, 피부색도 또렷했고, 금발 머리는 완벽하게 빗질이 돼 있었다. 벽돌처럼 검게 탄 그의 피부는 눈썹 언저리까지 균일했고, 도자기처럼 푸른색 눈은 나를 똑바로, 솔직하게 바라보고 있었다. 그의 얼굴은 무표정했고, 목소리는 깊고 거칠었다. 그는 두 다리로 단단히 버티고 서서 말했다.

"2,350명까지는 끌어올려야 해." 어린 마부가 그에게 전보를 가져다주고 나갔다. 그는 무심하게 그 전보를 열고 아무 감정 없이 읽더니, 아무 말 한마디 없이 내게 건넸다. 나는 분홍빛 종이에 아무렇게나 적혀 있는 글씨를 읽었다.

'브린디시에 잘 도착. 아주 잘 지내고 있음. 낸시.'

에드워드는 영국 신사였지만, 그렇고 그런 시와 소설들이 그의 정신 속에 뒤섞여 있는 감상주의자이기도 했다. 그는 마치 천당을 올려다보듯 마구간의 지붕을 올려다보더니 뭐라고 중얼거렸는데, 내겐 들리지 않았다.

그러더니 손가락 두 개를 양복의 회색 조끼 주머니에 넣어 주머니칼을, 아주 작은 주머니칼을 꺼냈다. 그는 내게 말했다.

"그 전보를 레오노라에게 갖다 주게나." 그리고 도전하듯, 협박하듯, 나를 정면으로 노려보았다. 그는 내 눈빛에서 내가 자기를 저지할 생각이 없다는 것을 읽어낸 것 같았다. 내가 그를 왜 저지하겠는가?

나는 그가 이 세상에 필요하다고 생각하지 않았다. 그 빌어먹을 소작인들, 그의 총기 협회, 그가 돌보던 술주정뱅이들, 갱생한 자든 아니든 다들 자기들이 알아서 살아가라지. 그 불쌍한 친구가 그 수백 명의 사람들 모두를 위해서 그렇게 고생해야 할 필요는 없지 않은가.

내가 그를 저지할 의도가 없다는 것을 알자, 그의 눈빛은 부드러워졌고, 애정이 담기는 것도 같았다. 그는 이렇게 말했다.

"안녕, 오랜 친구. 자네도 알다시피, 나는 이제 좀 쉬어야겠어."

나는 할 말이 생각나지 않았다. "신께서 축복하기를." 이 말만 그에게 해주고 싶었다. 나 역시 감상주의자이기 때문에. 하지만 그건 영국의 예법에 어긋날지도 모른다는 생각이 들어, 그냥 전보를 들고 레오노라에게 서둘러 걸어갔다. 레오노라는 그 전보에 무척 흡족해 했다.

옮긴이 후기

여기 싱싱하고 빛깔 좋은 사과가 한 알 있다. 이 사과가 세상에서 가장 좋은 것이라고 믿고 맛있게 먹다가 9년이 지난 후에야 알맹이 쪽만 썩었다는 사실을 알게 된다면, 9년 동안 내가 갖고 있던 건 싱싱한 사과라고 말할 수 있을까?

포드 매독스 포드(Ford Madox Ford, 1873-1939)는 《훌륭한 군인》(The Good Soldier)에서 이 사과를 썩은 사과라고 보아야 할지 싱싱한 사과라고 보아야 할지에 대한 의문을 독자들에게 던진다. 행복인 줄 알고 보냈던 시간들, 나를 사랑한다고 믿었던 아내, 가장 신의 있다고 생각한 친구. 이 모든 것들이 자기가 보고 믿은 대로가 아니었음을 어느 날 갑자기 벼락처럼 깨닫게 된다고 생각해보자. 그 순간 우리는 무엇을, 어찌해야 할까?

이 작품의 화자 존 다웰은 그 순간, 무작정 그간의 이야기를 기록하기 시작한다. 시간의 순서와 상관없이, 두서없이, 마음 내키는 대로, 불확실한 기억력에 의지해서 그저 생각나는 대로. 그것이 바로 《훌륭한 군인》이라는 소설이 됐다.

《훌륭한 군인》은 영국 소설가이자 시인, 평론가인 포드 매독스 포드의 1915년 작품이다. 조셉 콘래드와 함께 소설을 써서 발표할 정도로 친분이 깊었던 포드는 1908년에 자신이 창간한 영국 문학잡지 The English Review를 통해 토마스 하디, H.G. 웰스, 조셉 콘래드, 헨리 제임스, 윌리엄 버틀러 예이츠의 작품을 출판하고 D.H. 로렌스와 노먼 더글러스를 데뷔시키기도 했다. 1924년에는 The Transatlantic Review를 창간하고 모더니즘 문학을 전파하는데 중요한 역할을 하였다. 그는 제임스 조이스, 어니스트 헤밍웨이, 거트루드 스타인, 에즈라 파운드, 진 뤼스 등과 친분을 맺고 그들의 글을 출판하기도 했지만 친구들이 자기보다 문학적으로 더 큰 성공을 거둔 사실에 자괴감에 빠지기도 했다. 《훌륭한 군인》은 이런 포드 자신이 최고의 작품으로 꼽았던 작품인 동시에 세간의 가장 좋은 평가와 관심을 받은 수작이다. 사실상 포드는 손꼽히는 모더니스트 작가들의 그늘에 가려진 셈이지만, 그의 《훌륭한 군인》은 모더니즘 소설을 읽어가는 대학교 수업에서는 필독서로 꼽힐 만큼 중요한 실험적 소설이다. 랜덤하우스의 전신인 모던 라이브러리(Modern Library) 출판사에서는 이 소설을 20세기 영문학 소설 100선 중 30위에 올려놓기도 했고, 여러 가지 독창적인 소설 기법 때문에 지금도 미국에서는 중고생들의 필독서로 꼽히는 책이기도 하다.

포드는 원래 이 소설의 제목을 "가장 슬픈 이야기"(The Saddest Story)라고 붙였으나 제1차 세계대전 발발 이후 전쟁과 관련된 제목을 붙여야 책이 더 잘 팔릴 것이라는 출판사의 집요한 설득에 그만 그 제목을 포기하고 《훌륭한 군인》이라는 제목으로 바꾸었지만 그 뒤로 죽는 순간까지 후회했다고 한다. 그의 후회처럼 《훌륭한 군인》이라는 제목은 뜸금없는 느낌을 주지만, 한편 이 작품에서 주고자 하는 작가의 의도가 담겨있기도 하다. 이 소설의 주인공인 에드워드 애시번햄은 여러 훈장을 수상한 대령이었을 뿐만 아니라, 주위에 딱한 사람들이나 불쌍한 소작농들을 보면 그냥 지나치지 못하고 온정을 베푸는 노블리스 오블리주의 대표적인 사람으로 등장한다. 하지만 결국은 그것이 다가 아니라는 것이 중요하다. 본처를 놔두고 여러 번 불륜을 저지른, 심지어 친구의 아내와도 부적절한 관계를 이어온 상종 못할 인물이기도 하다. 그럼에도 존 다월은 에드워드 애시번햄이 사회적으로 훌륭한 사람이었다는 사실에는 의심을 품지 않는다. 어쩌면 한 인간을 하나의 단면만으로 평가할 수는 없는 것이라는 메시지가 이 소설에 담겨 있다고 볼 수 있다. 본처에게는 되먹지 못한 바람둥이인 사람이 낸시에게는 더없이 따뜻한 남자일 수 있고, 사회적으로는 훌륭한 군인이자 존경받는 지주일 수도 있음을 말해준다. 그리고 그 모든 면이 그 순간순간에는 진실이었다면 과연 그것을 위선이라고 할 수 있는가도 의문이 든다. 따라서 "훌륭한 군인"은 반어일수도 있고 냉소일 수도 있으며, 또한 곧이곧대로 그 사람의 진짜 면모를 나타내는 복합적인 의미를 내포한 제목으로 읽힐 수도 있겠다는 생각이 든다. 비록 작가의 의도대로 붙여진 제복이 아니긴 하나, 이 책 제목이 그렇게 지어진 것도 이 작품의 운명일 수도 있겠다는 생각이 들며, 번역하는 사람의 입장에선 이 작품의 운명을 마음대로 거스를 수 없다는 것이 제목을 바꾸는 것을 망설이게 만들었다. 그래서 번역자는 밋밋해 보이는 원래 제목을 그대로 따르면서도 부제를 첨가하기로 마음을 정했다.

《훌륭한 군인》은 존 다웰과 플로렌스, 에드워드 애시번햄과 레오노라라는 두 쌍의 '완벽해 보이는 커플'의 비극에 대한 이야기다. 이 소설은 기법 면에서 몇 가지 두드러지는 특징을 보인다. 첫째로, 《훌륭한 군인》은 조셉 콘래드의 《어둠의 심연》이나 F. 스캇 피츠제럴드의 《위대한 개츠비》처럼 신뢰할 수 없는 화자(unreliable narrator)에 의해 기술된 작품이다. 화자인 존 다웰은 성격적으로 맹목적인 면이 다소 있는 사람으로, 9년 동안 믿었던 아내와 친구에게 동시에 배신을 당하고 난 뒤 이 글을 기술하는 것으로 설정되어 있기 때문에 감정의 기복이 점차 깊어져감에 따라 독자는 화자의 이야기를 전부 다 신뢰할 수 없다는 인상을 받는다. 실제로 존 다웰은 이 소설에서 자기가 앞서 기술한 인상이나 느낌이 사실은 틀린 것이었다고 독자들에게 여러 번 사과하기도 한다. 따라서 독자들이 이 작품을 읽으며 느낄 수 있는 큰 재미 중 하나는 독자 자신이 화자인 존 다웰과 겨루는 과정일 것이다. 화자의 이야기를 수동적으로 그대로 흡수하는 것이 아니고 화자가 하고 있는 이야기 뒤에 숨어 있는 진짜 이야기를 읽어내고, 그의 괴벽이나 집착을 감안하며 거르는 과정, 어조의 변화나 얼버무리는 내용까지도 속속들이 이해하고 노력해나가는 과정이 이 책의 읽기를 더욱 흥미진진하게 해주는 부분이라고 생각한다. 점점 더 깊이 읽어 들어갈수록 화자로서 다웰이 자기 입을 통해 직접 이야기하는 내용, 그리고 나머지 세 인물에 대한 묘사가 전체 큰 그림에서 독자가 볼 수 있는 내용과 크게 상충되는 부분을 찾아내기 쉬워진다. 이에 독자들은 화자를 믿을 수 없다는 느낌을 받고 화자를 경계하게 된다.

두 번째 특징으로는 비연대기적 기술을 꼽을 수 있다. 앞서 언급했듯이 화자 존 다웰은 자신의 불확실한 기억력에 의지해서 그때그때 생각나는 사건들을 시간의 순서와는 상관없이 불러내 이야기한다. 포드가 이 작품을 쓸 무렵, 그는 엄격한 연대기적 화법이 오히려 비현실적인 효과를 부른다는 결론에 도달해 있었다. 《조셉 콘래드: 개인적 회상》에 수록된 그 자신의 말을 인용해보자.

소설 속의 한 인간을 파악하기 위해 그 사람의 인생을 첫 모습부터 시작하여 끝날 때까지 연대기적으로 그려갈 수는 없다. [따라서] 먼저 그 인물에서 받는 강렬한 인상을 파악하고, 앞으로 진전하다가도 뒤로 거슬러가는 식으로 그의 과거를 더듬어가야만 한다.

따라서 독자들이 소설의 앞부분을 읽는 동안은 화자가 하고 있는 이야기가 무엇인지 제대로 이해하기가 어렵다. 하지만 중반부를 지나다 보면 앞에서 읽었던 내용들이 작은 퍼즐 조각들이 되어 자기 자리를 찾아나가는 경험을 할 수 있게 된다.

시간 순서를 무시한 기술이나 신빙성 없는 화자 이외에도 이 소설에는 독자를 혼란시키는 요소가 한 가지 더 있다. 바로 자꾸만 주제에서 벗어나는, 샛길로 새는 이야기들이다. 독자들이 그 내용을 읽는 동안에는 이것이 큰 축의 사건에 중요한 요소로 작용할지 아닐지 독자들은 판단할 수 있는 방법이 없다. 따라서 어떻게든 열심히 읽으며 이 일화가 과연 나중에 어떤 조각으로 소설 속에 자리 잡을 것인지 예측해나가는 수밖에 없다. 물론 허무하게도 별로 상관이 없는 진짜 그저 '주제에서 벗어난 이야기'로 그치는 경우도 많다. 화자 다웰이 시시때때로 이야기하는 잡다한 사건들을 읽다보면 독자들은 그가 이야기의 흐름을 고의로 방해하려는 것 같다는 느낌도 받게 된다. 1부 2장에서 다웰은 실제로 이렇게 말한다. "이런 이야기들은 주제를 벗어나 옆길로 샌 것일까? 아니면 괜찮은 걸까?" 이 질문은 사실상 이 작품을 읽는 내내 독자들의 머릿속에 맴돌고 있는 질문이기도 하다.

자꾸만 옆길로 새는 산만한 전개, 비연대기적 기술과 신빙성 없는 화자와 같은 기법의 효과를 극대화하고 독자들이 그 효과를 즐길 수 있도록 포드는 소설의 도입부에 이렇게 적고 있다.

이 글을 어떻게 쓰는 것이 가장 좋을지 모르겠다. 마치 한 편의 이야기인 것처럼 처음부터 차례대로 적는 것이 더 나은지, 아니면 시간이 얼마만큼 흐른 뒤, 레오노라의 입에서, 에드워드의 입에서, 막 전해들은 얘기처럼 하는 편이 나은지.

그래서 한 2주 동안, 시골 오두막집의 벽난로 가에 앉아, 내 마음과 잘 통하는 사람이 내 맞은편에 앉아 있다고 상상하려고 한다. 저 멀리서 바다 소리가 들려오고, 하늘에서는 바람의 거대한 검은 색 물결이 밝은 별들을 빛나게 닦아주는 동안, 나는 낮은 목소리로 이야기를 할 것이다.

이 부분을 읽는 순간, 독자들은 이미 시골 오두막집의 안락한 의자에 앉아있는 경험을 하게 된다. 그 옆에는 벽난로도 있고, 저 멀리서 파도 소리도 들려오고, 하늘에는 별이 빛나고 있다. 포드는 어찌 보면 매우 불친절하게 느껴질 수 있는 설정, 믿을 수 없는 화자의 입을 통해 시간의 순서를 뒤죽박죽 뒤집어 놓은 서술법을 택한 것에 대해 이렇게 미리 독자들에게 양해를 구하고 있다. 사람을 앉혀 놓고 그 사람에게 두서없이 이야기하듯 소설을 쓰겠으니 그렇게 편안하게, 그냥 마음 맞는 사람의 이야기를 들어주듯이 읽히는 대로 읽으면 될 것이라고. 그 순간부터 독자들은 엉클어진 사건의 순서라든가 어딘지 믿을 수 없는 화자의 이야기를 좀 더 넓은 경지에서 이해하고 포용하게 되는 것이다. 그리고 이런 서술법을 택함으로써 사건의 정확성은 조금 떨어질지 몰라도, 치밀한 작가가 아닌 우리와 꼭 닮은 허술하고 우유부단한 주인공의 입을 통해 툭툭 튀어나오는 날 것의 언어와 펄떡펄떡 살아 움직이는 감정선, 눈앞에서 만져질 것만 같은 인물들의 슬픔과 기쁨, 그런 감정과 농반된 삶의 설망과 희망을 독자들은 생생히게 느끼는 즐거움을 만끽할 수 있다.

자, 여기 어느 바닷가 오두막집에 당신은 존 다웰이라는 수수께끼 같은 인물과 마주 앉아 있다. 그리고 한 알의 사과가 당신 앞에 있다. 이 사과를 썩은 사과라고 결론 내릴지, 아니면 그래도 9년 간 나는 아주 달게 그 사과를 먹어서 행복했다고 결론을 지을지는──독자, 당신의 몫이다.

훌륭한 군인

초판 1쇄 인쇄 2012년 4월 19일

초판 1쇄 발행 2012년 4월 25일

지은이 포드 매독스 포드

옮긴이 홍덕선 · 김현수

편집인 신현부

발행인 모지희

발행처 부북스

주소 100-835 서울시 중구 신당2동 432-1628

전화 02-2235-6041

팩스 02-2253-6042

이메일 boobooks@naver.com

ISBN 978-89-93785-34-0 04080

ISBN 978-89-93785-07-4 (세트)